문탁
네트워크가
사랑한
책들

문탁네트워크가 사랑한 책들

발행일 초판2쇄 2024년 11월 25일 | **지은이** 문탁네트워크 사람들 | **엮은이** 김혜영·박연옥·이희경
펴낸곳 북드라망 | **펴낸이** 김현경 | **주소** 서울시 종로구 사직로8길 34 307호(내수동, 경희궁의아침 3단지)
전화 02-739-9918 | **이메일** bookdramang@gmail.com

ISBN 979-11-86851-84-5 03800 | 이 도서의 국립중앙도서관 출판예정도서목록(CIP)은 서지정보유통지원
시스템 홈페이지(http://seoji.nl.go.kr)와 국가자료공동목록시스템(http://www.nl.go.kr/kolisnet)에서 이
용하실 수 있습니다.(CIP제어번호: CIP2018036531) | **Copyright ©** **문탁네트워크** 저작권자와의 협의에
따라 인지는 생략했습니다.
이 책은 저작권자와 북드라망의 독점계약에 의해 출간되었으므로 무단전재와 무단복제를 금합니다.
잘못 만들어진 책은 서점에서 바꿔 드립니다.

책으로 여는 지혜의 인드라망, 북드라망 **www.bookdramang.com**

문탁 네트워크가 사랑한 책들

**동양고전에서 삶의 지혜를,
인류학에서 영감을, 철학에서 비전을,
교육학을 넘어 마을교육으로**

엮은이
김혜영, 박연옥, 이희경

지은이
문탁네트워크 사람들

티 **BookDramang**
북드라망

머리말

1.

우리, 문탁네트워크는 마을인문학공동체이다. 그런데 마을인문학이 도대체 뭘까? "국가와 자본으로부터 자유로운 곳"(문탁네트워크 홈페이지)? 아니면 마을의 장삼이사들이 함께 모여 자기들끼리 즐겁게 공부한다는 것? 둘 다 틀린 이야기는 아니다. 하지만 문탁*의 경험에 비추어 말한다면 그것의 첫번째 특징은 무엇을 어떻게 공부할지 아무것도 정해져 있지 않다는 것이다. 학교에는 공식적인 커리큘럼이 있고, 학교 밖에도 '대학생들의 고전 필독서 100권'식으로 이러저러하게 전수된 비공식적 커리큘럼들이 있고, 제도 밖 인문학공동체들도 나름대로 특화된 커리큘럼을 갖고 있

---

* 문탁은 한자로 問琢, 묻고 연마한다는 뜻이다. 사주명리학에 입각한 나의 닉네임이기도 하고, '서로 묻고 연마한다'는 문탁네트워크의 준말이기도 하다.

는데 우리는, 마을인문학을 표방하는 우리는, 공부하겠다는 의지 이외에는 아무것도 갖고 있지 않았다. 정해진 커리큘럼이 없다는 것, 그것은 무엇이든 제한 없이 읽을 수 있다는 말이기도 하지만 동시에 어디서부터 시작할지 막막하다는 의미이기도 하다.

물론 공부에 대한 최소한의 공통된 태도 같은 것은 있었다. 우리는 대체로 가방끈의 길이에 관심이 없었고 학문적 성취 같은 것도 안중에 없었다. 공부가 인정욕망으로 변질되는 것도 경계했다. 소박하게 공부하되 공부한 것만큼 살아 내는 것. 흔히 하는 말로 앎과 삶을 일치시키는 것. 그것이 우리의 모토, "공부가 삶을 구원하리라!"는 것의 의미였다.

가장 먼저 우리가 읽은 것은 이반 일리치였다. 그는 제도 밖에서의 자율적인 삶을 사유했던 급진적인 사상가이지만 메이저에서는 별로 다루어지지 않는 인물이었다. 그래서 오히려 우리 같은 사람들, 메이저가 아니거나 혹은 메이저가 되고 싶지 않은 우리 같은 마이너들이 공부하기에 딱 맞춤한 인물이었다. 다음엔? '마을'에 대해 탐구해야 했다. 마을이란, 우리에게는 과거가 아니라 비전이었고, 지나간 유물이 아니라 도래해야 할 정치적 형식이었기 때문이다. 그리고 그때부터 그 공부의 길을 내기 위한 '암중모색'이 시작되었다. 예민한 촉수를 사방으로 뻗쳐 더듬거리고 쿵쿵거리며 서점을 뒤지고 서평을 찾아 읽었다. 다른 인문학공동체도 기웃거렸다. 그러면서 우리만의 커리큘럼을 만들어 나갔다. 하나의 주제가 끝나면 또다시. 그 공부의 길이 마무리 되면 또다시. 어쩌면 우리에게 공부라는 것은 이렇게 커리큘럼을 짜는 일이었는지도 모르겠다.

이 책은 우리가 서로의 더듬이가 되고 개코가 되어 만들어 간 마을인문학공동체의 커리큘럼이다. 동시에 이 책은 '마을'이라는 화두를 통해 길어 올린 '마을경제', '마을공유지', '마을학교', '손[手] 인문학'과 같은 개념들에 대한 안내이며 그런 것들이 모여 있는 마을인문학에 대한 지도이다. 그러나 무엇보다 이 책은 갈피갈피, 밤샘 발제의 추억, 하얀 건 종이요 까만 건 글씨였던 어떤 악몽, 간식의 냄새, 침 튀기며 무엇인가를 주장했던 친구의 표정까지 새겨져 있는, 우리 공통의 기억, 우리가 사랑한 책들이다.

2.

얼마 전 친구가 찾아왔었다. 오랫동안 출판사를 운영하는 친구였는데 대뜸 한다는 소리가 도대체 왜 책을 내지 않느냐는 것이었다. 우리처럼 수십 명이 거의 매일 모여 다양한 분야의 책들을 읽고 또 다양한 형식으로 글을 쓰는 인문학공동체가 왜 적극적으로 책을 낼 생각을 하지 않느냐는 질책이었다. 그러면서 하는 말이 책을 내는 것을 그렇게 어렵게 생각하면 안 된다는 둥, 너희가 홈페이지에 올리고 있는 '왈가왈부 논어' 같은 것을 잘 모으면 그게 바로 책이 된다는 둥, 한참 동안 잔소리를 하고 갔다.

그런데 그게 처음은 아니었다. 몇 년 전에도 비슷한 일이 있었고 심지어 그때는 구체적인 기획안까지 나와 문탁회원 십수 명이 초고 까지 썼었다. 하지만 결국 중단되었다. 초고에서 드러난 우리 글쓰기의 평균 수준이 공식적 출판물을 내기에는 한참 미흡했기 때문이다.

그것을 해결하기 위해서는 필자들을 혹독하게 단련시킬 내부 편집자가 있어야 하는데 당시 우리는 그런 조건을 갖추고 있지 못했다.

흔히들 대중지성의 시대라고들 말한다. 하지만 대중이 대중인 채로 지식의 생산자가 되는 것은 말처럼 쉬운 것이 아니었다. 대중지성은 '선언'될 수는 있지만 '실현'시키기는 어려웠다. 관건은 글쓰기였다. 글쓰기야말로 우리가 '대충지성'에서 대중지성으로 넘어가는 (텍스트를 읽는 즐거움을 넘어 텍스트를 생산하는) 문턱 같은 것이었다. 그리고 단언컨대 우리 공부의 9할은 글쓰기를 둘러싸고 벌어진 우리 내부의 논란, 갈등, 불화, 눈물이었다.

크게 두 가지가 문제였다. 하나는 글쓰기에 대한 욕망이 없는 경우였는데, 읽고 쓰는 것만이 공부냐는 질문, 도대체 왜 누구나 예외 없이 글을 써야 하느냐는 항의, 공부로 삶을 생산하자고 했지 공부로 글을 생산하자고 했느냐는 볼멘 반론——글쓰기는 이런 다종다양한 '저항'(^^)을 뚫고 딱 한 발짝씩밖에 나아갈 수 없는 과정이었다. 글쓰기를 통해 질문을 구체화할 수 있고, 산만한 삶에 집중력을 만들 수 있으며, 사유와 삶의 밀도가 높아져야 자기 자신을 바꾸든 세상을 바꾸든 한다며 친구들을 설득했다. 족히 3~4년이 걸렸다.

그다음은 글쓰기에 대한 스킬의 부족이었다. 많이 쓰는 것보다 더 좋은 훈련은 없었고 우리는 이를 위한 온갖 형식을 고안해 냈다. 대학원의 기말 리포트에 해당하는 에세이 쓰기를 필수로 만들고, 초급, 중급의 글쓰기 훈련 과정도 만들고, 회원 모두가 1년에 한 편씩은 소논문을 써서 발표하는 내부 포럼의 장도 만들었다. 피드백은 강도 높았고 자존심엔 늘 스크래치가 났다. 아프고 더디고 고단하고 지루한 과정이었다.

이 책은 그것의 작은 결실이다. 이 책에 실린 어떤 글에도 지난 한 고투가 없는 글이 없다. 하나의 글을 완성시키기 위해 열 번 넘게 고친 경우도 허다하다. 그리고 이 책에 실린 어떤 글에도 친구의 개입이 없는 글이 없다. 지적질은 우리의 미덕이다! 하여, 우리 모두는 단독 필자라기보다는 네트워크적인 대중지성이다. 이 책은 그 결과물, 우리가 함께 쓴 우리의 첫번째 책이다.

3.

처음 우리가 세상에 소개될 때 우리는 '공부하는 주부'(일명 '공주')였다. 좀 황당했지만 그게 세상에서 우리를 이해하는 방법이었고 그게 현실이었다. 초창기에 우리는 축제 때마다 유명 강사를 불렀다. 우리 '말의 길'이 아직 없었기 때문이었다. 그로부터 9년. 우리는 "너무 빡세다"와 "너무 소프트하다"는 상반된 평가 속에서 또는 "공부에 좀 더 집중하자"와 "활동의 밀도를 더 높이자"라는 양극의 주장 속에서 비틀비틀 지그재그로 걸으면서 공부의 길을 내 왔다. 그 과정에서 공부가 좋아서 온 친구는 공동체 활동가가 되었고 공동체에 관심이 있어서 온 친구는 역으로 진지한 학인이 되었다. 그렇게 섞이면서 우리는 스타플레이어는 한 명도 없지만 "웬만해선 막을 수 없는" 동네 축구팀 같은 그런 팀이 되어 가고 있다.

마라톤에는 페이스메이커가 필요하고 멀리뛰기에는 도움닫기가 필요하다. 삶에도 공부에도 그런 게 있으면 참 좋을 것이다. 이번

책과 관련하여 우리 내부에서 그 일을 한 사람은 내부 편집자인 요요(김혜영)와 새털(박연옥)이다. '프로 지적질러'의 고강도 노동을 기꺼이 감당한 두 사람에게 머리 숙여 감사한다. 그리고 북드라망 대표 현경. 이 책을 제안했을 뿐만 아니라 공동체의 이러저러한 일들에 치여 어지간히 진도가 안 나가는 우리를 기다려 주고 응원하면서 우리 모두와 기꺼이 엮여 주었다. 북드라망, 그리고 현경과 엮인 게 올해 우리의 가장 큰 행운이다. 마지막으로 문탁을 방문한 수없이 많은 분들에게 감사한다. 이 책은 그분들의 질문에 대한 작은 응답이기도 하다. 각자 자기 자리에서 이 미친 세상을 넘을 수 있는 작은 거점들을 만들었으면 좋겠다. 그런 마을들이 엮이면 세상이 좀 더 살 만해지지 않겠는가!

필자들을 대신하여

문탁 씀

차 례

1부
이 험한 세상,
인간답게 산다는 것은?
—동양고전에서 삶의 지혜를

자본주의 내부에서 균열 내기

—인류학에서 영감을

3부

각자도생에서
함께 사는 삶으로
—철학에서 비전을

한 아이를 키우려면 온 마을이 필요하다

4부

— 교육학을 넘어 마을교육으로

문탁
네트워크가
사랑한
책들

문탁네트워크가 사랑한 책들

1부

이 험한 세상,
인간답게
산다는
것은?

- 동양고전에서 삶의 지혜를

인트로

1. 시작 : 우리, 사서 읽는 여자

동양고전 탐구는 문탁 내에서 가장 많은 사람들이 가장 오랫동안 꾸준히 해온 공부의 영역이다. 시작은 솔직히 말해 아주 현실적인 이유였다. 이웃들에게 '문탁네트워크'라는 인문학공동체가 출범했다는 것을 알리고, 그들에게 함께 공부하자고 말하는 데에 동양고전만한 텍스트가 없었기 때문이다. (개인적으로도 당시 난, 서양철학이나 사회과학 공부를 떠나 아주 낯선 동양고전을 읽어야겠다고 발심했던 상태였다. 삶에서 어떤 전환이 필요했고 그걸 위해 여행을 떠났는데, 다만 그곳이 크로아티아나 아이슬란드나 마다가스카르가 아니라 『논어』, 『사기』, 『노자』 같은 것이었다고나 할까.) 어쨌든 2010년 1월, 문탁네트워크는 6강짜리 〈논어 강좌〉를 열어서 우리의 존재를 세상에 알렸다.

　『논어』는, 알다시피 고전 중의 고전으로 꼽히는 텍스트이다. 그런데 그것은 어떤 점에서는 '인간[人]이란 인간다워야[仁] 인간이다'라는 것으로 요약될 수 있는, 아주 평범한 메시지를 담고 있는 책이다. 그러나 그것은 고도로 압축되고 절제된 문자(한문)와 문체(아포리즘)로 쓰여 있기 때문에 막상 그것을 읽어 나가는 독자에게는 엄청난 긴장과 밀도를 선사한다, 삶을 바꿀 정도로. '이문회우'(以文會友)라는 『논어』의 한 구절을 통해 자신의 삶 전체를 다시 리셋하게 되었다는 당시 수강생 한 명의 후기가 그걸 증명한다.

어느 날, 내겐 내 앞가림 말곤 할 수 있는 일도 능력도 딱히 없다는 생각에⋯50세가 되면 이것저것 다 버리고 칩거에 들어가겠다고 결심하였다. 일단 여생을 놀고먹을 수 있는 최저생계비를 산출한 후 적금을 붓기 시작하였고, 50세 생일을 D-day로 삼아 카운트다운을 시작하였다. 그러던 어느 날, 『논어』를 만났고, 문탁네트워크의 '사람들'을 만났다. 이문회우(以文會友)라. 사람들이 모이는 듯싶더니, 공부방이 생기고, 강좌가 생기고, 퍼즐이 생기고, 어어 하는 사이에 문탁네트워크는 그렇게 살아 움직이고 있었다⋯. 그 과정을 먼발치에서 바라보다 문득, 나는 나의 무기력증의 원인을 알았다. 뭐든 혼자서 하려던 게 문제였던 것이다. 사람이 혼자서 할 수 있는 게 얼마나 되겠는가. 일단 저지르고, 내가 할 수 있는 만큼 하고, 못 하는 건 벗님네들 모셔다가 함께하면 되는 것을.

오늘 아침 출근해서, 컴퓨터 모니터의 디데이 카운터(D-day counter)를 없애 버렸다. 하고 싶고, 함께하면 할 수 있을 것 같은 일이 생겼기 때문이다.

『논어』 효과일지는 모르겠지만 강좌를 계기로 문탁에는 고전 공부를 하겠다는 사람들이 꽤 모였다. 이후 문탁의 고전 공부는 세 가지 정도의 흐름으로 진행된다. 첫번째는 "나, 한문 좀 읽어요"라는 사람들이 모여서 만든 〈한문 강독 세미나〉. 그 팀은 『논어』 전편 강독을 시작으로 이후 『맹자』, 『고문진보』, 『소학』, 『통감절요』, 『근사록』 등을 읽어 나가고 있다. 지금은 사람도 좀 줄고 방학도 자주 하긴 하지만 여전히 문탁에서 가장 오래된 장수 세미나이다.

두번째는 "나, 한문은 잘 모르지만 동양고전을 읽고 싶어요"라는 초심자를 대상으로, 한문 기초부터 시작해서 동양고전을 원문으로 탐사해 나가는, 〈이문서당〉(以文書堂)이라는 1년 과정의 서당프로그램이다. 그것은 2012년 시작되었는데 매년 30~40명이 등록하는 문탁의 '스테디 프로그램'이다. 소위 사서(四書)라고 불리는 『논어』, 『맹자』, 『대학』, 『중용』을 완독했고 (심지어 『맹자』와 『중용』은 두 번씩이나!), 『노자』와 『장자』(내편)도 완독했으며, 『사기』를 1년 반 동안 읽었다. 올해는 몇 년 전에 주요한 괘들만 뽑아서 읽은 『주역』을 다시 처음부터 완독을 목표로 읽고 있는 중이다.

사실 〈이문서당〉은 전문성과 대중성을 동시에 갖춘 우리의 '싸부' 우응순 샘이 계셔서 지속할 수 있었는데, 샘은 늘 말씀하신다. 대학원 한문 전공자들도 우리처럼 한문을 읽지는 않는다고, 우리들은 한문 강독으로 따지면 대한민국 0.01%에 속하는 사람들이라고.^^

사실 우리도 그런 우리가 기특하다. 우리는 지난 7년간 꼬박꼬박 매주 화요일 오전 10시에 모여 동양고전을 원문으로 읽어 왔다. 오후엔 우리끼리 삼삼오오 복습을 한다. 가끔 소풍을 가거나 수학여행을 가서 정자 밑이나 바위 위에서 큰 소리로 "공자 왈, 맹자 왈"을 읊기도 한다. 심지어 올봄 중국 취푸(曲阜) 수학여행 중에는 공묘(孔廟) 앞에서 『논어』를 떼창으로 암송하기도 했다(덕분에 우리는 공묘에 공짜로 입장했다).

가끔씩 생각한다. 이 공부는 도체로 뭘까? 대학교도 4년이면 마치고, 대학원도 5년이면 코스워크를 끝내는데, 그보다 더 긴 7년간을 주야장천 계속해 나가는 이 공부의 힘은? 아카데미의 인문학조차도 교환영역에 빠르게 포섭되는 현실에서, 무용한 듯 보이는 이

케케묵은 고전을 하염없이 읽어 나가는 이 공부의 본질은?

어쩌면 이것이야말로 우연히 시작되었으나 결코 끝나지 않는 길, 질문하고 사유하는 길을 걸어가면서 도를 탐구하는 과정(子曰자왈 人能弘道인능홍도, 非道弘人비도홍인; 『논어』, 「위령공」 28장) 아닐까? 혹시 우리야말로 벗과 함께 배우고 익혀(子曰자왈 學而時習之학이시습지, 不亦說乎불역열호? 有朋自遠方來유붕자원방래, 不亦樂乎불역락호? 人不知而不慍인부지이불온, 不亦君子乎불역군자호?; 『논어』, 「학이」 1장) 어느 날엔가 '종심소욕불유구'(從心所慾不踰矩; 『논어』, 「위정」 4장) 할 수 있기만을 바라는 사람들 아닐까? 그렇다, 우리는 그런 군자를 꿈꾸는 사람들, "우리? 사서 읽는 여자들이다!".

2. 심화 : 〈학이당〉, 문탁 공부의 어떤 특이점

〈논어 강좌〉는 대박을 쳤다. 그런데 그건 시작에 불과했다. 마을인문학에 대한 소문이 났고, 이런저런 매체에서 우리를 취재하러 왔고, 그 덕분인지 아닌지는 모르겠으나 우린 좀 유명해졌고, 인근에서뿐 아니라 꽤 먼 곳에서까지 사람들이 찾아왔다. 시작한 지 채 2년이 되지 않아 문탁에서는 고전뿐만 아니라 철학·문학·인류학 등 다양한 분야의 세미나들이 굴러가게 되었다. 우리 홈페이지에 적혀 있는, "문탁네트워크는 아카데미 밖에서 나이, 직업, 성별에 관계없이 누구나 지식을 생산하고 순환시키는 대중지성의 장(場)입니다"라는 문구가 실현되는 것처럼 보였다.

그런데 마냥 좋아만 할 상황은 아니었다. 바로 문제가 보이기 시작했다. 위의 인용 문구 바로 아래에는 "우리는 소비하는 인문학, 힐링과 수다로 표상되는 인문학을 거부합니다. 우리는 스스로 자기 삶에 대한 '연구자'가 되기를 꿈꿉니다"라고 적혀 있지만, 과연 우리의 공부가 그런지에 대해서는 점점 더 회의감이 들었다.

무엇보다 공부의 기풍이 문제였다. 대부분의 세미나가 비슷비슷한 책들을 고만고만하게 읽어 나가는 데 그치고 있었다. 대담하고 꼼꼼하게 텍스트를 읽는 힘이 약했고, 오래 진득하니 세미나를 지속시켜 나가는 힘도 부족했다. 이러다가 "나를 바꾸고, 세상을 바꾸는" 전복적인 대중지성의 장이 아니라 "교양을 쌓거나 힐링을 하거나" 하는 독서 동아리 연합이 될 판이었다.

〈한문 강독 세미나〉, 〈이문서당〉에 이어 만들어진 세번째 고전 공부의 형식 〈내공 프로젝트—학이당(學而堂)〉은 이런 기풍을 바꾸기 위해 시작된 실험적 프로그램이었다. 그 출사표는 다음과 같았다.

모든 공부가 국가와 화폐에 포획되는 이 시대에 국가와 화폐의 중력을 거스르기 위한 공부를 시작합니다. 공부가 자신의 자리를 더욱 굳건히 지키는 데 이용되는 이 시대에 자신의 자리를 지키기 위해서가 아니라 그곳을 떠나기 위해 '내공 프로젝트'를 시작합니다.

'내공 프로젝트'는 자신을 스스로 돌보는 주체! 끊임없이 무한 변신하는 주체! 잠재성과 강도—내공—만으로 살아가는 주체를 꿈꾸는, 공부의 새로운 비전입니다.

'내공 프로젝트'는 존재의 자유를 향한 열정만으로, 친구들과 함께 지금,

당장, 이곳에서 시작하는 공부의 새로운 형식입니다. 변죽이 아니라 심연을 향해! 우리의 공부가 시작됩니다.

〈학이당〉은 1년에 4분기, 한 분기당 9주, 매주 4블록의 수업을 소화해야 하는 프로그램이다. 4블록의 수업 중 첫번째 블록에는 스승을 모셔다 한문을 배우는 서당프로그램을 배치하고, 두번째 블록에는 한문으로 된 고전원전을 한 글자 한 글자, 심지어 주석까지 또박또박 읽어 나가는 강독 세미나를 배치하고, 세번째 블록에는 마치 대학원처럼 전문적인 참고도서를 읽고 토론하는 세미나를 배치했다. 그리고 마지막 한 블록에는 내공 프로젝트만의 수업 방식인 글쓰기를 배치했다. 읽는 책의 수준이나 읽는 양, 그리고 글쓰기를 해야 한다는 점에서 〈학이당〉은 문탁의 가장 '빡센' 공부를 표현하는 장이었다.

물론 〈학이당〉식 공부가 순조롭게 진행된 것은 아니었다. 학인들은 소화가 되지 않는데도 계속 먹는 사람처럼 읽은 게 채 소화되기도 전에 또 읽어야 하는 것에 대한 부담감을 호소했다. 시간이 가면 공부가 늘어야 할 텐데 공부가 좀처럼 늘지 않는 것 같다는 호소도 이어졌다. 만성적인 소화불량과 간헐적인 우울증! 단언컨대 〈학이당〉 멤버들 중 이 증세에서 자유로운 사람은 한 명도 없었다. 한편 문탁네트워크의 다른 친구들 사이에서도 "강도가 세다는 것을 공부 열심히 하는 것으로 착각하는 게 아니냐?", "〈학이당〉 사람들은 자기 공부에 치여 문탁의 다른 활동을 돌보지 않는다"는 비판 혹은 불평이 터져 나왔다. 고난의 행군이었다.

몇 년이 지난 지금 우리에게 연식만큼 내공이 쌓였는지, 우리 모두가 하얀 띠에서 노란 띠, 빨간 띠 등을 거쳐 이제 검은 띠의 수준이 되었는지는 분명치 않다. 어쩌면 우리 대부분은 여전히 하얀 띠와 노란 띠 사이에서 헤매고 있을지도 모른다. 하지만 분명한 것은 그 빡센 공부를 하는 동안 우리는 서로의 공부를 격려했고, 그것을 통해 서로의 삶을 격려했다는 점이다. 〈내공 프로젝트―학이당〉은 마치 걷고 있을 때는 다리도 아프고, 목도 마르고, 빨리 가는 사람 얄밉고, 뒤처지는 사람 짜증나고, 제대로 걷고 있는 건지, 방향은 맞는지조차 알 수 없지만 어느 순간 뒤돌아보면 "어, 내가 이만큼 왔어?", "우리, 같이 걸어 왔구나"라는 느낌이 드는 것처럼, 우리 공부가 늘었다는 것을, 어느새 우리가 동학이 되었다는 것을 머리가 아니라 몸으로 느끼게 한 프로그램이었다. 〈학이당〉! 그것은 함께 공부한다는 것의 짜릿함을 우리에게 알려 준 소중한 경험이었다.

3. 분화 : 고전 교사로, 낭송집 출간으로

〈초등 이문서당〉을 시작한 것은 〈학이당〉 공부의 연장선상에서였다. 공부를 시작한 지 얼마 되지도 않아, 가장 최고의 배움은 가르치는 것이라는 말을 믿으며 덜컥 『논어』를 가르치는 일에 착수한 것이었다. 무모하고 과감한 도전이었다. 초등학생들에게 한자가 아니라 한문을 가르치는 게 가능할까? 아이들에게 "아침에 도를 깨우치면 저녁에 죽어도 좋다"(子曰자왈 朝聞道조문도, 夕死可矣석사가의; 『논어』, 「이

인」8장)라는 말을 이해시킬 수 있을까? 혹시 『논어』를 빙자해 '부모님 말씀 잘 듣고 효도해라' 따위의 고리타분한 설교를 하게 되는 것은 아닐까? 우리가 하려는 낭송(암송)이 정말 근대학교의 암기교육과 다른 게 맞을까? 끝도 한도 없는 질문이 생겼다.

하지만 역으로 우리는 경험도 부족했고 정답은 더더구나 갖고 있지 않았기 때문에 더 많이 연구했고, 더 열심히 토론했고, 더 진지하게 동료의 말에 귀를 기울였다. 우리는 자신감이 부족했기 때문에 상대적으로 더 유연할 수 있었다. 시작은 『논어』와 책 읽기로 시작했다가 그다음 해에는 책 읽기는 빼되 요가를 넣기도 하고, 또 그다음 해에는 요가를 빼고(아이들은 요가를 너~무 힘들어했다^^) 산행을 추가하고, 또 그다음 해에는 시조 암송을 넣기도 하고, 또 그다음 해에는 1박 2일 캠프를 시도해 함께 물놀이를 하거나 밥을 해 먹거나 밤을 새서 놀아 보기도 하는 등, 프로그램은 『논어』 암송을 제외하고는 계속 변화해 갔다.

그러면서 우리는 정말 많이 배웠다. 아이들은 우리 생각보다 『논어』를 훨씬 더 잘 받아들였다. 아이들은 비록 군자를 '君子'가 아니라 '裙子'라고 쓰기도 했지만, 군자가 "울트라캡숑 멋있는 사람"(2012년, 채진)이라고 말했으며, 앉은뱅이책상에서 다리가 아프다고 찡얼대기도 했지만 "『논어』를 몸으로 배워서 몸이 개운하다"(2012년, 민혜)는 후기를 남기기도 했다. 뿐만 아니다. 아이들은 정말 창의적이었다. 아이들은 '공자와 그의 제자'라는 촌극을 만들어 발표하기도 하고, 『논어』로 랩을 만들기도 하고, 조용필의 노래 〈바운스〉를 패러디해 시조를 개사하기도 했다. 어느 날 홈페이지에 올라온 이 가사를 보고 몸이 뒤집어지도록 웃었던 기억이, 새삼스럽다.

"동창이 밝았느냐 /노고지리 우지진다 /소 치는 아이는 상기 아니 /일었느냐 /한참을 망설이다 일어나 봐 /밤새워 준비한 시조를 외워 볼까 볼까 볼까 /처음 본 순간부터 어려웠어 /하지만 우리는 외울 수 있어 /Baby you're my 시조야 /You make me Bounce Bounce

청산리 벽계수야 수이감 자랑 마라 /한번 바다에 도착하면 돌아오기 어렵다 /여기 명월이 만공산하니 /수여 가는 것이 어떠한가 /황진이가 지은 시 /You make me say /You make me say /Bounce Bounce

망설여져 내가 외운 게 맞는 걸까 /내가 잘못 생각한 거라면 /어떡하지 두려워져 /애처럼 머리 나쁜 우리들도 /일 땜에 시를 잊은 어른들도 /시가 재미있는 걸 /You make me Bounce /우린 벌써 알고 있어 /그토록 어려웠던 시조들도 /재밌기만 하는 걸 /어쩌면 우린 벌써 /You make me /You make me"(2013년, 동엽)

그리고 아이들은 암송의 천재들이었다. 그들은 우리 어른들처럼 의미를 생각하면서 문자를 외우는 것이 아니라 말 그대로 소리를 온몸으로 빨아들인다. 문탁에서는 지금까지도 매주 토요일 오전이면 아이들의 책 읽는 소리, 함께 암송하는 소리, 즉 세상에서 가장 아름다운 소리를 들을 수 있다. 소리의 공명은 우리의 신체를 깨우고 기쁨을 증대시키고 서로가 연결되어 있다는 것을 깨닫게 한다. 믿기 어려우신가? 그렇다면 언제든지 토요일 오전에 문탁으로 오시라!

아이들을 가르치는 과정은 처음 생각한 대로 우리가 배우는 과정이었다. 그러나 그것은 우리가 『논어』라는 텍스트에 대해 더 잘 알게 되었다는 단순한 의미를 넘는다. 우리는 낭송의 힘에 대해 알게 되었고, 그것을 바탕으로 고전 낭송집을 내는 과정에 참여하게 되었고, 또 그 과정에서 『장자』, 『사기』 등을 정말 꼼꼼히 읽을 수 있게 되었다. 또 〈초등 이문서당〉의 경험을 바탕으로 중학생과도 고전을 읽고, 문탁 내의 대안학교인 파지스쿨에서도 고전을 가르칠 수 있게 되었다. 한 자락 삶의 깨달음을 얻고자 시작했던 고전 공부가 어느새 우리를, 누군가는 『논어』를, 누군가는 『장자』를, 누군가는 『사기』를 가르치는 고전 교사로 만든 것이다.

하지만 여전히 갈 길은 멀다. 우리의 고전 공부는 정말 주석을 다는 공부와 마음의 위안을 얻는 공부를 동시에 넘어서고 있는가? 고전이 지금-여기에서 살아 움직이도록 작동시키고 있는가? 그러기 위해 고전을 다시 읽고 쓰는 방법을 발명하고 있는가?

지금까지 그랬던 것처럼 앞으로도 우리는 이 질문을 붙들고 고군분투할 것이다. 다만 "아는 사람이 좋아하는 사람만 못하며 좋아하는 사람이 즐기는 사람만 못하다"(知之者不如好之者지지자불여호지자, 好之者不如樂之者호지자불여락지자; 『논어』, 「옹야」 20장)고 하신 공자님 말씀을 믿고, 이 과정을 시나브로 즐기는 수밖에!

_문탁(이희경)

『논어』

공자님, 질문 있습니다

공자는 잘난 척 대마왕이었다

처음 문탁에서 동양고전 공부를 시작하면서 『논어』(論語)를 읽었으니 이제 8년 정도 되었나 보다. 『논어』는 동양고전을 공부하는 데 가장 기본적인 책이다. 그러다 보니 그 사이에 나는 『논어』를 자의반 타의반으로, 이런저런 다양한 방식으로 읽었다. 가장 일반적인 공부 방법인 강독(講讀)의 형태로, 혹은 암송으로 때로는 글쓰기로 등등. 함께 공부한 이들은 초등학생부터 10대 후반 청소년 혹은 연세가 많은 어른들까지 다양한 연령대의 사람들이었다. 대부분의 사람들은 『논어』와 같은 고전은 나이가 좀 들어야 이해가 된다고 생각한다. 문탁에서도 나이가 좀 드니 동양고전 공부를 해보고 싶은 마음이 들었다고 이야기하는 분들이 꽤 있다. 그러나 내가 『논어』를 여러 사람들과 함께 읽으면서 가장 인상적이었던 건 초등학교 아이들이나 청소년들과 함께 읽었을 때였다.

문탁에서는 공부가 단지 지식의 습득이 되지 않기 위해서는 배움이 활동이 되어야 한다고 말한다. 그래서 동양고전 공부를 시작하고 얼마 되지 않아 〈초등 이문서당〉을 만들었다. 그리고 우리는 3학년부터 6학년까지의 초등학교 아이들과 함께 『논어』를 읽었다. 『천자문』(千字文)과 같은 아이들이 읽는 책도 많은데 왜 하필 『논어』냐고 묻는 사람들이 많았다. 당시에는 그냥 우리가 배운 게 그것밖에 없었기 때문에 『논어』를 읽었다. 그리고 무슨 배짱이었는지 6년에 걸쳐 『논어』를 읽었다. 일주일에 하루, 진도를 나갈 수 있는 문장은 한 개에서 두 개를 넘기 어려웠기 때문에 꼬박 6년이나 읽었지만 총 20편인 『논어』 중에 전반부인 10편만 읽을 수 있었다. 끝까지 읽어보고 싶은 생각도 있었지만 앞으로 다 읽으려면 적어도 5년은 걸릴 것 같아서 일단 『논어』 읽기는 그만둔 상태이다.

초등학교 아이들은 『논어』에 대한 배경지식이 전혀 없다. 그래서 어른들이 흔히 생각하듯이 『논어』의 문장들이 '좋은 말씀'이라고 생각하지 않는다. 대체로 아이들은 『논어』에 등장하는 공자를 '잘난 척 대마왕'이라고 표현했다. 나름 멋있게 차려입은 옷차림 묘사에도 요즘 누가 색깔을 맞춰 입느냐며, '촌스러운 공자님'이라고 했다. 제자들을 돌직구로 혼내는 공자의 모습에 '뭐 이런 선생님이 다 있느냐'는 식의 반응을 보이기도 했다. 『논어』는 경전(經典)이라는 생각을 가지고 있던 나에게는 초등학교 친구들의 이런 반응이 신기하기도 하고, 당황스럽기도 했다.

10대 후반 혹은 20대 초반의 청소년들과 『논어』를 읽게 된 건 문탁에 있는 일종의 대안학교인 파지(破地)스쿨에서였다. 배경지식이 없다는 건 초등학교 친구들과 같았지만 이 친구들은 훨씬 『논어』의 문장들을 현재적으로 해석하려고 애썼다. 예를 들면 공자가 안회를 평하면서 "불천노 불이과"(不遷怒 不貳過; 『논어』, 「옹야」 2장)라고 한 문장이 있다. 해석하면 "노여움을 옮기지 않고, 잘못을 두 번 하지 않았다"이다. 그러면 이게 무슨 뜻인가에 대해 한참 이야기를 하다가 '내가 밖에 나가서 화나는 일이 있었는데 이렇게 화난 걸 집에 들어와서 동생에게 풀지 않고 한 번 잘못한 건 다시 잘못하지 않는다'로 이해하는 식이다. "아침에 도를 들으면 저녁에 죽어도 좋다"는 문장을 보면서는 "공자님은 피곤하게 사시는 분이군요"라고 서슴없이 이야기했다. 또 뭘 했는지 구체적인 내용은 없고 칭찬만 받는 제자 안회에 대해서는 '안회 유령설'을 제기하기도 했다. 어떻게 보면 『논어』를 제멋대로 읽는 것 같았다.

안 되는 줄 알면서도 해보려고 하는 자

아이들에게는 '잘난 척 대마왕'이었던 공자, 그러나 나에게는 한동안 넘기 힘든 벽과 다름이 없었다. 사실 나는 한자도 제대로 모르는 상태에서 『논어』를 읽기 시작했기 때문이다. 게다가 한동안 내가 『논어』를 읽는다고 하면 대체로 사람들의 반응이 '그런 건 왜 읽느냐'는 식이었다. 그 시간에 자격증 공부를 해서 돈 벌 생각을 해야지, 『논어』 같은 건 읽어서 도대체 뭘 할 거냐는 거였다. 『논어』가 좋은 책이고 오래된 지혜가 가득한 책이라는 것은 누구나 다 동의한다. 하지만 『논어』의 효용성이라는 것이 기껏 해봐야 도덕적인 충고나 위안을 얻는 것 이외에 무엇이 있느냐는 것이다.

그러면 2,500년 전의 『논어』는 뭘 하는 책이었을까? 『논어』는 지은이가 공자라고 알려져 있는데 사실은 공자의 제자들이 공자 사후에 정리한 어록(語錄)이다. 그런데 『논어』를 읽어 보면 "공자님이 말씀하셨다"(子曰자왈)만 있는 게 아니다. "유자가 말씀하셨다"(有子曰유자왈) 혹은 "증자가 말씀하셨다"(曾子曰증자왈)와 같은 제자들의 이야기도 심심치 않게 나온다. 아마도 당시 공자의 제자들이 스승의 가르침을 전하는 데 교재로 사용했던 다양한 책들이 정리되어 현재의 『논어』가 만들어졌을 것으로 추정된다. 지금의 『논어』는 한(漢)나라 때 만들어졌으며 '논어'(論語)라는 이름도 이때 붙었다.

공자(孔子, B.C.551~B.C.479)는 기원전 551년 노(魯)나라 곡부(현재 산둥성 취푸시 부근)에서 태어났다. 공자가 살았던 시대를 흔히 춘추(春秋)시대라고 하는데 이 시기에 막 철기가 등장했다. 철기의 등장으로 생산성이 폭발적으로 늘어나면서 인구도 늘어나고 사람들의 생활 방식도 변화하기 시작했다. 전쟁이 빈번하게 일어나고, 사회질서가 무너지고 있었다. 왕보다 부유한 제후, 제후보다 부유한 대부──이들은 기존의 봉건 질서를 흔들었다. 기존의 사회질서가 작동하지 않고 새로운 사회질서가 꿈틀거리던 시대였다.

공자께서 말씀하셨다. "나는 열다섯에 학문에 뜻을 두었고, 삼십에는 자립할 수 있었고, 사십에는 판단에 혼란을 일으키지 않았고, 오십에는 하늘의 뜻을 알았고, 육십에는 다른 사람의 말을 들으면 곧바로 이치를 알게 됐고, 칠십에는 마음 내키는 대로 해도 법도에 벗어나지 않았다."(子曰자왈 吾十有五而志于學오십유오이지우학 三十而立삼십이립 四十而不惑사십이불혹 五十而知天命오십이지천명 六十 而耳順육십이이순 七十而從心所欲칠십이종심소욕, 不踰矩불유구;『논어』, 「위정」4장)

공자는 가난한 집에서 태어난, 말단 사(士) 계층의 신분이었다. 지금식으로 이야기하자면 공자는 공부로 인생역전한 인물이라고 할 수 있다. 위의 문장은 공자가 자신의 일생을 표현한 자서전과 같은 문장이다. 공자는 스스로 열다섯 살에 공부에 뜻을 두었다. 삼십대의 공자는 당시 실력자였던 계씨 집안의 창고관리인으로 시작해 오십이 다 되어서는 대사구(大司寇)라는, 현재로 치면 장관의 자리에까지 올라간다. 물론 공자는 끝까지 승승장구하지는 못했다. 공자는 당시 제후보다 막강한 세력을 가지고 있었던 삼환(三桓)이라는 세 집안을 타도하려다 노나라에서 쫓겨나 14년을 외국에서 떠돌아다녔다. 이후 다시는 정치에 관여치 않겠다는 약속을 하고 돌아온 노나라에서 공자는 죽을 때까지 제자들을 가르쳤다.

　　아마도 이때 공자가 제자들에게 강의한 내용을 후에 공자의 제자들이 모여서 기록으로 남긴 것이 『논어』가 되었을 것이다. 강의록이라고 생각하면 몹시 딱딱한 내용일 것 같지만 『논어』는 생각보다 재미있고, 생각보다 별것 없는 책이다. 『논어』는 단순히 지식을 전달하는 것이 아니라 공자와 그 제자들의 삶을 보여 주고 있기 때문이다. 그래서 『논어』에는 철학적인 내용이나 정책을 논하는 내용보다는 공부는 이렇게 해라, 효도는 이렇게 해야 한다, 사람들과는 이렇게 살아라 등등 생활윤리 같은 이야기들이 더 많이 등장한다.

또 강의록이라고 하면 공자의 가르침만 일방적으로 전하고 있을 것 같지만 오히려 '논어'(論語)라는 제목에 맞게 제자들과 함께 토론하는 내용들도 심심치 않게 들어 있다. 그리고 이들이 보여 주는 배움의 현장은 고요하고 정적(靜的)이지 않다. 와자지껄하고 동적(動的)이다. 스승의 의견에 반대하기도 하고, 제자들끼리 잘난 척하기도 하고, 날씨 좋은 날에는 놀러 나가기도 한다. 14년의 주유(周遊) 기간 중에는 목숨이 위태로운 때도 있었다. 그런 상황에서 가장 측근이었던 자로는 공자에게 따지듯이 물었다. "군자도 곤궁함이 있습니까?"(君子亦有窮乎군자역유궁호;『논어』,「위령공」1장) 공자는 나름 유명 인사였지만 그가 하는 말들은 현실성이 없다는 평을 받았고, 가끔 놀림의 대상이 되기도 했다.

> 자로가 노나라의 석문 밖에서 잤다. 다음 날 아침 문 안으로 들어갈 때 문지기가 물었다. "어디에서 오시오?" 자로가 대답했다. "공씨의 집에서 왔소." 문지기가 말했다. "아, 그 안 되는 줄 알면서도 해보려고 하는 사람 말이오."(子路宿於石門자로숙어석문 晨門曰신문왈 奚自해자 子路曰자로왈 自孔氏자공씨 曰왈 是知其不可而爲之者與시지기불가이위지자여;『논어』,「헌문」41장)

인(仁)한 사람인지는 모르겠다

'안 되는 줄 알면서도 해보려고 하는 자'라는 평을 받은 공자이지만 그는 당대 고위직 정치인들과 교류를 가졌고 주유 기간 동안 각국의 왕들을 알현했으며, 노나라의 실력자들은 공자를 찾아와 정치적 조언을 구했다. 또 그의 제자들 중 상당수가 출사하여 높은 관직에 기용되었다.

우리가 『논어』를 통해서 보는 공자의 익숙한 모습은 교사로서의 공자나 학자로서의 공자다. 그런데 H. G. 크릴의 『공자, 인간과 신화』(이성규 옮김, 지식산업사, 1997)를 보면 낯선 공자의 모습이 등장한다. 바로 '개혁가로서의 공자'이다. 우리는 흔히 공자를 보수주의자라고 생각하지만 당시 사회가 신분제사회임을 생각하면 공자의 행동이 혁신적인 의미를 담고 있다는 것이다. 공자는 제자들을 받을 때 신분, 지위, 출신 등을 따지지 않고 받았다. 오직 공부에 대한 열정이 있는가를 보았다. 그러다 보니 공자가 가르치는 제자들은 세력가 집안의 자제부터 가난한 평민까지 다양했다. 공자는 이들을 '능력'으로만 평가했다. 이후 이들은 출신에 관계없이 각국에 관리로 등용되었다. 신분이 아닌 '능력'으로만 그 사람을 평가한다는 것은 신분제 사회에서 살고 있지 않은 우리에게는 너무 당연한 것일지 모르지만 당시 신분제사회에서 보면 대단히 혁신적인 일임에 틀림이 없다. 게다가 공자가 말하는 능력은 단순히 출세하는 데 필요한 능력만을 말하는 것이 아니다. 공자에게 당시 세력가였던 사람들이 찾아와서 묻곤 했다. "누구는 어떤 능력이 있습니까?" 그러면 공자는 제자들의 능력에 따라 예를 들면 자로는 군대를 통솔할 능력이 있다거나, 염구는 경제 분야를 맡길 만하다고 대답해 주었다. 그런데 그 말미에 꼭 "그런데 인(仁)한지는 잘 모르겠습니다"라는 말을 남긴다.

『논어』 전체에 100번 넘게 등장하는 '인'(仁)은 공자의 가장 중요한 개념 중 하나이다. 하지만 『논어』에서 공자는 인이 무엇이라고 딱 부러지게 말해 주지 않는다. 심지어 제자들이 묻는 말에 다 다르게 대답하는 통에 어떤 의미인지 쉽게 파악하기도 어렵다. 인에 대한 논의는 공자 이후 맹자에도 보이고 1천 년 뒤 남송의 학자 주자에게도 보인다. 나는 처음엔 단순히 함께 잘 사는 능력이라고 생각했다. 인이 '사람다움'을 의미하는 것임을 깨닫게 된 것은 얼마 되지 않았다. 공자는 이러한 능력을 가지고 있는 사람을 '군자'(君子)라고 칭했다.

그러나 공자가 살았던 시대에 군자는 지배층을 의미했다. 지금 우리가 쓰는 '사람'이라는 뜻의 인(人)도 더 이전에는 보편적인 사람을 지칭하는 것이 아니라 귀족 계층을 지칭했다. 공자가 인(仁)의 능력을 가진 사람을 군자라고 부른 것은, 통치자의 자격이 세습되는 신분이 아니라 언행으로 보여 주는 덕(德)의 유무에 달려 있다고 주장한 것이다. 그리고 이 덕은 행정적 업무를 잘 보거나 군사를 운용하는 능력이 있다거나 하는 것뿐만 아니라 기본적으로 그가 '사람다운가'를 의미했다. 사람이 사람다운가를 질문하는 것이 별것 아닌 것 같아 보이지만 보편적인 인간에 대한 통찰이 부족하던 시대에 이러한 질문은 대단히 새로운 것이었다. 그리고 공자는 사람이 사람답게 사는 것이 쉽지 않음을 보여 준다.

무엇이 사람다움인가

그러면 지금 '사람다움'을 질문하는 것은 어떤 의미가 있을까? 지금은 신분제사회도 아니고, 우리는 너무나 당연하게 사람다움을 이야기한다. 하지만 실제 '무엇이 사람다운 것인가'를 질문하면 쉽게 대답하지 못하는 경우가 대부분이다. 『논어』가 경전이 될 수 있는 이유가 여기에 있는 듯하다. 아무도 특별하게 생각하지 않지만 누구나 질문할 만한 문제들을 다룬다는 것. 『논어』에 등장하는 인(仁)뿐만이 아니라 예(禮), 효(孝), 의(義), 용(勇) 등이 모두 그러하다.

한동안 『논어』를 공부할 때 '예'(禮)가 논란이 된 적이 있었다. 공부하는 이들 중 4,50대 주부가 많다 보니 예라는 단어에 민감하게 반응했다. 과거 학교에서 받았던 '예절교육'이 얼마나 지겨웠는지, 제사와 같은 관습이 얼마나 요즘 세태에 어울리지 않는지, 오죽하면 루쉰이 '사람 잡는 예교'라는 표현까지 했을까 등을 이야기했다. 하지만 『논어』를 읽다 보면 예라는 것이 현재 우리가 생각하는 것과 조금 다름을 알 수 있다. 우리에게 예는 겉치레와 같은 의미가 강한 데 반해 공자가 말하는 예는 오히려 자기 분수를 넘지 않고 절제하는 것을 의미했다. 공자가 예를 강조한 데는 생산성이 커지자 물질적으로 부유해진 사람들이 부(富)를 마구 써 대려고 한 것을 막으려는 당대적 맥락이 있다. 그렇다면 현재의 예는 어떤 의미를 가져야 할까?

또 파지스쿨의 청년들은 『논어』를 읽으면서 '효'(孝)에 대해서 많이 고민했다. 부모님 말씀만 잘 들으면 효도하는 것이라고 생각했던 친구는 "효도는 어기는 것이 없어야 한다"(無違무위; 『논어』, 「위정」5장)라고 한 문장을 보면서 '어긴다는 것'이 과연 무엇일까를 생각했다. 그리고 자기 삶을 스스로 꾸리기를 바라시던 부모님의 의도를 생각하지 못하고 말만 잘 들으면 된다고 생각했던 자기의 생각이 잘못

되었다는 것을 깨닫게 되었다고 했다.

2,500년 전의 공자, 물질적으로는 이전보다 풍족한 시대를 맞았지만 사람들의 삶은 오히려 나아지지 않았고, 점점 더 과도한 세금과 전쟁에 시달리게 된 사람들을 보면서 질문한다. "무엇이 잘 사는 것일까" "어떻게 하면 잘 살 수 있을까?" 그리고 공자는 그 대답을 '사람다움'(仁)에서 보았다. 사람답게 사는 것이 잘 사는 것이다. 그리고 『논어』는 그 사람다움이 무엇인지를 세세하게 말하고 있다. "사람을 사랑하는 것"(愛人)이라고도 하고 "평소에는 공손해야 하고, 일을 할 때는 최선을 다해야 하고 사람들과 함께할 때는 마음을 다해서 하고, 비록 오랑캐의 땅에 가더라도 버려서는 안 된다"(居處恭거처공 執事敬집사경 與人忠여인충 雖之夷狄수지이적 不可棄也불가기야; 『논어』, 「자로」 19장)고도 했다.

사실 이전에는 "『논어』 같은 책은 뭐 하러 읽느냐"는 질문에 딱히 답을 못했다. 한문 선생이 될 것도 아니고, 전공 공부로 학위를 받을 것도 아닌 내가 어떻게 『논어』를 읽어야 하는지 잘 몰랐기 때문이다. 하지만 이제는 대답할 수 있을 것 같다. 우리도 『논어』를 읽으면서 공자처럼 질문하고 답해야 한다고. 현재 우리에게 예는 무엇인지, 어떻게 하는 것이 효도인지, 사람답게 산다는 것은 어떤 것인지를. 우리는 정말 어떤 세상에 살고 싶은지 다시 고민해야 하지 않을까? 정말 우리는 모두 사람답게 사는 세상을 꿈꾸고 있는 것인지….

_진달래(이수민)

주희, 『근사록집해』, 엽채 집해, 아카넷, 2004

주희의 근사한 공부

'공부 책'으로 배울 수 없는 공부

2010년, 나는 '공부 책'을 약 100권쯤 읽었다. 도서관, 서점에서 '공부'로 검색하여 읽고 메모하며 공부법을 배웠다. 내 삶에서 채워지지 않는 갈증을 공부를 통해 돌파해 보려고 했다. 100권의 책 내용은 대동소이했고, 지금까지 기억에 남는 것은 몇 줄 안 된다. 그러나 그 시절의 나는 진지했고, 절박했다. 노는 법, 일탈하는 법을 몰랐던 나는 틈나는 대로 '공부 책'을 읽으며 시간을 보냈다. '공부 총량의 법칙'이란 것이 있다는데 학창 시절 채우지 못한 공부 양을 서른 넘어 채우려 했던 것일까. 왜 그랬는지 모르지만 당시 '공부'라는 단어는 나를 설레게 했고, 공부는 지루한 일상을 벗어나 신세계로 통하는 관문처럼 여겨졌다.

8년이 흘렀다. 문탁 내에서 공부 짬밥이 적은 편이 아니지만 여전히 공부는 어렵다. 오히려 8년 전보다 설렘은 적어졌고 눈도 침침

해졌다. 지구력도 줄어들어 엉덩이는 수시로 들썩인다. 그럼에도 내가 공부를 계속하는 이유는 이미 시작했기 때문이다. 살면서 꾸준히 한 일보다 중도 포기한 일이 훨씬 많다. 십자수, 퀼트, 요리, 꽃꽂이, 영어, 일본어 등 두루 손을 뻗었지만 제대로 하는 것은 없다. 나에게 공부란 꾸준히 할 수 있는 힘을 기르는 과정이다. 하기 싫어도, 그만 두고 싶어도 매일매일 꾸준히 하는 것 자체가 공부다. 공부의 연관 태그는 '꾸준히'이다.

무언가를 꾸준히 하는 것은 상당히 어렵다. 자기 분야에서 일가를 이룬 사람의 성공 비결을 보면 자신만의 '루틴'을 유지한 것 외에 다른 비법은 없다. 매일매일 습관처럼 반복하는 것. 그것이 공부이자, 목표에 도달할 수 있는 유일한 길이다. 누구에게나 무한 반복되는 것이 있다. 우리는 그것을 '일상'이라고 부른다. 밥을 먹고, 잠을 자고, 청소하는 일들은 매일 반복되는 일이라 특별한 경험이 아니면 기억나지 않는다. 공부를 일상으로 삼는 것을 뒤집어 일상을 공부로 삼는다면?

매일 반복되는 일상을 허투루 살지 않는 것이 곧 공부라고 주장하는 사람이 있다. 유학을 집대성하여 신유학(新儒學)이라는 새로운 사상체계를 만든 사람, 주희(朱熹, 1130~1200)이다. 주희가 살았던 남송(南宋)시대의 사대부들은 불교와 도교에 심취했다. 주희도 예외는 아니었다. 그러나 지방관으로 부임하여 목도한 백성의 열악한 현실은 불교와 도교로 해결할 수 없다는 것을 깨달았다. 지금은 유학을 고리타분하고 현실과 동떨어진 고원(高遠)한 이야기를 늘어놓는다고 폄하하지만 유학은 일상생활을 성실하게 살아가는 것을 강조하는 지극히 현실적인 학문이다.

주희는 현실 정치에서 물러나 1175년 여름 한천정사(寒泉精舍)에서 네 명의 선배 유학자인 주돈이(周敦頤), 정호(程顥), 정이(程頤), 장재(張載)의 글을 읽고 여조겸(呂祖謙, 1137~1181)과 함께 『근사록』(近思錄)을 편집했다. 제목인 '근사'(近思)는 『논어』의 한 구절인 "절실하게 묻고 가까운 일에서 생각하다"(切問而近思절문이근사; 「자장」 6장)에서 따왔다. 사람들은 공부를 글자를 읽고 해석하는 것이 전부라고 생각한다. 그러나 주희는 일상생활에서 공부할 것을 강조했다. 『근사록』의 공동편집자인 여조겸은 후기에서 다음과 같은 말을 남겼다.

> 만일 비근한 것을 싫어하여 고원(高遠)한 데로 달려 등급을 뛰어넘고 절차를 무시하여 공허한 데로 흘러 의거할 바가 없게 된다면 어찌 "가까운 데서 생각하는 것"이겠는가! 보는 사람은 잘 살펴야 한다.(『근사록집해』 1, 50쪽)

'근사'한 공부

주희는 하늘을 쳐다보며 머리로만 생각하려는 사람들의 시선을 땅으로 끌어오고자 했다. 그에게 머리로만 알고 실천을 무시하는 것은 진정한 앎이 아니었다. 뜨거운 불을 보면 자연히 피하듯이 아는 것은 곧 실천으로 옮겨야 한다. 가까운 일에서 생각하는 '근사'한 공부는 내 주변에서 늘 일어나는 일들에서 생각하고 고민하여 실천하는 것이다. 아침에 일어나 이불 정리하고 식사 후 그릇을 씻을 때도 생각해야 한다. 내 손발이 움직일 때마다 생각이 깃들어 말과 행동이 '근사'(近思)해지는 것. 그래서 괜찮은 사람, 근사(近似)한 사람이 되는 것이 주희가 강조하는 공부의 종착지이다.

'근사'한 사람을 신유학자의 용어로 풀면, 성인(聖人)이다. 성인은 많이 아는 사람이 아니다. 혹은 세상과 담을 쌓고 홀로 수양하는 사람이 아니다. 인간 세상에서 서로 부딪히는 가운데 자신의 인격을 부지런히 닦는 사람이다. 신유학자들은 보통 사람과 성인의 차이가 크지 않으며 누구나 성인이 될 수 있다고 믿었다. 그런데도 현실에서 성인을 찾아보기 힘든 까닭은 개인의 기질이 타고난 선한 마음을 해치기 때문이다.

> "사람의 본성은 본래 선한데, 바꿀 수 없는 자가 있는 것은 무슨 까닭인가?" 대답하였다. "본성을 말한다면 모두 선하나 재질을 말한다면 바꾸지 못하는 아주 어리석은 자가 있기 때문이다. (……)"(『근사록집해』 1, 103쪽)

공부란 자신의 기질과 도덕적 인격의 간격을 좁히는 과정이다. 어리석은 사람은 글자를 모르거나 책을 읽지 않는 사람이 아니라 기질을 바꾸려는 노력을 하지 않는 사람이다. 기질을 바꾸는 가장 좋은 방법은 일상의 현장을 공부로 삼는 것이다. 일상에서의 공부란 얼핏 쉬운 듯 보이지만 사실 엄청 피곤한 일이다. 우리는 흔히 공부한다는 이유로 일상의 자잘한 일을 무시하곤 한다. 학창 시절 집안일은 당연히 엄마의 몫이라고 생각했다. 지금도 많은 엄마들은 공부하는 아이를 위해 밥 짓고 청소를 한다. 그러나 주희는 일상의 어떤 것도 소홀히 해서는 안 된다고 말한다. 오히려 사람의 됨됨이는 일상의 사소한 일에서 판단할 수 있다.

문탁의 기본 윤리 중 하나는 공간에 자신의 흔적을 남기지 않는 것이다. 문탁에서는 누구나 세미나 후 자신이 사용한 책상과 의자를 깨끗이 치우고 밥을 먹은 뒤 설거지를 직접 해야 한다. 치우는 사람, 공부하는 사람이 구분되어 있지 않고 누구나 밥을 짓고 청소하며 가르치고 배운다. 문탁에 처음 오는 사람들은 가장 먼저 이 기본 윤리부터 배운다.

주희 역시 공부의 기본을 일상에서 배워야 한다고 생각했다. 주희가 생각하는 기본 교육은 물 뿌리고 청소하며 응하고 대답하며 나아가고 물러가는 예절, 쇄소응대(灑掃應對)에서 출발한다. 주희는 제자 유자징에게 지시하여 어린이들을 위한 일상생활의 규범서인 『소학』(小學)을 엮었다. 아이들은 8세 무렵부터 『소학』에서 구체적인 행동규범을 익히고 일상생활에서 실천할 수 있도록 반복 훈련해야 한다. 또한 모범이 될 만한 인물을 통해 그들의 언행을 본받도록 노력해야 한다.

『근사록』에서는 인간의 유형을 크게 셋으로 나눈다. 성인(聖人)은 도덕적 인격이 완성된 사람이다. 현인(賢人)은 성인처럼 되려고 노력하는 사람이며 선비는 현인이 되기를 희망하는 사람이다. 성인은 완벽한 사람이라 따라하려니 현실적인 장벽이 너무 높으므로 한 단계 아래인 현인 정도는 보고 배워야 한다. 주희는 현인의 대표적인 인

물로 은(殷)나라 탕왕(湯王)의 재상인 이윤(伊尹)과 공자의 제자 안연
(顏淵, 안회)을 추천했다. 특히 안연은 공자에게 '호학자'(好學者)라는
칭찬을 들었던 제자로 성냄을 옮기지 않았고, 똑같은 잘못을 두 번 저
지르지 않았으며, 석 달 동안 인(仁)을 어기지 않은 것으로 유명하다.

세세한 항목이 적힌 책을 읽고 현인의 말과 행동을 따라하는 가
운데 자신에게 내재되어 있는 도덕적 본성을 자연스럽게 발견할 수
있다. 그러나 안타깝게도 몇 권의 책으로, 몇 마디의 가르침으로 누
구나 도덕적 행동을 자연스럽게 실천할 수 있는 것은 아니다. 모방과
반복 훈련을 거듭하다 궁극적으로는 스스로 생각하는 자기주도 학
습이 되어야 한다. 자기주도 학습이 되려면 '생각'할 수 있는 학습자
가 되어야 한다.

주희는 방대한 신유학자들의 자료를 모아서 집대성하는 데 평
생을 바쳤다. 『근사록』은 반복된 훈련을 벗어나 자기주도 학습자가
되려는 초학자를 위한 공부 이론서이다. 이 책은 겉으로는 초학자를
위한 책임을 표방하지만 내용은 학자들의 맥락 없는 어록 모음집으
로 생각을 거듭하여 곱씹어 읽어야 할 어려운 책이다. 공부하는 사람
은 글자의 뜻에 집착하여 해석하고 암기하는 것이 아니라 생각하는
방법을 배워야 한다. 생각하는 법을 배우기 위해 가장 중요한 방법은
독서이다.

고수의 독서법

주희는 경전(經典) 읽기를 중요하게 여겼는데 특히 『논어』, 『맹자』를

필독서로 생각했다. 경전은 성인의 말씀을 기록해 놓은 것으로 책을 읽으려는 사람은 반드시 경전을 읽어야 한다. 성인의 말은 천하의 이치가 모두 담겨 있기 때문에 단순히 글자를 읽는 것에 그쳐서는 안 된다. 성인이 경전을 지은 이유, 성인이 마음을 쓰는 방식과 성인은 성인의 경지에 이르렀지만 나는 되지 못한 까닭을 살피며 읽어야 한다.(『근사록집해』1, 377쪽 참고)

이처럼 마음으로 뜻을 구하며 읽는 독서의 방식을 '완미'(玩味)라고 한다. 완(玩)은 '가지고 놀다'는 뜻으로 어린이들의 장난감인 '완구'(玩具)를 떠올리면 이해가 쉽다. 미(味)는 '맛을 보다'는 의미이다. 독서를 하되 음식을 천천히 씹으며 맛을 보듯 어유 있게 해야 한다. 경전을 읽는 이유는 지식의 축적에 있는 것이 아니라 성인과 같은 실천을 목표로 하는 것이기 때문에 천천히 읽으며 시간을 가지고 계속 생각해야 한다. 맛있고 영양가 높은 음식을 먹으면 몸에 변화가 있는 것처럼 한 권의 책을 읽기 전과 후가 달라야 한다.

주희는 17세에 『중용』, 『대학』을 매일 아침 일찍 일어나 열 차례씩 외웠다. 책을 처음 읽을 때는 강약의 구분이 없지만 반복해서 읽다 보면 핵심 문장을 뽑아낼 수 있게 된다. 주희는 한두 구절의 정수를 뽑아낼 수 있을 때까지 거듭해서 읽었다. 이처럼 완미의 독서의 과정 속에서 마음이 만족하여 시원해지는 것을 느꼈다고 한다. 완미의 과정을 거쳐 최종적으로 '숙'(熟)한 상태에 이를 때까지 읽고 생각하는 과정을 반복해야 한다. '숙'이란 푹 삶아 익혀서 흐물흐물한 상태를 말하는데 공부가 자신의 몸에 푹 젖어 나도 모르게 생각과 행동이 일치하게 되는 것이다.

이러한 과정은 일시에 되는 것이 아니며 지름길이 있는 것도 아니다. 공부에는 빠릿빠릿함보다 노둔함이 필요하다. 『근사록』에서 가장 경계하는 삶의 태도는 게을러서 스스로를 포기하는 것이다. 개인의 타고난 능력의 차이가 있더라도 다른 사람과 비교하지 않고 자신의 내면을 착실하게 다지는 것이 유학에서 지향하는 공부의 목표이다.

> 오늘날 학문하는 자는 산기슭을 올라가는 것과 같다. 지세가 완만한 곳에서는 활보하지 못함이 없으나 험준한 곳에 이르면 곧 멈추고 만다. 모름지기 굳센 결단력을 가지고 과감하게 전진해야 한다.(『근사록집해』1, 245~246쪽)

책을 읽고 성인의 뜻을 파악하고 실천하려면 스스로 생각해서 깨우치는 수밖에 없다. 친구와 토론하고 의문을 함께 고민해 볼 수 있지만 중요한 것은 내가 발분망식(發憤忘食)하여 반복해서 하는 것이다. 완미의 독서는 내 안의 도덕적 씨앗을 기르는 자양분이다. 독서를 통해 도덕적 표준을 배워 삶 속에서 올바른 행동을 실천하도록 끊임없는 노력을 해야 한다. 이처럼 나의 기질을 변화시키는 것이 학문에서 얻는 큰 이익(『근사록집해』1, 319쪽)이다.

친구와 함께하는 공부

문탁에서는 2012년부터 기초한문 과정부터 시작하여 동양고전을 원문으로 차근차근 읽는 과정을 운영하고 있다. 과정의 이름은 〈이문서당〉(以文書堂)으로 '이문'(以文)은 『논어』「안연」편의 "학문으로써 친구를 모으고, 친구로서 인을 돕는다"(以文會友이문회우 以友輔仁이우보인)에서 따왔다. 올해 나는 〈이문서당〉의 반장을 맡아서 하고 있다. 반장이라고 해도 대단한 권력(?)이 있는 것은 아니고, 오히려 집사(執事)에 가깝다. 반장의 주요 업무는 '잔소리'이다. 〈이문서당〉의 학인은 돌아가면서 간식, 후기, 청소를 맡는데 약 40명의 학인을 적절하게 배치하는 것은 상당한 집중력을 필요로 한다. 대부분의 학인들이 자기 차례를 잊어버리기 때문에 전날 잊지 않도록 공지하고, 때로는 개별적으로 연락을 하여 구멍이 나지 않도록 세심하게 살펴야 한다.

올해 우리 〈이문서당〉에서는 『주역』(周易)을 읽고 있다. 『주역』은 40명에 가까운 중년들을 문탁이라는 공간에 불러 모았다. 그런데 이 친구들은 내가 인(仁)한 사람이 되도록 도움을 주고 있는 것일까? 애써서 당번을 조직해서 공지해도 당일 날 늦게 나타나서 깜빡 잊었다고 하는 경우가 종종 있다. 속에서 짜증이 일어난다. 나는 매주 공간을 청소하고, 다른 사람에게 듣기 싫은 잔소리를 하느라 죽을 맛인데. 심호흡을 하고 감정을 다스리며, 최대한 숨기려고 애쓴다. 친구덕에 내 인격이 한 뼘 자랐다.

때로는 문탁에서 친구들과 크게 언쟁을 하기도 한다. 내가 문탁에 와서 가장 놀랐던 것은 친구들은 토론(혹은 언쟁)을 피하지 않는 것이었다. 끝까지 자신의 의견을 밀어붙인다. 때로는 격렬한 언쟁이 부대껴서 문탁에 나오고 싶지 않을 때도 있다. 적당한 선에서 타협하는 것이 미덕이라고 배웠는데 문탁 친구들에게 어중간한 타협은 없다. 몇 번의 충돌을 겪으며 나는 그렇게 친구의 생각만큼 내 생각이 자라는 것을 느꼈다. 내가 옳다고 믿었던 것에 틈을 내어 들어온 친구의 생각은 내 사유의 영역을 넓혀 주었다.

때로는 와글와글 시끄러운 문탁에서 벗어나 혼자 조용히 집에서 읽고 싶은 책을 읽으며 지내고 싶다는 생각이 든다. 그러나 그것은 혼자 즐기는 취미이지 공부가 아니다.

> 옛날의 습관에 묶여 벗어나지 못한다면 끝내 자신에게 이로움이 없고, 단지 옛날의 습관을 즐기게 될 뿐이다. 옛날 사람들은 친구와 거문고와 책을 얻어 항상 마음이 여기에 머물도록 하려고 하였다. 오직 성인은 친구를 통해 얻는 것이 많다는 것을 알았기 때문에 친구가 오는 것을 즐거워하였다.(『근사록집해』 1, 559쪽)

습관에 젖어 옛날로 돌아가려는 나에게 친구는 말한다. "세콰이어, 문탁에서 부딪히고 활동을 하는 것이 공부야. 그걸 하려고 하지 않는 것은 공부하지 않는 것이야!" 누가 나에게 이런 이야기를 해줄 것인가! 친구와 공부는 내 일상을 맞추는 퍼즐이다.

_세콰이어(김혜은)

『주역』과 길흉회린의 해석학

"『주역』은 세계의 운동에 관한, 오래된 철학적 서술로
보는 것이 옳지 않을까 합니다. 그러나 『주역』은 점치는 책으로
알려져 있습니다. 『주역』이 점서이긴 합니다. (……)
점은 판단을 내리기 어려운 상황에서 판단을 돕기 위해 하는
최후의 행위입니다."(신영복, 「손때 묻은 그릇」, 『담론』, 59쪽)

"성인들이 괘를 만들고 상(象)을 살피고서는 거기에 말[辭]을 붙여서
길흉을 드러나게 하였다. (……) 그러므로 군자는 평소
일이 없을 때에는 괘상을 보며 그 사(辭)들을 완미하고,
일이 있어 움직일 때는 그 변화를 살피며 그 점(占)을 완미한다.
그러하기 때문에 하늘이 도와서 길하고 이롭지 않음이 없다."
(『주역』 「계사전」 상 2장)

미아리의 추억

돌이켜보니 내 평생 두 번 '역술원'에 갔었다. 첫번째는 1980년대 초
반. 당시 20대 초반이었던 난 교내시위를 준비하고 있었다. 아마도
감옥에 갈 터. 그런데 결심은 했어도 마음은 긴장되고 불안했었나?
어쨌든 나는 친구들과 함께 미아리로 점을 치러 갔었다. 솔직히 점쟁
이가 무슨 말을 했는지는 전~혀 기억나지 않는다. 다만 미아리의 수

많은 점집들 사이를 낄낄거리며 헤매고 다녔던 1982년 어느 봄날 한 나절이, 한 장의 사진처럼 뇌리에 박혀 있다.

두번째로 점을 치러 갔던 때는 2000년 중반쯤이다. 대학원에서 논문을 앞두고 있었고 '연구공간 수유너머'를 다니고 있었으며 남편과 매일매일 싸우고 있었다. 박사논문을 쓸까, 말까? 이 남자를 데리고 살까, 말까? 마음이 복잡했었다. 어느 날 친구가 상도동에 용한 점쟁이가 있다고 했고 난 기꺼이 그 친구를 따라갔다. 당시 점쟁이가 무슨 말을 했었지? 역시 기억나지 않는다. 심지어 같이 간 친구가 누구였는지도 기억나지 않는다. 확실히 기억나는 건 복채가 10만 원이었다는 것. 그 돈이 너무 아까워서 부들부들 떨었다는 것.

그리고 난 요즘 다시 점을 치고 싶어졌다. 어머니를 모시고 산 지 4년째. 엄마와 같이 사는 게 익숙해질 만도 한데, 상황은 오히려 그 반대다. 이런저런 동양고전을 읽었지만 효도의 길은 왜 이렇게 멀고 먼지, 난 엄마와의 관계에서 늘 '노 답'이다. 언제쯤 나에게 출구가 생길까?

동전 3개를 6번 던져 지수사(地水師) 괘를 얻다

주역점을 치기 위해 동전 3개를 준비했다. (원래 주역점은 서筮라고 하여 시초풀——나중에는 대나무로 만든 산가지 50개——로 치는 것이지만, 난 간단히 동전으로! 참고로 동전점은 척전법擲錢法이라고 하는데 당나라 때부터 기록에 등장한다.) 대신 경건한 마음을 유지하기 위해 심호흡을 크게 하고 기운을 가라앉힌다.

하나의 괘를 얻기 위해선 여섯 개의 효가 필요하다.[*] 그리고 하나의 효를 얻기 위해서는 동전 세 개를 동시에 던져서 나오는 음, 양의 숫자가 필요하다. 동전 세 개를 동시에 던지면 다음과 같은 네 개의 케이스가 나올 수 있다.

첫번째 케이스: 동전 세 개가 모두 앞면[陽]이 나올 경우. 이럴 경우는 양효(■■)를 얻은 것으로 본다.

두번째 케이스: 동전 세 개가 모두 뒷면[陰]이 나올 경우. 이럴 경우는 음효(■ ■)를 얻은 것으로 본다.

세번째 케이스: 동전 한 개는 앞면[陽], 두 개는 뒷면[陰]이 나올 경우, 이럴 경우는 양효(■■)를 얻은 것으로 본다. 왜냐하면 이 때는 양을 중심으로 두 개의 음이 양을 보조하는 것으로 보기 때문이다.

네번째 케이스: 동전 한 개는 뒷면[陰], 두 개는 앞면[陽]이 나올 경우, 이럴 경우는 음효(■ ■)를 얻은 것으로 본다. 왜냐하면 이번에는 세번째 케이스와는 반대로 음을 중심으로 두 개의 양이 보조하는 것으로 보기 때문이다. 아이 한 명과 어른 둘이 길을 가면 아이 한 명에게 보폭을 맞추는 것과 같은 이치이다.

이렇게 동전 세 개를 여섯 번 던졌더니, 차례로 네번째, 세번째,

---

[*] 『주역』에는 64개의 괘가 있다. 복희씨가 천지를 본따 8괘를 얻고 8괘를 중첩하여 64괘를 얻었다. 한 괘는 6개의 획으로 구성되어 있는데 각각의 획을 '효'라고 한다. 아래에서부터 차례로 초효, 이효, 삼효, 사효, 오효, 상효라고 부른다.

두번째, 네번째, 네번째, 네번째 케이스를 얻었다. 동전을 던진 순서대로 맨 아래부터 효를 그리면 다음과 같다.

　　점을 쳤더니 지금 내 상황이 이렇다. 그리고 이 괘는 상괘의 지(地), 하괘의 수(水)를 합쳐 지수사(地水師)라고 읽는다. 난 주역점을 쳐서 사괘(師卦)를 얻은 것이다. 그리고 『주역』(周易)에서 사(師)는 스승을 의미하는 게 아니라 군대 혹은 전쟁을 의미한다.

　　이렇게 점괘를 얻었으면 이제 해석을 할 차례이다. 그런데 점괘를 해석할 때 반드시 알아야 할 『주역』의 전문용어들이 있다. 바로 '변효'(變爻)와 '지괘'(之卦)* 같은 것들이다.

　　변효는 말 그대로 변하는 효, 혹은 변화를 주도하는 효이다. 음효 혹은 양효도 그 성질에 따라 소음(少陰), 노음(老陰), 소양(少陽), 노양(老陽)으로 구별할 수 있는데, 소음과 소양은 변하지 않는 효이고, 노음과 노양은 곧 변하게 되는 효이다. 낮이라고 생각하지만 곧 밤이 오게 될, 혹은 저녁과 구분이 안 되는 '개와 늑대의 시간'도 있는 것이고, 밤이라고 생각하지만 곧 동이 터 올, 혹은 아침과 구분이 안 되는 '여명'도 있는 것처럼. 그리고 『주역』은 흔히 'The Classic of Change'로 불리는 것처럼 변화에 관한 텍스트이기 때문에 이 변화를 주도하는 변효의 역할이 관건적이다.

* 지괘는 변효 때문에 바뀌는 괘이다.

동전 세 개를 동시에 던지는 케이스를 통해 다시 변효를 설명해 보면

첫번째 케이스: 동전 세 개가 모두 앞면[陽]이 나올 경우. 이럴 경우는 양효(■■) 중 노양(老陽)→변효

두번째 케이스: 동전 세 개가 모두 뒷면[陰]이 나올 경우. 이럴 경우는 음효(■ ■) 중 노음(老陰)→변효

세번째 케이스: 동전 한 개는 앞면[陽], 두 개는 뒷면[陰]이 나올 경우. 이럴 경우는 양효(■■) 중 소양(少陽)

네번째 케이스: 동전 한 개는 뒷면[陰], 두 개는 앞면[陽]이 나올 경우. 이럴 경우는 음효(■ ■) 중 소음(少陰)

다시 내가 얻은 지수사괘로 돌아가 보자. 내가 얻은 사괘 중에 변효는 세번째 효이다. 동전 세 개가 모두 뒷면이 나와서 얻은 노음이기 때문이다. 그런데 주희에 따르면 이렇게 변효가 하나일 경우에는 본괘의 효사*로 점을 친다고 한다.

한 개의 효가 변효일 때 본괘 변효의 효사로 점을 친다.(주희, 『역학계몽』)

---

* 복희씨가 그은 괘를 보고 문왕이 괘사를 달았고, 주공이 효사를 달았다고 전해진다. 『주역』에는 총 64개의 괘사와 386개의 효사가 있다.

하여 사괘(師卦)의 삼효(三爻) 효사를 살펴보니, "군사가 혹 여럿이 주장하면 흉하리라"(師或輿尸凶사혹여시흉)로 되어 있다. 일단 결론은 '흉'(凶)이다. 우라질! 지금 전쟁이 벌어졌는데 사공이 많으면 배가 산으로 간다고, 모두가 뭐라뭐라 떠드니, 반드시 전쟁에서 질 것이라는 의미이다.

상당한 권위를 획득하고 있는 『대산 주역점해』의 지수사의 삼효를 보아도 "여럿이 주장하여 패전하고 모든 일에 실패한다", "중요한 일에 여럿이 자기의 주장만 펴다가 일을 그르치는 것이다"라고 되어 있다. 개별 판단을 보아도 소망→못 이룬다, 사업→불리하다, 개업→불가하다, 취직→안 된다, 시험→낙방한다, 혼인→깨진다, 재수→없다, 출마→낙선한다… 등으로 나와 있다(김석진, 『대산 주역점해』, 대유학당, 2007, 130쪽). 어쨌든 나의 점괘는 좋지 않다.

점(占)이란 무엇인가?

점(占)은 아주 오래된 군왕의 정치 행위였다. 『서경』「홍범편」에는 임금이 큰 의문이 생기면 먼저 자기 자신에게 물어보고, 그다음에는 귀족과 관리에게 물어보고, 다음에 복서(卜筮, 거북점과 시초점)에 물어보라는 내용이 있다. 만약 자기 자신, 귀족과 관리, 거북점과 시초점의 뜻이 일치하고 마지막으로 백성들의 뜻까지 일치하면 그것이 바로 '대동'(大同)으로, 그렇게 되면 임금도 평안하고 자자손손 영화를 누리게 된다고 적혀 있다.

사마천 역시 "옛날부터 현명한 군왕들은 나라를 세우고, 천명을 받아 왕업(王業)을 일으키려고 할 때, 복서를 소중히 여겨 선정을 돕지 않은 일은 한 번도 없었다! 당요(唐堯), 우순(虞舜) 이전에 행해졌던 일은 기록이 부족한 탓으로 여기에 기록할 수 없으나, 하(夏)·은(殷)·주(周) 삼대가 일어난 뒤로는 각각 복서에 상서로움이 나타나, 그것에 의해서 나라의 기반을 닦게 되었던 것이다"(사마천, 「귀책열전」, 『사기열전』(하), 까치, 1995, 1129쪽)라고 말하고 있다.

이것을 리쩌허우(李澤厚)는 중국 고대문명의 '무사전통'(巫史傳統)이라고 불렀다. 리쩌허우에 따르면 중국 고대사회의 특징은 조상숭배인데 "은나라 이후의 중국 종교에서는 대규모의 조상숭배가 천신숭배를 압도했다"(진몽가陳夢家; 리쩌허우, 『학실』, 노승현 옮김, 들녘코기토, 2005, 49쪽에서 재인용)고 한다. 즉 인간의 삶과 죽음 모두를 관장하는 것은 천신(天神)이 아니라 조상이라고 생각한다는 것이다. 그런데 이렇게 되면 조상, 특히 죽은 지 오래된 먼 조상은 결국엔 신과 다름없는 존재가 된다. 하여 인간, 인간의 조상, 신 사이의 명백한 구별이 불가능해진다. "여기에서 인간과 신, 인간의 세계와 신의 세계, 인간의 공적과 신의 업적은 언제나 직접 연계되어 있고 동고동락하며 혼연 일체되어 있다."(리쩌허우, 『학설』, 50쪽)

무(巫), 즉 샤먼은 바로 조상-신과 지금-여기를 구체적으로 연계하는 중계자였다. 조상-신의 뜻에 따라(신명神命을 받아=점을 쳐서) 지금-여기의 일을 결단하여 실행하는 것이 위대한 샤먼(巫史)의 임무였고, 이런 샤먼이 곧 군왕이었다. 『주역』은 1차적으로 주나라 샤먼(=군왕)의 텍스트였을 것이다.

수천 년 후 서양의 칼 구스타프 융(Carl Gustav Jung)이라는 의

사는 쉰이 넘은 나이에 우연히 동양의 『주역』을 손에 넣고 오랫동안 책이 너덜너덜해질 정도로 탐독했다고 한다. 그리고 그는 심리학적으로 점을 이해할 수 있는 새로운 개념들을 창안한다. 우선 프로이트의 개인무의식과 다른 집단무의식! 그것을 무엇이라고 부를 수 있을까? 영혼? 신? 우주? 자연? 어쩌면 그 모든 것, 마음의 원형적 지층!

융식으로 말하면 점을 친다는 것은 그 집단무의식, 마음의 지층에 접속하는 것이다. 그리고 이 접속의 방법은 기계적 인과율로는 설명할 수 없는 '동시성의 원리'를 따른다. 우리의 절실한 질문 자체가 영혼을 감동시켜서 영혼은 이 감응에 따라 일정한 배열의 패턴을 현실 속에서 실현시킨다. 우리는 이 현실(시초점)을 통해 잠시 잠깐이라도 무의식=마음의 필연적 행로를 엿보게 되는 것이다. 무슨 말이냐고? 믿기 어렵다고? 하지만 의외로 이런 일은 일상 속에 널려 있다. "호랑이도 제 말하면 온다"는 경우를 경험해 보지 못한 사람, 혹시 있을까?

길흉회린(吉凶悔吝)의 해석학

점치는 책답게 『주역』은 모든 괘사와 효사가 대부분 길흉회린(吉凶悔吝) ─ 길하다, 흉하다, 후회한다, 부끄럽다 ─ 등으로 끝난다. '허물이 없다'는 뜻의 '무구'(無咎), '위태롭다'는 뜻의 '여'(厲)도 많이 나온다. 『주역』「계사전」에 따르면 "길흉은 득실을 상징적으로 표현한 것이고, 회린은 근심[憂]과 두려움[虞]을 상징적으로 표현한 것이다"(「계사전」상, 2장). 주자는 이것에 대해 주석을 달기를 "얻으면 길하고 잃으면 흉하다"고 했는데, 풀어 말하면 재물이든, 자식이든, (전쟁의) 승리든, (가뭄 끝에) 비가 오든 현실에서 무엇인가를 얻게 되는 것이 길이고, 그 반대가 흉이라는 것이다. 재밌는 것은 회린에 대한 설명인데, 회린은 아직 흉까지는 가지 않은 그 중간 상황을 의미하는 것이란다. 그리고 이 두 가지는 반대의 벡터를 갖고 있는데, '후회한다'[悔]는 흉에서 길로 나아가는 것이고, '부끄럽다'[吝]는 반대로 길에서 흉으로 나아가는 것이란다.

그런데 문제는 이 모든 것을 다 이해했다고 하더라도 "나, 친정 엄마 봉양하기 너무 힘들어요. 어떻게 해야 할까요?"라는 질문을 갖고 친 점괘에서 나온 '흉'을 어떻게 해석하고 이후 내가 어떻게 행동해야 할지는 여전히 아리송하다는 것이다. 부적을 사야 할까? 절에 시주를 해야 하나? 아니면 어머니를 동생들에게 떠넘길까?

점치는 책,『주역』의 운명도 어쩌면 비슷했을지도 모른다. 점치는 책이라는 이유 때문에 소위 '분서갱유'에서 살아남은『주역』은 이후 수없는 방사(方士)와 도사(道士)들의 복잡한 술수(術數)로 어지러워졌을 것이고, 결국 3세기경 왕필(王弼)에 의해 점치는 책이 아니라 이치를 따지는 책(의리역)으로 재탄생하게 된 것이니까.

왕부지(王夫之)는 왕필 이후에『주역』의 점치는 기능이 완전히 사라져서 주희가 이를 바로잡기 위해『주역』의 해석을 점서 쪽으로 구부렸다고 말한다. 그런데 문제는 (왕부지가 보기에) 주희가 너무 구부렸다는 것. 하여 왕부지는 주희를 비판하면서 독창적인 의리역을 완성한다.

시초점이란 하늘을 아는 일이다. 그리고 하늘을 안다는 것은 나의 명(命)을 기다렸다가 그것에 맞추어 주체적으로 살아감[立命]을 의미한다. 즉 하늘의 운행에 의한 세상 돌아감을 즐기며 나의 명을 알고서도 근심하지 않는 채 그 명을 기다리는 것이다. 그리고 어디에서 살아가든 자기가 있는 곳에서 편안해하고 어짊을 돈독히 실현하며 남들을 사랑할 수 있음으로써 나의 명에 맞추어 주체적으로 살아가는 것이다. 이렇게 하면, 괘에 작은 것도 있고 큰 것도 있고, 험난함도 있고 평이함도 있고, 순탄함도 있고 역경도 있지만, 그 길, 흉을 알아서 우환을 일으키는 까닭에 대해 환하기 때문에, 길함은 길함 그대로 받아들이고 흉함은 흉함 그대로 받아들인다. 자신에게 오는 이로움과 해로움이 효들의 참됨과 허위를 느끼는 데서 서로 붙어 있지만, 이들을 또 그대로 받아들인다. 이러한 자세로 하늘의 지어냄[造化], 만물의 실정에서 드러나는 변함을 궁구하는 것이다. 그래서 비록 『주역』을 배움으로 삼는 원리가 이러함 속에 담겨 있기는 하지만, 따라야 할 바와 어겨야 할 바가 본디 있으니, 기미[幾]를 잘 파악하여 때에 맞추어 나아가는 것이다. 이것이 이른바 "일이 있어 움직일 때는 그 변화를 살피며 그 점(占)을 완미한다"(「계사전」)고 함이다.(왕부지, 『주역내전』 6, 김진근 옮김, 학고방, 2014, 2084쪽)

한마디로 길/흉은 정해진 것이 아니라 인간 삶의 내비게이션에 불과한 것이라는 것. 길하다는 점괘가 나오면 "큰 강을 건너는 게 이롭다"(利涉大川, '이섭대천'도 『주역』에 단골로 등장하는 어구이다)는 식으로 자신의 의지를 확장하면 되고, 흉하다는 점괘가 나오면 새삼 "옷깃을 여미고" 자신의 상황을 둘러봐야 한다는 메세지이다.

다시 나의 점괘의 변효의 효사를 읽는다. "군사가 혹 여럿이 주장하면 흉하리라."

생각해 보니 최근 나는 지칠 대로 지쳐서 엄마 봉양에 너무 애쓰지 말아야겠다고도 생각하다가, 또 다음 날은 엄마 멘탈에 스크래치를 내고 있는 나 자신을 바라보면서 반성하고, 또 다음 날은 '내가 살아야 엄마가 산다'면서 또 후다닥 엄마로부터 도망을 친다. 완전 뒤죽박죽, 왔다 갔다 하고 있다. 뿐만 아니라 요즘 나는 모든 사람에게 엄마 뒷담화를 하면서 힘들다고 징징거리고 있었다. 그런데 점괘의 '흉'을 보는 순간 갑자기 정신이 번쩍 났다. 정말 위태롭구나. 이러다가 정말 인생 후져지겠다, 라는 생각!

어차피 상황은 바뀐다. 나쁜 것도 영원하지 않고 좋은 것도 영원하지 않다. 문제는 어떤 상황이 오든 내가 감당할 만한 사람이 되는 것! 그런데 가만히 생각해 보니 이것은 군이 점을 치지 않아도 알 수 있는 문제였다. 그러나 나는 점을 쳐서 새삼 내 상황을 다시 정리하게 되었다. 점의 기능이 혹시 이런 것 아닐까? 이치를 다시 곰곰이 깨닫게 하는 것. 점과 이치가 수렴하는 순간이었다.

_문탁(이희경)

사마천, 『사기』, 김원중 옮김, 민음사, 2015

쓴다면 사마천처럼

미래를 향한 희망으로 쓰다

'궁형'을 당한 절망이 사마천(司馬遷, B.C. 145?~B.C. 86?)이 『사기』(史記)라는 불후의 고전을 쓰는 데 영향을 미쳤다는 분석은 많은 공감을 얻었다. 당시의 선비에게는 치욕의 형벌이었으니 그럴 만도 하다. 하지만 그것에 가려 사마천의 진면목이 제대로 드러나지 못한 측면도 있지 않을까. 궁형에 가려진 사마천과 『사기』의 위대함은 무엇이 있을까?

사마천에게 가장 큰 영향을 끼친 인물은 아버지 사마담(司馬談)이었다. 그는 아들이 열 살이 되던 해부터 『시경』, 『서경』 등의 고문(古文)을 읽혔다. 십대 후반에는 당시 대유학자로 인정받았던 동중서(董仲舒)의 문하에서 수학하게 했다. 스무 살이 되었을 때는 천하의 역사가 전해지는 유적지를 돌아보는 여행을 보냈다. 이삼 년을 거쳐 사마천이 돌아본 지역은 당시 한나라가 차지했던 전역에 해당한다고 한다. 젊은 시절 사마천의 이러한 이력은 아버지의 전폭적인 지원이 있었기에 가능했다. 집안 대대로 내려온 태사령(太史令)의 직책으로 역사서를 쓰고자 한 자신의 뜻을 아들이 계승해 주기를 바랐던 사마담. 사마천은 준비된 인재였다.

여행에서 돌아온 사마천은 낭중령(郞中令)에 임명되어 파·촉 땅을 시찰하는 임무를 수행했다. 아버지 사마담이 세상을 떠난 후에는 태사령을 물려받고 한무제를 수행하여 봉선에 참가하는가 하면, 달력을 편찬하는 일 등을 주도하기도 했다. 사마천이 조정 관료로서 촉망받던 시절이었다.

흉노족을 정벌하러 출정했던 이릉이 항복했다는 소식을 들은 한무제는 식음을 전폐할 정도로 상심했다고 한다. 사마천에게는 그런 임금을 차마 볼 수 없는 마음과 동시에, 자신이 아는 한 누구에게도 뒤지지 않는 장수였던 이릉의 항복에 대한 진위를 밝히고 싶은 마음이 일었다. 그러나 이런 충심을 담은 그의 의견은 임금을 속인 무망죄로 받아들여졌다. 세 가지 형벌이 주어졌고 사마천은 궁형을 택했다. 이 선택으로 그는 촉망받던 관료에서 잠실(궁형을 당한 죄인이 수용되는 방)에 유배된 웃음거리가 되고 말았다.

스스로 궁형을 받은 후 삼 년이 지나 사마천은 중서령(中書令)으로 조정에 복귀했다. 중서령은 이천 석의 녹봉을 받는 고위 관직으로 육백 석을 받던 태사령에 비하면 분명 출세였다. 회복할 수 없는 육체의 훼손으로 환관이 된 이후에야 얻은 결과였다. 그가 원했던 입신양명이 아니었다. 이후 사마천은 "좋은 것을 보고도 따를 생각을 하지 않고, 나쁜 것을 깨달아도 고쳐야겠다는 마음을 먹지 못하고"

무관심으로 일관하며 사무적인 일만 처리했다고 한다.

하지만 집으로 돌아오면 어김없이 굴욕감이 엄습했다. 그때마다 자신이 살아남아야 했던 까닭을 되새겼다. 흩어져 있는 역사 사실을 수집하고 정리하여 기록하겠다, 그것을 바탕으로 "인간 세계를 연구하고, 고금의 역사 변화를 통찰하고, 한 인간의 이야기를 엮어볼 계획"이었다. 이 저술을 완성하기 전에는 죽을 수 없었다. 이릉의 화를 당하기 전부터 쓰기 시작했지만 궁형을 감당하는 과정에서 기필코 완성해야 하는 사명이 되었다. 사마천이기에 쓸 수 있었던 『사기』는 이렇게 탄생되었다.

그럼에도 불구하고 사마천은 자기 생전에 『사기』를 발표할 수 없다는 것도 알고 있었다. 누구의 명도 아닌 스스로 쓰겠다고 결정한 일이었다. 오로지 자신의 판단에 의지하여 자료를 취합하고 경험을 녹여 써 낸 기록이었다. 그 과정에서 당대의 재상은 물론 한무제에 이르기까지 모두를 대상에 포함시켰다. 연대기로 서술해서는 그들의 진면목을 드러낼 수 없었기 때문에 본기와 열전의 구성을 통해 입체적으로 드러내는 '기전체' 방식도 창안했다. 「봉선서」나 「흉노열전」에 기록된 한무제와 당대의 여러 인물을 다룬 열전을 통합할 때 드러나는 한무제 시대의 실체와 허상은 또다시 화를 부르기에 충분했기 때문이다.

하여 사마천은 정본(正本)은 명산에 숨기고 부본(副本)은 딸에게 맡겨 수도에 남기는 방법을 택했다. 그리고 자신이 죽은 후 언젠가 세상에 알려져 후세들에게 읽히기를 바랐다. 결국 『사기』는 사마천의 딸이 시집을 가서 낳은 아들, 즉 외손자의 시대에 이르러서야 세상에 발표될 수 있었다. 살아서는 아무에게도 읽힐 수 없는 글을 살아 있는 내내 쓰게 했던 동력은 무엇이었을까. 자신은 죽어도 세계는 계속되기를 바라는 염원 아니었을까. 그 세계가 지속되는 인간사의 이치를 규명함으로써 후세에 일말의 보탬이 되고 싶었던 마음, 나는 그것을 '희망'이라고 부르고 싶다. 궁형의 절망이 아니라 미래를 향하는 희망이야말로 『사기』를 쓸 수 있었던 동력 아니었을까. 이것이 사마천이 진정 위대한 점이기도 할 것이다.

70편의 열전으로 쓴 인간사의 이치

사마천은 "정의롭게 행동하고 기개가 있어서 남에게 억눌리지 않으며 세상에 처하여 기회를 놓치지 않고 공명을 천하에 세운 사람들"의 일로 70편의 열전을 썼다고 밝혔다. 하지만 70편의 열전에 수록된 인물들을 모두 정의나 기개, 공명만으로 수렴할 수 없다. 기개가 있다고 모두 정의롭지 않으며, 기회를 잡았다고 해서 모두 공명을 세운 것도 아니다. 주어진 삶에서 욕망을 좇아 치열하게 나아간 길이 하나하나의 전형을 만들었다. 그렇게 완성된 70개의 전형으로 수많은 인간사가 작동하는 이치를 드러낼 수 있게 되었다.

복수의 전형은 「오자서(伍子胥)열전」에서 볼 수 있다. 오자서는 춘추시대 초나라 사람이다. 그의 아버지 오사가 초나라 평왕의 치하에서 태자의 스승으로 복무하는 중 사달이 났다. 평왕의 인물됨이 너무 형편없어 며느리로 택한 여자를 자신의 첩으로 삼기에 이르렀는데, 그것을 부추긴 간신이 오사를 눈엣가시로 여긴 것이다. 이 간신에게 자신의 권모술수를 밝히려는 오사는 처단해야 할 숙적 일순위였다. 결국 오사는 옥에 갇히게 되었다. 오자서 형제에게 옥에 갇힌 아버지를 찾아오면 모두 살려 주겠다는 임금의 명령이 하달된다. 물론 이것도 숙적의 자손까지 몰살시키려는 간신의 술수였다. 오자서는 이것은 함정이니 도망쳐야 한다고 항변했다. 형은 그렇더라도 아버지를 구할 수 있다는데 가지 않았다가 아버지의 목숨도 잃고 복수도 못하는 것은 더욱 수치스러운 일이라며 임금의 명을 따른다. 오자서는 도망갔으며 그의 아버지와 형은 목숨을 잃었다.

이후 오자서는 몇 번의 죽을 위기를 넘기며 오나라에 도착하게 된다. 조정의 왕권을 다투는 형세 속에서 자객을 소개하는 등의 전략을 쓰며 때를 기다렸다. 결국은 공자 광을 왕으로 만드니 곧 오나라 부차이다. 부차를 섬기면서 초나라를 공격할 때를 기다려 드디어 초나라 수도 영에 입성한 날, 이미 평왕이 세상을 떠났다는 것에 오자서는 통탄한다. 그러고는 평왕의 무덤을 파헤쳐 300번의 채찍질로 아버지와 형의 목숨을 앗아간 복수를 했다. 인간이 원한을 품으면 가슴에 시퍼런 칼날을 키운다고 했던가. 인륜의 도리 등등으로 그 칼날을 막을 수는 없었다.

오자서가 한 복수를 두고 오래전 그의 친구였던 신포서는 도리에 어긋났다고 전했다. 오자서는 해는 지고 갈 길은 멀어 도리에 어긋난 일을 할 수밖에 없었다고 말한다. 복수는 그런 것이다. 인간이 기를 포기하지 않으면 이룰 수 없는 것이다. 하여 대부분 복수를 포기한다. 하지만 포기하지 않는 인간도 있으니 오자서가 그러했다. 그리하여 많은 사람들이 오자서가 되기 위해 떠나지만 오자서가 되지 못하고 스러지는 인생의 한 장을 만든다.

우정은 어떤가. 「관안(管晏)열전」의 관중과 포숙아의 우정이 대표적이다. 관중은 춘추시대 제나라의 유능한 재상으로 알려진 인물이다. 춘추시대 아홉 제후국을 회합하여 제나라 환공이 춘추오패의 첫 패자가 되는 데 혁혁한 공을 세운 인물이기도 하다. 하지만 그런 관중이 처음부터 잘나가던 것은 아니었던 모양이다. 그는 가난한 집안의 아들로 태어나 노모를 모셔야 하는 처지였다. 젊은 시절 포숙과 친구의 인연을 맺은 후 그들은 함께 일을 도모했다. 그 과정에서 관중은 늘 포숙보다 유리한 입지를 고수했다. 장사를 할 때는 이윤을 더 가져갔고, 함께 도모한 일이 잘못되었을 때는 먼저 발을 뺐다. 그런 관중에 대해 한 번도 원망을 드러내지 않았다는 포숙. 관중은 그런 포숙이야말로 때를 기다리는 자신을 알아준 사람이었다고 회상했다.

이 열전에서 재미있는 점은 사마천이 관중의 그 화려한 업적들은 전부 생략하고 오로지 이 일화만으로 관중의 열전 대부분을 구성한 것이다. 왜 그랬을까? 사마천이 50만 전을 내야 궁형을 면할 수 있었을 때, 그의 주위에는 아무도 없었다. 한무제의 심기를 건드리는 것이 이로울 리 없었기 때문이었다. 사마천은 만약 자신에게 포숙이 있었다면 그런 치욕을 당하지 않았을지도 모른다는 상상을 했을지 모른다.

하여 사마천은 아무도 자신을 알아주지 않았던 그 순간이 새삼 사무쳤을 것이다. 그 고통을 알기에 인물의 공명은 과감히 생략하고 두 사람의 우정을 집중해서 묘사할 수 있었다. 이를 통해 서로를 알아보는 일은 이해관계를 넘어 그의 역량을 보고 그 역량이 이룩할 더 나은 미래에 투자하는 것이라고 쓸 수 있었다. 자신을 알아주는 사람을 만나거나 혹은 알아주는 사람이 되는 것, 그런 이들이 만나 우정을 쌓는다면 세상은 달라질 수 있다고 썼다.

사마천의 열전, 그리고 우리의 열전

열전의 첫 편은 수양산에 굶어 죽은 곧은 절개의 대명사 백이의 열전이다. 은나라를 정벌하고 주나라를 건국한 무왕에게 폭정을 폭력으로 해결하는 것은 부당하다고 저항했던, 지조를 지닌 인물이다. 그 후에 포진한 인물들은 춘추전국시대를 활보한 인물들인데 이들의 면면이 흥미진진하다. 무력이 호령하던 시대에 말재주만으로 한때를 주름잡았던 유세가들, 그중에서도 소진은 전국 칠웅 중 여섯 제후국의 재상을 지냈다. 손자, 오기, 백기 등 장수들의 열전은 전장에서 출중한 능력으로 이룩한 혁혁한 공적 이후에 도래한 일을 기록하여 무력으로 흥한 자가 무력에 밀려 망하기도 하는 이치 또한 명명백백히 드러냈다.

초한시대는 아무래도 유방의 측근들이 주인공이다. 이들의 이력은 개장수에서 귀족의 후예에 이르기까지 그 스펙트럼이 참으로 넓다. 예를 들어 「번역등관(樊酈滕灌)열전」 처음에 나오는 번쾌는 개장수 출신으로 유방 진영에 합류했다. 역상은 노략질을 일삼던 불량배이며, 등공은 말과 수레를 관리하던 말단 관리, 관영은 비단장수 출신이다. 초나라 귀족 집안 출신이었던 항우와 달리 일개 현의 정장

(丁壯) 출신이었던 유방을 따랐던 세력들의 다양한 면모를 읽을 수 있다. 사마천은 스무 살의 여행길에서 이들의 고향을 방문해서 이들의 사람됨을 들을 기회가 있었는데 참으로 기이했다고 썼다. 이들이 인생의 밑바닥을 전전하고 있었을 때 후일 한나라를 세우는 공신이 되어 자손들에게까지 은덕이 미칠 것을 어찌 알았겠는가. 이것은 마치 파리가 준마의 꼬리에 붙어 천 리를 가는 격 아닌가. 파리와 준마의 차이에도 불구하고 그들의 마주침이 이룩한 결과를 보면서 기이하다고 쓰는 사마천의 깨우침, 동시에 누가 파리이고 누가 준마인지도 함께 묻는다. 이것이 인간사의 이치를 규명하는 작업이다.

열전의 후반에 이르면 당대에 내로라하는 직업군을 두루두루 배치하였다. 죽은 사람도 살리는 명의 편작이 있는가 하면, 왕의 종기를 빨아 주는 충성을 발휘하여 자신의 이름이 찍힌 화폐주조권을 하사받았던 등통 등의 총신(寵臣)들을 기록한 「영행(佞幸)열전」도 있다. 「골계(滑稽)열전」은 촌철살인의 유머로 상황을 반전시킨 유명인들의 열전이다. 용한 점쟁이의 열전이 있는가 하면, 한무제가 읽고 싶어 한 글을 쓴 사마상여(司馬相如)의 열전은 베스트셀러급 작가의 탄생 스토리이다. 「화식(貨殖)열전」은 부자들의 이야기이다. 누구나 부자가 되기를 바라지만 아무나 될 수 없는 이치를 찾아 많은 양을 할애해서 쓴 것이다.

첫 편은 절개을 좇는 청렴의 대명사로 백이를, 69편째에는 물질을 좇는 욕망의 대명사로 부자에 대해 썼다. 그리고 마지막 70번째 열전은 사마천 자신의 열전인 「태사공자서」(太史公自序)로 끝냈다. 이렇게 구성한 70편은 어떤 삶에도 늘 양지만 혹은 늘 음지만 있는 것이 아니라는 이치를 터득하게 한다. 또 빛과 그늘 어느 순간에도 인간이기를 포기하지 않아야 살 길이 보인다는 사마천의 충고가 담겨 있다. 하지만 그 충고를 품고 인간의 길을 찾아가는 일은 오로지 각자의 몫일 수밖에 없다.

마지막으로 소개하고 싶은 열전은 전국시대 제나라의 공자였던 맹상군의 이야기이다. 맹상군은 당시 제나라 임금의 이복동생이었는데 세력을 점점 키워 삼천 식객을 거느린 인물로 유명하다. 전국 시대 후반 합종연횡이 횡행하던 때, 각국의 공자들은 다른 제후국과 연합하기 위해 활발하게 외교가 역할을 했고 맹상군도 그중 한 명이었다. 그가 진나라와의 합종을 위해 삼천 식객 중 일부를 이끌고 진나라로 들어갔다. 합종이 제대로 성사되지 못하여 그가 목숨을 잃을 위험에 처하게 되자, 식객 중 누군가가 실력을 발휘했다. 도둑질을 잘하던 이가 후궁의 털외투를 훔치고, 흉내를 잘 내던 이가 닭 울음소리를 내어 국경을 무사히 통과한 것이다. 널리 알려진 '계명구도'(鷄鳴狗盜)의 출전이 「맹상군열전」이다.

나는 이 열전을 읽으면서 맹상군의 문하에 모인 삼천 식객들의 면면을 상상해 보았다. 훌륭한 인품으로 천하의 미래를 걱정했던 선비로부터 남의 집 담을 넘던 좀도둑에 이르기까지, 고담준론으로 날을 새우는가 하면 그럴듯한 흉내로 시도 때도 없이 사람들을 웃기는 소질로 남을 속이기도 했을 것이다. 이렇게 모나고 둥글고 모자라고 넘치는 삼천 식객이 엮인 공동체가 떠오르는 것이다. 아마 바람 잘 날 없는 일상이었을 것이다. 그러다 절체절명의 위기가 닥치면 눈빛 하나 흐트러지지 않고 마음을 모으고 힘을 합쳤겠지. 이것이 바로 공통감각이 발휘되는 순간? 모두가 주인공이면서 아무도 주인공이 아닌 공동체만이 만들 수 있는 순간.

사마천이 다시 살아와서 21세기를 겪는다면 어떻게 열전을 구성할까? 오늘의 세상은 너무 획일화되어 70편이나 쓸 인물이 없다고 선언하지는 않을까? 지금까지 살아왔던 습을 벗어나 다른 삶을 살아 보겠다고 모인 공동체에서 열전을 쓴다면 몇 편을 쓸 수 있을까? 그 다름 속에서 건져 낸 삶의 이치는 사마천이 쓴 것만큼 흥미진진할까? 쓴다면 사마천처럼! 혹은 우리만의 '다른' 열전을!

_게으르니(나은영)

장자, 『낭송 장자』, 이희경 풀어 읽음, 북드라망, 2014

누구나 읽기 쉬운『낭송 장자』

달팽이 뿔 위에서 다투지 마라

『장자』(莊子)는 우화 형식으로 엮어 낸 중국 최고의 명작으로 손꼽힌다. 이 책은 '공자왈 맹자왈' 하면서 무엇을 직접적으로 가르치거나 주장하지 않는다. 대신 장자 철학을 마치 한 편의 '이야기'로 들려준다. 우리가 잘 아는 '우물 안 개구리', '조삼모사', '호접몽', '붕새 이야기' 등이 『장자』에서 나온 이야기들이다. 이야기의 주인공들은 주변에서 흔히 볼 수 있는 친근한 동물이거나 호기심을 불러일으키는 상상의 동물이다. 간혹 성인이나 위대한 사람의 입을 빌리기도 하지만 오히려 대화를 통해 이들의 무지가 역으로 폭로된다. "아하, 그렇구나!" 무릎을 치며 재미있게 읽다 보면 때론 통쾌하게 때론 묵직하게 심금을 울린다.

하지만 『장자』를 직접 읽어 본 사람은 드물다. 동양철학, 하면 아무나 읽을 수 있는 책이 아니라고 생각하기 때문이다. 나 역시 문탁에서 처음 이 책을 접하기 전까지 철학책인 줄은 알았지만 이야기 책인 줄은 몰랐다. 이 책에는 우리말 속담이나 전래동화처럼 널리 알려진 이야기도 많지만 아직 누군가 알아봐 주길 기다리는 주옥같은 이야기들이 여전히 많다. 그중에서 달팽이 뿔 위에서 수만 군사가 전쟁을 벌인다는 기막힌 상상을 펼치는 「달팽이의 뿔」 이야기 속으로 들어가 보자.

옛날에 달팽이 한 마리가 살고 있었다. 그 달팽이의 뿔에는 많은 사람들이 살고 있었는데, 왼쪽에는 '촉씨'가 나라를 세우고, 오른쪽에는 '만씨'가 나라를 세웠다. 이들은 처음에는 행복하게 잘 살았지만 얼마 지나지 않아 자기들의 이웃에 다른 나라가 있다는 것을 알게 되었다. 시간이 흘러 이들은 서로 달팽이 뿔을 차지하겠다고 다툼을 벌였다. 이 다툼이 커져 전쟁이 벌어졌는데, 그 전쟁은 보름이나 계속되었다. 그 결과, 두 나라의 백성들은 모두 막대한 피해를 입었다는 짧은 이야기이다(『낭송 장자』, 226쪽).

이 이야기를 읽는 순간 당장 눈앞에 달팽이의 뿔이 그려진다. 어린 시절 느리게 움직이는 달팽이를 넋을 놓고 바라보던 기억이 난다. 그리고 새하얀 도화지에 텔레비전 안테나처럼 길게 뻗은 달팽이 뿔을 그리곤 하던 기억도. 하지만 그 작은 뿔 위의 소인국을 상상해 본 적은 없다. 게다가 사람 눈에조차 잘 보이지 않는 달팽이 뿔에서 전쟁이라니. 자연스럽게 혀를 끌끌 차며, 보잘것없는 이익을 위해 기꺼이 더 큰 희생을 치르는 어리석은 소인국 사람들을 지켜보는 자신을 발견하게 된다. 그리고 전쟁의 발발이 대단한 명분이 있을 것이라는 통념을 단번에 무너뜨린다. 이 이야기는 무겁고 이해관계가 복잡하게 얽힌 전쟁이라는 소재를 간결하게 해학을 담아 전하고 있다.

이처럼 작고 귀여운 달팽이 뿔에 비유하여 인간이 벌이는 전쟁이 얼마나 어리석은가를 상징적으로 담고 있는, 이런 우화적인 비유와 상징의 기법이 『장자』의 매력이다. 그러니 동양의 이솝우화라고 일컬을 만하다. 이솝우화는 동물의 이야기를 통해 고대 그리스 시대의 혼탁하고 뒤죽박죽인 인간사를 풍자하고 있다. 이와 유사한 글쓰기 전략을 『장자』에서는 우언(寓言), 중언(重言), 치언(卮言)이라고 분류하고 있다. 이솝우화처럼 동물이나 다른 사람의 말과 행동을 빌려 의미를 전하는 우언, 노자·공자·요순 같은 성인의 입을 빌려 말하는 중언, 소크라테스의 대화법처럼 상대의 모순을 드러내어 스스로 무지를 깨닫게 하는 치언의 기법까지 다양하게 활용하고 있다.

차라리 진흙탕에서 꼬리를 끌며 살리라

장자(莊子, B.C. 365?~B.C. 270?)는 어떤 사람이었을까? 장자가 아내의 장례식에서 항아리를 두드리며 노래를 불렀다는 일화는 유명하다. 그래서 그는 기인(奇人)으로 통한다. 하지만 『장자』에서 보이는 그의 삶에 초점을 맞추고 차근차근 따라가다 보면 그가 세속에 빠지지 않으면서도 세상을 등지지도 않았다는 사실을 발견하게 된다. 이것은 일상적인 삶을 초월하는 '피세'(避世) 이미지와도 상당히 다르다. 장자는 죽음을 초월한 듯 보였을지언정 '신선 타령'이나 하는 은둔자는 결코 아니다.

그가 살았던 전국시대는 제자백가들이 사상의 꽃을 피우던 때였으며, 동시에 각 지방의 제후들이 무력으로 천하를 얻으려는 쟁탈전을 끊임없이 벌이던 시기이기도 하다. 그의 고향 송나라는 강력한 제후국들에 둘러싸인 작은 나라였다. 그래서 크고 작은 전쟁이 끊이지 않았다. 게다가 그가 살던 당시의 송나라 임금 강왕(康王)은 은나라 폭군 걸왕(桀王)과 비견될 정도로 나쁜 짓만 골라했다. 강왕은 왕위에 있었던 11년 동안 주변 제후국들을 무차별적으로 공격했고, 자기한테 바른 말을 하는 신하가 있으면 화살을 쏘아 죽이기도 했다. 결국 제후국들이 연합하여 한꺼번에 쳐들어와 강왕을 살해했고, 송나라는 멸망하고 말았다. 장자는 자기 나라가 망하기 직전까지 살았으니 얼마나 험난한 시대를 살았는지 짐작할 수 있다.

어느 날 장자가 누더기를 걸치고 위나라 왕의 앞을 지나고 있었다. 왕이 그에게 왜 이토록 고달픈 모습이냐고 묻자, 자신은 가난한 것이지 고달픈 것이 아니라고 답한다. 오히려 그는 어리석은 왕과 세상을 어지럽히는 신하들 때문에 백성들의 삶이 고달프다고 말한다. 이렇게 장자는 자신의 행색을 동정하는 왕에게 시원한 펀치를 날린다. 그렇다면 가난한 백성들에게 필요한 것은 무엇일까? 장자는 목마른 자에게 가장 절실한 것은 "한 모금의 물"일 뿐인데, 나랏일 하는 높은 사람들이 대의명분만 따지는 것을 한심하다고 여긴다. 그래서 왕이 찾아와 그에게 높은 관직을 제안하지만, 그는 "차라리 진흙탕에서 꼬리를 끌며 살겠다"며 거절한다. 장자는 관직을 얻어 세상에 나아가는 것이 죽는 것과 같다고 말한다.

그가 바라는 삶은 소박하다. 그는 오직 자신을 알아주는 단 한 명의 친구가 필요할 뿐이다. 그 친구는 바로 혜시(惠施)이다. 장자는 혜시와 서로 치열하게 문답식 토론을 벌이며 우정을 쌓는다. 비록 왕의 부름은 거절하지만, 친구와 배움을 이어 나감으로써 세속적이지 않은 방식으로 세상 속에서 사는 방법을 터득한 것이다. 『장자』에는 왕 앞에서 온갖 재주를 뽐내다 활에 맞아 죽은 오만한 원숭이 이야기가 나온다. 그는 그 원숭이처럼 어리석게 살기보다 남이 보기에 보잘것없지만 자신에게 소중한 친구, 그 한 사람을 위해 기꺼이 자신의 재능을 펼쳐 보이고자 한다. 장자는 대의명분을 따라서 입신양명하여 돈과 명예를 좇는 대신, 친구와 우정을 나누는 삶을 선택한다. 이들의 우정이 늘 달콤하기만 한 것은 아니다. 장자는 혜시와 변론을 펼칠 때마다 상대방의 논리의 허점을 집요하게 파헤치고 그의 무지를 낱낱이 드러낸다. 그에게 잘 산다는 것은 이렇게 친구와 배움을 이어 나가는 것이다.

장자는 삶과 죽음을 기존의 방식이 아닌 새로운 방식으로 바라본다. 그는 오히려 아내의 죽음 앞에서 노래를 부르고, 왕의 부름 앞에서는 죽음을 생각한다. 육신의 죽음은 인간의 관점에서 소멸이지만 우주적 관점에서는 생성이다. 삶과 죽음이 이런 인과적인 자연의 법칙으로 운행한다는 것을 깨달은 장자. 그래서 자신의 수명을 다하고 온전한 삶을 살다 간 아내의 장례식에서 축하곡을 한 곡조 뽑았을는지도 모른다. 그리고 벼슬자리는 왕의 변덕에 따라 언제 화살에 맞아 죽을지도 모르는 관 속이라고 생각한다. 그는 가난하더라도 권력으로부터 자유로운 삶을 바란다. 나는 이런 장자의 태도를 죽음을 초월한 것으로 보기보다는 오히려 진흙탕을 뒹굴며 마음 편하게 온전한 삶을 살겠다는 강렬한 삶의 의지로 해석한다.

백정의 소 잡는 기술은 예술이다

이렇듯 장자가 바라보는 세상의 기준은 다르다. 그는 누구에게나 아름답다고 칭송받는 사람들에 대한 미적 기준을 무력화시키고 대신, 가장 보잘것없고 흉측한 사람들로부터 아름다움을 이끌어 낸다. 그의 이웃들은 실제로 전쟁터에서 돌아온 외발이거나 절름발이, 혹은 손가락질 받는 꼽추이거나 하릴없이 빈 낚싯대를 드리운 노인이다. 하지만 장자 이야기 속에서 우리는 이들의 비상한 재주에 매료된다. 삶과 죽음의 이분법을 넘어선 장자, 그는 선과 악, 미와 추, 완전함과 불완전함 등의 고정관념을 전복시킨다.

그렇다면 세속에 살면서 세속의 기준에 얽매이지 않고 자신의 세계를 구축하는 방법은 무엇일까? 장자는 어느 이름 모를 백정의 이야기, 포정해우(庖丁解牛)를 통해 오랜 수련 과정을 상세히 소개한다. 포정이란 기술이 뛰어난 백정을 의미하며, 어떤 특정한 사람의 이름은 아니다. 포정은 왕 앞에서 소의 살과 뼈를 해체하는 칼질을 시작한다. 주변은 쓱싹쓱싹 포정의 칼질하는 소리만 들릴 뿐이고, 그의 몸놀림은 부드럽고 춤추듯이 경쾌하다. 이윽고 소 한 마리가 살과 뼈로 분리되어 한편에 쌓인다. 이를 모두 지켜본 왕은 감탄한다. 그는 신분이 높은 왕이지만 역설적이게도 세상 사람들로부터 가장 멸시받는 백정으로부터 '삶의 도'를 배운다.

> 문혜군이 말했습니다. "아, 훌륭하구나. 기술이 어찌 이런 경지에 도달할 수 있다는 말인가?" 백정이 칼을 놓고 대답했습니다. "제가 중요하게 생각하는 것은 도입니다. 기술을 넘어선 것이지요.

처음 소를 잡을 때는 소가 통째로 보였습니다. 삼 년이 지나자 소의 갈라야 할 부분이 보였습니다. 지금은 소를 눈으로 보지 않고 신묘한 기운으로 대합니다.(……)"(『낭송 장자』, 84~85쪽)

왕은 백정의 소 잡는 기술이 최고의 경지라고 칭찬한다. 하지만 백정은 이것을 기술이 아니라 '삶의 도'라고 말한다. 처음 소를 잡을 때는 소가 보였는데, 3년이 지난 이후부터는 더 이상 보지 않고도 소를 잡게 되었다는 것이다. 이것은 보잘것없는 백정이 눈으로 보지 않고 소를 잡는 것이 예술의 경지에까지 이른 것이라는 의미이다. 기술을 넘어선 예술의 경지란 무엇일까? 그는 보통 사람은 보지 못하는 뼈와 살 사이 틈을 볼 수 있는 자신에게 신묘한 기운이 느껴진다고 말한다.

"(……)지금 제 칼은 십구 년이나 되었습니다. 그동안 소를 수천 마리나 잡았지만 이 칼은 막 숫돌에서 갈아낸 듯 예리합니다. 소의 뼈마디에는 틈이 있고 칼날은 더없이 얇아 두께가 없습니다. 두께가 없는 것이 틈새로 들어가니 넓은 공간에서 칼이 자유자재로 놀고도 남는 것입니다. 이 때문에 십구 년이 지났어도 이 칼은 막 숫돌에서 갈아낸 듯 예리합니다.(……)"(『낭송 장자』, 85쪽)

백정은 19년 동안 수천 마리의 소를 잡았음에도 불구하고 아직까지 칼을 바꿀 필요가 없다. 왜냐하면 칼날이 뼈를 치지 않고 뼈와 살 사이로 지나가기 때문이다. 얼마나 정확하게 틈새를 가르기에 칼

날이 전혀 상하지 않는다는 말인가! 이런 생생한 표현을 보면서 백정의 소 잡는 동작과 칼날 소리가 이미 예사롭지 않다는 것을 짐작할 수 있다. 그의 칼 솜씨는 더 이상 감각기관에 의지하는 기술이 아니라 마음으로 움직이는 예술인 것이다. 이런 예술의 경지에 오를 정도로 자신의 일에 온 정성을 다하여 몰두하는 사람이라면 세상에서 가장 하찮은 일을 하는 사람일지라도 살아가는 지혜를 터득하게 된다. 이런 삶의 지혜를 장자는 몸으로 체득한 '삶의 도'라고 말한다.

빈 배와 다투는 사람은 없다

『장자』는 누구나 자신만의 스토리를 구성할 수 있는 역동적인 책이다. 그래서 어려운 한자를 몰라도 누구나 『장자』의 이야기 속으로 빠져들 수 있는 『낭송 장자』의 출간은 반갑다. 『낭송 장자』는 소리 내어 읽기 좋은 우리 입말로 『장자』를 풀어 엮고 있다. 문장이 간결해서 낭송에 귀를 기울이면 누구나 듣고 바로 이해할 수 있다. 하지만 한 번 읽고 나서 덮을 수 있는 책은 아니다. 짧고 간결하게 엮어서 누구나 쉽게 읽을 수 있지만 장자가 우리에게 건네는 화법이 낯설기 때문에 여러 번 읽고 또 읽어야 한다. 읽을 때마다 매번 달리 해석되기도 하고 이해의 폭이 더욱 넓어지기도 한다.

　『낭송 장자』는 동양고전을 소리 내어 읽기 좋게 기획된 '낭송Q 시리즈' 중 하나이다. 이 시리즈는 옛사람의 공부법으로 묻혀 버린 낭송을 새로운 공부법으로 제안한다. 낭송은 근대 교육으로 인해 잃어버린 우리의 신체성을 회복하는 행위이다. 왜냐하면 소리 내어 읽는 행위를 여러 번 훈련하고 더 나아가 텍스트를 외워서 자신의 몸 안에 텍스트를 새기는 행위이기 때문이다. 그래서 낭송은 남녀노소 제약 없이 시도해 볼 만하다.

나는 몇 년 전 문탁의 서당 학생들과 『낭송 장자』로 '낭송Q페스티벌'이라는 낭송 대회를 준비한 적이 있다. 이 대회에서 아이들은 '심재 우화', 「빈 배와 다투는 사람은 없다」, 「쓸모없음의 쓸모」, 「오리의 다리를 늘이지 말고 학의 다리를 자르지 마라」 등 유명한 『장자』의 이야기를 낭송했다. 이전에는 '장자'라는 이름을 들어 본 적도 없던 아이들은 발표를 준비하면서 오직 낭송으로만 텍스트를 이해하는 과정을 거쳤다. 큰 소리로 반복해서 낭송하고 암기하면서 아이들은 비로소 이야기와 호흡을 일치시키며, 자신만의 스토리를 구성했다. 그러자 기계적으로 암송하는 것이 아니라 자연스럽게 스토리에 꼭 맞는 표정을 짓기도 하고 동작을 만들어 내기도 했다. 아이들의 낭송 소리는 난해한 고전 텍스트를 생동감 있는 장자 이야기로 되살려 냈다. 고전은 인생의 경륜이 많은 사람들이 보는 책이라는 고정관념에 빠지기 쉬운데, 나는 이때의 경험으로 나이의 많고 적음이 낭송으로 고전을 즐기는 데 장벽이 되지 않는다는 것을 알았다.

머리로 낭송이 좋다는 것을 백 번 아는 것은 낭송을 직접 한 번 해보는 것만 못하다. '포정해우' 이야기에서는 오랜 수련을 통해 몸으로 도를 체득하지 않았는가. 그래도 아직 낭송이 어렵게 느껴진다면? 아래 문장은 짧지만 완결성 있는 『장자』의 한 편이다. 큰 소리로 세 번 읽으면 '장자의 도'가 내 안에 들어온다. 속는 셈 치고 해보자, 롸잇 나우!

배를 타고 강을 건너는데 빈 배가 와서 부딪혔습니다. 아무리 성마른 사람이라도 화를 내지는 않습니다. 그러나 그 배에 한 사람이라도 타고 있다면 밀어라, 당겨라 고함을 칩니다. 한 번 고함 쳐도 듣지 않고, 두 번 고함 쳐도 듣지 않으면 세번째엔 욕을 퍼붓습니다.

앞의 경우에는 화내지 않았지만 뒤의 경우에는 화내는 이유는, 앞의 경우엔 빈 배였지만 뒤의 경우엔 누군가 타고 있었기 때문입니다. 사람도 빈 배처럼 자신을 비운 채 세상에서 노닌다면 누가 그를 해치겠습니까?(『낭송 장자』, 62쪽)

_여울아(김수경)

펑유란, 『중국철학사』, 박성규 옮김, 까치글방, 1999

나의 '중국철학사'를 쓸 수 있을까?

우리들의 표준전과, 『중국철학사』

다른 사람은 어떤 텍스트로 동양고전에 입문할까? 잘 모르겠다. 대학의 동양철학과는 또 어떤 커리큘럼을 갖고 있을까? 역시 잘 모른다. 『논어』, 『맹자』 같은 것을 '동양고전'이라고 불러야 하는지 '동양철학'이라고 불러야 하는지도 잘 모르겠다. 어쨌든 난 '이곳'에 『논어』로 입문했다, 어느 날 우연히 발심하여. 그리고 내가 얼마나 무식했는지에 대한 작은 에피소드.

아마 『논어』 강독 첫날이었을 것이다. 아직 '연구공간 수유너머'에 있을 때였고, 나를 제외한 멤버 대부분은 대학원에서 '고전문학' 혹은 '동양철학'을 공부하는 사람들이었다. 그런데 그날 친구들은 공자만큼이나 자주 공자의 '아내'를 언급했다. 난 속으로 생각했다. 공자 아내? 소크라테스의 아내 크산티페처럼 공자 아내도 유명한 모양이지? 그런데 조금 지나면서 보니까 뭔가 이상했다. 친구들이 열심히 입에 올렸던 사람은 공자의 '아내'가 아니라 공자가 가장 사랑한 제자 '안회'였다. 아~ 이럴 수가!

그렇게 시작한 『논어』. 그러나 갈수록 더 빠져드는 공자님의 매력. 그런데 감탄과 감동이 증가될수록 내가 공자와 그의 시대에 대해 너무 모른다는 것이 분명해져 갔다. '제자백가'니 '춘추전국시대'니 등을 당연히 알고 있다고 생각했지만 막상 제대로 알고 있는 것은 없었던 것이다. 『논어』의 가이드, 참고서가 필요했다. 친구들에게 물으니 한결같이 "평유란의 『중국철학사』!"란다. 나는 그렇게, 그리고 이후 문탁에서 나처럼 『논어』로 동양고전에 입문한 친구들 역시 그렇게 평유란을 만났고 『중국철학사』를 읽었다.

그런데 문제는 그것이 보기만 해도 기가 질리는 두꺼운 책이었다는 데 있다. 상·하 두 권을 합치면 무려 1,500페이지! 하지만 누가 백과사전을 A항목부터 Z항목까지 차근차근 읽겠는가? 누가 참고서를 처음부터 끝까지 순서대로 읽겠는가? 우리는 필요한 부분만 뽑아서 읽기로 했다. 예를 들어 『논어』와 관련된 부분은 『중국철학사』 상권 총 16장 800쪽 중 「3장 공자 이전과 당시의 종교·철학사상」, 그리고 「4장 공자와 유가의 흥기」 이렇게 약 80페이지만 읽는 식으로. 그렇게 읽으면 일단 부담은 없다.

더구나 평유란(馮友蘭, 1895~1990)은 정리의 천재이다. 그는 "요컨대 공자는 한 교육가였다. (……) (그렇지만: 인용자) 중국역사상 여전히 지극히 높은 위치를 점하고 있다"(『중국철학사』 상, 85쪽)고 하면서, 그 이유를 첫째, 공자가 중국에서 처음으로 학문을 자신의 업으로 삼고 평민들을 대상으로 교육을 했다는 점, 둘째, 민중의 교사로서의 공자의 행적은 그리스의 소피스트, 특히 소크라테스와 견줄 만한 점이라고 말한다. 명쾌했다. 공자가 어떤 사람인지 역사상 어떤 위치에 있는지 바로 이해가 되었다. 공자를 서양의 소크라테스로 비유하듯, 맹자를 서양의 플라톤으로, 순자를 서양의 아리스토텔레스로 비유하는 것도 일단은 좋았다. 뭔가 머리에 쏙쏙 들어오는 느낌이랄까.

물론 늘 좋았던 것만은 아니다. 우리의 공부가 『논어』나 유가를 넘어 『노자』나 『장자』로 향할 때 우리는 다시 『중국철학사』를 펼쳐 들고 「8장 노자와 도가 중의 노자학」, 「10장 장자와 도가 중의 장자학」을 선택해 읽었다. 그런데 이번에 펑유란은 "세상을 잊어야(外天下) 사물을 잊고(外物), 사물을 잊어야 삶을 잊고(外生), 그래야 비로소 조철(朝徹)하고 견독(見獨)하는데, 그렇게 되면 시간을 초월하고 생사를 초월하게 된다"(「대종사」, 『장자』)는 장자의 핵심 사상을 '순수경험'(pure experience)이라는 개념으로 설명한다. 그러면서 "제임스에 따르면, 순수경험은 경험의 '액면가치', 즉 순수감각내용으로서, 개념에 의한 구별이 섞이지 않은 것을 말하는데, 불가에서 말하는 현량(現量)이 곧 그것인 것 같다"(『중국철학사』 상, 384쪽)고 설명을 덧붙인다. '견독'도 어려운데, 그걸 설명하는 '순수경험'은 더 어렵고, 또 그것을 '현량'에 빗대어 이해하라니…. 우리는 『중국철학사』보다 더 쉽고 더 친절한 참고서가 없을까, 라고 고민에 빠지기도 했었다.

하지만 그것도 잠시. 유가와 도가를 거쳐 한비자나 손자, 묵자 같은 다른 제자백가로 공부가 확산될 때쯤 우린 다시 펑유란의 『중국철학사』를 찾았다. 당시 나는 소위 전공자들에게 법가나 병가에 대한 좋은 2차 서적을 추천해 달라고 부탁했지만 돌아오는 대답은 다시 펑유란의 『중국철학사』였기 때문이다.

동양고전 입문 시절, 우리는 그렇게 『중국철학사』를 읽었다. 그 책은 띄엄띄엄 읽되 반복해서 집어 들었던 우리의 가장 친근한 참고서였다. 그 책은 손때 가득 묻은 우리 모두의 '표준전과', 우리 모두의 '동아전과'였다.

구방신명(舊邦新命), 전통을 새롭게 한다는 것은?

하지만 사실 펑유란의 『중국철학사』는 『논어』나 『근사록』 등을 읽기 위한 참고서 같은 게 아니다. 그것은 서세동점(西勢東漸) 시기의 중국에서, 수천 년간 지속되던 한 문명이 속절없이 무너져 내리던 때, "구망(救亡)과 계몽(啓蒙)의 이중과제"(리쩌허우) 속에서 고군분투하던 한 청년의 역작이기 때문이다.

펑유란은 1895년 허난성(河南省) 탕허현(唐河縣)에서 태어났다. 그는 토지를 천오백 무(畝)나 가지고 있었던 상당한 재력가의 집안, "큰아버지와 작은아버지께서는 모두 향시에 합격한 수재" 집안, 항상 이삼십 명이 한솥밥을 먹는 봉건시대 대가족 집안 출신이었다 (펑유란, 『펑유란 자서전』, 김시천 등 옮김, 웅진지식하우스, 2011, 21쪽).

그리고 어릴 때는 "국학을 제대로 배우지 않으면 그 어떤 것을 배워도 소용이 없다"는 아버지의 신념에 따라 학교에 가지 않고 집안에서 철저한 전통 교육을 받았다. 펑유란의 회고에 따르면 당시는 '포본'(包本)이라고 하여 책은 반드시 처음부터 끝까지 외워야 다 읽은 것으로 쳤다고 한다. 심지어 사서를 읽을 때 본문뿐만 아니라 주자(朱子) 주까지 외워야 하는 지역도 있었지만 다행히 자신의 집안에서는 그런 요구까지는 하지 않았다고 한다.

나는 말년의 펑유란이 거의 시력을 잃고 구술로 『중국철학사 신편』(7권)을 썼다는 사실, 그것을 시작한 때가 무려 80세였다는 것, 그럼에도 책을 쓰는 것을 전혀 고생스럽게 여기지 않았으며 "소가 풀을 되새김질하듯이 일생 동안 축적한 지식을 천천히 되새김질하면서" 사상의 탑을 완성시켜 나갔다는 것에 감동을 받았었다. 더구나 이미 수많은 자료가 머릿속에 암기되어 있어서 언제 어디서나 특별한 자료, 메모 없이도 구술이 가능하였다는 사실에 깜짝 놀라기도 했었다(펑종푸, 『나의 아버지 펑유란』, 은미영 옮김, 글항아리, 2011, 19쪽). 하여 감발(感發)받은 나는 한때, 나도 경서를 다 외워 볼까, 라는 깜찍한 꿈을 꿔 보기도 했으나 곧바로 포기했었다. 오늘 외운 것은 반드시 내일 잊어버린다는 사실을 몇 번 확인한 후에 말이다. (그럼에도 불구하고 문탁네트워크에서는 여전히 그 꿈을 버리지 않고 사서 전문 암송에 도전하는 '미친美親 암송단'이 존재한다.)

이후 펑유란은 중주공학중학교를 거쳐 상하이중국공학학교를 졸업한 후 베이징대학에 입학한다. 그런데 그 시기의 인물들, 엄청난 정치적 격변 속에서 전통 교육과 서양 문명을 동시에 습득한 청말 세대들은 그 두 가지 사이에서 모순을 느끼지 않았을까? 그렇다면 그들은 그것을 어떻게 해결해 가고자 했을까? 전통 문명으로 서양 문명을 부정할까? 아니면 역으로 서양 문명으로 전통 문명을 부정할까? 아니면 전통 문명과 서양 문명을 조화시키는 제3의 길을 생각해 낼까?

양무운동-무술개혁 시기의 기치는 '중체서용'(中體西用)이었다. 장지동(張之洞, 1837~1909)은 "바뀔 수 없는 것은 윤기(倫紀)이지 법제(法制)가 아니며, 성도(聖道)이지 기계(器械)가 아니며, 심술(心術)이지 공예(工藝)가 아니"(리쩌허우,『중국현대사상사론』, 김형종 옮김, 한길사, 2005, 499쪽에서 재인용)라고 했다. 그러나 그것으로는 망해 가는 중국을 구할 수 없었다.

천두슈(陳獨秀, 1879~1942), 후스(胡適, 1891~1962), 루쉰(魯迅, 1881~1936) 등 다음 세대는 달랐다. 그들 대부분은 전통문화를 근본적인 수준에서 부정하고 공격하면서 '새선생'(賽先生, science)과 '덕선생'(德先生, democracy)만이 중국을 구원할 수 있을 것이라고 주장했다. 바로 『신청년』 그룹, 5·4 신문화운동 세대들이다. 미국 유학파 후스는 그 선봉에 서 있었다. 그는 '전반서화론'(全盤西化論)을 주장하며 백화문운동을 펼쳐 고문(古文)과 투쟁하였고, 중국 최초의 근대철학사라고 일컬어지는 『중국철학사대강』(中國哲學史大綱, 1919)을 지어 경학(經學)을 타파했다. 경학은 요, 순, 우, 탕, 문, 무, 주공, 공자 같은 사람을 성인으로 박제화하여 경배만 하도록 할 뿐 비판하지 못하게 한다는 것이다. "공자 무리들을 타도하자!"(打倒孔家店) 가히 코페르니쿠스적 전환!! 당시 후스에게 중국철학사 강의를 들은 구제강(顧頡剛)은 "이러한 변화는 삼황오제로 가득 찬 우리 학급 학생들의 머리에 갑작스러운 중대한 타격을 가져다 주었으며, 놀란 우리들은 어안이 벙벙하여 입을 다물 수 없을 정도였다"(리쩌허우, 앞의 책, 170쪽에서 재인용)고 말했다고 한다.

1915년 베이징대학에 입학한 펑유란도 마찬가지였다. 서양철학을 공부하고 싶었지만 가르칠 선생이 없어서 그 과목은 폐강되었다. 어쩔 수 없이 중국철학을 배우게 되었는데 문제는 당시의 교수가 삼황오제로부터 시작해서 반년이 지나도록 주공까지밖에 진도를 못 뺐다는 데 있다. 하지만 1916년 차이위안페이(蔡元培)가 베이징대학의 총장으로 부임하고 천두슈가 차이위안페이에 의해 문과대 학장으로 임명되고 1917년에 후스가 철학과 교수로 오면서 상황은 바뀌었다. "한도 끝도 없는 경전 주소(注疏)의 바다에 빠져들었다가 반년 동안 기어 올라가서 본 것이 겨우 주공"이었던 당시 청년들에게 후스의 강의와 책은 "면목이 새로워지고 정신이 상쾌해지는 기분"이 들도록 했다고 한다(펑유란, 『펑유란 자서전』, 357쪽). 그리고 그는 베이징대학을 졸업한 후 후스가 유학했던 미국 컬럼비아대학으로 국비유학을 떠나고 역시 후스의 지도교수였던 존 듀이에게 배우게 된다.

당시 그의 문제의식은 다른 신청년들처럼 "중국과 서양이 접촉한 이후 중국은 하는 일마다 실패했는데 그 원인은 대체 무엇인가? 서양은 왜 부강한가? 중국은 왜 빈약한가? 서양은 중국에 비하여 대체 어떤 점들이 우월한가?"(펑유란, 앞의 책, 341쪽)였다. 스스로 찾은 답은 역시 중국에는 '새선생'(賽先生)이 부족하다는 것이다. 그렇다면 그 이유는 또 무엇일까? 그것을 콤플렉스로 받아들여야 할까? 혹시 그것을 중국 문명의 결여가 아니라 서양과 다른 중국 문명의 특징이라고 이해할 수는 없을까? 그는 후스의 길과는 조금 다른 길을 걷는다. 후스처럼 전통을 전적으로 부정하는 것이 아니라 전통을 서양의 언어로 서양의 방법론으로 재구성함으로써 서양의 그것과 동등하게 만드는 것이었다. 그것은 바로 그가 평생 가장 좋아했던 『시경』의 "주나라는 오래되었으나 그 천명은 새롭다"(周雖舊邦其命維新주수구방기명유신)에서 따온 구절, '구방신명'(舊邦新命)의 길이었다. 귀국 후 펑유란은 격변의 정세 속에서도 『중국철학사』의 집필에 몰두한다. 『중국철학사』! 그것은 당대 신청년들에게 제기되었던 "구망(救亡)과 계몽(啓蒙)의 이중과제"에 대한 펑유란식의 응답이었다.

다시 쓰는 중국철학사

『중국철학사』는 철학이란 무엇인가, 라는 질문으로부터 시작한다. "철학이라는 말은 본시 서양 말이었다." 그렇다면 중국철학사를 쓰는 작업은 "중국 역사상의 각종 학문 가운데 서양의 소위 철학이라는 것으로 이름할 수 있는 것을 골라 서술하는 일"이 되어야 할 것이다. 물론 이를 위해서는 철학의 개념을 분명히 해야 하지만 그것은 서양에서조차 합의되지 않았으니 일단 철학이라는 범주에 속하는 것들을 밝히겠다고 한다. 그것이 바로 우주론, 인간론, 인식론이다.

　　그렇다면 다음 스텝은 서양의 그것에 해당하는 중국의 것들을 찾아내서 대응시키는 일이다. 하여 펑유란은 "위진인(魏晉人)이 말한 현학(玄學), 송명인(宋明人)이 말한 도학(道學), 청인(淸人)이 말한 의리지학(義理之學)" 같은 것들이 서양의 철학에 견줄 수 있는 것인데, 그것들 중에서 "천도(天道)를 연구한 부분은 서양철학 중의 우주론과 대체로 같고, 성명(性命)을 연구한 부문은 서양철학 중의 인간론과 대체로 같다"고 한다.

그런데 이렇게 중국철학을 구성해 갈 때 최대의 약점은 방법론이다. 철학은 논증의 학문인데 중국철학자들의 철학은 "논증이나 설명의 측면에서 서양이나 인도철학자들의 철학에 비하면 크게 뒤떨어진다". 물론 펑유란이 보기에 이것은 하지 않은 것이지 할 수 없었던 것은 아니다. 왜냐하면 중국철학의 관심은 지식 그 자체가 아니라 인간의 삶이었기 때문이다. 하지만 결과적으로 방법론이 약하고 철학의 세 분야 중 인간론에 비해 우주론과 인식론이 미흡해진 것도 사실이었다.

이런 이유로 인해 당대 학풍은 '의고'(擬古)였다. 사실로 증명될 수 없는 것은 모두 거짓이니 버려야 한다는 것이다. 그러나 펑유란은 '석고'(釋古)라는 방법론을 사용한다. 그것은 '옛 문헌에 대한 맥락적 해석' 정도로 번역될 수 있는 것인데 가짜라고 버리는 것이 아니라 그 가짜가 나오게 된 맥락을 살펴서 그것의 의미를 파악해야 한다는 것이다. 『열자』(列子)를 지었다는 열자가 실존인물인지 아닌지를 문헌학적으로 역사적으로 고증할 수 없다고 해서 『열자』라는 텍스트가 의미가 없는 것은 아니지 않겠는가? 『열자』가 위서(僞書)인 것은 맞지만 그것은 그것을 다루지 말아야 한다는 의미가 아니라 그것을 선진시대의 저작이 아닌 위진 시대의 사상으로 다루어야 한다는 의미라는 것이다. 펑유란은 자신의 '석고'라는 방법론이 무조건 믿는 전통적인 '신고'(信古)와도 다르고 무조건 의심하는 후스 등의 '의고'와도 다른 제3의 방법론이라고 생각했다. 그렇게 묵자(墨子)가 부활되었고, 공손룡(公孫龍)이나 혜시(惠施) 같은 학설이 중국의 논리학이 되어『중국철학사』안에 재배치되었다.

그리고 평유란은 중국사회의 큰 변혁이 두 번 일어났다고 보고 그 변곡점을 중심으로 철학사의 시대 구분을 한다. 첫번째 가장 큰 변혁기는 춘추전국시대. 이때를 백가쟁명(百家爭鳴)의 시대, 중국사유가 가장 활성화된 시대였다고 하면서 '자학시대'(子學時代)라 이름을 붙인다(『중국철학사』상). 두번째 큰 변혁기는 바로 청나라 말인 당대로 중국과 서양의 교섭이 활성화되었던 시대인데 이에 따라 중국철학사에서 다루는 두번째 시기는 춘추전국시대 이후부터 청나라 말까지가 된다. 이 시대는 유가의 전적이 '경'(經)으로 변해 모든 사람들의 사상을 제한했던 시기이다. 이 시대 사람들은 새로운 견해가 있다고 하더라도 주석을 다는 식으로 표현해야 했기 때문에 옛사람들의 재능과 사상에 의존하는 데 익숙해져 버렸다. 그것은 "마치 두 다리에 병이 난 사람이 목발에 의지해야 길을 걸을 수 있고, 목발이 없으면 다리가 제 역할을 못하는 것과 같"은 것이었다(평유란,『평유란 자서전』, 362쪽). 평유란은 그 시대를 '경학시대'(經學時代)라고 이름 붙였다(『중국철학사』하).

『중국철학사』! 그것은 거의 이천 년의 역사를 망라하는 통사이고, 예전 같으면 국가 공무원 수십 명이 달라붙어서 수행했어야 하는 엄청난 작업량이었고, 말 그대로 중국 최초의 체계적인 철학사이다. 그것은 후스의 길도 천두슈의 길도 루쉰의 길도 아닌 자신만의 길을 걸으면서, 신해혁명, 국민혁명, 공산혁명 속에서 온갖 오욕을 감수해야 했지만, 그래도 오롯이 학자였기 때문에 가능했던 평유란의 첫번째 학문적 성취물이었다. 1930년대 쓰인『중국철학사』는 지금까지도 전 세계 사람들이 가장 많이 읽는 중국철학사이다.

N개의 중국철학사, 나의 중국철학사

공부 연차가 쌓이면서 우리의 시야도 넓어지고 안목도 높아졌다. 이제 우리는 펑유란을 넘어서 핑가레트(Herbert Fingarette), 그라네(Marcel Granet), 슈워츠(Benjamin Schwartz), 줄리앙(Francois Jullien), 크릴(Herrlee G. Creel), 미조구치 유조(溝口雄三), 그레이엄(Angus Graham) 등을 읽기 시작했다. 모르던 세상이었고 아름다운 풍경이었다. '집밥'만 먹다가 맛집을 찾아 새로운 음식을 먹어 보는 것 같았다. 난 아직도 핑가레트의 『공자의 철학』(Confucius: the Secular as Sacred; 송영배 옮김, 서광사, 1991)을 읽었을 때 번개 맞은 것 같은 느낌을 잊지 못한다.

그는 서구에 소개된 공자의 철학은 늘 서구적/기독교적이거나 아니면 서구화된 불교/도교적인데 이것의 가장 큰 문제는 인간에 대한 개인주의적 해석이라고 한다. 서구인들은 자신들이 익숙한 방식대로 공자의 도(道)에서 길의 형상을 떠올리고 길의 형상에서 다시 갈림길의 이미지를 떠올리면서 그 길 앞에 놓인 인간의 선택, 결정, 책임 등의 관념을 떠올린다. 그러나 "선택이라는 관념을 표현하기에 이렇듯 딱 들어맞고 손쉽게 이용할 수 있는 (바로 이 갈림길의) 비유가 정작 『논어』에서는 결코 단 한 번도 쓰인 것이 없다"(허버트 핑가레트, 『공자의 철학』, 46쪽). 공자의 철학에는 길 앞에 서서 결단을 내리는 고립된 개인은 전제되어 있지 않다. 그러면서 공자철학의 비

서구적이고 비불교적인 특질을 제대로 그려 내야 한다고 주장하며 '예'(禮)를 재해석한다. 그에 따르면 '예'란 인간을 규제하는 법이 아니라 인간을 인간으로 만드는 수행적 실천이다. 우리는 신성한 의식에 참여함으로써 매번 공동체를 재구성하고 그것을 통해 자신의 조야한 충동을 문명화한다. 아니 '예'가 제사의 방법을 세세히 규정하고 있는 그런 준칙이 아니라고? '예'가 사회적 규범이 아니라 공동체의 수행적 실천이라고? 나는 그의 통찰에 놀랐고 그에게서 받은 영감에 오래 머물러 있었다.

핑가레트뿐이 아니었다. 내가 읽은 서구의 학자들은 대체로 포스트 펑유란 세대였다. 그들은 공히 서구의 관점으로 중국철학을 설명하는 오리엔탈리즘적 시각을 넘어서 중국철학을 기술해야 한다고 생각한다. 그런데 어떻게?

슈워츠는 중국과 서양의 언어는 개념과 사상 범주가 다르기 때문에 결코 일대일 대응의 관계에 있지도 않고 따라서 중국의 개념을 서양의 언어로 번역하는 것은 불가능하다고 한다. 하지만 두 세계의 개념과 사유가 다르다고 해서 공통의 경험이 없는 것은 아니라고 말한다. 따라서 슈워츠에게 중요한 것은 중국 사유 속에서 인간 보편의 경험을 밝혀내고 기술하는 것이었다(벤자민 슈워츠, 『중국 고대 사상의 세계』, 나성 옮김, 살림, 2004).

서구에서 중국학과 관련하여 슈워츠와 쌍벽을 이룬다는 그레이엄 역시 두 문화는 서로 다르다는 것에서 출발한다. 하지만 그레이엄은 슈워츠와 다르게 두 문화 사이의 통약 가능한 보편적 경험이 있다는 생각을 부정한다. 오히려 차이에 집중하고 차이를 드러내야 하는데 그 차이는, 그레이엄이 보기에 내용이 아니라 방법에 있다. 중국철학사를 쓴다는 것은 "성인들이 '무엇을 사고했느냐?'는 내용(what)의 문제만큼이나 그들이 '어떻게 사고했느냐?'는 방법(how)의 문제를 주제로 삼는" 것이다(앤거스 그레이엄, 『도의 논쟁자들』, 나성 옮김, 새물결, 2015). 그레이엄은 후기 묵가의 합리주의와 장자의 반합리주의 길항 속에서 중국 사유의 특징을 찾는다.

그런데 이 과정에서 내가 발견한 것은 그레이엄이 장자의 사유가 비합리적인 것이 아니라 서양의 합리/비합리의 이분법을 넘는 반합리적인 것이라고 말하고, 줄리앙이 중국의 '세'(勢) 개념을 통해 서양의 표상적·개념적 사유를 넘어서려고 할 때(프랑수아 줄리앙, 『사물의 성향』, 박희영 옮김, 한울, 2009) 이들이 추구하는 것이 오리엔탈리즘의 도립상인 옥시덴탈리즘은 아니라는 점이다. 그들은 언제나 자신의 철학을 하고 있었다. 그것은 30년대의 중국의 평유란도 그랬고 현재 서구에서 동양철학을 연구하는 학자들도 마찬가지였다. 그들은 자신의 시대와 대결하기 위해 새로운 비전을 찾기 위해 공자로, 노자로, 도(道)로, 군자(君子)로 돌아간다.

그렇다면 나는? 우리는? 우리는 왜 십 년 가까이 주야장천 동양 고전을 읽고 또 읽는가? 우리는 무엇과 대결하고 싶은 것일까? 우리는 이런 고전들을 어떻게 해석하고 싶은 것일까? 어쩌면 이제 우리가 읽어야 할 것은 우리 자신이 쓴 '중국철학사'가 아닐까? 평유란의 『중국철학사』에서 출발해 수많은 '중국철학사'들을 경유한 후 우리는 이렇게 단순한 진리에 다시 도달했다.

_문탁(이희경)

신영복, 『담론』, 돌베개, 2015

『담론』 읽기, 삼세번+α

『담론』은 신영복 선생의 마지막 유작이다. 선생은 책을 많이 쓰지는 않았지만 『감옥으로부터의 사색』처럼 대부분의 책들은 많은 사랑을 받았다. 20여 년간의 옥중 생활 동안 보낸 편지가 『감옥으로부터의 사색』이라면, 『담론』은 그후 대학 강단에서 학생들과 공부한 강의록 이다. 정년퇴임 후 〈인문학 특강〉이라는 강의만 했는데 그마저도 못 하게 되어서 미안하다고, 그래서 책으로 냈다고 하는데, 결국 마지막 책이 되었다.

　나는 이 책을 여러 번 읽었다. 그때마다 매번 다른 부분에 꽂히 고, 다른 생각에 갈마드는 것이 내게는 『담론』도 새로 받은 편지 같 다. 선생은 강의와 달리 책은 저 혼자 무슨 말을 하고 다닐지 모르겠 다고 걱정하셨지만, 책이 자기의 길을 스스로 낸 것이다. 내가 『담 론』을 자꾸 들추게 되는 것은 책이 나를 초대한 것일지도 모른다. 이 제부터 그 경험을 이야기해 보려니, 문득 선생의 말씀이 떠오른다.

"필자는 죽고 독자는 끊임없이 탄생하는 것입니다." 나는 어떤 독자일까?

고전을 좀 아는 사람들과 읽었다

고전을, 특히 공자와 맹자의 텍스트를 싫어하는 친구가 있었다. 내가『논어』를 공부하고 있을 때, 어깨너머로 '군자화이부동, 소인동이불화'(君子和而不同 小人同而不和; 「자로」23장)라는 구절이 눈에 띄었나 보다. 이 구절은 보통 '군자는 화목하되 부화뇌동하지 않고, 소인은 동일함에도 불구하고 화목하지 못하다'고 해석된다. 그는 군자와 소인으로 나뉜 계급사회를 옹호하는 말이라고 혀를 끌끌 찼다. 나는 그럴 수도, 아닐 수도 있다며 별로 개의치 않았다. 그렇다고 소인 말고 군자가 되어야겠다고 결심하는 편도 아니었다. 나의 관심은 텍스트 그 자체, 그 시대에 대한 것이었다. 군자와 소인이 그 시대에 어떤 의미로 쓰였지? 왜 화이부동을 중시했지? 반면에 그것을 '지금 여기로' 가져오는 일에는 괄호를 쳤고 좀 더 많이 안 뒤에나 할 일이라고 여겼다. 그러나 나는 고전을 학문적으로 연구하는 전문가가 아니고, 고전을 모두 섭렵하기에는 시간도, 능력도 부족했다. 이런 모순을 알아차린 것은 같이 공부하는 사람들과 '글쓰기'를 일 년 프로그램으로 잡았을 때였다.

　문탁에는 몇 년간 고전을 탐독해 온 공부 팀이 있다. 어느 해〈학이당〉에서〈고전공방〉으로 이름을 바꾸었는데 공방처럼 고전으로 생산물, 즉 '글'을 짓자는 취지였다.『담론』을 처음 접한 것이 이때였다. 나는 책을 읽어 나가면서 선생의 고전 독법에 적잖이 당황했다. 내 방식과는 반대로 고전을 거침없이 현실로 끌고 왔기 때문이다. 이를테면 '군자화이부동'을 이렇게 해석한다. '군자는 다양성을 인정하고 지배하려고 하지 않는다.' 화(和)를 화목한 품성이 아니라 다양성을 인정하는 평화공존의 논리로, 동(同)을 부화뇌동하는 자세가 아니라 남을 지배하려는 흡수합병의 논리로 읽겠다는 것이다. 고전의 독법이란 한 시대의 담론으로 읽고 재조명해서 시대를 넘나드는 것이어야 한다는 게 선생의 설명이었다. 동(同)의 담론으로는 근대사회의 패권적 구조를 재조명한다. 동(同)은 유럽의 식민지 지배에서부터 오늘날 금융자본의 지배에 이르기까지, 남을 지배하려 하는 근대의 논리와 다르지 않기 때문이다. 그러므로 오늘날 무엇이 필요할지도 생각할 수 있다. 바로 화(和)의 담론을 호출해야 한다는 것이다. 나는 이런 독법이 조심스러웠고 어려웠다. 시대가 다른데 올바르게 호출하는지 어떻게 알 수 있을까?

> 고전을 오늘날의 과제와 연결해서 읽는 것에 대해 실증주의자들은 큰일 나는 것처럼 얘기합니다. 그러나 당시의 실제에 대해서는 아무도 알지 못합니다. (……) 모든 고전은 과거와 현재가 넘나드는 곳입니다. 실제와 상상력, 현실과 이상이 넘나드는 역동적 공간이어야 합니다. (……) 모든 텍스트는 새롭게 읽혀야 합니다.(『담론』, 130~131쪽)

사실 이 말이 고원한 뜻이 아님을 알게 된 것은 내가 아카데미

밖에서 인문학을 공부하는 이유를 생각하고 나서였다. 인문학의 첫 번째 과제는 이 시대의 사람들, 사회구조와 삶을 이해하고, 비판하고, 해결하려는 것일 수밖에 없다. 인문학 강좌의 강의록인 이 책의 제목이 '담론'으로 붙여진 것도 같은 맥락일 것이다. 선생은 고전에 담겨 있는 사상들이 '그 시대'의 담론이라면, 고전을 읽는 이유는 '이 시대'의 담론을 형성하기 위해서라고 한다. 고전의 독법이 한 가지일 필요는 없다고 생각한다. 그러나 적어도 글쓰기와 관련해서는, 고전 공부를 현실 인식의 각성제로 보는 선생의 용법에 동의할 수 있을 것 같다. 현실에 갇힌 채 각성이 없다면 글을 몇 편이나 쓸 수 있겠는가. 고전을 오래전의 지식으로만 남겨 두지 말고 삶 속으로 매번 새롭게 가져올 수 있다면, 앞선 글과는 다른 글, 뻔한 결론만 반복하지 않는 글을 생산할 수 있을 것이다.

고전을 잘 모르는 사람들과 읽었다

문탁에는 몇 년 동안 토요일 오전이면 어김없이 열려 온 〈파지사유 인문학〉 강좌가 있다. 인문학 기초를 공부하므로 다양한 사람들이 모인다. 인문학 공부를 오래 한 사람과 막 시작한 사람, 10대와 50대 등이 섞여 있어서, 엄마와 딸이 함께 인문학을 공부하는 풍경이 펼쳐지기도 한다. 내가 〈파지사유 인문학〉 강좌에서 『담론』을 강의했을 때는 역시나 동양고전을 공부하지 않은 사람도 많았다. 『담론』에서 고전을 독해한 부분이 많아서 그들과 어떻게 공부할지 걱정이 되었다. 그러나 놀랍게도 사람들은 큰 감명을 받았다. 같은 학파로 분류

되는 유가의 공자와 맹자를 비교해 보고, 도가의 노자와 장자를 대비해서 읽어 보았다. 책에 소개된 구절의 원문을 찾아서 소리 내어 읽어 보기도 했다. 그랬더니 놀랍게도 공자보다는 맹자가 더 사회학적인 것 같고, 노자보다는 장자가 더 해체적인 것 같은, 그런 정서를 모두 공유하게 되었다. 하늘 아래 새로운 것이 없듯이 우리의 정서도 그렇다는 선생의 말이 이해되는 시간들이었다. 공부는 더 많은 지식을 얻는 것 그 이상이라는 말도 납득이 되었다.

시적 정서가 사라진 시대를 살고 있어서인지 사람들은 『시경』 독해 부분이 특별하다고 했다. 『담론』에는 시에 대한 자세한 소개가 없었다. 그래서 선생의 다른 저서인 『강의』에서 일부러 찾아 소리 내어 읽었다. 감상평도 잊을 정도로 감동으로 휩싸였던 그 적막을 오랫동안 잊지 못할 것 같다.

산에 올라 아버님 계신 곳을 바라보니 아버님 말씀이 들리는 듯,
오! 내 아들아, 밤낮으로 쉴 새도 없겠지.
부디 몸조심하여 머물지 말고 돌아오너라.
(신영복, 『강의: 나의 동양고전 독법』, 돌베개, 2004, 60쪽)

당신이 진정 나를 사랑한다면 치마 걷고 진수라도 건너가리라. 당신이 나를 사랑하지 않는다면 세상에 남자가 그대뿐이랴. 바보 같은 사나이 멍청이 같은 사나이.(신영복, 앞의 책, 58쪽)

만리장성 축조에 강제 징집된 젊은이가 읊은 시에서는 부모 형

제를 그리워하는 마음이 애달팠다가 남녀의 연애시에서는 절로 흐뭇한 미소가 나왔다. 천여 년 전이나 지금이나 민초들의 삶이 고달픈 것도, 남녀상열지사도 한결같다는 사실이 공감대를 만들었으리라. 덧붙여 '공감'이라는 것이 여럿이 함께 느끼는 일이라서, 아마 '같이' 공부하지 않았더라면 그렇게 깊지는 않았을 것이다. 정서의 공유는 동병상련의 차원을 넘어서는 힘이 있다는 것을 알 수 있었다. 그러니 어쩌면 고전의 오래된 정서가 각박한 개인주의 정서, 도시의 콘크리트 정서를 깰 수 있을지도 모르겠다. 『담론』에서 '시' 부분은 가장 앞에 배치되어 있다. 같은 곳을 바라보고, 공감하는 법을 배우는 것, 그것이 세계를 이해하는 데 있어 다른 무엇보다 중요하기 때문이다. 선생은 공감에 대해서 이렇게 말한다. "돕는다는 것은 우산을 들어 주는 것이 아니라 함께 비를 맞는 것이다." 공감은 비를 맞아야 하는 불온한 사회구조에 대한 각성이자 실천이라고 한다.

『주역』 공부를 시작하고서 다시 읽었다

최근에 『주역』을 공부하기 시작했다. 『주역』을 고대 사유의 원형이자 인간 사유의 지층이 보존된 텍스트라고 했던 『담론』이 생각나서 오랜만에 꺼내들었다. 신영복 선생은 『시경』이 인식의 각성이라면 『주역』은 탈근대적 인식틀이라고 한다.

> 개인주의적 사고, 불변의 진리, 배타적 정체성 등 근대적인 인식
> 틀에 갇혀 있던 나에게 감옥에서 손에 든 『주역』은 충격이고 반성

이었습니다. 나아가 비근대를 조직하고 탈근대를 지향하는 귀중한 디딤돌처럼 다가오기도 했습니다.(『담론』, 69~70쪽)

근대의 인식틀이 개인주의적이고 협소하다면, 『주역』의 인식틀은 관계적이고 그만큼 폭넓다. 관계적 인식은 『주역』뿐만 아니라 동양 사유의 기저에 자리하고 있다고 한다. 사실 '관계론'에 관해서는 이러저러한 공부에서 많이 접하긴 했지만 언제나 알 듯 말 듯했다. 그래서 선생이 감옥에서 만났던 노인들의 인식틀을 들려준 것이 다른 어떤 설명보다도 이해가 쉬웠다. 그중 고암 이응노 선생과 한 방에 있었던 젊은이에게 들었다는 일화가 특히 인상적이었다.

고암 선생은 같은 방으로 막 이감되어 온 그 젊은이에게 이름을 물었다고 한다. 수번으로만 불리는 감옥 생활에서 너무 뜻밖이라 젊은이는 한참을 망설이다 "응일이"라고 대답을 하였다. 그러자 고암 선생은 "뉘 집 큰아들이 징역 와 있구먼"이라고 혼잣말을 했다. 이름에 '일'(一)자가 들어 있어서 한 말이었지만, 젊은이는 그 순간 자기가 큰아들이라는 사실을 그동안 까맣게 잊고 있었음을 깨달았고, 밤새 잠을 못 잤다고 한다. 우리는 아무렇지도 않게 수번을 부르듯 사람을 "하나의 숫자로 상대" 하기도 하지만 노인들은 고암 선생처럼 이름을 부르고, 어떤 관계 속에 놓고서야 그를 생각하는 것이다.

한편으로는 노인들의 관계적 인식이 예전에는 보편적이었고 따라서 우리에게도 잠재되어 있다는 선생의 말이 위안이 되었다. 아마 개인주의가 근대적 인식이 아니라 정말로 인간의 본성일까 봐 내심 걱정하고 있었나 보다. 관계적 인식은 공동체적 사유와 통한다. 문탁에서는 그간 고대의 공동체적 사회 형식을 찾고 적용하려 애썼다. 그럼에도 그 전거를 『증여론』과 같은 텍스트에 의존할 수밖에 없었는데, 선생은 사실은 가까이 있다고 증명해 준 셈이다. 그러므로 관계적 인식이 우리 사유의 지층에 여전히 보존되어 있다는 것을 아는 것만으로도 힘이 났고, 더불어 『주역』을 공부하는 방향을 잡을 수 있었다.

『주역』은 다른 사람들과 같이 살아가는 '삶의 철학'이다. 선생은 그것을 요약하면 '성찰, 겸손, 절제, 미완성'이라고 한다. 옹일이처럼 관계 속에 있는 자기를 깨닫는 '성찰'이 있어야 하고, 자기를 낮추어 다른 사람의 뒤에 배치하도록 '겸손'해야 한다. 주장도, 욕망도 지나치지 않도록 매사에 '절제'하는 것도 중요하다. 무엇보다 세상은 늘 '미완성'이라는 것을 알고 과정을 중시하는 법도 배워야 한다. 남 탓하고, 일등만 중시하고, 많이 가지려는 세상에서 어느 것 하나 쉽지 않은 일이다. 그러나 쉽지 않기 때문에 이것부터 시작해야 하는 것이다.

탈주하는 마르크스주의자

『담론』의 마지막 장 제목은 「희망의 언어 석과불식」이다. 석과불식(碩果不食)은 『주역』에 나오는 말인데, '씨 과실은 먹지 않는다'는 뜻이다. 이것은 초겨울 가지 끝에 남아 있는 과실 하나가 다음 해에 씨가 되어 다시 자라서 나무가 된다는 이야기이다.

한 알의 외로운 석과가 산야를 덮는 거대한 숲으로 나아가는 그림은 생각만 해도 가슴 벅찹니다. 역경을 희망으로 바꾸어 내는 지혜이며 교훈입니다. 이제 이 교훈이 우리에게 지시하는 소임을 하나씩 짚어 보기로 하겠습니다.(『담론』, 420쪽)

씨 과실이 나무가 되고 숲이 되는 소임을 다하려면 세 가지를 해야 한다. 먼저 잎사귀를 떨어뜨리듯 이 시대에 만연한 환상과 거품을 걷어내야 한다. 둘째, 잎사귀에 가려져 있던 나무의 뼈대가 드러나는 것처럼 우리의 삶과 사회의 구조를 직시해야 한다. 가장 중요한 세번째는 떨어진 잎사귀가 거름이 되듯 사람을 키우는 일이다. 이 글에 대해 『주역』을 강의하는 스승님은 석과불식에 대한 최고의 글이라고 찬사를 하였다. 나는 다른 측면에서도 감탄하였다. 마르크스주의자가 고전을 이렇게 멋지게 읽다니.

선생은 수감되기 전에는 사회의 변혁을 바라는 마르크스주의자였고 경제학 교수였다. 감옥에서 나온 후에도 여전히 마르크스주의자인 것 같은데 이번에는 고전을 강의하였다. 마르크스주의자와 고전은 어쩐지 낯선 조합인 것 같아 관심 있게 보았다.

돌이켜보면 제가백가들은 모두가 하나같이 뜻을 이루지 못한 사람들입니다. (……) 우리의 삶도 크게 다르지 않다고 할 수 있습니다. 이룬 것이 많을 수 없습니다. (……) 아름다운 꽃은 훨씬 훗날의 사람들을 위한 것입니다. 하물며 열매는 더 먼 미래의 것입니다.(『담론』, 200쪽)

1부의 고전 강독을 끝마치며 한 말인데, 근대의 '진화론', 인류는 위대하다는, 그런 논리보다는 오히려 동양적 사유가 물씬 배어 있다. 선생은 근대적 사유의 기본은 강철 같은 존재론이고 부단히 자기를 강화해 가는 자본 증식의 논리라는 말을 반복한다. 이것은 사회구조에 대한 비판을 넘어, 사람과 세계를 바라보는 우리의 관점 자체가 너무 협소하다는 반성이었다.

선생은 마르크스주의를 포기하지 않으면서도 탈근대 담론으로 고전을 가져 왔다. 아마도 감옥에서 고전을 공부하면서 끊임없이 자기의식을 반성한 결과일 것이다. 고전에서 펼쳐지는 춘추전국시대는 무한경쟁에 내몰리는 상황이 자본주의와 유사한데, 그 시대에는 있지만 현재는 없는 것을 인식하게 되었다고 한다. 그 시대에는 인간과 사회에 대한 근본적 성찰이 폭발적으로 일어났는데 지금은 그렇지 못하다는 것이다. 그러므로 선생이 마르크스주의자로서 고전을 만나는 지점은 바로 '근본에 대한 성찰'이다. 마르크스주의가 근대가 삼켜 버린 공동체적 가치를 묻기 위해 제도와 시스템을 비판하지 않을 수 없었다면, 선생은 더 나아가 그 속에서 침몰되었던 인간의 자리를 되찾자고 말한다.

석과불식에서 희망의 언어를 어떻게 길어 올리는가를 보면서 선생을 '탈주하는 마르크스주의자'라고 생각했다. 환상을 걷어 내고, 현실의 뼈대를 직시해야 하며, 무엇보다 그 모든 것은 '사람'을 중심에 두는 일이라고 말하기 때문이다. 사람은 다른 가치의 하위 개념이 아니라 사람이 끝이고 희망이라는 것, 이 시대의 절망을 사람을 키워 내는 것으로 극복하자는 메시지는 인간에 대한 최고의 찬사라는 생각마저 든다. 우리는 사람을 귀하게 여기는 법을 잊어버린 시대에 살고 있기 때문이다.

_자누리(유윤희)

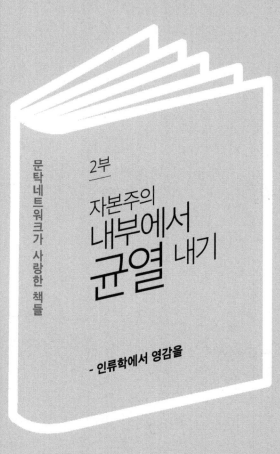

문탁네트워크가 사랑한 책들

2부

자본주의
내부에서
균열 내기

- 인류학에서 영감을

1. 마을경제라는 화두

선가에서는 참선 수행을 할 때 화두(話頭)를 든다. 화두란 깨달음을 얻기 위해 반드시 풀어야만 하는 질문이다. 모름지기 행주좌와어묵동정(行住坐臥語默動靜), 길을 가거나 머물거나, 앉거나 눕거나, 말하거나 침묵하거나, 활동하거나 활동하지 않거나, 무엇을 하든 언제나 질문을 붙들고 잠시도 놓치지 않아야 한다. 그 의심 덩어리를 내려놓지 않고 질문과 계속 씨름하는 것이 공부이다. 점점 공부가 깊어지면 어느 순간 의문이 풀리면서 활연관통(豁然貫通), 깨닫게 된다고 한다.

우리에게는 '마을경제'라는 화두가 있다. '시장경제와는 다른 원리로 먹고사는 문제를 해결할 수 있을까'라는 질문이다. 인류학을 공부하면서 우리는 공통의 질문을 구성해 냈다. 이 질문과 씨름하는 과정에서 문탁의 공동체 화폐 '복'*이 탄생했고, 공동생산의 장소인 마을작업장이 만들어졌다. 그러나 공동체 화폐 '복'과 마을작업장이 곧바로 '마을경제'에 대한 깨달음을 주지는 못했다. 우리는 '어떻게?'

---

* 공동체 화폐 '복'은 문탁 안에서 생산되는 물품이나 서비스의 교환에 사용된다. '복'을 사용하려면 먼저 문탁의 복 회원으로 가입해야 한다. 복 회원이 되면 필요한 곳에 복을 발행할 수 있다. 작업장에서 만든 비누를 복으로 사는 사람의 계정에는 −4,000복이, 작업장에는 +4,000복이 기록된다. '복'은 돈이 없어도 교환이 가능한 경제를 실험하는 문탁 활동의 하나이다(이 책 131쪽 참고).

라는 질문에 계속 부딪쳤다.

　질문이 있으면 공부하지 않을 수 없다. 해결해야 하는 과제가 무엇인가에 따라 공부의 키워드도 계속 달라져 왔다. 마을화폐를 고민하던 사람들이 〈마을과 경제 세미나〉로 모였다. 함께 마을작업장을 만든 후에는 작업장 매니저들이 공부하는 〈마을작업장 세미나〉가 되었다. 마을작업장이 자리가 잡히자 다시 공동체 화폐 '복' 연구로 과제가 바뀌면서 〈복작복작 세미나〉가 탄생했다. 〈복작복작 세미나〉는 다시 마을경제에 대한 정의를 궁구하는 〈마을경제 아카데미〉로 바뀌었다.

　선가의 수행승들만큼 밤낮없이 치열하게 '마을경제'라는 질문과 씨름하며 지난 10년을 보내 왔는가 하면 꼭 그런 것만은 아니다. 실험의 기운이 왕성하여 앞으로 나갈 때는 으쌰으쌰 힘을 내다가도 지지부진 답을 못 찾고 뒤로 물러설 때는 마을작업장도 '복'도 멈칫거리는 듯했다. 그런데 어쩌랴. 나아가다 물러서다 하는 사이에 '마을경제'는 우리의 일상 속 깊이 들어왔고 차마 내려놓을 수 없는 화두가 되어 버렸다.

　우리는 마을작업장과 공동체 화폐 '복'이 시장경제에 무젖은 신체와 삶을 흔드는 파장을 일으키고, 변화를 만들어 내기를 기대했다. 시간과 노력이 많이 들었지만 실제로 그런 효과가 나타났다. 공동생산 공간으로 시작한 마을작업장은 시간이 지나면서 생산 활동과 재화의 순환, 협력과 창조적 예술 활동이 일어나는 곳으로 변모했다. 공동체 화폐 '복'은 돈이 없어도 물건과 서비스를 교환할 수 있게 하자는 취지에서 출발했지만 서로에게 개입하는 인간관계를 만들어 내는 촉매가 되었다.

'마을경제'는 성장이 어려웠다. 생산성이 높지도 않았다. 그러나 그것이 주는 기쁨과 풍요로움은 컸다. 성장도 효율도 지향하지 않는 이상한 경제 활동! 그것은 마샬 살린스가 『석기시대 경제학』(박종환 옮김, 한울아카데미, 2014)에서 묘사한 호혜성의 원리에 입각한 공동체의 모습과 크게 다르지 않았다. 폴라니가 말한바, 경제적 합리주의에 기반한 돈벌이 경제가 아닌, 호혜성의 원리가 살아 있는 살림살이 경제로서의 '마을경제'에 대해 우리는 아주 천천히 희미하게나마 감을 잡기 시작했다.

2. 인류학에서 '오래된 미래'를 배운다

역사가 발전해 왔다는 패러다임으로 본다면 먼 과거일수록 더욱 야만적인 사회이고, 현재야말로 가장 발전한 사회이다. 변증법적 역사관도 인류의 역사가 변증법적 운동의 과정을 거치며 발전해 왔다고 말한다. 가장 압권은 생산력 발전으로 역사를 설명하는 관점이다. 생산력이 높으면 발전한 사회이고, 생산력이 낮으면 미개한 사회이다. 이렇게 하여 경제성장=발전이라는 도식이 성립하게 된다. 이런 관점은 너무 일반화되어서 많은 사람들이 역사의 발전이라는 전제를 의심하지 않는다.

다행히 인류학의 도움으로 우리는 이런 역사발전론을 비판적으로 문제시할 수 있게 되었다. 근대 인류학자들은 원시사회를 야만

적이고 미개한 사회라고 단정하는 역사발전론이 결국은 서구의 자민족 중심주의나 패권주의에 지나지 않는다는 것을 검증해 냈다. 그 대표주자가 레비-스트로스(Claude Lévi-Strauss, 1908~2009)이다.

레비-스트로스는 원시인들의 사고를 '야생의 사고'라고 명명한다. 그는 '야생의 사고'가 야만적이라면 그들을 야만이라고 하는 근대인 역시 야만인일 뿐이라고 말한다. 그는 야생의 사고가 논리적이고 이성적 사고라는 것을 구조주의적 방법론으로 입증해 냈다. 레비-스트로스는 『야생의 사고』를 통해 사르트르의 변증법적 역사관 역시 하나의 신화에 불과하다고 비판함으로써 서구 지성인들을 충격에 빠뜨렸다.

레비-스트로스의 탁월한 공적 중 하나는 잊혀질 뻔했던 마르셀 모스와 그의 저작 『증여론』의 가치를 세상에 드러낸 것이다. 마르크스의 「공산당 선언」(1848)으로부터 75년 뒤 모스의 저작이 나왔다. 사회주의자였던 모스는 볼셰비키 혁명의 살육을 목격하고, 인간의 도덕성에 대해 깊이 고뇌했다. 그 결과 그는 태곳적 사회의 총체적 급부체계를 분석함으로써 전쟁이 아니라 선물을 주고받고 되갚는 것에 의해 구성되는 선물사회의 원리를 정식화할 수 있었다.

선물사회는 사회적 명예라는 가치가 지배하는 사회이다. 우리는 모스의 『증여론』을 읽으며 무한경쟁과 시장 논리가 아닌 다른 원리로 작동하는 사회를 그릴 수 있게 되었다. 그랬다. 주고-받고-답례하는 선물로 사회가 구성되는 원리를 발견한 것은 놀라운 전환을 가져다 주었다. 화폐와 등가교환으로 움직이는 사회가 아닌, 다른 사회가 있었던 것이다. 우리는 친구들이 문탁 주방에 가져온 선물 목록을 기록하는 '선물의 노래'를 걸었다. 그리고 그것은 작지만 의미 있는 시작이었다.

공동체 화폐 '복'을 도입하고, 마을작업장을 만들 용기를 준 것은 칼 폴라니의 『거대한 전환』이었다. 폴라니는 마르크스주의와는 다른 방식으로 근대 자본주의사회를 분석한다. 마르크스주의가 강력한 자본주의사회 비판이론이라면 폴라니는 자본주의사회가 수만 년 인류 역사에서 고작 몇 백 년에 불과한 것이라는 인류학적 사실을 우리에게 환기시켜 주었다.

인간은 시장의 원리와 다른 원리로 훨씬 더 오랜 시간을 살아왔고, 지금도 시장의 원리만으로 살 수도 없고, 살아가고 있지도 않다는 것! 시장사회로의 전환이 있었듯이 다른 사회로의 전환이 가능하다는 것, 그 전환은 결국 사회를 구성하고 있는 사람들에 의해 이루어진다는 것을 우리는 새삼 깨달았다. 우리는 '대안은 없다'는 신자유주의가 강요하는 냉소주의와 쿨하게 작별할 수 있었다.

3. 마을작업장을 열다

2011년 가을, 두번째 문탁 인문학 축제의 슬로건은 '마을경제, 시장을 흔들어라'였다. 〈마을과 경제 세미나〉를 넘어 문탁의 학인들 모두 축제를 앞두고 폴라니를 공부했다. 더 많은 사람들이 경제를 돈벌이가 아니라 '공통의 부를 만들어 가는 총체적 활동'으로 진지하게 생각하기 시작한 전환점이 되었다. 그 힘으로 2012년 봄에 마을작업장을 출범시킬 수 있었다. '마을경제'라는 공통의 언어를 만듦으로써 마을작업장은 그저 무엇인가를 생산하기 위해 일하러 오는 곳 이상 이 될 수 있었다.

마을작업장은 여러 개의 사업단들로 구성되었다. 공부하느라 바쁜 친구들에게 반찬을 만들어 주고 싶은 노라는 〈노라 찬방〉을, 천연비누 제조 기술이 있는 자누리는 〈자누리 생활건강〉을, 재봉과 창작을 좋아하는 봄날은 〈봄날 길쌈방〉을, 제과 제빵 자격증이 있는 담쟁이는 〈담쟁이 베이커리〉를, 시장과 상품의 의존에서 벗어나려면 리사이클링이 필수적이라고 생각하는 요오는 〈중고장터〉를 맡았다. 시간이 지나면서 기존의 사업단이 없어지기도 하고 새로운 사업단이 추가되기도 했다.

처음 작업장을 시작할 때는 모든 것이 토론거리가 되었다. 공부로 기본적인 공통개념을 형성했다고 생각했지만, 그것을 현실에 적용하는 것은 또 다른 문제였다. 공동체 화폐 '복'을 쓰는 방식은 어때야 하나. 품삯은 무엇을 기준으로 지급해야 하나. 공동작업을 할 때어떤 규칙을 가져야 하나. 판매가격은 어떻게 정해야 하나. 민주적의사 결정이란 어떤 것인가. 이 과정에서 다음과 같은 원칙을 만들어 나갔다. 작업장 활동비는 시급이 아니다. 돈이 필요한 사람에게더 많은 품삯을 지급한다. 효율이나 분업보다 작업의 전 과정을 함께하는 것이 더 중요하다. 이익을 남기는 것이 아니라 공통의 부에대해 고민한다.

품삯에 대한 원칙이 확립되기까지 많은 논의와 시간이 필요했다. 동일노동 동일임금 같은 이미 익숙한 등가교환의 원리를 폐기하고 다른 원리를 적용하는 것은 쉽지 않았다. 우리의 감정은 우리가 형성했다고 믿은 공통개념을 배반하기 일쑤였다. 다른 삶을 산다는 것은 이념이 아니라 신체를 바꾸고 감정을 바꾸는 것이었다. '마을경제'가 삶정치와 다른 것이 아님을 우리는 깨닫기 시작했다.

어떤 이들은 경제적 자립을 꿈꾸며 마을작업장에 참여했다. 그러나 그것은 당장 불가능하다는 게 명백했다. 자립을 어떻게 정의해야 할까. 경제적 자립이 불가능하다면 마을작업장의 존재 의미가 무엇인가. 공통의 부를 만들어 가는 것과 개인의 자립은 배치되는 것일까. 이 문제에 대한 논의의 과정에서 우리는 자립을 개인적 차원의 화폐소득과 동일시하는 편향이 있다는 것을 발견하게 되었다. 공동체는 부유한데 개인이 곤궁함을 겪는다거나, 개인은 넉넉한데 공동체는 자립도가 떨어지는 상황이 되지 않게 하는 방법을 찾는 것이 우리의 또 다른 과제가 되었다.

익숙한 습속에 작은 틈 하나 내기 위해서도 친구들과 함께 지혜와 마음을 모아야 했다. 마을작업장을 시작하고 보니 '마을경제'란 삶을 바꾸려는 용기에 더하여 참으로 섬세한 마음을 필요로 하는 것이었다. 이 모든 것이 스스로를 연구 대상으로 삼는 인류학 공부가 아니라면 무엇이겠는가?

4. 다른 세계는 가능하다

'마을경제'는 공동체 화폐 '복'과 마을작업장 그 이상이었다. 살림살이가 뭔가, 서로를 살리는 모든 활동이 아닌가. '마을경제'는 서로가 서로에게 선물이 되는 인간관계를 만드는 활동이고, 돈의 축적과 고단한 노동이 아니라 협력과 웃음이 넘치는 세계를 구성하는 실천이며, 성장과 효율이 아니라 존엄을 중시하는 다른 욕망의 분출이다.

그래서 우리는 문탁이라는 작은 공동체 안에서라도 자립을 돕는 활동으로, 청년들의 공부를 지원하는 '길위기금'과 연대활동을 위한 '연대기금'을 운영하고 있다. 생활비가 필요한 사람이라면 언제라도 꺼내어 쓸 수 있는 공동통장으로, 마르지 않는 금고라는 의미의 '무진장'도 만들었다. '무진장'은 사적 소유로 분할된 세계를 넘는 가능한 대안을 고민하다 데이비드 그레이버의 책 『부채 그 첫 5,000년』에서 찾아낸 이름이다.

인류학을 공부함으로써 멀고 먼 타자로만 여겼던 전근대의 사람들로부터 우리는 근대를 넘어설 수 있는 삶의 지혜와 다른 사유, 다른 개념 그리고 다른 행위 방식을 배운다. 근대적 삶의 방식을 성찰하고 객관화할 수 있는 이론적 도구를 얻는다. 우리 중 누구도 과거로 돌아가야 한다거나 그때가 황금시대였다고 생각하지 않는다. 우리는 과거를 낭만화하지도 않고 미래로 도피하지도 않는다. 다만 우리에게는 소중한 현재의 삶이 있을 뿐이다. 인류학의 고전들을 통해 우리는 현재의 삶을 풍요롭게 할 수 있는, 우리를 실험자로 만드는 창조적 아이디어를 길어 내고 싶다. '마을경제'도 그렇게 공부하고 탐색하며 찾아낸 화두이다. 이 화두와의 대결이 더 치열해지기를!

_요요(김혜영)

마르셀 모스, 『증여론』, 이상률 옮김, 한길사, 2002

우리는 모두 선물의 윤리에서 나왔다

문탁의 밥값은 2,500원이다. 값은 저렴하지만 음식의 질까지 저렴하지는 않다. 싼 값에 질 높은 밥상을 차릴 수 있는 이유는 공부하러 오는 학인들이 식재료도 선물하고 밥도 하는 수고를 무상으로 제공하기 때문이다. 예를 들어 4월이 되면 5월의 밥당번을 정하기 위한 밥당번 일정표가 주방 앞에 붙는다. 오가는 학인들은 시간이 되는 때를 골라 점심이든 저녁이든 빈칸에 자기 이름을 적어 넣는다. 그렇게 한 명 한 명이 두세 번씩 써넣은 이름이 칸칸을 다 채워 밥당번들이 정해지면 5월 달도 무사히 문탁의 주방은 굴러가게 된다.

간혹 문탁 주방의 운영 방식에 대해 의문을 표하는 사람들도 있다. 저렴한 밥값을 위해 밥당번들에게 보수도 지급하지 않는다면 노동 착취는 아닌가. 공부하러 왔는데 밥하는 자원봉사까지 해야 하면 불만이 생기지 않는가. 작은 모임도 아닌데 매 끼 수십 명의 밥을 차려야 한다면 고정적인 조리담당자를 두는 것이 합리적이지 않느냐고 묻는다.

문탁 주방은 수익을 남기고자 밥을 파는 식당이 아니다. 그렇다고 시혜를 베풀고자 운영하는 급식소도 아니다. 문탁의 밥당번은 식당의 임금노동을 대신하는 사람이 아니다. 또한 다른 사람들을 위해서 밥을 해주는 자원봉사자도 아니다. 문탁에서 학인들이 밥을 짓는 원리는 모두 마르셀 모스(Marcel Mauss, 1872~1950)의 『증여론』에서 나왔다.

사람은 어떻게 함께 살아갈 수 있었을까

『증여론』은 원래 1924년 마르셀 모스가 프랑스의 『사회학 연보』에 발표한 논문이었다. 태곳적 모습을 간직한 채 살아가는 원시 부족들에 대한 실증적인 관찰조사가 활발했던 당시의 연구 성과를 바탕으로 "태고사회에서의 교환의 형태와 이유"("태고사회의 교환의 형태와 이유"는 『증여론』의 부제다)에 대해 고고학적으로 분석하고 있다.

마르크스는 "새로운 체계는 태곳적 사회 형태의 고차원적 형태로의 재탄생"이라고 러시아 혁명가 베라 자술리치에게 보낸 서신에 쓴 바 있다. 모스 역시 지나가 버린 옛날을 회고하기 위해 원시사회를 연구한 것이 아니다. 모스는 원시사회를 우리가 살아가는 사회의 저 아래 깔린 지층 혹은 반석으로 이해한다. 따라서 그가 오래된 지층을 탐사하려는 이유는 그곳에서 모든 지층을 관통하는 원류를 찾을 수 있으리라 보기 때문이다. 즉, 원시적 사회에서 태곳적인 삶의 모습을 간직하며 살아가는 사람들로부터 인류사회의 근원적 뿌리,

인류의 원형을 찾으려는 것이다.

근대 이후로 사람들이 살아가는 원리를 설명하는 대표적인 용어는 홉스의 '사회계약'과 애덤 스미스의 '보이지 않는 손'이었다. 홉스에 따르면 자연 상태, 즉 만인의 만인에 대한 투쟁을 종식시킨 것은 '국가'다. 사람들은 최고 권력인 국가에 자신들의 권리를 양도함으로써 국가의 규제 아래 살게 된 대신, 안심하고 타인들과 계약을 맺고 물건을 사고팔고 자신의 재산을 지키며 살 수 있게 되었다는 것이다. 스미스는 푸줏간 주인과 양조장 주인들이 공공의 이익이 아닌 각자의 이익을 실현시키는 사이에 보이지 않는 손에 이끌려 전혀 의도치 않았던 공공의 이익이 증진된다고 보았다. 홉스와 스미스는 둘 다, 인간은 본래 각자 개인의 욕망을 추구하고 이익을 동기로 행동한다는 인간관을 전제하고 있다.

하지만 남태평양과 북서아메리카 해안의 원주민사회를 관찰한 자료들로부터 모스가 발견한 모습은 그들의 전제와는 전혀 달랐다. 『증여론』에서 우리는, 만인의 만인에 대한 투쟁 대신 선물을 주고받으며 평화를 누리고 살아가는 사람들을 만날 수 있다. 상품 거래 대신 선물 증여를 통해 "증권시장의 열기" 못지않은 활기 속에서 살아 움직이는 사람들을 만날 수 있다.

선물이 사회를 만들었다

남태평양 멜라네시아의 트로브리안드 제도(Trobriand Islands) 주민들 사이에는 고도로 발달된 교역체계인 '쿨라'*가 있었다. 정해진 시기가 되면 이웃 섬으로부터 카누를 타고 손님들이 찾아온다. 그러면 성대한 잔치가 벌어지고 손님들은 마을에 머물며 자신의 파트너들을 만나러 다닌다. 쿨라가 행해지고 손님들에게 바이구아라 불리는 선물이 주어진다. 그리고 다음 해가 되면 이번에는 방문받은 부족이 손님이 되어 이웃 섬을 찾아가고 그곳에서 자신의 파트너를 만나 환대와 답례의 선물을 받게 된다. 목걸이에는 팔찌로, 팔찌에는 목걸이로 답례한다.

> "개들이 서로 얼굴을 맞대고 논다. 네가 이 개라는 말을 언급하면, 오래전부터 정해져 있는 바와 같이 귀중품들도 놀러 온다. 우리가 팔찌를 주면 목걸이가 오며, 그리고 그것들은 (쿵쿵거리며 냄새 맡으면서 오는 개들처럼) 서로 만난다."(『증여론』, 111쪽)

쿨라에서 가장 중요한 선물인 바이구아는 조개껍질을 세공한 팔찌인 음왈리와 국화조개의 자개로 만든 목걸이인 술라바 두 종류이다. 서쪽에서 온 손님에게는 음왈리가 주어지고 동쪽에서 온 손님에게는 술라바가 주어진다. 순환은 매우 규칙적이어서 방향을 바꾸어서도 안 되며 상대를 바꾸어서도 안 된다. 그리고 너무 오래 가지고 있거나 너무 빨리 넘겨줘도 안 된다.

선물을 주고받는 파트너는 '바가'라는 최초의 쿨라에서 맺어진

---

* 쿨라는 원(circle)으로 번역될 수 있는데, 제도를 잇는 거대한 원을 따라 돌며 "귀중품, 일용품, 음식물, 축제, 갖가지 종류의 의식적(儀式的), 성적인 봉사, 남녀 모두가 (……) 시간적으로나 공간적으로나 규칙적 운동"을 계속하는 것이다(『증여론』, 98쪽).

다. 바가에 앞서 자신과 파트너가 되면 앞으로 이보다 더 멋진 선물을 주겠다는 뜻으로 예비선물이 건네진다. 상대가 이에 응해 답례를 하면 그들은 앞으로 지속적으로 선물을 주고받는 파트너가 된다. 쿨라 교역은 "외견상 사심 없이 겸손하고 귀족적 태도로 엄숙하게" 행해진다. 그렇지만 동시에 그 안에는 얼마나 인심이 후한지, 자신들이 얼마나 통이 큰지를 보여 주려는 경쟁이 존재한다. 그리고 쿨라의 주변에서는 '김왈리'라는 장이 서서 일상품들을 활기차게 거래한다. 이때는 예외적으로 흥정이 벌어지기도 한다.

선물로 받은 바이구아는 일정한 시간이 흐른 뒤 다른 섬에 사는 또 다른 파트너에게 전달되어야 한다. 이들은 물건이 한 사람의 온전한 소유물이 될 수 없다고 생각한다. 선물은 소유물인 동시에 빌린 물건이고 다른 사람에게 주기로 신탁된 물건이다. 물건에는 그것을 준 사람의 인격이 포함되어 있다. 더 나아가 물건들 자체가 계약에 참여한다고 간주된다. 쿨라에는 물건과 사람, 계약과 가치가 혼합되어 순환한다.

트로브리안드 섬 사람들의 사회생활은 전체적으로 쿨라에 "물들어 있다". 그들은 "우리가 알고 있는 것과는 전혀 다른 형식과 이유로 막대한 물건의 교환을 행했으며, 또 오늘날에도 행하고 있다"(『증여론』, 129쪽). 계산에 따라 상품을 사고파는 것이 아니라 비타산적인 선물의 형식으로 물건을 주고받았다. 개인의 이익을 실현하기 위해서 교환하는 것이 아니라 선물을 주고받는 가운데 관계를 이어 가고 확장하며 평화로운 사회를 유지하며 살아갔다.

모스의 정치적 기획, 상호호혜성의 사회

파리코뮌 이듬해인 1872년 프랑스 로렌 지방에서 태어난 마르셀 모스는 일찍부터 정치적 활동에 적극 참여했다. 그는 학생 시절 국제노동자협회 프랑스지회의 지도자였고 사회당원으로서 평생을 사회주의 운동에 투신했다. 사회주의 혁명의 열렬한 옹호자였던 모스는 혁명 이후 러시아에서 벌어진 폭력과 적대, 시장 도입 등 일련의 사태를 지켜보면서 그곳에서도 자본주의사회와 다를 바 없는 냉혹한 공리주의를 발견한다.

정치적 격동기를 거치면서 모스는 『증여론』을 발표한다. 화폐제도가 미비한 러시아에서조차 사고파는 행위를 금지하는 것이 불가능함을 확인한 모스는 교환과 시장을 막을 수 없다면 그것은 분명 이해타산에 기반한 자본주의적 시장과는 다르게 작동하는 것이어야 한다고 생각했다. 그래야만 냉혹한 자본주의 세계와는 다른 세계를 구상할 수 있다는 것이다. 그런 점에서 『증여론』은 모스의 강렬한 정치적 열망의 산물이었다.

모스는 트로브리안드 섬 사람들의 생활에서, 오로지 개인의 이익에만 관여하는 것도 아니고 순수하게 자발적인 무상의 제공도 아닌 "일종의 잡종이 꽃피고" 있는 것을 보았다. 트로브리안드 섬 사람들의 삶은 총체적으로 결합되어 있어서 개인적 이익 추구와 관대한 호의의 구별 자체가 무의미했다. 『증여론』은 "재화에 대한 접근권과 소유권이 일치하지 않는 사회"가 존재했음을 보여 주었다. 모스는 이를 통해서 도래할 새로운 사회, 서로 협력하며 공동의 부를 나누고 살아가는 상호 호혜적인 사회의 이론적인 기반을 찾고자 했다(데

이비드 그레이버, 『가치이론에 대한 인류학적 접근』, 서정은 옮김, 그린비, 2009, 329~354쪽).

　　단 한 차례도 현지 조사에 참여한 적이 없었음에도 불구하고 책상 위의 인류학자 모스의 연구 결과는 그 어떤 탐사보고서보다 생생하다. 그가 보기에 사회는 기능과 제도로 추상화할 수 없는 것이었다. 따라서 사회를 정태적인 상태로 분석하는 것은 "송장과 같은" 상태로 연구하는 것과 다름없는 일이었다. 그는, "바다 속에서 낙지와 말미잘이 그러하듯" 사회 속에서 사람들이 살아서 움직이는 것을 보았고 사람들의 활동력이 상호작용하는 것을 보았다. 그런 가운데 '총체적 사회적 사실'(fait social total)로서 시회는 작동하고 또 변화해 가며 구성됨을 밝혔다. 이와 같은 『증여론』의 연구 성과는 칼 폴라니, 조르주 바타유, 클로드 레비-스트로스 등 여러 사상가들에게 큰 영감을 주었다.

인간반석에는 증여의 원리가 놓여 있다

우리 역시 불과 한두 세대 전만 해도 집안에 어려운 일이 닥치거나 일손이 부족하면 마을 사람들에게 도움을 받곤 했다. 또 손님이 오면 과할 정도로 음식을 많이 대접하고도 더 대접하지 못해 안달하던 할머니들의 모습은 아직 생생하다. 잠시 생각해 보면 품앗이와 두레와 같은 상호부조 전통도 선물의 원리에 따라 행해겼음을 금방 알아챌 수 있다. 하지만 근대 자본주의의 파도가 밀려온 뒤 선물의 전통은 빠르게 화석과 골동품처럼 되어 버렸다. 그 사이 우리는 이전의 기억들은 모두 잃고 경제동물과 복잡한 계산기로 변해 버린 것일까?

　백여 년 전의 모스는 인간이 경제동물이 된 것은 수십만 년 인류 역사에 있어서 그리 오래된 일이 아니었으며 인간은 매우 오랫동안 다른 존재였음을 지적한다. 그리고 시장교환의 논리로는 설명할 수 없는 사회보장제도, 협동조합, 동업자조합 등이 만들어지는 것에서 모스는 희망을 보았다. 이 현상들은 "비정한 공리주의에 대한 반발"을 보여 주는 것이며 자본주의의 논리가 어떻게 "근대사회의 상식으로 자리 잡는 데 실패했는지를" 보여 주는 것이라고 여겼다. 오늘날에도 시장교환의 논리만으로 자본주의가 굴러가지 않음은 분명하다. 집안일, 통근, 쇼핑과 같이 보수도 받지 않는 그림자노동이 자본주의 임금노동을 떠받치고 있다. 게다가 노동자들이 근로계약에 따른 작업 내용대로만 일한다면 그 사업장의 업무는 마비될 것이 불보듯 뻔하다.

　모스는 고고학적 탐사를 통해 태곳적부터 현대에 이르기까지 다양한 지층을 이루고 형성된 모든 인간사회에 공통된 하나의 지반, 즉 "인간반석"(人間盤石)을 발견해 냈다. 그가 발견한 인간반석에는 증여의 원리가 자리 잡고 있었다. 모스는 우리는 모두 증여의 도덕에서 나왔다고 말한다. 다른 도덕, 다른 경제, 다른 사회적 관행은 존재하지 않는다. 인간반석에 놓여 있는 증여의 원리는 모든 지층을 관통하는 원류로서 현대에도 여전히 작동하고 있다는 것. 이것이 모스가 『증여론』에서 밝힌 결론이다.

　'경제동물'들의 타산적인 삶에서 벗어나는 길을 꿈꾼 모스는 선물의 원리가 길잡이가 될 것을 믿었다. 하지만 모스는 선물도 일종의 교환체계로 봄으로써 독자들에게 오해의 소지를 남기고 있다.『증여론』에서는 주고받고 되갚는 선물의 메커니즘에서 답례의 의무가 가장 중요하다고 보고 있다. 그러나 답례의 의무에 치중하게 되면 선물교환과 상품 거래 사이에서 본질적인 차이를 파악하기 어려워진다. 답례가 지연된 교환 혹은 채권·채무와 다를 바가 없다고 곡해할 여지가 생기기 때문이다.『증여론』에서 만난 사회들에서 선물은 개인들 사이의 친밀감만을 목적으로 하는 것이 아니었다. 선물교환은 사회의 '전체적 급부(給付)체계' 내에서 복합적인 연쇄를 이루며 매 순간마다 사회를 구성하고 있었다.

선물로 구성되는 우정의 공동체

문탁에서 밥은 선물이다. 어떤 날은 밥 지어 주는 사람이지만 다른 날은 친구가 해준 밥을 먹고 공부하는 사람이 된다. 처음 이 관계에 들어설 때는 불편함이 먼저 다가온다. 준 만큼 받고 받은 만큼 주는 등가교환의 원리에 젖어서 살아온 우리에게 선물이 오갈 때 흘러나오는 감정의 잉여는 낯설고 부담스럽다. 하지만 한번 발 담그면 쉽게 빠져나가기 어려운 것이 선물의 관계다. 밥을 주고받으면서 문탁의 밥상만 풍성해진 것이 아니었다. 선물의 원리가 몸에 붙으면서 점차 관계가 깊어지고 넓어졌다.

공부가 밥을 낳았듯이 밥은 예기치 않은 활동들을 낳았고 활동은 다시 다른 공부들을 낳았다. 그런 식으로 문탁에서는 선물의 원리로 운영되는 다양한 사업과 실험들이 생겨났다. 주방의 운영수익금

(이천 원씩 밥값을 받고도 흑자였던 때가 있었다)을 적립하여 '길위기금'에 보태 주기도 했다. 길위기금은 문탁의 여러 기금 중 하나로, 청년들의 공부와 활동을 지원한다. 길위기금은 그러한 선물들이 모이고 모여 적립된 기금이다.

또 한 가지 예로, '마르지 않는 공동창고, 무진장'이라는 실험도 있다. '무진장' 회원들은 한 통장을 공유한다. 회원들 각자의 사정에 따라 여윳돈을 입금한다. 그리고 긴급히 큰 돈을 필요로 하거나 생활 자금에 어려움을 겪는 회원들이 통장에서 돈을 꺼내 쓴다. 대출이 아니기 때문에 이자가 붙지 않을뿐더러 상환이라는 개념도 없다. 다만 창고가 마르지 않도록, 마치 각자 통장 잔고를 관리하기 위해 수입·지출을 조절하고 생활을 절제하듯이 다함께 입출금의 흐름을 살피는 것이 무진장의 운영 방식이다. 이 모든 것은 개인적인 이해타산이 아닌 상호호혜라는 선물의 원리에 따라 조직되었다.

선물은 개인적 차원의 가족·친구·연인과 같은 관계를 넘어 사회적 차원으로 넓혀질 때 의미를 가진다. 연인 사이에 서로 선물을 주고받는다고 해보자. 둘 사이에서는 너와 나의 구별이 없는 관계로 변화가 일어날지 몰라도 더욱 새롭고 다양한 관계로 확장되기는 어렵다. 오히려 선물교환의 피로감에 지칠지도 모른다.

일상과 물건들이 순환하며 뒤섞이는 가운데 관계도 폭넓게 뒤섞이며 풍성한 잡종의 꽃이 피어난다. 전체적인 협력과 우정의 관계가 생겨난다. 우정의 관계 내부에서 사람들은 주고받은 것을 계산하지 않는다. 그렇게 공동체는 구성될 수 있다. 가까운 이들을 넘어 낯선 사람들에게까지 우정의 관계를 확장하는 것. 그리하여 더 많은 공동체들이 얽히고설키는 선물의 네트워크를 형성하며 살아가는 세상. 바로 모스가 열망했던 미래 아니었을까?

_뚜버기(박혜성)

칼 폴라니, 『거대한 전환』, 홍기빈 옮김, 도서출판 길, 2009

다른 세상은 가능하다

태초에 시장경제는 없었다

경제학 교과서는 '인간의 욕망은 무한하지만, 가용할 수 있는 자원은 희소하다'는 전제로부터 시작한다. 호모 이코노미쿠스는 무한한 욕망과 희소한 자원 사이에서의 합리적 선택을 할 줄 아는 인간이다. 오늘날 합리성과 경제성 사이에는 어떤 변별점도 없다. 그러니 경제적 합리성과 가성비를 따지지 않으면, 언제라도 바보(stupid)라는 소리를 들을 각오를 해야 한다.

　　그런데 경제학의 가정은 언제나 옳은 것일까? 과연 인간은 욕망과 자원 사이에서 경제적 효용에 따라서만 행동하는 존재일까? 『거대한 전환』의 저자 칼 폴라니(Karl Paul Polanyi, 1886~1964)의 답은 'NO'이다. 인간이 돈에 대한 무한욕망을 좇는 경제적 동물이 된 것은 수십만 년에 걸친 인류의 역사에서 단지 최근 몇백 년 사이의 일일 뿐이다. 우리가 금과옥조로 떠받드는 경제학의 법칙들은 다만 산업혁명 이후의 시장사회에만 해당되는 이야기이다. 다른 사회에는 다른 원리가, 다른 합리성이 있었다.

신석기 시대 이후 어느 사회에나 시장은 있었다. 그러나 근대사회 이전에 시장경제는 어디에도 없었다. 폴라니는 시장경제를 이렇게 정의한다. 시장경제란 "경제 활동의 방향이 오로지 여러 시장에서의 다양한 가격을 통해 결정되며 그 외의 어떤 것도 경제 활동을 좌우할 수 없는"(『거대한 전환』, 180쪽) 체제라고. 시장의 원리는 다만 경제에만 국한되지 않는다. 모든 것을 시장에 맡겨라. 이것이 시장경제의 구호이다.

그러나 시장에 맡기지 않았던 사회도 있었다. 비시장경제에서의 경제 활동은 사회적 관계의 원리를 더 중시했다. 노동도 생산도 분배도 공동체적 관계 속에서 이루어지는 사회에서 시장은 다만 부수적인 역할을 맡았을 뿐이었다. 시장경제 이전 사회에서는 "교환을 통해 이익과 이윤을 얻는다는 동기가 인간의 경제에서 중요한 역할을 맡았던 적은 단 한 번도 없다"(『거대한 전환』, 181쪽). 이런 사회에서 살았던 사람들은 행동양식도 심리도 결코 시장적인 것이 아니었던 것이다.

단적으로 비시장경제의 사람들은 공동체 전체가 굶주리지 않는 한 그 구성원이 굶주리는 일은 없었다. 개인이나 특정 집단의 물질적 이익이라는 동기보다 공동체의 안녕이나 명예와 같은 사회적 동기가 더 중요한 역할을 했기 때문이다. 폴라니를 통해 우리는 자본주의가 등장하기 전 오랫동안 "인간의 경제는 일반적으로 인간의 사회관계 속에 깊숙이 잠겨"(『거대한 전환』, 184쪽) 있었다는 것을 알 수 있다.

사탄의 맷돌

그런데 산업혁명을 경과하면서 인간의 물질적 욕구가 압도적인 우위를 차지하는 사회가 출현한다. 폴라니는 산업혁명과 시장경제로의 변형이 인간사회에 미친 영향을 윌리엄 블레이크(William Blake)의 시 「밀턴」에 등장하는 '사탄의 맷돌'이라는 싯구를 빌려 묘사한다. 무엇을 집어넣든 이전의 모습을 짐작조차 할 수 없는 가루로 뱉어 내는 맷돌처럼 산업혁명 역시 그런 결과를 가져왔다는 것이다. 사람들이 대를 이어 가며 당연한 사회적 권리로 향유해 왔던 공유지에는 울타리가 쳐졌고, 그곳에 살던 사람들은 추방되어 떠돌이나 부랑자로 전락했다. 그 뒤에 벌어진 일련의 사태는 맷돌처럼 모든 것을 형체도 알아볼 수 없게 변형시키고야 말았다.

폴라니는 산업혁명을 경제성장이나 생산성과 같은 양적 표지에만 초점을 맞추어 평가하는 실증주의적이고 경제주의적인 접근 방식을 비판한다. 실증주의적 관점은 경제성장의 지표를 숫자로 보여 주기는 하지만 사람들의 관계가 어떻게 달라지고, 삶의 양식이 어떻게 변형되고, 그들의 심성에 어떤 변화가 일어나는지 결코 보여 줄 수 없기 때문이다.

산업혁명으로 영국은 세계에서 가장 부유한 나라가 되었다. 애덤 스미스의 『국부론』의 가설에 따르면 국가의 부가 커지는 만큼 당연히 국민 모두의 삶도 풍요로워져야 했다. 그러나 가난한 사람이 오히려 늘어나는 기이한 일이 벌어졌다. 부의 증가와 동시에 빈곤이 증가하는 예전에 없던 사회적 현상이 나타난 것이다.

빈곤의 원인과 대처 방식을 둘러싸고 벌어진 다양한 논쟁을 통해 빈곤을 바라보는 새로운 관점들이 등장했다. 그 과정에서 경제학의 법칙들과 자유방임의 원리와 효용의 원리가 새롭게 발명된다. 이른바 사회과학의 출현이었다. 폴라니는 산업혁명의 지적 기원을 생산력 발전이나 기술혁명에서 찾는 통념을 비판한다.——"산업혁명의 지적인 기원은 기술적 발명이 아닌 사회적 발명에 있었다."(『거대한 전환』, 351쪽) 중세사회가 신학 논쟁을 통해서 주조된 것처럼 19세기 영국사회 역시 빈곤 문제에 대한 해석과 논쟁을 통해 주조되었던 것이다.

시장유토피아의 꿈

산업혁명 이전까지만 해도 빈곤은 정치적이거나 도덕적인 문제로 간주되었다. 치안의 차원에서 부랑자와 떠돌이는 감금해야 할 대상이었다. 교회는 사회적·도덕적 차원에서 교구 주민에 대한 빈민구제 사업을 전담하고 구호소를 운영했다. 그런데 산업혁명이 진행되며 빈민이 급속히 증가하던 1795년, 영국 농촌의 한 교구인 스피넘랜드(Speenhamland)에서 구빈원에 수용되지 않은 빈민에게까지 구호를 확대하는 법률이 만들어졌다. 이른바 스피넘랜드법이다.

　　스피넘랜드법은 외관상으로는 농촌 빈민의 생존권을 보장하는 제도였다. 그러나 실제로는 자영농과 구호 대상이 아닌 빈민들에게 세금을 거두어 구호 대상 빈민을 고용한 농장 경영자에게 임금을 보조하는 제도였다. 이 제도는 임금 보조를 빌미로 농촌 빈민들이 다른 지역으로 일자리를 찾아 떠나지 못하도록 발을 묶어서 임금 인상을 막는 효과를 발휘했다. 지주나 농장 경영자들은 지급하는 임금을 줄이기 위해 법정 최저임금 수준을 계속 낮추었다.

단결금지법이라는 족쇄 때문에 임금 협상이 불가능한 조건하에서 구호 대상자들은 가족을 먹여 살리기 위해서라도 몇 푼 안 되는 구호금에 목을 매는 수밖에 없었다. 구호를 받지 않고 일하려는 노동자들은 임금 보조가 없기 때문에 고용이 거부되거나 끝없이 하락하는 임금을 감수해야 하는 제도, 구호를 받는 노동자들은 구호가 끊어지면 살아갈 수 없는 타락한 존재로 만들어 버리는 제도. 결과적으로 모든 사람을 구호 대상 극빈자로 만드는 블랙홀, 그것이 스피넘랜드법의 맨 얼굴이었다.

지주들은 자신들에게 절대적으로 유리한 스피넘랜드법을 유지하려 했고, 노동시장의 확대를 요구하는 부르주아들은 이 법을 폐지하기 위해 서로 싸웠다. 부르주아들은 빈민에 대한 사회적 구호를 폐지해야 할 근거를 정치경제학에서 찾아냈다. 정치경제학은 빈곤이 증대하는 이유를 맬서스(Thomas Robert Malthus)의 인구법칙과 수확체감의 법칙, 그리고 리카도(David Ricardo)의 임금철칙으로 설명했다. 맬서스와 리카도는 스피넘랜드법이라는 '강철 족쇄' 아래에서 빈곤이 증가하던 현상을 어디에서나 보편적이고 필연적인 경제법칙이라고 설명했다. 이들의 이론은 빈곤에 대한 과학적 설명이라는 후광을 업고 엄청난 사회적 힘을 발휘했다.

고전경제학의 이론적 도움에 힘입어 이제 빈곤은 사회적으로 해결해야 할 문제가 아니라 사회가 존속하기 위한 필요악이고 번영으로 나아가기 위해 반드시 치러야만 하는 대가가 되었다. 빈곤은 누구도 바꿀 수 없는 경제법칙이라는 생각이 받아들여지게 된 것이다. 빈곤의 원인이 경제법칙으로 설명되자 빈곤에 대한 처방도 따라 나왔다. 굶주림만이 그들을 일하게 만들 것이라는 처방 말이다.

　1832년, 영국 의회의 권력이 지주로부터 부르주아에게 넘어가자 의회가 가장 먼저 행한 개혁 조치는 바로 새로운 구빈법을 통과시킨 것이었다. 그렇게 빈민들에 대한 최후의 사회적 돌봄의 끈마저 끊어졌다. (찰스 디킨스는 『올리버 트위스트』로 그 법의 가혹함을 폭로했다.) 이 최후의 일격으로 공유지에서 추방된 농촌빈민은 비로소 진정한 노동자계급으로 변형되었다. 사탄의 맷돌에 갈려 나온 자유로운 노동자계급이 노동시장에 쏟아져 나왔다. 이렇게 시장유토피아로의 길이 열렸다.

사회의 자기보호운동

노동시장의 문이 활짝 열리자 경제적 자유주의와 시장경제에는 꽃길만 약속된 듯이 보였다. 자유주의의 역사적 사명은 시장의 자기 조절을 방해하는 것은 무엇이든 없애 버리는 것이었다. 시장이 유일한 권력이 되게 하는 것! 그것이 자기 조절적 시장의 명령이기 때문이다. 자기 조절적 시장은 정치와 경제라는 두 영역을 제도적으로 확실하게 분리할 것을 요구했다. 바야흐로 정치적으로는 자유방임이 미덕으로 간주되고, 경제적으로는 시장의 자유를 신봉하는 이데올로기가 지배하는 시대가 열린 것이다.

　그러나 자유시장의 유토피아는 오래 유지될 수 없었다. 19세기 중반 이후부터 노동자와 농민의 운동이 거세어지고 노동조합법, 공장법, 곡물관세 도입 등을 요구하는 사회입법의 요구가 봇물처럼 터져 나왔다. 폴라니는 이런 운동을 '사회의 자기보호운동'이라고 명명한다.

19세기의 자유주의적 경제주의의 시장유토피아의 꿈은 결코 실현될 수 없었다. 왜냐하면 사람들의 관계망인 '사회'가 실재하기 때문이다. 사회란 다름 아닌 인간들이 구성하는 공동체이다. 사회는 인간의 경제적 욕구만이 아니라 정치적 욕구, 종교적 욕구, 예술적 욕구, 영적이고 정신적인 욕구를 펼치는 장이다. 경제적 욕구가 다른 욕구들을 완전히 억누를 수는 없기에 시장사회는 폴라니의 시각으로 보면 지속 불가능한 사회이다. 사회의 자기보호운동이란 시장이 사회를 파괴할 때, 사람들이 공동체와 자신의 보존을 위해 시장의 법칙이 아니라 삶의 요구에 따르는 자연발생적 움직임이라고 이해할 수 있다.

시장경제는 인간을 노동시장에서 사고파는 상품으로, 자연 역시 시장에서 거래되는 자원으로 취급한다. 만일 정치경제학의 가정대로 인간이 상품이라면 시장의 수요공급법칙이 인간에게 그대로 관철될 수 있었을 것이다. 그러나 인간은 상품으로 생산된 것이 아니므로 전적으로 수요공급법칙에 따를 수 없다. 토지 역시 마찬가지이다. 삶의 터전을 파괴하고 자연을 착취하는 총체적 재난 상황이 벌어지면 누가 의도하지 않더라도 반드시 사회의 자기보호운동이 일어날 수밖에 없다. 사회의 자기보호운동은 인간과 자연을 상품화한 시장체제의 필연적 결과라고 말할 수도 있다.

결국 19세기 문명은 시장유토피아를 향한 운동과 사회의 자기보호운동이라는 두 방향의 운동으로 다이내믹하게 전개되었다. 이 두 운동은 서로 길항하며 거대한 변형을 향해 나아갔다. 20세기 중엽, 폴라니가 『거대한 전환』을 집필할 때, 그는 그 변형이 가까이 왔다고 예감했다.

복합사회에서의 자유

산업혁명은 기계를 사용하는 산업사회를 만들어 냈다. 그러나 산업사회가 반드시 시장사회여야만 했던 것은 아니었다. 시장사회의 지속불가능성을 주장한 뒤 폴라니는 이렇게 말한다.

> 19세기 사회의 태생적 약점은 그것이 산업사회였다는 것이 아니라 시장사회였다는 것이다. 자기조정 시장이라는 유토피아적 실험이 완전히 기억 속으로 사라진 뒤에도 산업문명은 계속해서 존속할 것이다.(『거대한 전환』, 588쪽)

19세기 사회가 시장사회라는 유토피아적 실험 위에 세워짐으로써 이 실험은 사회의 자기보호운동이라는 거대한 반발에 마주할 수밖에 없게 되었다. 이렇게 진단하면 새로운 전환의 방향은 분명해진다. 곧 산업혁명으로 생겨난 산업문명을 '시장적 기초'로부터 '비시장적 기초'로 이행시키는 것이다. 이것이야말로 폴라니가 바라 마지않았던 '거대한 전환'의 행복한 결말이었다. 그러나 역사는 그의 희망과는 다른 방향으로 전개되었다.

　시장의 자유를 강하게 비판했지만 폴라니는 평생을 인간의 자유와 민주주의에 헌신한 투사이자 학자였다. 폴라니는 자유를 사랑한다면 사회가 실재한다는 사실을 받아들여야 한다고 말한다. 우리의 욕망과 실천의 장인 사회에는 어떤 형태든 권력과 강제가 없을 수 없다. 그렇기에 어쩌면 사회가 실재한다는 것을 받아들이는 것은 깊은 체념을 동반할 수도 있다. 그러나 체념이 없다면 분투도 있을 수 없다. 역설적으로 들리겠지만 체념은 희망의 샘이다. 폴라니는 우리가 죽을 수밖에 없는 존재이기에 삶을 더욱 사랑하듯 우리를 구속하는 사회라는 실재를 받아들임으로써 더욱더 자유에 헌신할 수 있게 된다고 거듭 강조한다.

　우리는 폴라니의 시대보다 훨씬 더 '사회가 경제에 깊이 묻어 들어간' 신자유주의 시대를 살고 있다. 사람들은 기업처럼 생각하고 행동하는 경제적 주체가 되었다. 시장적 가치는 우리 삶 구석구석에 스며들었고, 모든 사회제도는 시장의 원리로 조직된다. 이제는 가족관계도, 아주 사적인 친목 모임도 경제적 효율성이 지배하는 세상에 우리는 살고 있다. 폴라니가 바랐던 것처럼 '비시장적 기초' 위에 복합사회를 세우는 이행이 지금도 가능할까?

　사회는 계속해서 변화하고 있고, 그 변화의 방향은 결정되어 있지 않다. 거의 모든 공동체적 관계를 초토화시켜 온 신자유주의의 진군이 2008년 금융위기 이후 멈칫거리는 것을 우리는 목도하고 있다. 2011년 세계 자본주의의 심장부 뉴욕에서 벌어진 아큐파이(occupy) 운동(월가점령운동) 이후 전 세계적으로 확산되고 있는 협동조합운동이나 공동체운동, 기본소득운동과 같은 것에 대해 폴라니라면, 그것 보라고, 희망을 잃지 말라고, '사회의 자기보호운동'이 아직은 소멸된 것이 아니라고 말해 줄 것만 같다.

마을경제라는 화두를 얻다

『거대한 전환』을 읽고 우리는 이런 질문을 갖게 되었다. 시장의 원리를 따르지 않는 삶의 영역을 만들어 낼 수 있을까? 우리의 삶 전체가 아니라 아주 작은 일부분이라도 시장적 기초에서 비시장적 기초로 옮길 수 있을까?

그 일환으로 우리는 상호성을 높이기 위해 공동체 화폐 '복'을 실험해 보기로 했다. '복'을 주고받는 활동을 만들다 보니 세미나 외에 작은 생산 단위들이 만들어지기 시작했다. 바느질도 하고, 비누도 만들고, 빵도 굽고, 입던 옷과 생활용품을 순환시키며 돈과 '복'이 오가며 자연스럽게 물품도 오가고, 돈도 오가고, 사람도 오가는 경제 활동이 생겨났다. 이런 경제 활동을 공동체적 관계를 구성하는 활동이라는 의미로 우리는 '마을경제'라고 부르기로 했다. '마을경제, 시장을 흔들어라'는 2011년 문탁 인문학 축제의 슬로건이 되었다.

생산 단위들을 모아 '마을작업장'을 만들었다. 작업장 일을 하며 '복'으로 활동비를 받고, '복'으로 친구들이 만든 비누와 빵을 사 먹을 수도 있었다. 활동을 많이 해 '복'이 많아진 친구들은 '복'이 적거나 마이너스인 친구들에게 나누어 주는 일도 자연스럽게 일어났다. 이렇게 호혜성의 원리와 재분배의 원리가 우리의 삶 속에 스며들었다.

돈이 모이더라도 축적하기보다 필요한 곳에 돈이 흘러갈 수 있게 문탁에 와서 공부하려는 청년들을 지원하는 '길위기금', 연대활동을 지원하는 '연대기금' 등도 만들었다.

전체가 굶주리지 않는 한 누구도 굶주리지 않게 하는 공동체 경제의 원리를 우리의 삶 속에 도입하는 것은 그렇게 간단한 일은 아니다. 같은 일을 하더라도 각자의 조건과 필요에 따라 활동비를 다르게 지급할 수 있게 되기까지 많은 토론과 설득이 필요했다. 우리가 신자유주의 시장경제하에 살고 있다 보니 조금만 방심하면 시장의 원리와 가성비와 효율을 따지는 일은 생겨나게 마련이다. 작은 변화 없이 거대한 전환은 없다. 그러나 사소한 변화라 하더라도 그것이 생각과 실천의 근본적 변화를 요구할 경우 그 시작도, 시작한 것을 지속하는 것도 결코 쉽지 않다.

이제 우리는 반드시 '복'이나 돈이 관계된 활동만을 경제로 생각하고, 그것을 특화시켜서도 안 된다고 생각한다. 어쩌면 우리가 하는 공부도, 생산도, 인간관계도 모두가 마을경제인지 모른다. 왜냐하면 마을경제는 돈벌이를 위한 활동이 아니라 새로운 사회적 관계를 구성하고 경험하는 활동이기 때문이다. 폴라니의 말처럼 '경제가 사회에 묻어 들어가 있다면' 어떤 것만이 경제라고 콕 집어 말하기 곤란하지 않겠는가. 서로의 목적을 달성하는 교환 과정이 끝나면 바로 헤어지는 시장과 달리 서로에게 호혜적인 결합의 관계를 만들어 내는 것, 그것이 마을경제이다. 이를 위한 활동은 시장의 자유와는 다른 자유를 위한 우리 나름의 분투이다.

_요요(김혜영)

데이비드 그레이버, 『부채 그 첫 5,000년』, 정명진 옮김, 부글북스, 2011

세상에 돈이 있기 전에 빚이 있었다

내가 매니저로 일하는 마을작업장 〈월든〉에서는 현금 대신 '복'이라는 대안화폐로 물건을 살 수 있다. 가끔 중고거래장터(이어가게)를 열고 복으로 물건을 사고 팔기도 한다. 처음 대안화폐를 생각했을 때 우리는 '화폐'에 관해 여러 책을 함께 읽었다. 이 책 『부채 그 첫 5,000년』(이하 『부채』로 표기)도 그중 하나였다. 인류학자 데이비드 그레이버(David Graeber, 1961~)는 이 책에서 화폐가 등장하기 이전에 인류사회의 경제 형태는 빚(부채)이었다고 말하고 있다. 이것은 인간이 자신의 이익을 위해 물건을 생산하고 교환하는 것이 경제의 시작이었다는 고전경제학의 주장을 근본부터 반박하는 것이다. 개인과 기업, 국가의 부채에 대한 그의 이론은 2009년 리먼 브러더스를 필두로 하는 미국 기업의 파산 사태와 미국 정부의 긴급 지원, 군소 채무국들에 대한 미국의 압박 등, 신자유주의 시장경제의 막장드라마를 이해하는 데 중요한 시사점을 제공한다. 나는 이 책을 읽고 나서

①인류 최초의 경제 형태는 우리가 알고 있던 물물교환경제가 아니라 빚을 주고받는 신용경제였다는 것과 ②화폐는 부채를 계산 가능하게 만들어 버림으로써 부채가 가지고 있던 인류의 사회적 관계를 단순한 채권/채무관계로 바꿔 버렸다는 것, ③오늘날 글로벌 경제는 부채경제이며 세계적인 부채경제위기는 초제국적 권력 유지를 위한 거대국가와 거대시장의 합작품이라는 것을 알게 됐다.

최초의 경제 형태는 돈이 아니라 빚이었다

데이비드 그레이버는 인류학자인 동시에 아나키스트이며 좌파 진영의 '전 지구적 정의운동'(Global Justice Movement) 활동가로 알려져 있다. 2011년 미국 뉴욕의 '월가점령'(아큐파이)운동이 일어났을 때, 데이비드 그레이버는 미국의 부자 1%에 저항하는 99%와 함께 주코티 공원에 자리를 잡고 운동의 자발적이고 민주적인 운영에 힘을 쏟았다. 월가점령운동을 촉발한 것은 2008년 뉴욕발 모기지 사태였다. 무분별한 주택대출의 발행은 개인들을 심각한 채무 위기에 빠뜨렸고 그것은 곧 금융기업들의 위기로 옮겨 갔다. 미국 정부가 이들 금융기업들을 국민의 세금으로 구제하자 금융 부자들은 천문학적인 상여금을 분배하며 '그들만의 잔치'를 벌였다. 대기업은 공적 자금으로 채무를 탕감받았는데 개인은 대출금 상환에 시달리고 있는 모순적 상황에 분노한 99%는 월가 입구에 세워진 황금황소상을 넘어뜨리며 '빈부격차 철폐', '빚을 갚지 않을 권리'를 외치기 시작했다. 비록 73일간의 점거가 가진 한계는 있었지만 그레이버는 그가 주장하던 직접행동(direct action)의 살아 있는 사례를 목격한 셈이 됐다.

그레이버는 왜 이 책을 썼을까?『부채』는 월가점령운동이 일어나기 불과 두 달 전에 출간된 만큼, 이 운동의 배경과 계기에 어떤 식으로든 영향을 주었을 것이다. 그레이버는 이 책을 통해 우리가 알고 있는 일반적인 경제학 지식과는 전혀 다른, '부채'의 관점으로 다시 쓴 경제 이론을 들려준다. 전통적 경제학자들에 의해 주장된 '물물교환경제'야말로 인류 역사가 시작된 이래 너무 자연스럽게 받아들여진 경제 형태이다. 누군가가 생산한 물건을 각자 필요한 물건으로 바꾸는 과정에서 원시화폐가 생기고 이것이 현대의 주화나 지폐가 됐다는 것이다. 그러나 "경제학에서 표준으로 통하는 경제사는 인류학자들이 실제로 곳곳의 공동체와 시장을 찾아 경제생활을 관찰한 결과 얻은 발견들과는 거의 아무런 관계가 없다. 그 공동체와 시장에서 발견되는 것은 모든 사람들이 여러 가지 방식으로 거의 모든 사람들에게 빚을 지고 있으며, 대부분의 거래가 통화 없이 이루어진다는 사실이다"(『부채』, 42쪽).

인류학 연구자 중 한 사람인 마르셀 모스는 초기 인류사회에는 '선물'에 의한 경제 시스템이 있었다고 말한다. 나아가 '선물'은 단순히 경제로 분리될 수 없는 '인류사회 전반을 형성하고 유지하던 반석'이라고 설명하고 있다. 사람들은 선물을 남에게 주고, 선물을 받은 사람은 '받을 의무'를 지며 그것보다 더 좋은 것으로 '갚아야 할 의무'를 가진다. 여기에서 어떤 화폐를 거래한 흔적이 있다면 그것은 되갚는 과정이 아니라 끝내 지급될 수 없는 부채를 인정한다는 표현으로 간주된다. 사람과 사람 사이의 신뢰관계를 기반으로 한 부채경제의 형태가 교환경제 이전 아주 오랜 기간 동안 문제없이 작동되었던 것이다.

빚의 역사를 대체한 화폐의 역사

고대 인류사회에서 증여에 의해 사회적 관계가 유지되던 시대에는 부채 없는 사회를 생각할 수 없었다. 부채는 개인이건 집단이건 절대 갚을 수 없는 것, 계속 유지되는 것으로 여겨졌다. 그런데 어떻게 그 부채가 화폐가 됐을까? 그것은 아마도 부채를 둘러싼 복잡하고 미묘한 인간관계의 전후 맥락을 극단적으로 배제하고 오로지 그 양만을 따지게 된 것으로부터 시작됐을 것이다.

오늘날 우리가 부채라 부르는 것은 확실하게 계량할 수 있다. 원금과 이자율까지 정확하게 계산한다. 그러나 화폐로 부채를 계산한다고 해서 모든 것을 갚을 수는 없다. 가령 사람을 죽였을 때 그 부채는 똑같이 사람을 죽이는 것으로만 갚을 수 있다. 만약 살인자의 가족이 피해자 가족에게 대체되는 물건을 주었다면 그것은 생명의 부채를 지고 있다는 것을 인정하는 징표로 준 것이지, 죽은 사람의 생명을 값을 '치른 것'이 아니다. 이 사람의 몸값은 화폐보다 귀중한 무엇을 빚지고 있다는 것의 승인이었다. 그런데 사람의 몸값을 정확하게 계산하는 계기가 생겼다. 그레이버는 렐레족과 티브족 사회의 예를 들어 목숨의 대가가 불가능하다는 증거로서의 화폐가 어떻게 등가교환이 가능한 것으로 전환됐는지 탐구한다. 즉, 한 사람을 부족의 모든 인간관계(부채관계)로부터 떼어 냄으로써 계산 가능하고 교환

가능한 존재(교환관계)로 만들 수 있게 된 것이다. 아프리카뿐만 아니라 인간의 경제가 상업경제와 접촉한 곳, 노동력이 필요한 곳에서는 예외 없이 인간을 교환의 대상으로, 사회적 맥락과 공유된 역사, 집합적인 책임으로부터 떼어 내 부채를 갚는 수단으로 만들어 버렸다. 여기에는 폭력이 개입됐고 그 극단적인 형태가 '노예제'였다. 현대가 상업적인 부채사회가 되었다면 전쟁과 정복과 노예제의 유산이 완전히 사라지지 않았다는 증거이다.

이렇게 화폐가 모든 부채를 (심지어 목숨의 값까지도) 계산하고 치를 수 있게 되면서 '자유'와 '소유'의 개념도 변질됐다. 그레이버는 고대 아일랜드나 메소포타미아, 그리스-로마 시대를 거치면서 그때까지 '노예가 되지 않는 명예, 혹은 불명예스러운 노예 상태에서 해방되는 것'을 의미했던 '자유'가 '개인의 재산 소유권에 뿌리를 둔' '주인의 권력'과 동의어가 됐다고 말한다. 이제 자유는 타자와의 상호관계를 만드는 능력이 아니라 정복에 의해 획득한 동산에 대한 절대적 권력을 의미하게 됐다. 공식적 노예제는 폐지됐으나 자신의 자유를 이양할 수 있다는 생각은 존속되고 있으며 폭력은 눈에 보이지 않는 형태로 이어지고 있다.

노예제를 포함한 역사상의 화폐, 부채, 신용거래의 역사적 궤적을 추적해 보면 오늘날 우리 사회의 상황을 알 수 있다. 그레이버는 인류의 과거 5천 년의 역사를 돌아보면, 신용화폐가 우세한 시대와 금과 은이 지배적인 시대가 번갈아 오고 있는 것을 알 수 있다고 말한다. 가상의 신용화폐가 지배적이었던 농업제국의 시대(B.C. 3,500~B.C. 800), 동전이 탄생하고 금은으로의 이동이 일어난 축의 시대(B.C. 800~A.D. 600), 노예제가 쇠퇴하고, 가상의 신용화폐로 돌아간 중세(A.D. 600~A.D. 1450), 세계적으로 금은이 다시 회귀하고 노예제가 부활한 1450년 이후의 자본주의 제국의 시대, 그 시대는 미국 달러가 금과의 태환을 중지한 1971년에 끝나며, 다시 가상통화가 우세하게 됐다.

이 사이클 중에서 가장 중요한 요소는 전쟁이다. 전쟁과 폭력의 위협이 있는 세계에서는, 거래를 단순화하는 것이 이점이 있었고 따라서 금은이 우세할 때는 광범위한 폭력이 지배했다. 또한 병사들은 약탈품에 접근하기 쉽고, 그 대부분을 차지한 금이나 은을 거래하는 것이 필요했다. 정부도 무기를 구입하고 병사에게 지불하는 데 금이나 은을 사용했다. 축의 시대에 화폐는 제국의 수단이었다. 상품 시장과 세계 종교라는 상보적 이념이 이 시기에 확립되면서 지배자에게 화폐는 시장 확대의 도구이며 정치체제(국가)는 수익을 위한 사업이 되었다. 중세에 제국이 붕괴하고 군대가 해체되면서 그 전체 구조가 상실됐고, 새로 나타난 자본주의적 질서에서는 화폐의 논리가 자율적인 것이 되고, 정치와 군대 권력이 그것에 의해 재조직화됐다. 이로써 국가와 군대를 전제로 하지 않는 금융 논리에 의한 화폐가 처음 등장하게 됐다.

새로운 신용사회의 탄생

오랫동안 사회성의 기본 구조를 이루었던 부채는 국가, 상업체제 속에서 완전히 다른 관점으로 발전하게 됐다. 이제 화폐에 의한 등가교환이 일반적이고 부채는 범죄라는 인식이 생겼다. 부채를 범죄로 본다는 것은 인간사회의 기초를 범죄로 몰아가는 것이었다. "자본주의 탄생의 이야기는 시장이라는 비인격적인 힘에 의해 점진적으로 파괴되는 것에 관한 이야기가 아니다. 그보다는 신용경제가 이자의 경제로 바뀌는 것에 관한 이야기이다. (……) 도덕 네트워크가 국가의 비인간적인 힘의 침투로 인해 변질되어 가는 과정에 관한 이야기이다."(『부채』, 588쪽) 과거 노예제의 원리는 임노동 속에서 유지됐다. 주인과 노예의 관계, 고용주와 피고용자의 관계는 모두 비인격적이다. 노예를 사고, 노동자를 고용하려면 보통 신용거래가 아니라 현금이 이용된다. 누구나 현금으로 지불하게 되며, 비인격적인 신용거래가 나타나면서 부채가 죄이며 타락이라고 했던 낡은 관념이 침투한 것이다. 부채를 개인적인 문제나 도덕적인 차원으로 환원하는 것은 기본적으로 소득 불평등이 재생산되는 구조를 은폐하고 마치 평등한 개인 간의 채권/채무관계가 만들어지는 것처럼 보이게 한다.

우리는 매일매일 신용카드로 모든 것을 결제한다. 현금이 없어도 전혀 불편하지 않을 정도로 거의 완전한 신용경제체제가 됐다. 지난 인류 역사를 되짚어 봤을 때 가상화폐(신용화폐)가 주도하는 시기에는 개인의 신뢰와 명예가 회복됐다. 예를 들어, 메소포타미아의 함무라비왕이 B.C. 1761년에 실시한 '서판을 깨뜨리는 의식'이나 이집트의 파라오인 바켄레네프의 '부채 탕감을 위한 칙령'이 그것이고 그것보다 훨씬 뒤인 B.C. 196년에는 프톨레마이오스 왕조에 의해 '깨끗한 서판' 의식이 행해진 예가 있다. 일정 수준 이상의 약탈적인 대출은 개인 간의 관계를 떠나 사회 전체를 위협하는 존재였고, 권력의 힘으로 모든 부채에 관한 권리와 의무를 무(無)로 돌리는 방식으로 사회를 유지하려 애썼다.

그러나 오늘날 개인의 그것은 회복되지 않고 있다. 오히려 개인들은 끊임없이 늘어만 가는 부채 속에 허덕이고 있으며 채무 변제 능력이 없는 빈국들은 회생의 기미조차 없다. 어떤 채권국이나 어떤 권력자도 부채 탕감 정책을 내놓지 않는다. 이것은 새로운 신용관계가 개인/국가들 간의 신뢰관계가 아니라 이익을 추구하는 회사/집단들에 의해 성립된 것이기 때문이다. 여기에서 은행은 현대판 노예화 도구로 기능한다. 이제 사람들은 대출을 하려면 기왕에 형성되어 있던 인간관계가 아니라 은행을 찾는다. 은행은 채무 능력이 있는지 그 사람의 신용 상태를 심사해서 대출 여부를 결정한다. 여기에는 그 어떤 인간관계와 주변 환경이 개입할 수 없다. 일단 은행 대출을 받으면 그 사람은 은행의 빚을 다 갚을 때까지 그 사회의 다른 구성원에게 의지할 수 있는 것은 아무것도 없다. 이때 빚을 주고받는 개인과 은행은 평등을 가장할 뿐, 절대 평등하지 않다.

다른 경제의 가능성을 상상하자

시간을 되돌려 원래 의미의 '부채'가 사회 구성원들의 관계를 긴밀하게 하고 사회 자체를 존속하게 하는 역할을 다하는 시대로 회귀할 수는 없다. 그렇다면 신자유주의 경제의 암울한 미래를 앞두고, 우리가 할 수 있는 일은 아무것도 없다는 말인가? 그레이버는 그렇지 않다고, 가령 '현대판 희년(禧年)' 같은 희망을 이야기하자고 강조한다.

이것은 어느 날 동시에 모든 부채의 당사자(채권자와 채무자)들이 서로의 권리와 의무를 끊는 것이다. 실현될 가능성은 제로에 가깝지만, 그것은 오히려 '교환경제'가 유일한, 그리고 궁극의 경제 형태라고 믿는 우리의 관념을 끊어 내는 일일지도 모른다.

문탁에서 통용되는 '복'의 이야기로 돌아가 보자. 처음에 이것은 국가통화를 대신하는 것으로 여겨졌다. 그러나 오랜 실험 과정에서 '복'은 단순한 화폐가 아니라 끝없이 주고, 받고, 되갚는 의무관계를 엮는 일종의 '부채'의 성격을 훨씬 더 많이 가지고 있다는 것을 발견했다. 정해진 값을 치르고 물건을 가지지만 현금으로 결제한 행위에 비해 뭔가 다른 느낌, 완전히 거래가 끝난 것 같지 않은 느낌이 있다. 그것이 무엇일까? 그레이버의 말을 빌리자면, 그것은 숫자로 환산되지 않는 관계로서의 부채의식이다. 그 물건을 만든 사람과의 직접적인 인간관계가, 비록 일정액을 지불하고 물건을 갖지만 언젠가는 자신도 바로 그 '숫자로 환산되지 않는' 부채를 되갚아야 한다는 일종의 의무감을 가지게 하는 것이다. 한 번이라도 '복'을 이용해 문탁의 경제시스템에 접근해 본 사람이라면 자신의 내면에 생긴 이런 부채감을 이해할 수 있을 것이다. 그렇다면 복은 우리가 끊임없이 발명해 내려는 '다른 삶의 방식', '자본의 힘에 구속받지 않는 새로운 경제'로의 안내자 같은 존재일지도 모른다.

『부채』를 통해 그레이버는 '화폐'를 돈으로 보지 않고 '부채'로 치환했을 때, 우리의 경제적 삶에 어떤 변화가 있을지 세심하게 살펴보라고 제안하고 있다. 이때의 부채는 화폐가 가진 '등가교환'의 기능으로 한정되지 않는 부채, 즉 고대 인류사회에서 사회적 관계가 유지되도록 치밀하고 세심하게 구성되고 매번 새롭게 구조화되는 '의무'이다. 이 의무를 기꺼이 받아들임으로써, 우리는 거듭될수록 빈부의 격차가 커져만 가는 '교환경제'가 아니라 함께 살아갈 수 있는 '공동의 부'가 커지는 진정한 의미의 '신용경제'의 사회를 다시 꿈꿀 수 있게 될 것이다.

_봄날(민순기)

나카자와 신이치, 『사랑과 경제의 로고스』, 김옥희 옮김, 동아시아, 2012

사랑이 돈을 움직인다

『사랑과 경제의 로고스』는 나카자와 신이치(中沢新一, 1950~)의 '카이에 소바주'(Cahier Sauvage) 시리즈 중 세번째 책이다. 카이에 소바주는 '야생적 사고의 산책'이라는 의미로, 저자는 이 시리즈를 통해 근대 과학혁명에 의해 억압된 과거 인류의 통합적 사고를 다시 사유하고자 한다. 과거 인류의 야생적 사고야말로 한계에 다다른 현대의 모순과 불안, 위기를 극복할 새로운 가능성을 지녔다고 보기 때문이다. 특히 이 책에서는 경제에 초점을 맞춰 현대 자본주의사회를 비판하고 그 대안을 모색하고자 한다.

돈이 있어야 사랑도 하지

언제부터인가 청년들을 88만원 세대라고 일컫더니 뒤이어 청년들이 포기해야 할 것이 하나둘씩 늘어나자 이제는 N포 세대라고 부르고 있다. 최근 N포 세대에 진입한 내 아들은 여느 N포 세대들처럼 불확실한 미래에 대한 불안을 포함해 모든 고민을 돈을 떠나서 생각하지 못한다. 이른바 금수저나 은수저가 아닌 이상 돈에 구애받지 않고 자신의 미래를 설계하긴 어렵다. 대부분의 청년들에게 삶의 문제는 곧 돈의 문제로 귀결되는 현실이다 보니 돈이 있어야 사랑도, 풍요로운 삶도, 미래도 가능하다는 믿음이 그 어느 때보다 확고하게 자리 잡고 있다.

이런 청년들에게 돈이 있어야 사랑, 곧 관계가 가능한 게 아니라 관계가 곧 돈을 움직이는 힘이라는 저자의 주장은 참으로 황당하게 들릴 것이다. 하지만 경제를 움직이는 게 실은 사랑이고 관계의 힘이라는 저자의 논리가 비현실적인 것으로 여겨지는 것은 그만큼 자본주의 경제 논리가 우리 삶을 극단적으로 압도하고 있다는 반증이 아닐까. 모든 것이 오직 경제적 논리와 가치로 환원되는 현실에서 이를 벗어나 다르게 생각하기는 무척 어렵다.

처음 『사랑과 경제의 로고스』를 읽었을 때 나 역시 당황스러웠다. 저자의 관점이 지나치게 낭만적이고 이상적인 것이 아닌가 하는 의구심이 드는 동시에 다른 한편에서는 어쩌면 내가 미처 알아차리지 못한 또 다른 가능성이 있을지 모른다는 기대도 들었다. 사실 그 무렵 나는 돈만이 가치의 기준인 현실에서 느끼는 상대적인 빈곤과 박탈감에 괴로워하면서도 여전히 돈이 유일한 해결책이라는 믿음도 버리지 못하는 모순 상태에 빠져 있었다. 이 책은 그런 나에게 완전히 새로운 관점을 제시해 주었다. 물론 단 한 권의 책만으로 모든 것이 단박에 달라질 리는 없다. 그럼에도 불구하고 적어도 지금의 나는

돈이 전부가 아니라 관계가, 사랑이, 삶을 풍요롭게 해준다는 저자의
주장에 깊이 공감하고 있다.

선물과 공동체

문탁은 인문학공동체이다. 한동안 난 이 의미를 인문학 공부를 공통
관심사로 가진 사람들의 모임이라고, 따라서 문화센터와 문탁 사이
에 별 차이가 없다고 여겼다. 그런데 이른바 문탁 사람들과 그 활동
공간에서 뭔가 낯선 힘을 감지하게 되면서 겉으론 매우 평범하게만
보이는 이들에게서 느껴지는 이 '평범하지 않은' 기운의 정체가 과연
무엇인지가 무척 궁금했다.

내가 그 낯선 기운을 느낀 건 별다른 일에서가 아니었다. 문탁에
서는 공동밥상에서 함께 밥을 먹는다. 때때로 밥당번을 하는 친구가
직접 재료까지 준비해서 별미를 선물할 때가 있는데 그럴 때 우리들
은 뜻밖의 선물에 감사하며 기쁘게 점심을 먹곤 한다. 별미 한 그릇
을 앞에 두고 앉으면 시끌벅적 수다와 웃음소리가 음식과 함께 밥상
을 가득 채우곤 한다.

나는 이렇게 선물을 주고받으며 감사와 기쁨을 나누는 별스럽
지 않은 문탁의 일상이 실은 저자가 말하는 과거 인류의 전통사회를
지탱하던 선물의 원리와 다르지 않다는 사실을 이 책을 통해서 알게
되었다. 내가 한 선물이 친구들을 기쁘게 했다는 사실은 그 즉시 내
게 기쁨으로 돌아오기도 하고, 별미를 맛있게 먹은 친구가 밥당번을
자청함으로써 순환되기도 한다. 선물이 선물로 이어지면서 공동밥

상뿐 아니라 문탁의 활동이 풍성해지는 것이다.

축제와 나눔, 일상의 동력

저자의 주장은 구성원들 사이에서 순환하는 선물의 원리에서 그치지 않았다. 더 나아가 받은 만큼 돌려주는 선물만이 아니라 서로 받았으나 받았는지도, 주었으나 주었는지도 의식하지 못하는 선물과 그를 가능하게 하는 힘에 대해서 말한다. 어떻게 그것이 가능하다는 것일까? 저자는 19세기까지 북미 인디언사회에서 열렸던 '포틀래치'(potlatch)라는 제의를 통해 그에 대해 설명한다.

포틀래치는 한 마을의 수장이 다른 마을 주민들을 초대해서 벌이는 엄청난 규모의 '증여의 제의'였다. 이 제의에 참석한 사람들은 모두 경쟁적으로 선물과 답례의 의례에 뛰어들었는데 그것이 각자 가문의 명예를 드높이고 위신을 세우는 방법이었다. 이 제의에서는 종종 당시 가장 귀한 물품이었던 동판을 파괴하는 일이 벌어지곤 했다. 포틀래치를 개최한 수장이 사람들 앞에서 그 동판이 얼마나 귀한 것인지에 관해 장황한 연설을 늘어놓은 다음, 그것을 조각조각 파괴해 버린다. 그리고 파괴한 조각들을 손님들에게 나눠 주었는데 간혹 바다에 던져 버리기도 했다. 바다에 던져진 동판 조각들은 일부 회수되어 새로운 동판으로 만들어지곤 했는데 그 동판은 파괴되기 이전보다 훨씬 높은 가치와 영력을 지닌 것으로 인정받고 더 귀하게 여겨졌다.

이처럼 포틀래치의 절정에서 행해지던 '귀중품의 파괴' 행위가 의미한 것은 무엇이었을까? 저자는 이 제의를 통해 공동체 구성원들이 공유한 것이 바로 선물의 원리를 지탱하게 하는 보다 근원적이고 더 강력한 힘이었다고 말한다. 그 힘은 그 어떤 보답도 기대하지 않고 아낌없이 주는 영적인 힘과 그로부터 흘러넘치는 풍요로움이었다. 그 힘은 어디에서 비롯된 것인가?

선물의 순환에서 '물'(物)은 선물을 주고받는 사람 사이를 매개하는 중요한 요소이다. 선물을 통해 주고받는 사람들의 관계가 강화되고 다른 관계로의 확장이 이어진다. 그런데 귀중품의 파괴 행위에서 귀중품인 동판이 산산조각 나는 순간, 이 관계가 깨져 버리면서 미지의 세계와 맞부딪친다. 선물의 순환이 깨어진 순간, 동판 조각들이 순환의 고리 밖으로 튕겨 나가 미지의 세계에 있는 영적인 힘과 접촉하는 것이다. 그렇게 영적 힘과 접촉한 동판 조각들은 그 힘으로부터 증식하는 능력을 부여받은 후 다시 선물의 순환 안으로 되돌아온다. 이때 동판 조각들의 가치와 영력이 파괴되기 이전보다 훨씬 높아지게 된다.

포틀래치에서 동판 파괴의 행위 때 구성원들이 열광적으로 공유했던 것이 바로 영적인 힘과 동판이 접촉하는 순간에 폭발적으로 증식하는 부와 그로 인한 기쁨, 그리고 풍요로움의 분출이었다. 그들은 공동체의 부나 풍요로움의 원천이 자연이나 신과 같은 영적인 힘에 있으며 그 힘이 예외적인 순간에 사회를 뚫고 들어올 때 사회 내에 강력한 부가 증식된다고 믿고 있었다. 구성원 모두가 제의를 통해 재현하고 공유했던 그 영적인 힘과 기쁨이야말로 사회 내부에 선물의 원리가 지속적으로 순환하게 하는 윤리적이고 실천적인 동력이었던 것이다. 그 힘에 의해 선물의 원리가 유지되었고 물질적 풍요로움이 사회 내부에 순환할 때, 재화와 더불어 인격적 관계와 배려, 나눔도 함께 순환했다.

저자는 이 같은 힘이 과거뿐 아니라 오늘날에도 여전히 자본주의 경제를 작동하게 하는 힘이자 원리라고 강조한다. 하지만 현대인들이 그를 포착하거나 이해하기는 쉽지 않다. 내가 그 의미를 조금이나마 이해하게 된 계기도 뜻밖의 경험을 통해서였다.

서로에게 기대어 살아가는 삶

내게는 화장실 청소가 가장 피하고 싶은 일 중 하나이다. 하여 문탁이나 파지사유의 화장실 휴지통이 넘칠 듯해도 못 본 척 지나가곤 했다. 나 아니더라도 누군가 다른 사람이 치우겠지 하는 심사였다. 그런데 언제부터인가 그냥 지나칠 수가 없게 되면서 비로소 그간 휴지통을 비웠을 손길에 대해 생각해 보게 되었다. 내가 지나치는 동안에도 휴지통은 깨끗이 비워지곤 했으니 말이다. 그러다 이런 경우가 비단 화장실 청소에만 국한된 것일까 하는 생각이 들었다.

사실 문탁에는 돌봐야 하는 공간도 많고 손이 필요한 일들도 많다. 하지만 딱히 책임지고 관리하는 사람은 없다. 그런 까닭에 내가 무심코 지나친 일들은 고스란히 다른 누군가의 몫이 되었을 것이다. 그렇게 남들이 알아주지 않아도 해야 할 일들을 미루지 않고 기꺼이 떠맡은 친구들의 수고가 동판 파괴 행위와 같은 게 아닐까.

오늘날 자본주의 경제 논리에 의하면, 동판 파괴와 같이 귀한 물건을 무용하게 파괴하고 소비하는 행위는 참으로 어리석은 일이다. 되돌려 받으려는 기대 없이 자기 것을 베푸는 마음과 실천은 오늘날의 부의 축적과는 한참 거리가 먼 일이기 때문이다. 아무도 주목하지 않는 순간, 화장실 휴지통을 비운 경우도 마찬가지이다. 아마도 그는 자신이 하는 일을 대단한 것이라고 여기지도 않았을 것이고, 따라서 애초에 다른 사람들의 칭찬이나 감사를 기대하지도 않았을 것이다. 하지만 눈에 잘 띄지 않는 사소한 수고들을 기꺼이 감당하는 손길들이 없다면 문탁뿐 아니라 우리 사회 전체가 유지되기는 어렵다.

그러고 보니 문탁에서 감지했던 낯선 힘의 정체는 실은 선물한다는 의식도 없이, 그 보상이 다시 내게 직접 되돌아올 것을 기대하지 않는 모든 크고 작은 수고와 그를 가능하게 하는 사랑이었다. 그 사랑은 내가 사랑하고 나를 사랑하는 사람하고만 맺는 개인적인 사랑이 아니라 늘 그를 초과해 흘러넘치는 사랑이었다. 마치 자연이 모든 인간에게 조건 없이 베푸는 공기, 물, 바람, 빛처럼 말이다. 인간이 가진 모든 것은 자연이 베푸는 무상의 선물이 없었다면 존재할수 없는 것들이다. 그러나 인간은 그 선물들이 얼마나 중요한 것인지를 잊고 산다. 이따금 물이나 공기가 절실히 필요해지는 순간에야 잠시 그 고마움을 깨닫곤 한다. 친구들의 수고도 이와 다르지 않다. 친구들의 선물을 받았는지도 모르고, 그 고마움을 깨닫지 못할 때가 더 많지만 그럼에도 우리 모두는 서로의 사랑에 기대어 살아가고 있는 것이다.

요컨대 저자가 말하는 선물의 원리를 떠받치고 있는 보다 근원적인 힘은 서로를 소중히 여기는 관계와 그 관계를 통해 공유하는 기쁨과 풍요로움이라고 말할 수 있다. 관대함과 우정, 사랑, 기쁨, 웃음, 수다와 같은 것들이 화폐로 가늠할 수도 없고 화폐보다 더 강력한 원동력으로 사람을 움직이고 있다. 그 덕에 돈도, 물건도, 관계도 계속 이어지며 순환하고 있다.

투자의 기쁨, 선물의 기쁨

오늘날과 같이 철저히 경제적 이해관계가 최우선인 자본주의사회에서 누군가가 동판 파괴 행위처럼 화폐를 공중에 흩뿌린다고 한번 상상해 보자. 아마도 그는 미친 사람 취급을 받을 게 틀림없다. 그런데 자본주의의 정점에 있는 대기업들과 손가락 안에 꼽히는 부자들도 그와 같은 행위를 하곤 한다. 엄청난 금액의 기부금을 쾌척한다든지, 입이 딱 벌어지는 통 큰 후원을 한다든지 하는 방식으로 동판 파괴와 유사한 행위를 하는 것이다. 그런데 그들은 그것이 더 큰 이득으로 자신에게 돌아올 것임을 알고 있기에 그렇게 한다. 자본이 자본을 낳는 사회에서 그들은 더 큰 부를 얻기 위해 엄청난 돈을 쓴다. 선물이 아닌 투자를 하는 것이다.

역설적이게도 자본가들은 사람들의 욕망과 마음을 움직이지 않고는 부를 증식할 수 없다는 사실을 그 누구보다 잘 알고 있다. 각종 매체의 광고들을 보자. 그들이 팔고자 하는 상품은 자동차, 아파트, 냉장고, 세탁기가 아니라 그 상품들이 만들어 내는 라이프 스타일이고 이미지이다. 거액의 기부, 광고를 통해 만들어 내는 그 기업의 이미지, 그 상품의 이미지가 사람들의 마음을 움직일 때에야 비로소 그들의 주머니가 가득 채워진다.

그렇다면 이처럼 자본가가 부의 증식에서 얻는 기쁨은 과거 인류가 동판의 파괴로부터 공유했던 영적인 기쁨이나 그 풍요로움과 같은 것일까, 다른 것일까? 사실상 오늘날 자본가와 비자본가의 구분은 의미가 없지 않은가. 자산이 있든 없든, 부의 규모가 크든 작든 개인들은 저마다 자본가의 마인드로 무장하고 부의 증식을 위해 자신의 삶을 기꺼이 투자하고 있으니 말이다. 누구나 무한히 증식하는 부를 소유하고자 갈망하며 조물주 위의 건물주를 꿈꾸고 있다.

하지만 오늘날 사람들이 얻는 기쁨은 부를 통해 공유하는 풍요로움에서 얻는 것이 아니라 부의 축적 그 자체로부터 얻는 기쁨이다. 풍요로움이 사회 내에 순환하며 흘러넘치게 하는 수단으로서의 돈이 아니라 돈 그 자체를 욕망하는 것이다. 언제든 어떤 상품과도 교환 가능한 화폐는 그 이유만으로 더 이상 수단이 아니라 그 자체가 목적으로 전도되어 버렸다. 이것이 오늘날 자본주의를 물신주의라고 부르는 이유이다.

함께 꾸는 우리의 꿈

최근 문탁을 오가는 청년들이 많아졌다. 이런저런 청년 프로젝트들 덕분인데 한동안 몇몇 청년들이 좌충우돌하며 갈지자로 휘청거리는 것 같더니 이젠 나름의 길을 찾고 제법 틀을 갖추어 가고 있다. 그들을 보면서, 난 곧 입대하는 아들이 언젠가 그 청년들과 함께 머리를 맞대고 있는 모습을 머리에 그려 본다. 아들이 되도록이면 시행착오는 줄이고 좋은 사람들과 좋은 삶을 사는 길을 조금 쉽게 찾았으면 좋겠다. 물론 처음부터 좋은 사람, 좋은 삶이라고 정해진 것이 없기에 내 몸에 딱 맞게 만들어진 옷을 사듯 고를 수는 없을 것이다.

서로 다른 기질과 경험을 지닌 사람들이 함께 모여 뭔가를 만든다는 것은 실은 무수한 실패를 겪지 않고는 성공할 수 없는 일이기도 하다. 그럼에도 불구하고 최소한 돈이 없어서 관계가 힘들고 어려운 것이 아니라 관계를 만들지 못해 어렵고 힘들다는 것을 아들이 알았으면 좋겠다. 그 관계는 우리가 돈에 대한 욕망에 사로잡혀 있을 때는 잘 보이지 않는다는 것도.

화폐가치로 환산할 수 없는 것이 관계이고 화폐는 그 관계를 배제하고 탄생했다. 그런 면에서 돈을 따르면 사람을 잃고 사람을 얻으면 돈이 따라온다는 말은 옳다. 아무리 돈이 최우선 가치인 세상에도 우리의 삶은 화폐로 환산할 수 없는, 늘 그를 초과하여 흘러넘치는 풍요로움 덕분에 유지되고 있다. 이해득실로 따질 수 없는 풍요로움과 행복감이 우리 마음을 채울 때, 우리는 비로소 계산적인 이기심에서 벗어나 낯선 타인과도 기꺼이 환대와 우정을 나누며, 선물의 원리가 활성화되는 것을 경험하곤 한다. 많은 사람들이 동호회 활동이나 종교, 봉사 활동에 참여하는 것도 바로 이 같은 이유가 아닐까.

저자는 근대 자본주의가 성립하기 이전, 오랫동안 인류가 경제를 사랑과 하나로 통합된 전체성의 운동으로 사고했다는 사실에 주목하자고 말한다. 자본주의가 성립된 이후 수 세기만에 우리의 인식과 언어가 오직 상품과 자본, 화폐나 이익과 같은 경제 개념 안으로 축소되고 그 한계 안에 갇혀 버렸지만 '전체성으로서의 경제'를 새롭게 발명해 낼 수 있는 힘이 여전히 우리의 마음속에 있다고 말이다.

　현실에서 부딪치는 모든 문제가 전부 돈 때문이라고, 충분한 돈만 있다면 단번에 해결될 것이라는 믿음은 실은 아무것도 해결해 주지 못한다. 역설적이게도 그 문제의 틀에서 벗어날 수 없기 때문이다. 저자는 결코 돈 없이 행복할 수 있다고 말하지 않는다. 다만 사랑과 경제가 결코 분리된 것이 아니라 하나라는 사실로부터 이전과는 다른 출발이, 다른 길이 가능하다고 말하고 있다. 상품과 상품의 교환만이 전부가 아니라고 할 때, 우리는 그 너머에 있는 다른 가능성을 향해 눈을 돌릴 수 있기 때문이다.

　합리성과 과학주의를 토대로 한 오늘날 자본주의사회에서도 우리는 여전히 크리스마스를 기다리는 아이처럼 꿈을 꾼다. 꿈을 꾸지 않는 인간은 슬프고 무기력하다. 『사랑과 경제의 로고스』는 우리에게 현실을 딛고 선 새로운 꿈에 대해 말하고 있다.

_오영(김시연)

막스 베버, 『프로테스탄티즘의 윤리와 자본주의 정신』, 김덕영 옮김, 도서출판 길, 2010

근면: 미덕인가, 규범인가

엄마는 정신병자

내 딸은 북한의 김정은도 무서워한다는 중2다. 그녀는 중1이 되던 작년부터 끊임없이 나에게 고통과 슬픔을 제공하는 당사자다. 사춘기, 질풍노도의 시기 등, 온갖 단어들을 동원해서 이해하려 해도 절대로 허용할 수 없는 몇 가지가 있는데… 그것은 학교·학원 지각과, 모든 종류의 숙제를 완벽하게 다 하지 않고도 무감각한 태도다. 거기에 이 태도를 상습적으로 반복할 때는 문탁에서의 조용하고 지적인 나는 이미 도망가고 없다. "야! 너 제정신이야? 너 머릿속에는 도대체 무슨 생각들로 가득 차 있는 거야? 미리미리 할 일 좀 체크하고 계획적으로 살기가 그렇게 힘드니? 너처럼 살다가는 인생 망친다. 어른 돼서 엄마한테 도와 달라고 하기만 해봐. 나는 그 꼴 못 본다" 등등. 그래도 화가 풀리지 않으면 방문을 쾅 닫아 버리든가, 딸의 물건을 던져 버리기도 한다. 이런 나를 보고 딸은 냉소적으로 한마디

던진다. "엄마! 정신병자 같아!"

인정하기 싫지만 딸이 바라본 내 모습은 '병적'이라는 것이다. 나는 왜 이토록 규칙과 규율, 남들에게 보이는 딸의 모습에 안달인 것일까? 단순히 타고난 성격이라고도 할 수 있겠지만 내가 태어나기 이전에 이미 형성되어 있었던——나를 규정한 생활양식을 분석해 볼 필요가 있을 것이다. 그 이전에 딸의 행동에 대한 나의 심리를 더 구체적으로 나열해 보자. 나는 그녀가 해야 할 숙제가 있음에도 불구하고 게임을 한다거나 음악을 듣는 행위 등을 보면 화가 난다. 그래서 계속 딸에게 재촉한다. 할 일부터 해놓고 쉬도록 하라고. 등교시간이 가까워졌는데도 불구하고 느긋하게 옷을 입고 있거나 여유를 부리는 모습을 보면 더 화가 난다. 시간을 계획적으로 활용하지 않는다고 꾸짖으며 빨리 가라고 고함친다. 어떨 땐, 아무것도 하지 않는 딸이 보기 싫어 뭐라도 하라고 히스테리를 부리기도 한다. 나는 왜 이렇게 딸에게 생산적이며 계획적인 생활 태도를 계속 요구하는 것일까? 물론 딸이 앞으로 남들이 인정하는 좋은 대학에 입학하거나 괜찮은 직장에 취직하면 좋겠지만 꼭 이런 이유들 때문만은 아닌 것 같다. 계속 그녀가 과업을 위해 뭔가 생산적인 활동을 않으면 나는 불안해한다. 나의 이 만성적인 '근면 강박증'은 어디에서 온 것일까?

구원 수단으로서의 '세속적 금욕주의'

18세기, 미국의 성공한 기업가인 벤저민 프랭클린은 한 연설에서 "시간은 돈이다. 신용은 돈이다. 돈을 잘 갚는 사람은 모든 사람의 돈

주머니의 주인이다" 등의 내용을 설파했다. 그는 근검절약을 개인적인 미덕의 실천 덕목으로 보고 그 '효용성'을 강조하고 있다. 하지만 막스 베버(Max Weber, 1864~1920)는 그의 저서 『프로테스탄티즘의 윤리와 자본주의 정신』에서 이것을 특정 개인의 미덕이 아니라 근대 자본주의를 형성시킨 독특한 에토스라고 말한다. 왜냐하면 근검절약 정신은 근대 이후에 형성되기 시작한 윤리적 준칙이며 당시 서구 유럽과 미국을 제외한 타 지역에서는 찾아볼 수 없는 특별함을 보유하고 있기 때문이다. 흔히 돈을 많이 축적하고자 하는 욕구를 자본주의 정신의 토대라고 여기기도 하지만, 베버는 프랭클린이 담지한 '윤리적인 생활양식의 준칙'에 그 방점을 두고 있다.

그는 일상생활의 규범이 자본주의 정신의 토대가 된 맥락에 대해 구교(로마가톨릭)의 '종교적 금욕주의'가 프로테스탄티즘의 '세속적 금욕주의'로 이행한 과정을 통해 밝히고 있다. 루터의 종교개혁 이전에 '구원'의 의미는 '아담과 이브가 사과를 따 먹은 욕망'을 극복하는 것이었다. 그러므로 신앙적 실천은 개인의 욕망을 억제하고 육체를 파괴하며 현세를 부정하는 방식으로 작동하게 하는 '종교적 금욕주의'였다. 하지만 종교개혁을 이끈 루터가 '직업' 개념을 탄생시키며 신앙 윤리의 실천을 일상생활에도 강조함으로써 구원 수단으로서의 '금욕주의'는 종교의 범주를 넘어서게 된다.

구교에 항거하며 루터의 사상을 받아들인 프로테스탄트의 한 종파인 칼뱅주의자들의 교리는 '예정론'에 근거하였다. '예정론'에 의하면 구원을 받을 사람은 이미 예정되어 있고, 오로지 '신'만이 그것을 알고 있다. 그러므로 개인적인 가치는 아무런 의미가 없었고,

사람들은 극도의 불안과 고독감에 휩싸였다. 이들은 두려움을 냉소하거나 체념하는 대신 일상의 삶에서 부단한 노력으로 (구원의) 확증을 받으려는 쪽으로 삶을 전개하며 종교적인 교리의 실천을 구체적인 삶의 형식으로 끌어오기 시작했다. '종교적 금욕주의'는 개인의 일상적이고 사회적인 의무인 '직업 의무'를 수행하는 '세속적인 금욕주의'로 대체되기 시작했다.

이제 칼뱅주의자들에게 구원의 형식은 현세를 부정하고 욕망을 초월하는 방식이 아니라 오히려 '직업'이라는 현실적 토대를 통해 구원의 조건을 재생산하는 방식으로 전환되었다. 이 변화 시점이 바로, 원래 '소명'(신의 부름에 대한 이행)이라는 뜻을 가진 독일어의 베루프(beruf, 소명·직업)와 영어의 콜링(calling, 소명·직업)에 '직업' 개념이 침투되는 순간이다. 이들이 직업 의무에 투여한 '세속적 금욕주의'는 구원의 수단이자 이후 모든 기독교인들의 규범적인 정언명령이 되었다. 그들의 근면·성실함은 곧바로 이윤 창출과 연결되었고, 돈의 축적은 신의 영광을 드높이는 일이 되었다. 베버는 이와 같은 프로테스탄트들의 구원의 형식, 즉 의무로서의 '직업 윤리'——근면·성실이 바로 근대 자본주의 정신의 독특한 에토스라고 보고 있다.

'나'의 구원과 불안

그런데 나는 신을 믿지 않을뿐더러 종교를 가져 본 적이 없는데 왜 만성적인 근면 강박증에 시달리고 있는 것일까? 사실 그동안 나는, 내가 강박적인 불안 상태에 놓여 있다는 사실조차도 감지하지 못하고 있었다. 그저 성실하고 근면한 생활을 하지 않는 상대가 문제라고 생각했다. 하지만 베버의 논의를 이해하게 되면서 딸에게 내뿜은 분노는 내 안에 내재하는 신경병의 일종이라는 것을 깨닫기 시작했다.

베버가 자본주의 정신으로 제시한 근면·성실함을 바탕으로 국가 주도적인 경제 성장을 이루었던 우리나라의 1980년대는 나의 성장기의 한 축이었다. 초등학교 시절 국민교육헌장을 다 외우지 못하면, 교실에 들여보내 주지 않았던 일도 있었고, 학교 교실과 교무실에는 언제나 '독재자'의 사진이 태극기와 함께 무거운 표정으로 걸려 있었다. 직접 체험하진 않았지만 '나'보다 더 강력한 존재가 '나'를 통제하고 있다는 느낌은 끊임없이 나를 억누르고 있었다. 그리고 학교를 입학하는 순간부터 '잘사는 것'의 반대말이 '가난'이라는 생각을 뼈저리게 하게 되었다. '돈'에 여유가 없었던 집안의 자식인 '나'의 옷은 언제나 초라했고 나름 고가의 미술 준비물이 필요한 날은 기죽어 있어야 했다. 학교에서 실시하는 저축운동은 말이 자율이지 반강제적이었다. 지폐를 들고 와서 당당하게 저축하는 친구들은 항상 선망의 대상이었고, 나 같은 아이들에겐 저축 그 자체가 스트레스였다. 그럼에도 아끼고 저축하라며 포스터, 표어 대회를 열고, 저축할 게 없어도 저축을 하라는 식의 '축적'의 깃발이 휘날리던 시절이었다.

여기에서 나의 일상생활의 양식을 규정한 두 개의 항목을 찾을 수 있는데, 하나는 가난은 나쁘고 슬프다는 것이고, 다른 하나는 가난하지 않고 잘살기 위해서는 저축하고 아끼며 성실하고 근면하게 살아야 된다는 실천적 윤리이다. 그러므로 시간을 돈처럼 여기고 하루하루를 열심히 살아간다면 내 인생은 얼마든지 윤택해질 수 있게 된다. 이것들은 나에게 한국식 칼뱅주의 '예정론'이 되어 내 삶의 실천적 윤리가 되었다. 근면·성실함은 내가 선택한 삶의 미덕이 아니라 강력한 국가주의와 경제 발전의 기치를 휘날리던 시대적 특수성이 나에게 강요한 의무였던 것이다. 벤저민 프랭클린의 연설문에 있는 '시간이 돈이다'라는 구절은 미국 청교도주의의 실천적 윤리일 뿐만 아니라 현대를 살아가는 나의 교리가 되었다.

그런데 지금 나는 가난하지 않은데도 여전히 불안하다. 그 이유는, 베버도 비판했듯이 종교적인 실천 윤리로서의 금욕주의는 이제 그 순수한 신앙적 의미가 퇴색되어, 금욕주의를 통한 돈의 축적 그 자체가 삶의 의미가 되어 버렸기 때문일 것이다. 잘살기 위해 선택한 세속적 금욕주의는 우리 일상생활의 절대적 목적이 되어 삶의 윤리로 작동하며 하나의 사회 규범이 되었다. 그러므로 나의 딸이 자기 통제적이고 계획적인 생활을 위반한다는 사실은 사회적으로 지탄받을 수밖에 없는 하나의 '악'으로 보일 수밖에 없었고, 나는 그런 딸을 보며 극도의 강박적 불안에 시달렸다. 이것은 딸이 사회가 허용하는 정상의 범주 안에서 얌전히 살아가길 바라는 희망과 그렇지 못할 경우의 공포를 두려워한 나의 심리적 발현일 것이다. 프로테스탄트들이 실제 구원을 받았는지의 여부보다 근면·성실이 구원의 형식으로 작동한 사실이 중요하듯이 내가 강요한 근면이 불안정한 나와 딸의 미래를 보장해 주지는 못하고 있을 것이다. 그저 자본주의적인 형식을 이행하면서 '불안'이 상쇄되어 간다고 믿고 싶은 허상이 있을 뿐이다. 하지만 허상이 아닌 현실에서는 딸과 나는 서로 미워하고 있으며 서로에게 얼마나 소중한 존재인지를 잊고 살고 있다.

근면: 미덕인가, 규범인가

나는 몇 년 전『녹색평론』이라는 격월간지에서 '기본소득'에 관한 글을 읽은 적이 있다. 이 제도의 기본 골자는 개인의 소득과 능력에 상관없이 그 사회 구성원 모두에게 최저생계비를 지불하자는 것이었다. 당시 '기본소득' 개념이 다소 생소한 탓도 있었지만 나는 도저히 이러한 이론을 받아들일 수 없었다. 이건희와 내가 똑같이 '돈'을 지급받는다고? 게으르고 노력하지 않는 사람과, 열심히 공부해서 좋은 직장에서 일하고 있는 사람에게 똑같이 기본소득을 지급한다고? 뭔가 불공평하고 불평등하다는 생각이 지배적이었다. 소득과 능력이 부족한 사람들을 가려내어 물고기 잡는 법을 가르쳐야지, '물고기' 자체를 던져 주는 것은 명백히 잘못되었다고 생각했었다. 그리고 최근, 온라인을 통해 제주도에 밀려들어 온 '예멘 난민들'에 대해서 많은 사람들이 우리의 일자리를 빼앗아 갈 것이라는 둥, 가짜 난민이라는 둥, 치안에 문제가 생길 것이라는 둥의 말들을 쏟아내는 것을 보았다. 우리가 일구어 놓은 인프라에 무임승차한다고 비판을 하기도 했다. 나 또한 처음에는 이들에 대해 객관적인 사실관계 여부를 알아보기 전에 배타적인 감정이 우선 들었다.

하지만 지금 생각해 보니 '기본소득'에 대한 부정적 시각이나, '예멘 난민'에 대한 배타적인 감정에는 근면을 삶의 미덕이 아니라 절대적인 사회 규범으로 받아들인 나의 왜곡된 시각이 반영되었다는 것을 알게 되었다. 인간을 인간 자체의 존엄으로 평가하지 않고 그가 가진 능력과 근면과 같은 생활 태도라는 잣대만으로 평가하게 되면, 그 외의 다양한 생활양식은 물론, 창의적인 사회제도나 시스템을 받아들이고 이해하는 인식 능력은 결여되기 쉽다. 그리고 절대적인 사회적 규범의 잣대로 나와 타인을 분리하고 재단하여, 타인을 비정상의 범주에 넣어 혐오하는 감정 역시, 자본주의사회가 향하고 있는 어두운 부분을 보여 주고 있다. 이와 같은 사고방식들은 다양한 사회 시스템과 사람들에 대한 가능성의 싹을 애초에 잘라내 버리는 것과 같은 행동이다. 내가 딸에게 근면·성실한 생활 태도만을 강요하면서, 서로를 미워하고, 서로에게 얼마나 소중한 존재인지를 잊게 되었으며, 그녀가 가진 다른 잠재력을 볼 수 있는 눈을 잃은 것과 같은 이치이다.

현재 나의 딸은 여전히 별로 변한 게 없다. 딸이 다니는 학원에서는 딸에게는 숙제를 내주지 않는다. 어차피 해오지 않을 게 자명하니까. 그녀는 당연히 공부에는 별로 관심이 없고 즉각적인 자기 욕구에 충실한 것 같기도 하다. 화장술이나 패션에 대한 나와의 견해 차이는 더 심해졌다. 내가 그녀의 다른 잠재력을 볼 수 있는 눈을 잃어서인지, 아직 그녀의 삶을 다른 각도에서 이해하기란 좀처럼 쉽지는 않다. 나는 여전히 그녀가 성실하고 근면했으면 하는 바람이 있다. 하지만 하나 변한 게 있다면 더 이상, 앞의 이유와 같은 상황에서 화내지도 않고 잔소리도 하지 않는다. 이것은 포기의 심정이라기보다 그녀를 사랑할 수 있는 나의 마음을 만들어 보기 위해서이다. 하나의 미덕에 불과한 덕목을 사회의 절대적 규범으로 규정하면서 옅어진, 그녀에 대한 나의 사랑과 이해의 농도를 높이는 게 우선이기 때문이다. 그래야 그녀와 나의 관계에 믿음과 가능성이라는 싹이 자랄 수 있다. 세상과 사회와 우리의 관계도 마찬가지이다. 내가 세상에 오직

한 가지의 길이 있다고 믿으면 다른 길에 대한 가능성은 가능성이 되지 못한다. 하지만 세상에 다양한 길과 선택지가 있다고 믿으면 우리와 모든 것은, 우리와 모든 것의 가능성이 된다.

_꿈틀이(하미화)

존 홀러웨이, 『크랙 캐피털리즘』, 조정환 옮김, 갈무리, 2013

안에서-대항하며-넘어서기

우리 모두는 네 개의 벽, 바닥, 천장을 갖고 있지만 창문이나 문을 갖고 있지는 않은 방 안에 있다. 그 방은 구색을 갖추고 있고 일부는 편안하게 앉아 있지만 대부분의 다른 사람들은 확실히 그렇지 못하다. 벽들은 점점 안쪽으로 좁혀져 온다. (……) 벽들이 점점 가까이 다가오자 사람들은 서로 다르게 반응한다. 어떤 사람은 벽의 전진을 아예 보려고 하지 않는다. (……) 다른 사람들은 벽으로 달려가 필사적으로 균열을, 표면의 흠을 찾으려고 하며 벽을 쾅쾅 쳐서 균열을 만들려고 시도한다.(『크랙 캐피털리즘』, 34~35쪽)

2011년 봄에 시작된 〈마을과 경제 세미나〉는 텍스트를 통해 많은 스승들을 만나게 해주었다. 그 스승들은 이전엔 막연히 느끼고만 있던 사실들을 분명히 가르쳐 주었다. 우리를 둘러싼 자본주의는 사람들의 숨통을 옥죄면서 좁혀 들어오는 벽임을, 그리고 지금과는 다른 삶의 방식들이 있었음을 배웠다. 그 힘으로 〈마을과 경제 세미나〉 학인들은 의기투합하여 작업장을 열었다. 더 많이 벌기 위한 치열한 임금노동의 공간이 아니라 일과 공부와 친교가 함께 이루어지는 소박한 터전을 만들고 싶었다.

하지만 월말 평가 때면 회계장부에 적힌 금액들이 맨 먼저 눈에 들어왔다. 돈 주고 사야 할 것의 목록을 아무리 줄여도 시장경제의 한복판에서 발을 빼내지 못한다. 이렇게 모순되게 살아도 되는 걸까. 용인의 작은 동네 한구석에서 반자본주의를 실험한다고 세상이 바뀔까? 자본주의의 벽을 향한 우리의 작은 돌팔매질로 단단한 벽에 티끌만 한 흠집이라도 날까?

이런 고민들로 머리가 복잡해질 무렵 만난 책이 존 홀러웨이(John Holloway, 1947~)의 『크랙 캐피털리즘』이다. 이 책은 2010년 세상에 나왔다. 저자는 이 책을 이전에 자신이 쓴 다른 책 『권력으로 세상을 바꿀 수 있는가』(조정환 옮김, 갈무리, 2002)의 딸이라고 부른다. 어머니인 책에서 그는 나쁜 지배권력을 내쫓고 새로운 지배권력을 세우는 혁명으로는 세상을 바꿀 수 없다고 주장했다. 그리고 딸인 책에서 그 이유가 무엇이며 자본주의를 넘는 길은 무엇인지 구체적으로 제시하고 있다. 그렇다고 이 책이 딱딱한 이론서인 것만은 절대 아니다. 우리 이웃들이 내린 결단에 대한 저자의 존경과 애정이 살아 숨 쉬는, 곳곳에서 평범한 이들의 일상적 행위가 반짝반짝 빛나는 책이다.

권력으로 세상을 바꿀 수 있을까

자본주의, 캐피털리즘은 모든 것을 화폐가치로 평가한다. 질적으로 다른 것들이 화폐라는 금액으로 환산되어 줄 세워진다. 우리가 하는 일도 그 결과로 생산되는 것에 매겨진 화폐가치에 따라 평가된다. 얼마나 돈 되는 일인가에 따라 대우가 달라지는 것이다. 노동 각각의 구체적인 형식과 차이는 무의미해지며 가치를 생산한다는 점만 의미있게 된다. 즉 질적으로 동일한 인간노동 일반으로 추상화되는 것이다. 이처럼 추상화된 형태의 노동을 마르크스는 '추상노동'이라 불렀다.

어렵게 다가오는 추상노동이라는 개념은 실은 우리에게 매우 익숙한 것이다. 우리는 의식하든 안 하든 노동은 생산적인 것이고 그러니 그 노동이 생산한 것에 상응하는 대가를 화폐로 지불받아 마땅하다고 생각한다. 노동은 가치생산과 동격이라는 생각을 우리가 자연스럽게 하고 있다는 뜻이다. 즉 모든 노동에는 당연히 추상노동의 성격이 내포되어 있다는 생각이 우리의 통념인 것이다.

하지만 자본주의 이전의 노동은 전혀 다른 모습이었다. 인간의 삶은 노동을 통해 자연 그리고 타인들과 관계를 형성하며 스스로 자신의 삶을 다양하게 표현하는 가운데 영위되어 왔다. 그랬던 노동이, 자본주의의 도래와 함께 이전과는 전혀 다른 낯선 노동, 가치생산이라는 단 하나의 목적을 가진 추상노동으로 변형되어 버린 것이다. 홀러웨이는 이 점을 우리에게 환기시키며 자본주의에 의해 오염된 용어인 '노동' 대신 '행위'라는 용어를 쓰자고 제안한다. 그리고 그가 "행위의 노동으로의 추상"이라고 이름 붙인 이 문제에서 출발한다.

내가 빵 굽기를 즐긴다고 해보자. 나는 스스로 다양한 시도를 하면서 빵을 구워 볼 것이다. 또 구운 빵을 누구와 나누어 먹을지 결정하는 것도 내 몫일 터이다. 그 속에서 나는 행위할 수 있는 힘과 창조의 기쁨을 느낀다. 그런데 만일 내가 빵집에 취직해서 빵을 굽는다면 사태는 달라진다. 내 빵 굽는 능력과 내가 구운 빵은 모두 고용주의 결정과 통제권 아래 놓이게 된다. 빵 굽는 행위가 빵이라는 상품의 화폐가치를 생산하는 추상노동으로 변형되자, 나의 행위할 수 있는 능력은 내 노동력을 산 고용주의 힘으로 외부화되는 것이다. 그리고 행위하는 나를 지배하는 권력으로 되돌아온다.

자본주의는 행위자와 행위자의 힘을 분리시키는 방식으로 일을 진행한다. 행위할 수 있는 힘의 외부화가 반복될 때 지배하는 외부권력은 마치 원래부터 있던 것처럼 받아들여지게 된다. 또 이런 경향은 사회 전반으로 확산된다. 사적인 것과 공적인 것이 분리되고 우리 모두는 동등한 개인들로 추상화된다. 공평하게 한 표씩 투표권이 쥐어지고 지배권력에 의해 대의되는 시민이 된다.

행위할 수 있는 힘이 지배권력으로 변형되어 우리 시야에서 사라진 뒤, 모든 가능성은 지배권력을 바꾸는 문제로 집중되었다. 선거를 잘 치러서 좋은 사람들이 권력을 잡게 하는 것이 세상을 바꿀 수 있는 최선의 해결책이 되었다. 선거 과정에서 보통 사람들은 기껏해야 스펙터클한 정치스포츠의 열광적인 관전자 역할에 머물 뿐이다.

"새로운 세계를 만든다는 것은 자본주의사회의 응집력 속으로 우리를 엮어 넣는 거미줄을 자르는 것을 의미한다."(『크랙 캐피털리즘』, 89쪽) 그런데 우리가 행위할 수 있는 힘을 외부화시켜서 더 큰 조직력으로 만드는 투쟁 방식은 자본주의와 닮아 있다. 평범한 우리의 행위능력을 약화시키고 수동적인 존재로 만드는 방식으로는 거미줄을 자를 수 없다. 그런 식으로는 낡은 사회적 관계는 바뀌지 않는다.

예측불가능한 발 빠른 춤이 내는 균열이 우리의 유일한 무기이다

그렇다면 낡은 사회적 관계를 어떻게 바꿀 수 있을까?『크랙 캐피털리즘』은 "세상을 바꿀 영웅들"에 대한 이야기다. 자율적인 자치 공간을 만들고 민병대의 폭력에 맞서 그것을 지키는 치아파스 원주민들, 전 지구적 신자유주의의 잔인성에 항거하는 라칸돈 정글의 사파티스타 반군들, 환자를 돌보기 위해 가능한 모든 것을 하는 서울의 간호사들, 빈집을 점거하고 집세 지불을 거부하는 로마의 집 없는 친구들이 이 책의 주인공이다. 이 책의 또 다른 주인공은 친구들과 함께 가꾸는 텃밭으로 가는 자동차공장 노동자, 오늘은 일하러 가지 않겠다며 책을 들고 공원으로 가는 소녀, 성가대를 만들려고 모이는 친구들, 아이를 돌보기 위해 일자리를 그만두는 엔지니어와 같은 보통 사람들이다.

혁명은 다른 곳에서 일어나지 않는다. 평범한 사람들이 스스로 내리는 결정과 행위가 대항-세계로 들어가는 문지방을 넘는 유일한 길이라고 홀러웨이는 힘주어 말한다. 모든 것을 화폐라는 거미줄로 포획하는 자본주의의 힘에 흡수되지 않으려면 자본의 움직임보다 더 빠르게 치고 빠져야 한다. 구체적인 행위로 이루어진 보통 사람들의 반란이어야 한다. 예측할 수 없게 움직이는 "발 빠른 춤"이 되어야 한다.

가능성의 어두운 호수를 뒤덮고 있는 빙판을 상상해 보라. 우리가 아주 크게 아니오라고 절규한 나머지 그 얼음에 균열이 가기 시작한다. 열린 것은 무엇인가? 균열된 틈을 통해 천천히 혹은 빠르게 (언제나 그런 것은 아니고 때때로) 거품을 일으키며 새어 나오는 저 검은 액체는 무엇인가? 우리는 그것을 존엄성이라고 부를 것이다. 얼음의 균열이 (……) 때로는 넓어지고 때로는 좁혀지면서, 예측 불가능하게 이동한다. 호수 주변 전체에, 있는 힘껏 아니오라고 절규하면서 균열들을 창조하고 있는, 우리와 똑같은 행위를 하고 있는 다른 사람들이 있다. 그 균열들은 (……) 확산되면서 (……) 결합되는 (……) 어떤 균열들은 다시 얼어붙고 있다. 그들 내부의 존엄성의 흐름이 더 강하면 그럴수록 균열의 힘도 그만큼 커진다.(『크랙 캐피털리즘』, 45~46쪽)

우리는 몇 사람이 독차지한 안락함에 대해 분노한다. 한정된 소파를 두고 의자 뺏기 게임을 강요하는 시스템에 대해 절규한다. 공장식 축산의 가공할 생명 유린과 존엄 파괴에 '아니오'를 외친다. 빙판 가장자리 여기저기에서 자본에 의해 훼손된 존엄성들의 분노와 절규가 울려 퍼질 때 작은 균열들이 생겨난다. 균열들은 때로 다시 얼어붙지만 때로는 다른 균열들과 만나 예측할 수 없는 방향으로 퍼져 나간다.

하지만 부정과 절규만으로는 미약하다. 고립된 거부와 절규가 아니라 다른 행위와 연결되어야 한다. 부정이 부정-과-창조가 될 때 '아니오'는 대항-세계로 향하는 실제적인 힘이 된다. 홀러웨이는 이 부정과 창조가 바로 얼음에 균열을 내는 '존엄성'이라고 말한다.

로자 파크스가 버스 뒷자리로 이동하기를 거부했을 때 그는 인간의 존엄이 무엇인지 보여 주었다. 마을 한가운데 세우려는 초고압 송전탑에 대해 보상을 거부하며 더 나아가 회유와 폭력에 저항하며 탈핵을 외친 밀양 주민들은 존엄함이 무엇인지 가르쳐 주었다. 이런 존엄이 자본주의의 얼음장을 깨는 균열의 시작이다.

'크랙 캐피털리즘'은 "혁명의 길로 가는 한 걸음이 아니라 바깥으로의 열림"(『크랙 캐피털리즘』, 71쪽)이다. 앞선 자들이 정해 준 길을 따라 걷는 걸음이 아니다. 아직 존재하지 않는 세계를 열어젖히고 가는 걸음이다. 평범한 사람들이 매일매일의 일상 행위로부터 스스로 만들어 낸 문을 열고 나가는 시간이다. 지배와 종속의 관계가 아니라 다른 관계를 창출하는 시간이다.

불가능성의 가장자리

자본주의의 가치를 창출하고 지배력을 강화하는 힘은 사실 평범한 우리의 행위하는 힘을 뿌리로 한다. 우리가 멈추면 자본주의는 중단될 수밖에 없다. 그렇다면 우리는 지금 당장 화폐가치를 만들어 내는 자본주의의 노동자가 되기를 거부해야만 하는 것 아닐까? 노동자로 훈육되는 학생이기를 멈춰야 하지 않을까?

하지만 자본주의로부터 부여받은 역할——노동자·학생·가정주부, 심지어 자본가의 역할을 그만둘 때 우리는 이 세계에서 살아남을 수가 없다. 텃밭을 가꾸는 노동자는 월요일 아침에 다시 생산 라인으로 돌아가야 한다. 공원에서 책을 읽는 소녀도 다른 날엔 일터로 돌아가야 한다. 이런 모순 속에서 살아가는 우리에게 과연 이 세계를 전복시킬 힘이 있을까?

홀러웨이는 그 점에서 오히려 가능성을 발견한다. 노동자는 인격화된 노동에 불과하다. 자본가 역시 별 다를 것 없이 인격화된 자본일 뿐이다. 그렇기에 고용주에게 복종하지 않는 노동자, 착취를 하지 않는 자본가는 그 자리를 잃게 되는 것이다. 자리를 잃는 일이 이처럼 쉽다는 것은, 마스크를 쓰고 무대에서 맡은 역할을 연기하는 것과 다를 바 없다는 의미다. 우리는 어떤 정체성, 어떤 계급의 담지자가 아니다. 마스크를 쓰고 그 역할을 연기하고 있을 뿐이다.

벗기 힘들 정도로 꽉 조여진 마스크 뒤에서 우리는 일그러진 그림자와 같은 형상을 하고 있다. 마스크를 벗고 다르게 삶을 살고 싶지만 지금 당장 자본을 만드는 노동을 하지 않고는 살아남을 수 없다. 그렇다면 마스크가 벗겨지지 않게 더 움켜쥐어야 할까? 하지만 이 마스크는 너무 답답하다. 마스크 없이 사는 방법은 없을까? 다 함께 마스크를 벗어던지는 예기치 않은 반란의 순간이 오지만 곧바로 우리는 마스크를 다시 주워 들고 그 뒤로 숨는다. 마스크를 쓴 우리의 저항은 이렇게 모순될 수밖에 없다. 우리는 균열을 내지만 "그것들은 불가능성의 가장자리에 존재한다. 환멸과 실망은 결코 멀리 떨어져 있지 않다"(『크랙 캐피털리즘』, 119쪽).

마스크를 쓴 우리의 저항은 모순될 수밖에 없다. 모순되었으니 해서는 안 되는 것은 아니다. 모순되었지만 우리는 자본주의 안에서 자본주의에 대항하여 자본주의를 넘어설 수밖에 없다. "행위의 운동은 순수한 운동이 아니며 노동 속에서-그것에-대항하며-그것을 넘어서는 움직임이다."(『크랙 캐피털리즘』, 368쪽) 책 읽는 즐거움에 도취되어 일하러 가지 않는 소녀의 행위와 전 지구적 신자유주의에 균열을 내려는 사파티스타 반군의 봉기가 결코 단절되어 있지 않다고 홀러웨이는 말한다. 소녀의 책 읽기와 사파티스타의 저항을 잇는 잠재적이고 연속적인 선을 보라고 말한다. 그 잠재성과 연속성을 인식하고 존중할 때 불가능성의 가장자리에서 우리가 내는 균열의 미세한 선들은 자본보다 더 빨리 퍼져 나갈 것이다.

틈새 혁명의 멜로디

자본이 시간이 흐르면서 대부분의 것들을 흡수할 수 있다고 해도 그것은 중요하지 않기 때문에 (……) 왜냐하면 그때쯤이면 우리는 이미 앞으로 이동했기 때문이다. 우리가 춤을 이끌며 자본은 뒤따른다. 존엄은 발 빠른 춤이다. (……) 존엄은 도약이며 미끄러지기이고 헤엄치기이며 춤추기이지 결코 행진하기가 아니다.(『크랙 캐피털리즘』, 126쪽)

문탁은 공부하는 곳이다. 하지만 학위를 주는 공부도, 자격증을 따기 위한 공부도 아니다. 자본주의 관점으로 비생산적인 공부다. 그 과정에서 어쩔 수 없이 저마다의 내부에 있는 부정과 적대가 드러난다. 때로 밥벌이의 고단함에 하던 공부를 중단하기도 한다. 때로는 멀쩡히 하던 직장 일과 집안일을 점점 대충하게 되기도 한다. 문탁의 공부는 자본주의의 응집력을 흐트려 놓는 공부인 셈이다.

문탁은 다양한 행위들을 향해 열린 공간이다. 문탁에 발을 담그면 점점 새로운 일에 휘말린다. 이전에 연기하던 캐릭터 가면을 벗고 다른 가면을 바꿔 쓴 자신을 발견하게 된다. 생전 해보지 않던 연극을 하고 운동을 하고 축제를 기획한다. 포스터를 만들고 시위에 들고 나갈 피켓을 만든다. 돈도 되지 않는, 노동이 아닌 행위들이 문탁을 꽉 채운다.

문탁의 작업장은 일하는 곳이다. 우리는 우리의 일이 추상노동이 되기를 거부했다. 일은 왜 항상 효율적이어야 하는지 묻는 것. 계속해서 똑같은 물건을 만들어 내기를 멈추는 것. 반복노동에서 오는 마비를 거부하고 감각이 살아 있는 일의 세계를 창조하려 하는 것. 우리의 시도는 분명 부글부글 끓어오르는 존엄이다. 일이 노동 시간으로 환산되기를 거부하는 것. 돈이 부족한 사람이 더 받는 게 좋다고 결정하는 것. 이런 결정은 결코 쉽지 않았지만 빙판에 돌을 던져 균열을 내는 행위임에 틀림없다. 우리는 작업장에서 자본의 논리와 단절하려 애쓰지만 수없이 화폐의 운동에 발목을 잡히고 타협한다. 하지만 작업장의 실험은 "자본주의에 부적합한 꿈"이기에 자본주의의 얼음판에 균열을 낼 희망이 있다.

작업장을 만들던 때 우리는 스스로의 능동성으로 다른 세계를 구성해 가는 행위 과정의 힘을 느꼈다. 하지만 어느 사이엔가 작업장을, 이미 만들어져서 나오는 분리된 무엇으로 인식하고 있지 않을까. 이는 홀러웨이가 가장 경계하는 사유의 방식이다. 행위 과정과 행위 결과를 분리하는 사유방식은 존재란 매 순간순간 구성되고 변화하고 있음을 망각한 것이다.

책을 다 읽을 무렵, "작업장이 균열이 될 수 있을까?"라는 질문을 바꾸어야 함을 알았다. "어떻게 친구들과 리듬을 맞추면서 발 빠른 춤을 출까?" "어떻게 우리만의 특유한 스타일로 다른 많은 균열들과 화음을 맞추어 새로운 멜로디를 연주할 수 있을까?"

더 나은 (……) 세계로 통하는 (……) 길은 우리가 걸으면서 만들어 낼 길들뿐이라고, 우리가 내릴 수 있는 해답은 답하고 묻고 답하고 묻는 과정일 뿐이라고 말해야 한다.(『크랙 캐피털리즘』, 6쪽)

_뚜버기(박혜성)

지그문트 바우만, 『액체근대』, 이일수 옮김, 강, 2009
'무한도전'은 끝났다

유동하는 공포, 포비아포비아(phobiaphobia)

오늘날 우리에게 조지 오웰의 소설 『1984』는 공포의 대상이 아니다. 텔레스크린과 고문실을 통해 작동하는 오웰의 감시국가가 유통시키는 공포는 더 이상 우리를 두렵게 하지 않는다. 그렇다면 오늘날 우리가 두려워하는 공포는 무엇인가? 사회학자 지그문트 바우만(Zygmunt Bauman, 1925~2017)은 이것을 '포비아포비아' (phobiaphobia)라는 개념으로 설명한다. 그것은 "사실상 포착하기 어렵고 애매모호하기에 꼭 집어 찾아낼 수 없는 어떤 위협 때문에 무서워하는 것임에도 불구하고 마치 그것이 고르곤 같은 얼굴을 드러낼 것이라고 확신"(지그문트 바우만, 『고독을 잃어버린 시간』, 조은평·강지은 옮김, 동녘, 2012)하는 두려움이다. 포비아포비아는 정체를 파악할 수 없지만, 그 위협이 어둠 속에서 곧 모습을 드러내게 될 것이라고 확신하면서 무서워하는 공포의 방식이다. 이러한 공포증의 핵심은 불행의 순간에는 결국 우리 스스로가 버려진 채 홀로 남겨지게 될 것이라고 예상하게 되는 것이다. 예를 들면, 직장에서 살아남지 못하고 명예퇴직이나 퇴출 대상자가 되는 공포를 말한다. 냉전의 시대가 저물던 1980년대 이래로 미국을 비롯한 서구사회를 휩쓴 공포는 '신자유주의의 유령'이다.

한국사회에서 신자유주의는 1990년대 중반부터 시작되어 외환위기 이후에 본격화되었다. '공적인 삶과 공공재마저 상품화하는 극단적 상품 논리'로 집약되는 신자유주의는 정부의 사회·경제적 개입에 대한 반대, 규제 완화, 누진과세 철폐, 노조 무력화의 옹호와 같은 정책들로 구현된 바 있으며, 그 부정적인 여파로서 노동시장의 유연화, 대량실업과 대량해고, 비정규직 고용의 증가, 소득 불평등의 심화와 양극화, 신빈곤계층의 등장과 같은 사회·경제적 변화들이 발생하게 되었다(김홍중, 「육화된 신자유주의의 윤리적 해체」, 『사회와 이론』 14, 2009, 177쪽).

신자유주의는 정치와 경제 제도로만 작동하는 것이 아니라 사회 구성원들의 가치관과 행동양식, 일상적 감수성에까지 영향을 미친다. 무한경쟁에서 살아남기 위한 '생존'은 이 시대의 트렌드로 자리 잡았고, 스스로 관리하고 계발하고 통제하는 '자기계발의 기술'은 확고부동한 생존전략으로 통용되고 있다. 이 새로운 전략의 탁월한 모델은 TV 리얼리티 프로그램에서 우상화하는 연예인들이다(문강형준, 『혁명은 TV에 나오지 않는다』, 이매진, 2012). 게임에서 다양한 과제를 해결하기 위해 그들이 보여 주는 육체적·정신적 강인함, 고도의 리더십, 합리적인 조정 능력은 신자유주의가 요구하는 미덕들이다. 그들은 성실하고, 실천적이며, 강한 의지와 정신력으로 스스로를 방종과 안일과 게으름에 빠져 있지 않도록 통제하는 자기 규율적 존재들이다. 〈무한도전〉이라는 예능 프로그램에서 최고의 스타는 유재석이다. 음주운전과 공황장애로 프로그램을 중도하차한 다른 연예인들과 비교해 볼 때, 유재석의 최고 강점은 완벽한 '자기 관리'에 있다.

> "잘 들어, 바로 지금 여기 똑같은 자리를 지키려면 넌 있는 힘껏 계속 달려야 해. 혹시 다른 데로 가고 싶으면 최소한 그 두 배는 빠른 속도로 달려야 해!"(『액체근대』, 87쪽)

바우만은 루이스 캐럴의 동화 『이상한 나라의 앨리스』의 한 구절을 가져와 현상 유지를 위해 전력 질주해야 하는 현대인의 불안과 공포를 표현하고 있다. 퇴근 후, '피트니스'된 신체를 위해 런닝머신 위에서 달리고 있는 우리의 불안과 공포는 오웰식의 공포보다 더 빠른 속도로 우리의 일상을 통제하고 있다. 바우만은 이러한 공포를 '유동하는 공포'로, 이러한 공포가 잠식해 가는 현대사회를 '액체근대'라는 압축적인 표현으로 정리하고 있다.

액체근대의 위기, 캐러밴 공동체와 짐 보관소 공동체

근대사회는 과거와 현재보다 미래가 더 풍요로워지고, 더 행복해지리라는 '진보의 로맨스'로부터 출발했다. 대량생산과 대량소비가 미덕이던 근대의 초기, 거대한 공장의 육중한 기계와 수많은 노동자들은 자본의 막대한 이윤을 창출하는 필수요소였다. 그러나 오늘날 자본은 공장의 담장 밖에서 이윤을 창출하고 증식한다. 인터넷을 유랑하는 마이크로소프트와 구글의 비물질노동이 거대한 자동차공장을 소유한 포드사의 경쟁력을 추월해 버린 지 오래다. 오늘날 자본은 육중한 기계와 거대 공장의 직원들이라는 무거운 짐을 훌훌 버리고, 가벼운 짐만 달랑 들고 가볍게 국경을 넘는다. 짐은 서류가방, 노트북, 휴대폰이면 충분하다. 진보의 로맨스로부터 출발한 근대는 현재 무거운 근대에서 가벼운 근대로, 견고한 고체근대에서 유동적인 액체근대로 '거대한 전환' 중에 있다. 이제 자본과 노동은 결혼이 아닌 동거의 관계로 접어들었고, 장기 계획을 기대할 수 없는 임시적인 일자리들이 늘어나고 있다.

빌 게이츠는 이렇게 단언한다. "특정 작업에 스스로를 가두어 마비되기보다는 어떤 가능성의 네트워크에 자신을 위치시키는 것을 선호한다. (……) 당장 그럴 필요가 있으면 즉시 내가 만든 것을 파괴시킬 준비가 되어 있다."(『액체근대』, 199~200쪽) 이렇게 끊임없이 위치를 바꾸며 활약하는 전 지구적 엘리트들은 지속에는 무관심하다. 순간적이고 즉각 써 버릴 또 다른 것들을 들여오기 위해 기존의 모든 것을 가볍게 버리는, 빌 게이츠 스타일의 능력이야말로 오늘날 정상에 선 사람들의 특권이고 그들을 정상의 자리에 있게 만들어 준 메커니즘이기 때문이다. 오늘날 전 지구적 엘리트들은 지배를 하되, 행정·관리·복지 문제 같은 잡무를 맡지 않으며, 지난날의 '부재지주'의 유형을 따르고 있다.

이러한 변화는 인간의 공존 양식을 바꾸어 놓는다. 공공의 이해라는 개념은 점점 더 불명확해지고, 불안정한 고용 형태가 가져온 개인주의는 더욱 강력해지고 있다. 바우만은 액체근대가 가져온, 인간적 유대와 네트워크의 위기를 '캐러밴 공동체'와 '짐 보관소 공동체'라는 비유를 통해 설명하고 있다.

오늘날 공동사회는 캠핑용 차량 캐러밴으로 이루어진 이동주택단지의 방식과 닮았다. 그곳은 캐러밴을 소유하고 있거나 임대할 만큼의 돈을 가진 모든 이들에게 개방된다. 손님들은 그곳이 어떻게 운영되는지 별 관심이 없고, 지불한 비용만큼의 서비스를 제공받으면 충분하다고 생각한다. 간혹 주변 캐러밴 소유자들이 너무 시끄럽게 굴거나 편의시설에 문제점이 발견된다면, 관리자에게 자신들이 지불한 사용료만큼의 권리를 주장하고 항의한다. 그들의 불만이 받아들여지지 않는다면, 이용자 게시판에 항의글을 남기지만 적극적으로 문제를 해결하기 위해 행동하지는 않는다. 캐러밴 공동체의 일원은 스스로의 정체성을 '우리'가 아닌 '개인'으로, '생산자'가 아닌 '소비자'로 정립한다.

별로 흡족하지 않다 싶으면 언제든지 훌쩍 떠날 수 있는 야영장의 이용자는 자유로우면서 동시에 고독하다. 이들에게 필요한 것은 집단의 장기적 계획을 위해 개인의 희생을 요구하는 '구식-공동체 의식'이 아니라 잠시 잠깐 고립감이나 불안감에서 벗어나게 만들어 주는 '구경거리들'이다. 여기 이벤트 행사에 참여하기 위해 자신이 가져온 소지품을 맡기는 '짐 보관소'와 같은 공동체가 있다. 이 공동체의 일원들이 모인 까닭은 공연 때문이고, 공연 동안 모든 눈은 무대로 향한다. 그들은 환호성을 지르고 간간이 박수를 치며 '하나'가 된다. 그러나 공연이 끝나면 짐 보관소에 맡겨 두었던 소지품을 챙겨 들고 다시 자신들의 일상적인 역할로 돌아간다. 짐 보관소 공동체는 잠시 존재하는 '일시적인 공동체'이기 때문에 이들이 공유하는 구경 거리들에 개인의 관심사와 집단적 이해를 뒤섞지 않는다. 이 구경거리들은 무거운 고체근대의 '공동의 명분'을 대신하며 '가상적' 공동체 의식을 편의적으로 제공해 준다.

그런데 이런 '가상적' 공동체 의식은 아무런 문제가 없을까? 개인들은 가끔 스펙터클한 볼거리를 소비하며, 스스로가 고립되어 있다는 고독과 외로움을 잠시 '망각'하는 방식으로 임시적인 삶의 불안을 버텨 낼 수 있는 것인가? 바우만은 짐 보관소 공동체의 부작용으로, 이것들이 흉내내고 있는 결속감이나 소속감이 개인들이 '진짜' 공동체로 모아지는 것을 효과적으로 피해 간다는 사실을 지적하고 있다. "이것들은 미처 분출되지 못한 사회성의 충동들을 집약하는 대신 분산시킴으로써, 극히 어쩌다 한 번씩 드물게 일어나는 조화롭고도 합심을 이룬 집단적 행동들 속에서 필사적으로, 그러나 허망하게 구제책을 찾으면서 고독을 영구화하는 데 기여한다."(『액체근대』, 319쪽) 우리는 '방탄소년단'의 빌보드차트 진입을 축하하는 이벤트를 시청광장에서 치르며 잠시 대한민국이라는 '국가 브랜드'가 업그레이드된 사실에 도취될 수 있다. 그러나 축하 이벤트가 끝나고 나면 우리는 다시 '알바'와 '취준생'이라는 각자의 현실로 돌아와야 한다.

'다른' 인간성의 탄생, 쓰레기에 대한 무책임과 무관심

바우만이 『액체근대』에서 인용하고 있는 빌 게이츠의 발언은 리처드 세넷(Richard Sennett)의 『신자유주의와 인간성의 파괴』(조용 옮김, 문예출판사, 2002)에서 가져온 것이다. 1998년과 1999년에 연이어 발표된 두 권의 책 『신자유주의와 인간성의 파괴』와 『액체근대』는 신자유주의가 가져온 공동체와 개인의 위기를 쟁점화하고 있는 문제적 저작들이다. 세넷은 노동의 유연화와 구조조정이 가져온 변화를 '인간성'의 측면에서 검토하고 있는데, 보스턴제과점의 제빵사들의 노동 윤리의 변화는 『액체근대』가 강조하고 있는 '위기'를 구체적으로 보여 준다.

보스턴에는 그리스 이민자의 자존심을 지키기 위해 제빵사들이 고군분투했던 '전통'을 자랑하는 제과점이 있다. 그러나 현재 이곳에는 제빵사의 품위를 지킬 수 있는 전문적인 제빵사는 없다. 고된 육체적 훈련을 쌓아야만 했던 과거 주방의 모습은 완전히 바뀌어서, 모든 제빵 과정이 컴퓨터로 처리된다. 이제 제빵사들은 밀가루 먼지에 시달리며 반죽을 만들 필요가 없으며, 오븐의 온도나 굽는 시간 등 모든 제빵 과정이 데이터화된 아이콘을 컴퓨터 화면에서 클릭하기만 하면 된다. 제빵 자동화는 기술적으로 숙련되지 못한 노동자에게도 작업의 기회를 준다. 이들은 '프로그램 의존형 노동자'가 된다. 문제는 쓰레기통에 망가진 빵 덩어리들이 넘쳐난다는 것이다. 컴퓨터 프로그램 오작동으로 인해 문제가 발생하면 그것을 수정하기보다 재료를 쓰레기통에 버리고, 모든 것을 다시 시작하는 것이 가장 쉬운 방법이기 때문이다. 이러한 낭비에 대해 제빵사들은 책임감을 느끼지 않는다. 제과점은 그들에게 낮은 임금을 제공하고, 그들이 떠나 버리면 곧 그 자리를 채울 예비 인력은 언제나 준비되어 있기 때문이다. 제빵사들의 낮은 기술력과 약한 결속력은 그들의 책임이 아니다. 낮은 임금과 유연화된 노동으로 유지되는 노동시장이 그들에게 자신이 하는 일에 대한 무책임과 무관심을 가져왔다. 컴퓨터 프로그램의 오작동이 간혹 발생한다 해도 그것은 숙련된 제빵사를 고용하는 것보다는 비용이 절감된 합리적 경영의 일환일 것이며, 보스턴 제과점의 빵은 계속 생산될 것이다.

신뢰가 없더라도 큰 문제없이 잘 굴러가는 지금의 경제체제는 무관심을 확산시키고 있다. 사람들이 일회용품처럼 취급받는 조직의 구조조정을 통해서도 무관심이 확산된다. 그러한 관행들은 인간으로서의 중요성, 즉 남에게 필요한 존재라는 의미를 명백하고도 잔혹하게 감소시킨다(『액체근대』, 213쪽). 책임감의 결여는 자신이 필요하지 않은 존재라는 감정에 대한 논리적 반응이다. 인간성은 세계와의 현실적인 연결을 필요로 하며, 남들에게 필요한 존재가 되고 싶어 한다. 세넷은 우리가 왜 인간적으로 서로를 보살피며 살아야 하는지 그 이유를 제시해 주지 못하는 체제는 자신의 정통성을 오래 보존하지 못할 것이라는 비판적인 견해로 자신의 책을 마치고 있다.

무한도전은 끝났다

2018년 3월 MBC 예능 프로그램 〈무한도전〉이 종영되었다. 〈무한도전〉은 2005년 시작해 13년간 '시청률 강자'의 자리를 지키며 대한민국 예능의 신기원이 된 기념비적인 방송 프로그램이다. 〈무한도전〉은 KBS의 〈1박 2일〉과 함께 멤버들 간의 무한 이기주의와 무한 경쟁을 전면에 내세우며, 예능 프로그램의 지형을 경쟁과 게임 위주로 바꿔 놓았다. 이후 우리는 음악, 패션, 요리, 여행 등 다양한 장르들의 변형을 방송으로 접하고 있다. 지난 13년간 많은 사람들이 토요일 저녁 6시, 〈무한도전〉 멤버들이 각종 반칙을 쓰고, 게임의 규칙 자체를 무너뜨리고, 그 와중에 누군가는 목표를 달성하는 모습을 시청하며 보냈다. 이 10여 년의 시간은 이십대들에게는 인생의 반에 해당하는 시간인데, 그들은 짧지 않은 시간을 예능 프로그램의 '모의' 경쟁을 시청하며 보냈다. '무한도전 키즈'에게 경쟁은 무의식처럼 뿌리 깊다. 〈무한도전〉이 인기 장수 프로그램일 수 있었던 이유는(김태호PD의 독창적인 아이디어와 연출과는 별도로), 〈무한도전〉의 방송 콘셉트 자체가 인간의 모든 영역(〈무한도전〉에서는 봅슬레이, 조정, 레슬링 등 전문 스포츠를 비롯해서 역사의식, 인간관계 개선 등 다양한 범주를 아우르는 게임뿐 아니라 멤버들의 일상 자체까지 방송의 일부가 되었다)을 '생존 게임의 장'을 만들고 있는 신자유주의 시대의 시대정신을 '리얼'하게 표현하고 있었기 때문이라고 본다.

현재 〈무한도전〉이 종영한 빈자리를 채우고 있는 것은 〈효리네 민박〉, 〈윤식당〉, 〈숲속의 작은집〉 등 힐링 예능들이다. 경쟁과 힐링은 적대자가 아닌 동반자 관계에 있다. 게임 참가자는 경쟁을 지속하기 위해 상처 입은 몸과 마음을 치유할 시간을 가져야 한다. 아직 대한민국 방송은 '경쟁의 서사'를 버리지 못했다. 아니 우리가 살고 있는 현실이 '게임의 서사'가 아닌 다른 스토리텔링의 모델을 발명하지 못했다. 〈무한도전〉은 끝났지만, 현실은 여전히 게임 중독이고, 우리의 일상은 스펙 경쟁의 연속이다. 우리는 정말 '리얼 서바이벌게임'에서 벗어날 수 없는 것일까?

신자유주의적 인간형은 규율적이며 도덕적이다. 신자유주의적 생존의 전략은 실무적인 능력뿐 아니라 욕망의 절제, 감정의 조율을 겸비한, 규범적이고 도덕적인 인간을 요구한다. 여기에 누락되어 있는 것은 단 하나 '성찰과 사유'이다. 실제로 능력 있는 신자유주의적 인간이 되기 위해서는 생존이라는 목표를 향해 '맹목적'으로 달려가야 한다. '왜 경쟁해야 하는가? 왜 개인주의로 철저하게 무장해야 하는가?'를 묻게 되는 성찰은 곧바로 시간 낭비와 도태로 이어진다. 신자유주의적 능력자들은 자신의 스펙, 건강, 심리, 인간관계 등 모든 항목을 점검하고 관리하지만, 왜 그러한 점검과 관리가 필요한지를 질문하지 않는 사람들이다. 이러한 신자유주의적 맹점이 액체근대의 공포를 확산시키는 '암흑의 핵심'이다. 혹자는 '위험사회'로 혹자는 '피로사회'로 명명하는, 불안정하고 불확실한 액체근대를 살아가기 위해 우리에게 필요한 것은 이 사회가 누락하고 있는 바로 그것이다. 〈무한도전〉도 끝났다.

넷플릭스와 유튜브라는 미디어는 보다 강력한 편리함과 자극으로 우리를 유혹하고 있다. SNS의 '좋아요' 버튼을 누르고 팔로워의 수를 확인하느라, 우리의 24시간은 온통 랜선라이프에 붙들려 있다. 이제 TV와 인터넷의 스펙터클한 볼거리에 쏠려 있는 우리의 눈을 잠시 쉬게 하자. 목표를 향해 무작정 달리기 전에, '생각'이라는 것을 해보자. 그런데 도대체 생각이라는 것을 어떻게 하지? 이 질문으로부터 바우만과 세넷이 기대하는, 서로가 서로에게 책임감을 느끼는 '윤리적 인간'이 시작된다. 모욕과 혐오를 주고받는 사회, 쓰레기와 불평등을 처리하지 못하는 사회, 생각의 무능력에서 생겨난 문제는 결국 생각으로만 풀 수 있다.

_새털(박연옥)

고미숙, 『동의보감, 몸과 우주 그리고 삶의 비전을 찾아서』, 북드라망, 2012

내 삶의 주인 되기, 자기수련으로서의 공부

하던 일을 접고 친구들과 공부를 시작할 즈음, 몸에 이상이 생겼다. 그동안 크게 몸이 아픈 적이 별로 없었다. 직장에서도 후배들에게 '체력이 실력'이라며 건강을 자신했다. 내 몸에 뜻하지 않은 병이 생겼다는데, 어떻게 해야 하지? 마침 일리치를 읽은 터라 아무 고민 없이 병원에 내 몸을 맡길 수는 없었다. 그렇다면 내가 할 수 있는 게 뭘까? 아는 한의사의 조언으로 일단 몸을 바꿔 보기로 했다. 우선 먹는 습성을 바꾸어 보았다. 워낙 먹는 것을 좋아하는 나에게 쉬운 일은 아니었지만, 3개월 정도 식습관을 다르게 한 결과 몸이 가벼워지고 피로감도 덜해졌다. 아, 몸이 달라질 수 있구나.

우연인지 필연인지 그즈음 『동의보감』(東醫寶鑑)을 만났다. 일단 엄청난 두께에 기가 질렸지만, 내 스스로 할 수 있는 무언가를 발견하는 데 도움이 되지 않을까 싶어 읽어 보기로 했다. 『동의보감』은 전문가인 의사만 읽을 수 있는 책이 아니라 환자가 읽어도 훤히 알 수 있는 책이라 하니….

그런데, 책을 펼치자마자 '신형장부도'(身形藏府圖)라는 우스꽝스러운 그림이 나오고, 글은 어렵지 않은데 도대체 받아들이기 어려운 귀신 씻나락 까먹는 것 같은 말들이 이어진다. 이건 의사든 환자든 누구라도 이해하기에 쉽지는 않을 것 같다.

> 천지에서 존재하는 것 가운데 사람이 가장 귀중하다. 둥근 머리는 하늘을 닮았고 네모난 발은 땅을 닮았다. 하늘에 사시가 있듯이 사람에게는 사지가 있고 하늘에 오행이 있듯이 사람에게는 오장이 있다. (……) 하늘에 해와 달이 있듯이 사람에게는 두 눈이 있고 (……) 하늘에 우레와 번개가 있듯이 사람에게 희로가 있고, 하늘에 비와 이슬이 있듯이 사람에게는 눈물과 콧물이 있다. 하늘에 음양이 있듯이 사람에게는 한열이 있고, 땅에 샘물이 있듯이 사람에게는 혈맥이 있다.(『동의보감』「내경」편)

도대체 이게 뭐지? 머리는 하늘, 발은 땅, 사계절과 팔다리, 우레/번개와 기쁨/노여움, 비와 눈물, 이슬과 콧물이라니. 인간이 자연과 전혀 무관한 것은 아니겠지만 이렇게 직접적으로 연결시켜도 되는 거야? 아, 자연과 인간을 상징적으로 비유하고 있는 것인가? 그럴 수는 있겠지. 그래도 이건 좀 심한 것 아닌가?

이런 내 의문에 콕 집어 답을 준 것이 고미숙의 『동의보감, 몸과 우주 그리고 삶의 비전을 찾아서』(이하 『동의보감 몸과 우주』로 약칭)였다. 저자는 '신형장부도'가 서양의학의 해부도와 달리, 단전호흡을 하고 있는 살아 숨 쉬는 인간의 활발발한 신체를 표현하고 있으며, 허준(許浚, 1539~1615)은 이 그림을 맨 앞에 놓음으로써『동의보감』이 다른 의서들과 달리 질병과 치료가 아니라 생명의 활동을 위주로 한 것임을 예고하고 있다고 설명한다. 이어지는 글에서는 그 내용에 동의하고 말고가 중요한 게 아니라 우리가 철석같이 믿고 있는 전제들에 대해 질문을 던져야 한다고 말한다. 근대적 사유의 배치 속에서 인간과 자연은 완전히 구별되고 있는데, 정말 그런가? 우리 몸의 구조와 자연의 사물들은 정말 무관한가? 라고. 그리고, 나처럼 자연과 우주를 은유나 상징으로 생각하는 마음의 장벽을 허물어야만『동의보감』의 사유 세계에 발을 들여놓을 수 있다고.

아파야 산다—건강과 질병의 이분법 해체

『동의보감』의 첫 장인 '신형'(身形)은 하늘의 형이 만들어지는 것, 고미숙에 의하면 '우주의 탄생'으로 시작되고, 이어 사람의 몸과 생명이 만들어지는 것으로 연결된다. 태역-태초[氣]-태시[形]-태소[質], 우주는 이런 스텝을 밟아 생성되었고, 사람은 우주의 질료인 지수화풍이 화합하여 만들어지는데, 형기가 갖추어진 다음에는 아(痾)가 생긴다. 아는 병이 생기는 처음 단계이고, 아-채-병으로 질병은 진행된다. 사람은 태역으로부터 생기고, 병은 태소로부터 생긴다. 즉, 우주 발생과 사람의 탄생은 그 시작이 같고, 병은 사람의 형태가 갖추어지면서 함께 탄생한다는 것이다. '모든 존재는 원초적으로 질병을 안고 태어날 수밖에 없다. 아니, 질병이 곧 존재의 표현형식이다.'

질병은 생명을 위협하는 것이 아닌가? 그런데, 병이라는 것이 생명이 태어나는 필요조건이라니! 지구가 23.5도 기울어져 있고, 태양이 다니는 길도 찌그러진 타원형인 것, 즉 완벽한 균형이 아니라 어긋나고 기울어지고 울퉁불퉁한 것이 생명을 만들어 낸다는 것이다. 불교에서 말하는 태어남 자체가 고(苦)라거나 고대 인도 아유르베다 의학에서 태어남 자체를 하나의 질병으로 간주하는 것도 마찬가지라고 한다. 이런 사유에서는 '생명과 질병 사이의 경계가 열려' 있다. 생명과 함께 태어난 아[未病]는 아직 아프지 않은 상태 혹은 질병으로 드러나지 않은 상태로, 건강과 질병 사이에 나타날 수 있는 다양한 몸 상태를 표현하는 것이라고 할 수 있다. 우리가 말하는 선천적인 질병은 태어나면서 질병의 상태가 드러난 것일 뿐이다.

이런 관점은 우리가 아는 건강과 질병의 이분법을 근본적으로 해체한다. 건강은 질병이 없는 정상적인 상태, 질병은 건강하지 못한 비정상적인 상태라는 것이 우리가 생각하는 건강과 질병의 구분이다. 삶에서 가장 중요한 것이 건강이라고 생각하는 사람도 많다. 그만큼 건강은 우리의 목표 중 하나가 되었다. 이는 완벽하게 건강한 신체가 가능하다는 전제가 깔려 있는 것인데, 생명과 질병이 반대 방향에 있는 것이 아니고 나란히 있다고 생각하면 완벽하게 건강한 몸, 정상적인 몸의 상태라는 것이 있을 수 있을까?

투병과 회복. 병이 생기면 그 병과 싸워서 이겨야 하고 그렇게 되면 병이 생기기 전의 상태로 돌아갈 수 있다. 이것이 질병과 치료에 대한 우리들의 생각이다. 그런데, 생명의 탄생과 질병의 탄생이 함께 이루어진다면 병은 없애야 할 적이 아니라 오히려 함께 살아야 할 동반자가 아닐까? 어쨌거나 병은 건강을 위해 없어져야 할 것만은 아닌 것 같다. 이미 병과 함께 태어났고 병이 아니면 태어날 수도 없는 몸이었으니 말이다. 그러니 병이 낫는다는 것은 원래 상태로 돌아가는 것이 아니라 (돌아갈 수도 없다) 또 다른 전혀 새로운 몸이 된다는 것이고, 그 몸은 또 다른 병도 함께 만들게 될 것이다. 그래서 저자는 말한다. '아프지 않는 것이 아니라, 어떻게 아프냐가 삶의 척도'라고. 여기서 우리가 할 수 있는 것이 양생(養生)이다. 아[未病]가 질병으로 진행되거나 드러나지 않도록 유지하기 위한 노력.

통즉불통(通則不痛 혹은 痛則不通) — 위생이 아닌 양생

위생을 목표로 삼는 의학과 양생을 비전으로 삼는 의학은 아주 다른 체계다. 양생을 비전으로 삼는 인도의 아유르베다 의학에서는 건강과 질병을 소통 여부로 규정한다. 신체 내부의 활동이 원활하게 소통하는 것뿐만 아니라 신체와 세계와의 균형 있는 소통에 단절이 없는 것이 건강한 상태이고, 이를 위해서는 지혜와 판단력이 필요하다. 그래서 지혜가 모자라는 것이 질병의 원인이 된다. 『동의보감』도 마찬가지다. 천인감응(天人感應), 자연과 인간이 소통하는 수준이 지혜의 수준으로 표현된다. 그래서 '통하면 아프지 않다'(通則不痛)는 것이 기본적인 전제가 된다.

저자는 허준이 몽(꿈), 성음(목소리), 언어, 충, 소변, 대변 등을 『동의보감』「내경」편에 '과감하게' 포함시킨 것에 주목한다. 충이나 소변, 대변은 확실히 몸 안에 있기는 하다. 그런데, 꿈이나 목소리, 언어가 내 몸 안에 있나? 이것들도 내 안에서 나오는 것은 맞는데 내 몸 어디에 이런 것들이 있는 걸까? 이것들은 내 안에 있는 '타자들'이다. 내 안에 있지만 내 일부라고 생각해 본 적이 없고, 그렇게 생각하기도 싫은 존재들이기 때문이다. 그런데, 또 이 타자들은 내 몸 안팎을 드나드는 것들로, 다양한 소통에 관계한다.

꿈은 오장육부와 결합되어 있는 감정들이 표현되는 것으로 '혼백이 사물에 작용하여 생기는 것'이다. 우리의 몸과 의식이 외부와 마주치는 방식 즉, 몸과 외부의 소통에 관계된 것이다. 그 소통에 문제가 생기면 꿈이라는 병증으로 드러나는데, 그래서 '꿈은 사라져야 한다'.

목소리나 언어는 나와 외부를 연결해 주는 메신저다. 또 목소리는 그 사람의 오장육부의 상태를 그대로 반영한다. 목소리만 듣고도 몸의 상태를 알 수 있다. 언어는 소통의 매개일 뿐 아니라 사람은 언어로 사유하고 세상을 구성한다. 심신의 소통에 문제가 생기면 말을 제대로 못한다. 내 몸과는 별로 상관없어 보였던 꿈, 목소리, 언어는 내 몸 안의 오장육부나 감정, 그리고 외부와 소통하게 해주는 것들이었다.

충이나 소변, 대변은 내 몸의 내부와 외부를 드나드는 것들이다. 이것들은 모두 '비위생적'이다. 충은 외부에서 들어와 병을 일으키는 원인이니 몸 속에서 몰아내야 할 나쁜 것들이고, 대변과 소변은 비위생의 대표로 눈에 보이면 안 되는 것들이 되었다. 충들을 몰아내기 위한 항생제와 여기에 대응하여 점차 강력해지는 충들, 항생제와 충들의 군비 경쟁은 위생을 중심으로 하는 현대의학의 큰 문제점 중

하나이기도 하다. 게다가, 외부의 힘으로 충들을 무작정 몰아내다 보니 우리 몸 안의 긴장감, 즉 면역력이 점점 떨어져, 스스로를 방어하는 것이 아니라 오히려 공격하는 자가면역질환이 급속도로 증가했다. 내 몸 안의 타자들과 제대로 소통하지 못한 결과라고 할 수 있지 않을까. 소변이나 대변은 몸 안에 있지만 때가 되면 밖으로 나가야 할 것들이다. 나가야 할 때 나가지 않으면 그 자체로 불통. 심각한 질병이 된다. 소변, 대변을 비위생적인 것으로 간주하게 되면서 우리는 소변, 대변을 통해 쉽게 몸의 소통 상태를 알 수 있는 기회를 잃어버렸다.

이렇듯 통해야 하는 것은 많다. 몸과 몸, 몸과 마음, 몸과 외부, 몸과 우주 등등. 이것들이 제대로 통하지 않으면 우리는 아프다. 저자는 자본주의 문명이 꽉 막힌 불통의 절정이라고 말한다. 대표적인 질병이 암과 우울증. 자신이 살겠다고 숙주의 몸 전체를 죽음으로 이끄는 암세포는 인간을 위해 지구 생명계 전체를 언제든 파괴할 준비가 되어 있는 자본과 쌍둥이처럼 닮았고, 우울증은 정기가 쌓이고 쌓여 통로를 잃어버린 불통의 극치다. 이 불통을 해소하기 위해서는 우리가 가진 물질적 부를 순환시켜야 하고, 결국에는 보이지 않는 무형의 가치가 통할 수 있어야 한다. 마음을 비워야 한다는 것이다. 삶을 기르는 것, 양생은 결국 마음을 비우는 것에 다름 아니다.

자기 몸의 연구자

저자는 특별히 책의 말미에 「여성의 몸, 여성의 지혜」를 한 장으로 넣어 두었다. 「내경」편, 「외형」편에 이어 「잡병」편 마지막에 수록된 '부인', '소아' 항목을 다루면서 임신과 출산, 여성의 양생에 대해 현대 임상의학과는 다른 관점을 읽어 낸다.

> 임상의학은 월경, 폐경, 출산 등을 특별한 치료가 개입해야 하는 과정으로 간주한다. 그리고 그런 의학적 배치 속에서 자란 여성들은 그러한 시각을 통해 자신의 몸을 본다. 자신의 몸에서 일어나는 모든 현상을 대상화하고, 약간의 문제만 있어도 의사의 도움을 받으려 든다. 의사 혹은 의사가 대변하는 과학에 절대적으로 복종할 준비가 되어 있는 것이다.(『동의보감 몸과 우주』, 374쪽)

이렇게 여성의 생체주기를 병의 관점에서 보게 되면 평생 동안 자기 몸의 주도권을 한 번도 행사하지 못한 채 살아가게 된다. 폐경기가 되면 여성으로서의 인생이 끝난 것처럼 우울증에 걸리는 여성들도 있고, 자궁이나 난소를 암 예방 차원에서 제거해 버리는 것을 크게 어렵지 않게 생각하는 의사들도 있다. 여성들은 의사의 말에 따라 폐경기를 늦추는 치료(?)를 위해 호르몬을 복용하기도 하고, 암 걱정에 자궁을 들어내 버리기도 한다. 자신의 몸을 살피고 돌보는 것이 아니라 오히려 폭력을 가하면서 그런 사실조차 모르고 있는 무지한 상태.

'『동의보감』에서 배워야 할 비전'은 그와는 하늘만큼 땅만큼 다른, 생명의 관점이다. 여성의 생활에서 월경은 매우 중요하다. 생리 안에 감정과 일, 생활리듬 등 모든 것이 담겨 있기 때문이다. 여성은

14세가 되면 천계가 열리면서 월경이 시작되어 자식을 가질 수 있고, 28세까지 근골이 든든해지고 몸이 튼튼해지며, 49세가 되면 천계가 닫히면서 월경이 끊어져 자식을 가질 수 없다. 사람에 따라 초경과 폐경의 시기는 조금씩 다르지만, 각자의 인생에서 폐경은 초경만큼 '자연'스러운 과정이고 또 축복이다. 초경이 시작되는 때가 봄이라면 아이를 낳고 기르는 때는 여름이고, 폐경기는 여름에서 가을로 넘어가는 시기이다. 여름의 뜨거운 열기가 식으면서 열매가 익기 시작하듯이 폐경기는 여성의 몸과 마음이 성숙할 수 있는 질적 변화의 시기가 된다. 출산과 양육을 끝내고 자신을 새롭게 세팅할 수 있는 시기. 그 질적 변화의 관건은 바로 지혜이다.

> 생리가 멈추면 지혜가 쌓이고, 내 안에 있는 지혜를 쓰지 않으면 생명력은 침묵한다. 폐경은 여성의 지혜가 본격적으로 작동하는 시기인데, 이걸 침묵시키면 그보다 더한 무지는 없다. 무엇보다 이 무지와의 전투가 필요하다. 즉, 여성에게 필요한 건 각종 서비스와 호르몬제가 아니라, 스스로의 몸과 그 몸에서 작동하는 우주적 지혜를 알아차리는 배움의 현장이다.(『동의보감 몸과 우주』, 391쪽)

저자는 글쓰기를 제안한다. 작가가 되기 위해서가 아니라 몸에 대한 주도권을 확보하기 위한 전투의 일환으로. 전투의 첫걸음은 배움의 자세이고, 배움이야말로 최고의 생존 전략이라는 것이다. 타자와의 능동적 접속이자 삶의 현장에 적극 개입하는 실천적 행위로서의 배움. 글쓰기는 자신의 운명을 스스로 주도해 갈 수 있는 능동적

단련 즉, 자기 수련을 의미한다. 글은 시작부터 끝까지 모든 것을 책임져야 하므로, 성찰과 수렴 능력을 키워 통찰력을 터득하는 최고의 방편이란다. 폐경기에 해야 할 일이 분명해졌다. 바로 내 몸과 삶을 돌아보는 공부, 그리고 자신의 몸과 삶을 언어로 조직하는 글쓰기.

　허준이 『동의보감』을 편찬한 까닭은 의학적 앎을 세상에 널리 퍼뜨리고자 한 데 있다. 특별한 계급과 전문가만이 독점해 오던 앎을 대중지성으로 펼쳐 내고자 한 것이다. 그가 꿈꾸었던 것은 우리 모두가 '앎의 주체'가 되는 것이었다. 우리 시대의 의료와 의학이 박탈해 버린 성찰과 연구의 기회를 갖는 것, 장기 하나를 뚝 떼어 내는 수술을 하고도 자기 몸에서 무슨 일이 일어났는지를 모르는 우리가 생로병사라는 전 과정을 자신의 힘으로 넘어서겠다는 발심을 일으키고, 실천을 통해 그것을 닦아 가기를 바란 것. 저자는 말한다.

> 『동의보감』이 오늘, 우리에게 제시하는 최고의 비전은 바로 여기에 있다. 허준은 말한다. 이 책을 통해 스스로 자기 병을 알아 스스로 치유해 가라고, 또 양생술을 통해 요절할 자는 장수하고 장수할 자는 신선이 되라고.(『동의보감 몸과 우주』, 440쪽)

　어떤 때는 우주와 인생에 대한 철학을, 어떤 때는 삶의 지혜를, 또 필요에 따라서는 두통을 해결하는 방법을 가르쳐 주는 『동의보감』은 스스로 내 몸의 연구자가 될 수 있는 길을 열어 주는 훌륭한 지침서이다. 그렇다. 고미숙의 말처럼 '나는 왜 내 인생의 주인이 되면 안 되는가? 왜 나는 생사의 문턱을 넘는 고매한 비전을 탐구하면 안 되는데?' 인간이라면 스스로 자기 몸을 연구하는 것이 자연스러운 것 아니겠는가. 고미숙의 안내는 이런 연구자가 되는 데 필요한 하나의 나침반이 될 수 있을 것이다.

_인디언(나선미)

문탁네트워크가 사랑한 책들

3부

각자도생에서
함께 사는
삶으로

- 철학에서 비전을

1. 파지사유 5년, 공간과 함께 우리도 변해 가고 있다

'파지사유'가 문을 연 지 5년째다. 파지사유 안쪽 가장 큰 벽에는 마을의 풍경이 그려진 벽화가 있다. 벽화에는 횟집 어장과 열린문교회와 다세대주택들 사이 문탁네트워크와 마을작업장 월든이 나란히 붙어서 그려져 있고, 길 하나를 사이에 두고 파지사유가 보인다. 건물들 사이로 전깃줄이 이어져 있는데, 자세히 보면 새 발자국처럼 사람들의 이름이 쓰여져 있다. '문탁 이희경 청량리 진성일 노라 정성미⋯' 그 많은 새 발자국이 파지사유가 만들어질 때, 각자의 주머니를 털어 기금을 보내 준 사람들의 명단이다. 누군가는 설계와 시공을 담당하고, 누군가는 물품을 구입하는 발품을 팔아서 하나의 공간을 만들었다. 문탁네트워크가 시작되고 4~5년을 지날 즈음이라, 그때 우리는 뭔가 새로운 일을 저지르는 데 재미와 자신감이 붙어 있었다. 우리는 최소한 매주 한 번씩은 같은 책을 읽으며 공부했고, 매달 한 번씩은 문탁 살림살이에 대한 운영회의를 했다. 그러나 기실 그보다 많은 시간을 행사와 작업과 회의로 만나야 했기 때문에, 우리는 가족보다 더 많은 일상을 공유했고 가족보다 더 잘 '쿵짝'이 맞았다. 세미나 시간에 밑줄 그어 가며 읽은 스피노자의 '공통개념'과 네그리의 '다중의 공통체'를 일상의 공간에서 친구들과 함께 만들어 간다는 느낌은 뿌듯하고 흐뭇했다. 그래서 우리는 '카페인지,

갤러리인지, 콘서트홀인지…' 뭐가 될지 모르지만, 걱정보다는 그저 신통방통해하며 문탁과 월든에 이어 제3의 공유지로 파지사유를 만들었다.

파지사유를 운영하는 일, 주 7일 아침 10시부터 밤 10시까지 문이 열려 있어야 하고, 하루 30~40명의 사람들이 드나드는 공간을 관리하고 유지하는 일은 생각보다 손이 많이 가는 일이었다. 누군가는 매일 회계 마감과 화장실 청소를 해야 했고, 물품을 빠짐없이 구비해 놓아야 했다. 그뿐 아니라 50평의 공간을 프랜차이즈 커피전문점이나 스터디카페처럼 운영하는 것이 아니라 새로운 활동이 일어나는 장소로 만들어야 한다는 문제의식은 처음의 기대와 설렘과 달리 부담감으로 다가왔다. '여기서 무엇을 할까? 뭘 하고 놀까?' 파지사유는 커다란 물음표를 달고 우리와 함께 5년을 살았다.

현재 파지사유는 주 6일 아침 10시부터 저녁 7시까지로 운영시간이 단축되었고, 기존의 카페와 같이 차를 주문받고 서빙을 해주는 공간에서 이용자 스스로 차를 만들고 설거지를 하는 자율카페로 전환되었다. 문탁의 주방이 파지사유로 옮겨 온 이후로는 하루 두 번 점심과 저녁에 공동체밥상이 차려진다. 이 시끌벅적하고 잡다한 냄새가 폴폴 풍기는 파지사유의 진면목을 보려면 파티션으로 기능하는 접이식 유리문을 보면 된다. 유리문에는 투명테이프 자국이 지워질 날이 없다. A3사이즈의 포스터(문탁 프린터에서는 출력할 수 있는 가장 큰 사이즈가 A3이다)들이 쪼르륵 붙어 있고, 날짜가 지난 포스터 위로는 또 다른 행사를 공지하는 새로운 포스터가 붙여진다. 친구들의 출판기념회, 〈페미니즘 특강〉, 〈금월애 사람과 동물 세미나〉, 〈한가

위배 악어떼 족구대회〉,〈9월 파지사유 인문학 사기〉. 어느새 우리는 '임팩트 있는' 홍보 문구를 뽑기 위해 창작의 고통에 시달리는 카피라이터가 되었고, 포스터 하나쯤은 '뚝딱' 만들어 내는 공연기획자가 되었다. 파지사유의 탁자와 의자는 수시로 '헤쳐 모여'를 반복한다. 때로는 콘서트홀로, 때로는 영화관으로, 때로는 간담회장으로 파지사유는 제법 괜찮은 '트랜스포머'가 되어 가고 있다.

2. 공부에 대한 '말랑말랑한' 상상력, 파지사유 인문학과 ○○○카페들

파지사유가 만들어지면서 우리의 공부에 대한 상상력도 좀 더 유연해졌다. 세미나와 에세이 발표로 정형화된 공부의 틀을 바꿔 보는 시도들이 등장했는데, 우선 '외국어카페'가 만들어졌다. 외국어의 특성에 맞게 아침 일찍 자주 만나는 방식으로 영어카페가 운영되기도 했고, 니체의 책을 원서로 읽어 보고 싶다는 사람들이 독일어카페를 열었다. 축제 때 외국어카페팀은 애니메이션이나 외화를 더빙해 주는 새로운 발표의 장을 열어, 외국어 공부를 잘하기 위해서는 연기력이 필요하다는 새로운 가르침을 유머러스하게 전달해 주었다. 현재 중국어카페가 '장기근속'으로 모임을 유지하고 있고, 최근 '불어카페 쁘띠'가 새롭게 문을 열었다. 파지사유에 불어 온 '카페 바람'은 동양고전을 공부하는 사람들의 마음에도 불을 지펴 『논어』, 『맹자』, 『대학』, 『중용』을 초보자의 눈높이에서 차근차근 공부하는 '사서카페'가 만들어졌다. 5년 동안 매주 파지사유에서는 '사서 읽는' 낭랑한 목소리가 들려 온다.

　매주 토요일 오전에 열리는 〈파지사유 인문학〉은 그간의 공부를 '강좌'로 만드는 적극적인 계기가 되었다. 평일 세미나에 참여하기 힘든 직장인이나 인문학 공부를 시작하려는 입문자를 대상으로 '문탁이 사랑한 책들'을 이해하기 쉬운 강좌로 만든다면, 파지사유는 더 많은 접속과 확장이 일어나는 '낮은 문턱'으로 기능하게 되리라는 바람에서였다. 〈파지사유 인문학〉은 인문학공동체에 대한 호기심이나 인문학 공부에 대한 갈증을 느끼고 있는 사람들에게 '친절한 가이드라인'이 되리라는 처음의 기대효과와 함께 예상하지 못한 부대효과를 가져왔다. 매달 강좌를 열어야 하는데 강의는 누가 해야 하는가? 그 많은 강사진을 배출하기 위해, 문탁 세미나회원들은 의도치 않게 '대거' 강사로 등판되었고, 세미나팀이 고통 분담의 차원에서 집단강의체제를 만들기도 했다. 푸코의 『감시와 처벌』, 폴라니의 『거대한 전환』, 일리치의 『학교 없는 사회』 등 〈파지사유 인문학〉을 거쳐간 텍스트들이야말로, '문탁을 만든 책들'이라고 공언할 수 있다.

3. 우리들의 '미스바카페'

문탁의 주방이 파지사유로 옮겨 오면서, 파지사유의 '러시아워'는 점심시간이 되었다. 특히 40여 명이 강의를 듣는 〈이문서당〉 수업이 있는 화요일 점심시간은 장관이다. 처음에는 차를 마시던 공간에서 밥을 먹는다는 게 어색했지만, 어색함도 잠시 곧 기사식당 수준의

어수선함과 왁자지껄함이 공간을 가득 채웠다. 자연스럽게 점심시간은 파지사유의 '골든타임'이 되었고, 많은 사람들의 관심을 집중시켜야 하는 '사안'이 있다면 이 시간대를 잘 활용해야 했다. 이렇게 해서 기획된 것이 '런치쇼'다. 행사의 홍보든, 세미나의 종강파티든 뭐든 활용할 수 있지만, 되도록 즐거운 '쇼'로 만들어 보자는 취지였다.

사람들의 호응이 좋았던 런치쇼로는 '인도여행 보고대회'가 생각난다. 인도여행을 다녀오신 문탁샘과 요요샘의 발표였는데, 점심 메뉴로 인도카레와 탄두리 치킨이 나왔다. 물론 점심당번들은 인도요리를 처음 해보는 사람들이었지만, 인터넷 검색으로 제법 그럴싸한 식탁이 차려졌다. 아주 사소하지만, 맵싸한 카레향을 맡으며 갠지스 강 풍경을 사진으로 일별하는 일은 색다른 경험이 되기에 충분했다. 파지스쿨 학생들이 제주도여행 경비를 마련하기 위해 준비한 버스킹도 '럭셔리한' 경험이었다. 그때 클래식기타를 전공하는 학생이 들려준 연주곡은 오래도록 마음속에 감동으로 남아 있다. 저널을 읽는 세미나팀은 런치쇼의 자매품처럼 '디저트뉴스'를 만들었다. 자신들이 최근 읽고 있는 시사 이슈 중 문탁 사람들과 공유하고 싶은 것들만 뽑아서 정리해 준다. 디저트쇼를 통해 숨겨진 'PPT능력자'가 발굴됐고, 이후 그의 문탁 생활은 좀 바빠졌다.

레베카 솔닛의 『이 폐허를 응시하라』에는 1906년 미국 샌프란시스코 대지진 당시, 자연발생적으로 문을 연 길거리 급식소 '미스바 카페'의 활기가 소개되고 있다. 갑작스런 재난으로 가족과 집을 잃은 사람들이 한 천막 아래 모여 밥을 만들어 먹는 시간, 그들은 절망과 좌절에 빠져 있기보다 기타를 연주하고 노래를 부르며 농담을 주고받았다고 한다. 재난시 사람들은 각자가 할 수 있는 일로 서로를 도우려 했다. '이 폐허를 응시하라'는 레베카 솔닛의 메시지에는 실업/파산/질병 등 '상시적인' 재난 상태 속에 살아가는 신자유주의 시대의 해법이 담겨 있다고 짐작된다. 함께 모여 즐겁게 각자 할 수 있는 일을 나누는 일이다. 파지사유에서 매일 차려지는 공동체밥상은 우리들의 '미스바카페'다.

4. 크로스를 위하여, 밀양X문탁

『녹색평론』읽기, 탈핵집회 나가기, 밀양 농활, 밀양 인문학캠프… 파지사유에서 벌어진 여러 사건 가운데 가장 오래, 가장 많은 사람들이, 가장 많은 애정을 가지고 참여한 활동이 밀양연대활동이다. '전기는 눈물을 타고 흐른다'는 밀양 할머니들의 외침으로 비로소 우리는 편의를 주는 대부분의 물건들이 '전기 먹는 괴물'이라는 것을 알게 되었고, 부끄러웠다. 김익중의 『한국 탈핵』(한티재, 2013)을 읽고 원자력의 신화를 유포하는 '핵 마피아'들의 존재를 알게 되었고, 격월간으로 나오는 『녹색평론』의 기사들을 읽으며 탈핵이 민주주의 정치와 떨어질 수 없는 문제임을 이해하게 되었다. 『한국 탈핵』과 『녹색평론』은 문탁에서 '탈핵 교과서'로 자리잡았다.

　신고리 5·6기의 운행을 위해 밀양에 765킬로볼트 초고압 송전탑이 세워진다는 뉴스가 전해졌을 때, 문탁에서는 무엇이든 해야 했다. '다른 사람들도 우리와 같이 생각하지 않을까?' 전기의 편리함이 어디서 오는지 알지 못했을 때는 아무 생각 없이 쓰게 되지만, 초고압 송전탑의 전류가 밀양 할머니들의 삶의 터전을 파괴하고, 그 수익이 학계-정계-재계로 묶인 '핵 마피아들'의 카르텔을 공고히 하는 방향으로 빨려 들어간다는 사실을 알게 된다면, 원자력 위주의 에너지정책이 바뀌어야 한다고 생각하지 않을까? 문탁에서는 76.5일 동안 1인시위 릴레이를 동네에서 벌이기로 결정했고, 각자 자신만의 '목소리'가 담긴 피켓을 만들거나 퍼포먼스를 준비하기로 했다. 손재주가 없거나 아이디어가 없다고 부담스러워하는 사람들도 있었지만, 그런 고민은 파지사유에 오면 금방 해결이 됐다. 누군가는 피켓글씨의 '장인'이었고, 누군가는 쑥스러워하는 사람과 함께 1인시위에 나가기도 했다. 해바라기 가면을 쓰고 릴레이에 참여한 가족도 있고, 핼러윈 주간에 맞춰 아이들과 사탕바구니를 들고 거리로 나간 엄마들도 있었다. 우쿨렐레 연주와 함께 신나는 개사곡을 불렀던 날도 있고, 주변 상인이나 거리의 행인들과 '입씨름'을 하고 돌아온 날도 있다. 지나가는 학생에게 '수고한다'는 인사를 듣기도 하고, 한 장의 사진으로 남아 SNS에 떠돌기도 했다.

76.5일 이후 문탁에서 밀양 송전탑 문제는 공동의 관심사가 되었고 밀양과의 인연은 더욱 돈독해졌지만, 밀양에는 결국 초고압 송전탑이 세워졌다. 송전탑 찬성과 반대를 둘러싼 10여 년의 대립과 갈등은 더 이상 마을 사람들끼리 예전처럼 살 수 없는 마을 파괴로 이어졌다. 송전탑을 반대하던 주민들은 마을을 뜨거나 가슴속에 울화병을 담고 고립된 채 살아가고 있다. 이제 우리는 밀양과 무엇을 해야 할까? 『밀양을 살다』, 『체르노빌의 목소리』(스베틀라나 알렉시예

비치, 김은혜 옮김, 새잎, 2011), 『후쿠시마에서 불어오는 바람』(김진호 외, 갈무리, 2011)을 읽으며 우리는 밀양과 무엇을 할 수 있는지 장고(長考)에 들어갔다. 이제 우리는 '송전탑 반대'가 아니라 다른 이유로 만나야 한다. 밀양에 송전탑이 세워진 다음, 두 해에 걸쳐 진행된 '밀양 인문학캠프'는 밀양과 문탁에 동시에 질문을 던지고 있다. '우리의 우정과 공부는 무엇이어야 하나?'

5. 파지사유의 밤, 인문학은 사건이 될 수 있을까

우리는 제3의 공유지로 '누구나' 드나들 수 있는 '문턱이 낮은' '편안한' 공간이 되길 바란다. 그러나 그곳은 동시에 근대사회의 공/사 이분법을 깨겠다는, 더 이상 가족의 욕망에 갇히거나 공적 서비스의 이용객으로 전락하는 삶을 살지 않겠다는 사람들의 수행적 공간, 치열한 전투의 공간이 되어야 할 것이다.

인문학은 교환가치의 체계 안에서 직접 작동될 수 없는 '무용성'을 그 본질로 한다. 그 점에서 인문학을 체제 내로 포섭하려는 통치의 전략에도 불구하고 인문학은 늘 교환의 잉여 혹은 통치를 넘어서는 것으로 남는다. 따라서 위에서 제기한 질문, 인문학은 더 이상 사건이 될 수 없는가의 질문은 그것을 또다시 사건으로 만드는 조건은 무엇인가로 바뀌어야 할 것이다.(「새로운 공간—사건이 도래하는 곳」, 『웹진』 66호 2013년 8월 15일)

앞의 인용문은 2013년 파지사유를 기획할 당시 문탁샘이 웹진에 쓰신 글이다. 우리는 파지사유를 누구나 드나들 수 있는 '문턱이 낮은' 편안한 공간이 되기를 바라며 동시에 그것이 치열한 전투의 공간이 되기를 희망했다. 그리고 우리가 하고 있는 인문학 공부가 '우리의 무기'가 되기를 기대했다. 파지사유 5년, 우리의 말은 아직 날카롭게 벼리어진 무기가 되지 못했다.

　　『밀양을 살다』와 『녹색평론』을 읽으며, 문탁 사람들의 일상은 좀 불편해졌다. '싼 전기'의 편리함이 가져오는 끔찍한 국면을 알아버린 다음에는 결코 그것을 알지 못했던 시점으로 되돌아갈 수 없다. 여전히 우리는 전기를 쓰며 살기 때문에 불편힘은 손톱 밑 가시처럼 콕콕 통증을 내보낸다. 우리는 이 통증에 둔감해지지 않기 위해 계속 공부한다. 파지사유의 밤을 동네영화관으로 만들고, 학교 안 간 아이들의 놀이터로 만들며, 우리는 이 긴장감을 잃지 않기 위해 매 순간 발을 동동 구르고 있다.

_새털(박연옥)

안토니오 네그리·마이클 하트, 『공통체』, 정남영·윤영광 옮김, 사월의 책, 2014

변신과 차이가 번성하는 공유지

공유지를 질문하다

용인시 수지구 동천동 수풍로에는 문탁네트워크가 운영하는 자율카페가 있다. 이 공간의 이름을 짓는 과정은 쉽지 않았다. 갑론을박 오랜 논의 끝에 '마을공유지 874-6(파지사유)*'라는 이름이 정해졌다. 파지사유를 공유지라 부르기 시작하면서 우리는 자연스럽게 문탁의 모든 공간을 공유지라고 부르기 시작했다. 공유지는 근대 국가가 들어서고, 모든 것을 사적인 것과 공적인 것으로 분류해 버리기 전에 사람들이 함께 가꾸던 삶의 터전을 의미했다.

이름이 가진 힘이 있다. 이름은 자신의 정체성과 지향을 표현하기 때문이다. 문탁의 공간들이 제1, 제2, 제3 공유지로 불리게 되자, 문탁에서 함께 공부하는 사람들도 공유지의 의미에 대해 더 진지하

---

* 파지사유라는 이름은 주소의 번지수, 874-6(팔칠사육)을 음차하여 만든 조어이다.

게 질문하기 시작했다. 마을공유지 파지사유를 연 뒤 문탁을 찾아오는 방문자들도 많아졌다. 이들 역시 왜 문탁의 활동 공간들을 공유지라고 부르는지, 공유지는 어떻게 운영되는지 궁금해했다.

함께 만들고 함께 운영하며 공통적인 것을 만들어 가는 곳이라는 대답은 누구도 만족시킬 수 없었다. 생각해 보면 국가도 기업도 가족도 협동조합도 함께 만들고 함께 운영하는 공동체이기 때문이다. 우리의 터전이 왜 공유지인지, 공유지의 운영 원리가 무엇인지, 우리가 만들어 가는 '공통적인 것'은 무엇인지에 대해 좀 더 명확한 우리의 말이 필요했다. 방법이 없었다. 그래서 〈공유지 세미나〉를 만들었고, 안토니오 네그리(Antonio Negri, 1933~)와 마이클 하트(Michael Hardt, 1960~)가 함께 쓴 『공통체』를 읽게 되었다.

공통체, 그게 뭐지?

사실 '공통체'라는 말은 낯설다. '공통체'는 국어사전에도 나오지 않는 단어이다. 『공통체』의 원제인 '커먼웰스'(commonwealth)는 일반적으로 영연방을 가리키고, 정치학에서는 국가(the state)를 의미한다. 토머스 홉스가 『리바이어던』에서 커먼웰스를 개인들의 사회계약에 의해 수립된 국가라는 의미로 사용한 이래 홉스의 커먼웰스는 근대 국가의 이론적 모형이 되었다. 이때의 국가는 사적 개인들로부터 자연권을 양도받은 공적 기구를 의미한다. 즉 근대 국가 자체가 사적인 개인과 공적인 국가라는 두 개의 대립항 위에 성립한 것이다.

국가라는 의미로 사용되기 이전, 커먼웰스는 '공통적인 것'

(common)과 '부'(wealth)의 합성어로 중세의 공유지를 의미하는 개념이기도 했다. 아이러니하게도 공유지를 파괴하고 공유지에 살던 사람들의 공동체적 관계를 해체하면서 자본과 근대 국가는 역사 속에 등장했다. 네그리와 하트는 우리들의 민주공화국이 사실은 재산권에 기초한 소유 공화국이라는 점을 지적한다. 자본주의 국가만이 그런 것이 아니라 사회주의 국가들 역시 마찬가지이다. 사적 소유냐 공적 소유냐의 차이가 있을 뿐, 자본주의 공화국이든 사회주의 공화국이든 '공통적인 것'을 철저히 배제했다는 점에서는 다르지 않다는 것이다.

네그리와 하트는 『공통체』를 통해 잊혀진 커먼웰스의 본래 의미를 회복할 것을 주장한다. 그런데 모든 것이 사적이거나 공적인 것으로 이분화된 세상에서 '공통적인 것'을 어떻게 만들어 낼 수 있다는 말일까. 공통적인 것을 구성하자는 이야기는 이미 잃어버린 고대나 중세의 공유지로 돌아가자는 회고적 주장이거나 낭만적이고 유토피아적인 몽상 아닌가? 회의론자들의 수군거림이 귀에 들리는 듯하다. 일단 이런 비판적 목소리를 염두에 두면서 네그리와 하트가 공통적인 것에 대해 어떻게 말하고 있는지 살펴보자.

공통적인 것은 공적인 것도 사적인 것도 아니다

네그리와 하트에 따르면 공통적인 것에는 생태적 차원과 사회경제적 차원의 두 가지 형태가 있다. 생태적 차원의 공통적인 것은 '물질적 세계의 공통적 부——공기, 물, 땅의 결실을 비롯한 자연이 주는 모든 것'을 의미한다. 오늘날 물과 석유와 산림, 토지와 같은 공통의 부가 사유화된 결과, 우리는 되돌리기 어려울 정도의 자연 파괴와 심각한 생태적 문제에 직면하게 되었다. 자연은 원래 누구의 소유물도 아닌 공통의 부인데 말이다.

그런데 자연의 산물만이 아니라 인간이 생산한 것 역시 공통적인 것에 속한다. 사회경제적 차원의 공통적인 것에는 '지식, 언어, 코드, 정보, 정동(affect)과 같이 사회적 상호작용 및 차후의 생산에 필요한 것'이 포함된다. 지식을 예로 들어 보자. 오늘날 지식은 '지적재산권'의 이름하에 개인이나 법인의 소유물로 간주된다. 그러나 인류가 오랫동안 상호 협력하며 공유해 온 지식이 없다면 새로운 지식은 생산될 수 없다. 언어 없이, 사람들 사이의 소통과 협력, 감정의 교류 없이 지식의 생산은 불가능하다. 공통적인 것은 다만 물질적인 부에 국한될 수 없다.

> 공통적인 것을 이렇게 보는 입장은 인간을 (자연의 착취자 혹은 관리인이라는) 자연과 분리된 위치에 놓지 않으며, 공통적 세계에서의 상호작용·돌봄·공생에 초점을 맞추고 공통적인 것의 이로운 형태들을 장려하며 해로운 형태들을 제한한다.(『공통체』, 16~17쪽)

자연적인 것이든 사회적인 것이든 우리는 공통적인 것에 의지하지 않고서는 단 한순간도 살아갈 수 없는 존재이다. 근대인 역시 어떤 의미에서는 공유지의 인간이라고 말할 수 있다. 그런데 공통적인 것이라고 해서 무조건 좋은 것은 아니다. 조금만 생각해 보면 이것은 당연한 이야기이다. 오염된 공기와 물이 우리에게 좋은 것일 리가 있겠는가. 마찬가지로 가부장적 가족제도도 좋은 것일 수 없다. 국가가 그렇듯이 기업 역시 사람들의 삶을 엮어 내는 사회적으로 공통적인 것의 한 형태이다. 그러나 기업이나 국가가 우리에게 이로운 공통적인 것을 파괴하거나 해체한다면 그것은 좋은 것일 리가 없다.

그러므로 공통적인 것을 구성하자는 이야기는 비판자들이 말하는 것처럼 시대착오적이거나 낭만적인 주장이 아니다. 우리는 과거에도 현재에도 항상 이미 공통적인 것 위에서 삶을 살아내고 있다. 문제는 어떻게 우리에게 이로운 공통적인 것을 구성할까에 있기 때문이다.

공통적인 것을 발명하고, 공통의 부를 만들고, 공통의 삶을 조직하기 위해서는 그것을 위한 실천, 곧 삶정치적 실천이 요청된다. 삶정치의 주체인 다중들의 네트워크가 바로 '공통체'이다. 하여 공통체는 사는 법과 민주주의를 배우는 학습과 실험의 장소이다. 우리는 공통체를 구성하며, 공통체에서 우리의 역량을 키운다.

'공통체'라는 이 책의 제목을 통해 우리는 통치를 다루는 고전적인 저작들——이 저작들은 사회의 제도적 구조와 정치적 구성을 탐구한다——의 일부 주제들로 회귀함을 나타내고자 한다. 우리는, 일단 우리가 '공통체'라는 개념을 구성하는 두 항[커먼과 웰스: 인용자] 사이의 관계를 인식한다면, 집단적 생산과 자치에 대한 우리의 능력에 초점을 맞추고 그 능력을 확대하면서 공통의 부의 세계를 제도화하고 관리할 필요가 있다는 점 또한 강조하고자 한

다.(『공통체』, 23~24쪽)

네그리와 하트는 우리의 역량을 무엇보다 중시한다. 우리의 역량은 다른 신체와 결합하는 역량이며, 지금 여기에서 공통적인 것을 구성하는 능력이다.

대안적 주체성을 생산하는 삶정치적 사건

『공통체』의 핵심 개념 중 하나가 삶정치와 삶정치적 주체성이다. 삶정치는 푸코의 생명정치 혹은 생명권력으로부터 전용한 개념이다.

> 푸코의 권력 개념은 항상 이중적이다. 푸코의 관심은 주로 삶을 지배하는 권력, 더 정확하게 말하자면 삶을 관리하고 생산하는 권력에 집중된다. 그러나 저항으로서의 삶을 강조하는, 대안적 실존을 향한 다른 형태의 삶의 힘을 강조하는 소수자적 흐름이 항상 존재한다.(『공통체』, 101쪽)

푸코의 권력 개념을 네그리와 하트는 삶권력과 삶정치로 이중화한다. 즉 삶을 관리하고 생산하는 권력은 다중을 지배하는 삶권력으로, 다중의 저항적이고 대안적 주체성을 생산하는 힘은 삶정치로.
삶권력은 훈육 체제와 권력의 구조물들을 통해 마치 모세혈관처럼 권력을 행사한다. 이것은 지배 권력에 대한 통속적 이미지와는 반대로 주체를 억압하는 것이 아니라 주체를 생산하는 권력이다. 학교교육과 미디어를 통해 권력은 주체의 신체를 새롭게 생산한다. 우리는 그렇게 끊임없이 순종하는 신체로 재생산된다. 그런데 소수자적 흐름과 우연히 마주칠 때 우리는 자신의 신체를 변형시키는 삶정치적 사건과 조우하게 된다. 언제나 다수자들의 선분을 좇는다면 우리는 삶권력의 자장 안에서 존재할 뿐 주체성의 변형을 가져올 삶정치적 사건을 만나기 어렵다. 그러니 소수자의 흐름과 접속해야 한다.

그런데 여기서 네그리와 하트는 푸코와는 다른 정치경제학적 분석을 도입한다. 그것은 오늘날 자본과 노동 사이의 구도가 노동을 삶정치적으로 변형시킨다는 분석이다. 이제 자본의 가치증식은 물질적 상품 생산 과정이 아니라 비물질적 생산으로 중심이 옮아 가고 있다는 것이다. 정보, 지식, 정동, 언어, 코드, 이미지, 아이디어 등이 점점 더 가치증식에서 중요한 역할을 하고 있고, 이런 비물질적 생산 과정에서 노동은 점점 더 사회적으로 협력하면서 자율적으로 변형되어 간다.

공장이나 사무실에서 함께 모여 일하지 않는 노동이 증대한다는 것은 노동의 자율화와 사회화를 의미한다. 취업과 실업, 정규직과 비정규직의 구분은 점점 더 모호해지고, 지식과 정보와 정동의 생산에 참여하는 방식도 다양해진다. 네그리와 하트는 이들을 사회적 노동자라고 부른다. 예를 들어 보자. 오늘날 유튜버로 활약하는 크리에이터들은 노동자일까 아닐까. 유튜버의 이미지들을 소비하는 사람들은 노동자일까 아닐까. 플랫폼을 통해 어마어마한 수익을 올리는 구글은 크리에이터와 이미지 소비자를 동시에 필요로 한다. 네그리와 하트에 따르면 지금 이 글을 쓰고 있는 나 역시 사회적 노동자의

한 사람이다. 내 글을 블로그에 올릴 때 나는 어떤 식으로든 자본의 축적에 기여하는 존재가 된다.

그러나 다른 한편 내 글이 삶권력에 저항할 때 내가 생산한 지식과 정동은 사회적 노동자들의 네트워크를 통해 확산되고 전파된다. 이 전파의 과정에서 내 글과의 만남은 누군가에게는 삶정치적 사건이 될 수도 있다. 개개인에게 일어나는 삶정치적 사건이 어떻게 사회적인 것이 되는지를 우리는 2016년과 2017년의 촛불을 통해 확인한 바 있다. 작은 나비의 날갯짓이 거대한 권력을 쓰러뜨릴 수도 있다는 것을. 위로부터의 개혁이나 적폐 청산이 아니라 한 사람 한 사람의 삶정치적 저항이 서로를 감염시키면서 다른 세상을 만들 수 있다는 것을 우리는 이미 경험하지 않았는가?

나아가 삶정치적 사건은 외부와의 만남에서만 오는 것이 아니다. 사건은 공통적인 것을 생산하는 노동과 창조적 행동 속에서도 만들어진다. 이렇게 만들어진 공통적인 것의 가치는 측정 불가능하다. 측정 불가능한 가치들이 넘쳐흐르는 가운데 대안적 주체성과 새로운 관계들과 삶형태들이 생산된다.

> 삶정치적 생산의 결과들(사회적 주체성·관계·삶형태 등)은 직접적으로 존재론적 차원을 가진다. 이 과정에서 가치가 생산되지만 그것은 측정 불가능하다. 더 정확하게 말하자면 그 가치는 회계의 단위들을 항상 초과한다. 그것은 기업의 복식부기 장부를 넘쳐흐르며 국민국가의 공적 대차대조표를 좌절시킨다. 생각, 이미지, 관계의 가치를 어떻게 측정할 수 있겠는가?(『공통체』, 376쪽)

파지사유가 회계상의 마이너스에도 불구하고 5년 이상 유지되고 있는 것은 바로 공유지에서 사람들이 함께 생산한 생각과 이미지와 기쁨의 정동, 그리고 공동체적 관계들 때문이다. 물론 그것은 마을작업장에서도, 문탁의 세미나에서도 역시 마찬가지이다. 공유지는 공통적인 것들을 생산함으로써 숫자 안에 도저히 담을 수 없는 공통의 부를 생산한다. 그리고 이 공통의 부는 한두 사람의 예금구좌가 아니라 수많은 사람들의 삶으로 풍요롭게 증식되어 간다.

늘 새롭게 구성되는 다중 되기

이렇게 공통적인 것을 자기 가치화하는 정치적 주체성을 네그리와 하트는 다중이라고 부른다. 다중은 전통적으로 혁명의 주체로 간주된 프롤레타리아 계급과 다르다. 근대 국가를 구성하는 국민, 민중, 인민, 계급이 통일된 정체성을 전제한 것과 달리 다중은 일정한 형체가 없는 다양체이다. 다중은 유기적으로 조직된 신체로 형상화할 수 없다. 무엇보다 다중은 개체들의 특이성을 보존한다. 하나의 정체성으로 고정시킬 수 없는 식별 불가능한 존재, 이것이 다중의 다른 이름이다. 다중은 변형의 존재이며 늘 새롭게 구성되는 존재이다.

홉스는 다중은 정치적 존재가 아니라고 보았다. 그에게 정치적으로 된다는 것은 의지와 행동의 통일성을 갖추는 것이 필수 불가결한 요건이었다. 그러므로 다중이 정치적 존재가 되려면 국민이 되어야 했다. 스피노자는 홉스의 반대편에 섰다. 스피노자의 정치학에서 다중은 혼합된 복합적 신체로서 다른 신체와의 마주침에 열려 있다.

이 마주침이 기쁜 마주침이면 다중은 힘 있는 신체를 구성하고, 슬픈 마주침이면 힘이 약한 신체가 된다. 스피노자는 다중을 민주주의의 유일한 주체로 규정하였다.

오늘날에도 다중에 대한 정치적 평가는 크게 홉스와 스피노자로 갈라진다. 네그리와 하트는 스피노자의 편에 선다. 그들 역시 삶정치적 저항을 정치적으로 조직하기 위한 적절한 개념으로 다중을 제안한다. 그들은 오늘날의 삶정치적 조건하에서는 통일성, 중앙 지도부, 위계에 기반을 둔 전통적 조직 형태들이 바람직하지도 효율적이지도 않다고 생각한다. 물론 이들과 달리 다중을 정치적 주체로 보는 입장에 대한 강력한 비판들 역시 존재한다. '다중이 일관된 정치적 행동을 취할 능력이 있는가?'라고 하는 다중의 역량에 대한 비판과, '다중의 행동이 과연 해방적일 것인가?'라고 하는 행동의 방향에 관한 비판이다.

우리 자신이 다중이라고 생각할 때, 다중의 낙관론에 대한 비판들은 우리의 생각을 넓혀 준다. 다중은 어떤 조건 아래에서 정치적 주체로 행동하게 되는가? 어떻게 하면 다양체이면서 정치적 결정을 내릴 수 있을까? 자연발생성과 헤게모니 사이의 양자택일 이외의 선택은 없는가? 다중이 해방적일 수도 있고 반동적일 수도 있다고 한다면 우리는 다중이 어떤 조건에서 해방적으로 되는지, 어떤 조건에서 반동적으로 되는지를 알아야 한다. 하지만 이 모든 것을 다 알 수는 없을 것이다. 오직 다중을 구성해 가는 실천 속에서만 답을 찾을 수 있을 것이다. 그래서 네그리와 하트는 다중을 구성된 존재가 아니라 구성적 존재로 이해해야 한다고 말한다.

논의의 초점을 '다중 만들기'로 이동시키게 되면 다중을 되기의 과정을 거치면서 변형되고 풍부해지고 구성되는 존재로 이해할 수 있다. 그러나 이는 배후에 만드는 주체가 따로 있는 것이 아니라는 점에서 독특한 종류의 만들기이다. 여기에서 다중의 창조하는 능력, 다중의 자기 변형은 다중의 자치로, 다중 스스로의 정치적 조직화의 문제로 나아간다.

특이성들이 번성하는 공유지 만들기

정치적 조직화 역시 정체성에 근거한 조직화와 특이성이 번성하는 조직화의 방식이 있다. 특이성의 정치는 차이에 주목한다. 그러나 서로 다른 것들의 공존이나 관용이 아니라 공통적인 것을 구성하면서 결합하는 능력에 초점을 맞춘다. 그럴 때 우리는 변신과 차이의 번성으로 나아갈 수 있다. 정체성이 분할로 특징 지어지는 것과 달리 특이성은 다양체들의 장인 공통적인 것에 맞물려 있으므로 소유의 논리를 파괴할 수 있다. 특이성의 정치로 옮아 갈 때 해방의 경로는 다양할 수 있다. 문제는 그것들을 어떻게 공통적인 기획으로 연결시켜 낼 것인가에 있다. 그것이야말로 전적으로 우리 자신의 역량에 달려 있다.

나 역시 구성원 모두가 동일한 목적을 갖고 일사불란하게 움직이는 조직이 힘 있는 조직이고, 그런 조직만이 세상을 바꿀 수 있다고 믿었던 적이 있었다. 그런데 공동육아, 대안학교, 생활협동조합과 같은 대안적인 공동체 활동을 경험하면서 내 생각은 달라졌다. 그 활동을 통해 나는 위계 없는 협력을, 세상을 바꾸는 다른 저항의 방식을 배웠다. 그러나 나는 여전히 갑갑했고 자유롭지 못하다고 느꼈다. 공부를 하면서 나는 그 까닭이 엄마의 자리에, 학부모의 자리에, 소비자의 자리에, 계급의 자리에, 여성의 자리에 나를 붙들어 매는 정체성에 사로잡혀 있었기 때문이라는 것을 알게 되었다.

다중의 존재 형태가 유기적 신체의 형식으로 조직되지 않은 '괴물스런 살'이어야 다양한 변형이 가능하다는 것을 『공통체』에서 읽었을 때 나는 무릎을 쳤다. 공동육아, 대안교육, 생활협동조합, 페미니즘과 같은 대안적 공동체운동조차 정체성에 갇힐 수 있다. 왜냐하면 정체성이야말로 근대의 삶권력과 그것에 대한 저항을 이끌어 온 개념이기 때문이다.

친구들과 문탁을 시작할 때 우리는 삶의 비전을 찾기 위해 공부한다는 것 이외에 어떤 구체적 목적도 정하지 않았다. 강령도 규약도 없는 조직을 만든 것이다. 돌이켜 생각해 보면 특정한 목적을 갖지 않았기에 우리의 공부도, 논의도, 활동도 삶의 전 영역으로 확장될 수 있었다. 이것은 나에게 해방감을 느끼게 했다. 공부도 활동도 어떤 정해진 목적과 방향에 갇히지 않고 우연한 마주침들에 열려 있을 때 다른 존재로, 다른 삶으로, 다른 세상으로 이행할 가능성이 훨씬 높아진다. 그 과정에서 우리는 공유지를 고민하기에 이르렀다.

다중은 '어떤' 다중일 수도 있다. '어떤' 다중은 정체성으로 무장한 계급이나 국민이나 인종 혹은 젠더와 다르지 않다. 다중 되기를 한다는 것은 어떤 하나의 정체성에 고정되지 않고 계속해서 다른 존재로 변이해 나갈 수 있을 때 가능하다. 개인도 조직도 모두 마찬가지이다. 공유지 역시 그러하다.

문탁에서 우리는 책을 읽고 글을 쓰며 변용된다. 공부하는 주부나 직장인이 아니라 공부가 삶이라고 생각하는 학인이 된다. 밀양과 만나 시위를 조직하고 캠프를 만들면서 어떤 정체성에 담을 수 없는 존재로 변이해 간다. 파지사유는 어느 날은 공연장이 되기도 하고 어느 날은 토론장이 되기도 한다. 수많은 특이성들이 교차하는 장소인 공유지가 더 많은 것으로 변용될 수 있을 때 그곳에 서식하는 우리 역시 괴물스럽지만 무한한 변이의 가능성을 가진 뼈 없는 살들에 가까워지지 않을까.

공유지는 정체성의 정치에서 특이성의 정치로 나아가는 실천의 현장이다. 공유지는 변형의 욕망이 들끓는 곳이고, 다른 주체성과 공통체를 계속해서 구성하는 삶정치의 장소이고 '학습의 메커니즘이자 장치'이다. 공유지에서 우리는 공통체가 된다. 그러나 그 공통체는 늘 변형에 열려 있다. 우리는 다만 서로 결합하고 공통적인 것을 만들어 낼 수 있는 역량만큼 앞으로 나아간다. 이 변형의 결과 우리가 무엇이 될지 아무도 모른다.

_요요(김혜영)

B. 스피노자, 『에티카』, 강영계 옮김, 서광사, 2007

뱀파이어의 '윤리학' 공부

황혼에서 새벽까지

목요일 저녁부터 갈등이 시작된다. 책을 뒤적거리며 포스트잇에 이 런저런 메모를 해본다. 필통에서 색깔볼펜을 꺼내 밑줄을 쳐 보기 도 한다. 다시 다른 책을 뒤적거리다 중대한 결심을 한 듯 노트북을 열어 보지만, 손가락은 자판 위에서 멈춘다. 시계를 확인하고 다시 한번 중대한 결심을 한다. "일단 한숨 자고 생각하자!" 한두 시간 취 침 후 시계의 알람이 울리고 금요일 새벽이 어슴푸레 밝아올 때, 이 산만한 고민과 갈등도 한 고비를 넘는다. "뭐든 써 보자!" 개념을 정 리하자, 내 일상을 돌아보자, 사건사고의 이슈를 분석해 보자, 인상 적이었던 영화를 떠올려 보자 등등 머릿속에서는 무언가 스피노자 (Baruch De Spinoza, 1632~1677)의 철학과 연관 지어 실낱같은 인연 의 고리를 만들고 있다. 그리고 청소차가 아파트 단지 내 재활용쓰레 기를 가져가는 무지막지한 소음과 복도에서 엘리베이터가 오르내리는 간헐적 소음이 들려올 때쯤, 스피노자 철학을 빙자한 '우여곡절'의 글쓰기는 끝이 보인다. 나는 '초치기' 시험공부의 추억이 새록새록 돋는, '날밤' 새는 글쓰기를 1년 째 계속하고 있다. 매주 A4 한두 장 분량의 메모를 쓰기 위해 목요일 밤과 금요일 새벽 사이, 잠 못 드는 뱀파이어의 시간을 보내고 있다. 왜 이러는 걸까?

스피노자가 너무 좋아서? 혹은 스피노자가 너무 어려워서? 둘 다 정답이다. "이성의 지도에 따라 살아가는 한에서의 사람들은 사람에게 가장 유익하다."(『에티카』, 4부 정리35) "자유로운 사람들은 서로에게 감사한다."(『에티카』, 4부 정리71) 공부하는 사람들과 이런 얘기를 주고받을 수 있는 철학 공부는 얼마나 뿌듯하고 사랑스러운가? 스피노자의 『에티카』에 대해 제목만 들어 본 사람들도 대부분은 호의적인 반응을 보인다. "좋은 책일 것 같아요. 언젠가 한 번 읽어 보고 싶어요."

그러나 실제로 『에티카』의 책장을 열었을 때, 대부분의 사람들은 당황한다. 정의, 공리, 정리, 증명, 주석 등으로 구성된 『에티카』는 '기하학적 방법'에 의해 기술되고 있다. 스피노자는 삼각형과 원을 증명하는 방식으로, 신과 자연의 존재론, 적합한 인식의 방법론, 인간의 정신과 정서, 그리고 자유와 지복을 논증하고 있다. 신과 자연과 인간이 하나의 의미체계로 산출되고 증명된다는 것이 스피노자가 힘주어 강조하고 있는 '일의적'(一義的) 세계관이다. 신과 자연과 인간은 다른 질서와 체계로 존재하는 것이 아니라, 우리 눈앞에 드러나는 모습 그대로 현전한다는 세계관이다. 그러니 이 세계를 움직이는 배후세력이나 초월적인 신의 존재는 스피노자의 철학에서 배제

된다. 이쯤 되면,『에티카』1부를 다 읽기도 전에 정신의 혼미함과 피로감이 물밀듯이 밀려온다. 이럴 때 대부분의 사람들은『윤리학』을 이해하지 못해 슬프고, 슬픔의 원인 제공자인 스피노자가 미워진다. 내 1년 반 동안의 시간이 바로 이런 '기쁨-사랑-슬픔-미움'의 심리 드라마였다.

문탁네트워크에서 스피노자의 철학은 스테디셀러에 속한다. 문탁이 문을 연 10여 년 전부터 현재까지 세 번의 강좌가 열렸고, 두 번의 기획세미나가 진행되었다. 내가 일주일에 한 번은 수면 부족의 뱀파이어가 될 수밖에 없는 〈스피노자와 글쓰기 세미나〉도 그 일련의 흐름 속에 있다. 나는 그리고 우리는 왜 이렇게 오래 스피노자의 철학에 목을 매는 것일까? 왜 이러는 걸까?

전복적 스피노자, 인간 중심주의와 목적론 비판

그러나 여전히 적지 않은 편견이 남아 있어서 사람들은 내가 설명한 식으로 사물의 연결을 이해하는 것을 방해하여 왔으며 현재에도 방해하고 있으므로, 그러한 편견을 여기에서 이성에 비추어 검토하여 보는 일도 쓸모없는 것이 아니라고 생각한다. 여기에서 내가 지적하는 모든 편견은 어떤 한 가지 편견에 근거한다.(『에티카』, 1부 부록, 68쪽)

『에티카』를 공부하는 데 도움이 되는 최고의 참고서는 스피노자 스스로 자신의 이론을 부연설명하고 있는 부록과 주석이다. 스피노자도 대부분의 사람들이 자신의 『에티카』를 이해하기 힘들 것이라는 것을 알고 있었다. 그 이유에 대해 스피노자는 인간의 지성을 비난하지 않고 인간이 사로잡혀 있는 편견 때문이라고 해명하고 있다.

『에티카』 1부의 부록에서는 인간이 편견에 빠지는 이유에 대해 다음과 같이 설명하고 있다. 모든 인간은 원인을 알지 못하고 태어난다. 이러한 조건 속에서 인간은 자신에게 유익한 것을 욕구하고 그것을 얻기 위해 살아간다. 그러나 욕구의 원인을 모르기 때문에 스스로 자유롭게 그것을 선택했다고 생각하는 자유의 가상에 사로잡힌다. 인간은 자신들이 상상하는 방식을 신에게도 투사시킨다. 신은 인간에게 숭배받기 위해 그 수단으로 자연을 창조하였다고 상상하게 된다. 이렇게 미신이 만들어진다. 스피노자는 원인을 알지 못하는 인간의 조건 때문에 목적론적 편견과 자유의 가상에 사로잡히는 것은 충분히 발생할 수 있는 일이라고 보았다.

문제는 인간이 미신을 제도화하는 것은 단지 무지 때문만은 아니라는 점이다. 왜 인간은 미신을 제도화하고 그것을 규율화하고 안정화하는 정치 구조까지 만들어 내는가? 신이 아니라 인간 스스로의 욕망을 충족시키기 위해서이다. 이스라엘 민족의 선택받은 민족이라는 '가상'은 신으로부터 더 많은 사랑을 받고 싶다는 욕망, 신의 사랑에 의해 더 많은 부와 명예를 얻고 싶다는 자신들의 세속적 욕망을 충족시키기 위해서이다. 인간은 단순한 가상 때문이 아니라 더욱더 자신의 욕망을 잘 충족시키기 위해 미신에 빠져들고, 이러한 미신은 인간들의 마음속에 가상을 더욱 굳건히 뿌리내리게 만든다. 이처럼 미신은 자발적 예속에 뿌리를 두고 있기 때문에, 지배의 좋은 도구가 되며 전제정치의 온상이 된다(진태원, 「스피노자 철학에 대한 관계론적 해석」, 서울대학교 철학과 박사학위논문, 2006, 251쪽).

스피노자의 시대는 종교가 강력한 미신의 자리를 차지하고 있었다면, 오늘날에는 자본과 성장주의가 그 자리를 대체하였다. 오늘날 우리에게 돈은 비유로서가 아니라 실제적으로 '신'이다. 좀 더 정확히 표현하자면 '미신'이다. 더 많은 부와 그것이 가져다줄 안락함에 대한 선망과 반대로 빈곤에 대한 불안과 공포는 우리의 욕망을 자본가와 동일시하게 만든다. 우리는 자유로운 선택에 의해 자기개발의 주체가 되고, 취업준비생과 비정규직 노동자와 실업자를 양산하는 자본주의 시스템을 유지하고 있다. 오늘날의 바이블은 마케팅 이론과 금융공학이고, 결혼과 교육을 비롯한 라이프스타일 전체가 매니지먼트의 대상이 된다. 도처에서 우리는 '아이돌 오디션'과 '대박 신화'를 발견한다. 근대 자본주의를 지탱하고 있는 것은 합리적인 계산이 아니라 비이성적인 미신의 가상이다. 미신의 지배력을 키우는 것은 돈의 능력이 아니라 돈에 대한 환상에 머물고자 하는 우리의 욕망이다.

미신으로부터 벗어나는 해법은 의외로 간단할 수 있다. 우리 스스로 인간 중심주의와 목적론적 편견에서 벗어나 적합한 인식에 힘쓴다면 미신의 예속으로부터 자유로워질 수 있다. "각자가 약간의 성찰만으로도 이러한 편견을 교정할 수 있을 것이다"(『에티카』, 1부 부록)라는 덕담으로 스피노자는 글을 마무리하고 있지만, 적합한 인식은 정말 간단하게 이루어질까?

고요한 폭풍, 이성과 함께 감정을

> 존재하는 모든 것은 신 안에 있으며, 신이 없이는 아무것도 존재
> 할 수도 또 파악될 수도 없다.(『에티카』, 1부 정리15, 37쪽)

> 신성한 본성의 필연성에서 무한한 것이 무한한 방식으로(곧 무
> 한한 지성에 의하여 파악될 수 있는 모든 것이) 생기지 않으면 안 된
> 다.(『에티카』, 1부 정리16, 43쪽)

인간은 스스로 존재할 수 없다. 인간은 존재론적으로 '비자립적/의
존적'이다. 스피노자는 이러한 '비자립적/의존적' 존재와 대립되는
'자립적/자족적' 존재를 '신'으로 상정한다. 이렇게 자기정립적인 존
재가 있어야 비자립적인 존재가 존재할 수 있다. 『에티카』 1부는 이
러한 자신의 전제에 대한 증명 과정이다. 스피노자의 신과 무소불위
의 절대적 권력을 가진 기독교의 신과는 어떻게 다른가? 기독교의
신은 만물의 근거로서 초월적인 위치를 점하고 있고, 그 초월성 때문
에 만물은 신의 작동 원리를 알 수 없다. 반면에 스피노자의 신은 초
월적이지 않다. 우리 눈에 '스스로 그러한 존재'로 있는 '자연'은 무수
한 인과관계에 의해 지금과 같은 모습으로 존재한다. 스피노자는 이
러한 '무수한 인과관계 전체'를 '신'으로 정의한다. 이런 관점에서는
원인으로서의 신과 결과로서의 자연을 따로 떼어서 생각하기 힘들
고, 이들 사이의 구분은 생각으로만 가능하지 실제로는 불가능하다.
정리하면, 스피노자의 신은 자연 전체이며, 자연에 내재하는 인과법
칙이다. 자연의 일부인 인간 또한 무수한 인과관계의 연쇄 속에 존재

한다.

그러나 이러한 원리를 이해한다고 해서, 우리가 자신에게 일어나는 모든 일을 인과관계에 따라 적합하게 인식한다는 것은 쉬운 일이 아니다. 오늘따라 아침 바람이 상쾌하다. 이때 스마트폰은 친구로부터 '기프트콘'이 도착했음을 알려 준다. 기분 좋게 카페에 들러 아메리카노 한잔을 주문했을 때 알바생마저도 친절하다. 이 '기분 좋은 날'이라는 결과의 원인을 콕 집어 말하기는 힘들다. 실제로 현실에서는 기분 좋은 일과 괴로운 일이 다양한 조합의 비율로 발생한다. '기분'이라는 감정적 판단이 아니라 이성적으로 사고해 본다면, 적합한 인식에 가까이 갈 수 있을까? 우리는 몸에 안 좋은 줄 뻔히 알면서도, 커피, 담배, 술, 인스턴트 음식 등을 입에 '달고' 산다. 돌아보건대 "더 좋은 것을 보고 그것에 동의하지만, 그럼에도 불구하고 더 나쁜 짓을 행하는" 우리의 이성은 미약하다.

> 정서는 그것과 반대되는 정서, 그리고 억제되어야 할 정서보다 더 강한 정서에 의지하지 않고는 억제될 수도 없고 제거될 수도 없다.(『에티카』, 4부 정리7, 252쪽)

감정이 결합된 부적합한 인식의 문제를 이성의 역능으로 해결할 수 있다고 생각한 뭇사람들과 달리, 스피노자는 정서의 문제는 그 나름의 '역학법칙'에 따라 해결해야 한다고 보았다. '욕망, 기쁨, 슬픔'을 인간의 기본 정서로 보고, 이것들의 역학관계를 정리하는 3부는 『에티카』의 '스페셜리스트'이다. "나는 감정 기복이 심해, 내 마음을 나도 모르겠어!"라고 SNS에 하소연을 올리는 사람이 있다면, 『에티카』3부를 적극 추천한다.

> 모든 사물은 우연에 의하여 기쁨이나 슬픔 또는 욕망의 원인이 될 수 있다.(『에티카』, 3부 정리15, 169쪽)

그러니 우리가 시도 때도 없이 감정이 변하고, 기뻐하다 슬퍼하고, 사랑하다 미워하는 것은 '자연스런' 변화이다. 우연에 의해 정서와 감정이 시도 때도 없이 변화하는 게 필연이다. 왜 그러한가? 우리는 서로에게 원인이며 결과로 작용하고, 이 관계가 없다면 '나' 또는 '우리'는 존재할 수 없기 때문이다. 너와 나의 연결고리가 바로 이 정서와 감정이고, 매번 부딪치는 우연 속에서 우리의 감정은 자동기계와 같이 연속적으로 작동한다.

> 나는 정서를 신체의 활동 능력을 증대시키거나 감소시키고, 촉진시키거나 저해하는 신체의 변용인 동시에 그러한 변용의 관념으로 이해한다. 그러므로 만일 우리가 그러한 변용의 어떤 타당한 원인이 될 수 있다면, 그 경우 나는 정서를 능동으로 이해하며 그렇지 않을 경우는 수동으로 이해한다.(『에티카』, 3부 정의3, 153쪽)

인간은 원인을 모르고 태어난다. 따라서 인간은 무엇을 할 수 있는지 모른다. 가끔 감정의 변화를 느낀다. 그렇다면 이 감정의 변화에 주목해 보자. 우리의 행위 역량이 증대될 때 우리는 기쁨을, 감소

될 때 슬픔을 느낀다. 자신이 어떤 관계 속에서 기쁨과 슬픔을 느끼는지 비교해 본다면, 우리는 자신의 행위 역량이 증대되는 방향으로 관계를 변화시켜 갈 수 있다. 행위 역량이 증대된다는 것은 우연한 마주침 속에서도 '결합'을 만들어 낼 수 있다는 말이다. 우연히 마주친 외부의 대상과 '운동과 정지의 비율'을 맞춰 갈 수 있다면, 우리는 보다 많은 것을 할 줄 아는 신체가 되고, 보다 많은 감정과 변화를 촉발할 수 있다. 반대로 우연한 마주침 속에서 '결합'이 아니라 '해체'가 일어난다면, 우리의 신체는 자신을 파괴하려는 해체로부터 스스로를 보호하기 위해 노력하게 된다. 이러한 능력의 상실이 슬픔을 가져온다. '정서가 우리에게 더 잘 알려질수록 정서는 우리의 능력에 더 많이 달려 있게 되며, 정신은 그만큼 덜 수동적이게 된다.'(『에티카』, 5부 정리3 따름정리) 감정을 억제하는 것이 아니라 더 잘 이해하게 될 때, 우리는 감정에 덜 휘둘리는 능동적 삶을 조직할 수 있다.

인간의 편견과 무지, 그리고 감정까지 스피노자의 철학에서 배제되는 것은 하나도 없다. 스피노자는 이 모든 것을 긍정한다. 내가 뱀파이어의 시간을 보내며 『에티카』를 손에서 놓지 못하는 것은, 우리가 습관적으로 받아들이는 사회적 통념들의 맹점을 예각화해서 보여 주는 스피노자의 새로운 '시선' 때문이다. 그것은 때론 매우 신선하고, 매우 불온하고, 매우 래디컬하다. 그것은 모든 허위와 그럴듯함, 정념과 죽음을 넘어선 삶을 볼 수 있게 한다. 누군가의 말대로 '고요한 폭풍'이다.

정동 vs 정동, 세계에 참여하는 '날것'의 느낌

우리를 슬픔에 빠지게 하는 미신의 예속으로부터 자유로워지기 위해 스피노자의 『에티카』를 공부하는 동안에도 우리는 슬픔에 빠진다. 그러나 슬픔에만 빠지는 것은 아니다. 스피노자의 신의 증명과 정서의 역학을 이해하게 되면 무지와 편견에 사로잡혔던 시야가 밝아지는 듯한 기쁨을 느낀다. 그걸 내 문제에 적용해 보고, 친구에게 말해 주려 하면 '소통 불능'의 답답함이 찾아온다. 이렇게 우리의 일상은 '슬픔-기쁨-슬픔-기쁨'의 감정의 파도타기다. 이를 들뢰즈는 동적인 개념이 결합된 '정동'(情動, affect)으로 개념화하고 있다. 정동하고 정동되는 힘은 심리학적 규정이 아니라 신체에 대한 규정이다. 정동하고 정동되는 힘은 움직이고, 행동하고, 지각하고, 생각하는 잠재력이며, 한마디로 말해 존재의 역량이다(브라이언 마수미, 『정동정치』, 조성훈 옮김, 갈무리, 2018). 우리의 실존은 정동의 바다에서 펼쳐진다. 신체는 무엇을 할 수 있는가? 끊임없이 결합하거나 해체되며, 끊임없이 슬픔이 아니라 기쁨에 대한 모색을 중단하지 않는 것이 정동의 자연학이며 윤리학이다.

오늘날 우리의 삶에 가장 많은 영향을 주는 정동이 발생하는 장소는 '미디어'이다. 이성적 판단 이전에 자극적인 '시각/청각/미각' 이미지들에 우리는 수동적으로 포획된다. '먹방'을 즐기고, 충동구매를 하고, 드라마 주인공의 정의감에 동조한다. 아이돌스타를 군대에 보내지 않기 위해 전쟁을 반대할 수 있고, SNS에 올라온 한 장의 사진으로 영화 흥행을 저지할 수도 있다. 미디어의 역할은 더 이상 정보 전달의 중재자가 아니라 정동의 조절과 정동의 채록, 정동의 확산에 있다. 상품시장은 점점 더 정동에 호소하고, 정동을 통제하며, 정동을 조작하는 쪽으로 기울어진다. 우리가 마우스를 클릭하는 매 순간 누군가의 시장조사를 대행해 주고 있으며, 빅데이터의 이름으로 거대화되어 가는 이윤-창출 능력에 기여한다(브라이언 마수미, 앞의 책, 326~328쪽 참조). 이제 권력은 정동화되었다.

그렇다면 우리는 미디어와 권력의 정동에 정동으로 맞서야 하지 않을까? "안녕들 하십니까?"라고 시민들의 안부를 묻는 대학생의 '대자보'로부터, "Me Too", "With You"라고 써서 교실 창문에 붙인 여고생의 '노란 포스트잇'으로부터 새로운 정동의 감염은 촉발될 수 있다. 아직 그것을 무엇이라 맥락화할 수 없는 비재현석이고 비결정적인 과정 속으로 들어가는 두려움과 설렘이 바로 살아 있는 삶이며, 세계에 참여하는 '날것의' 느낌이다. 정동의 바다에는 매 순간 결합과 해체의 미세한 변화가 넘실거린다. 이 우연적이고 우발적 마주침 속에서 우리는 어떻게 정동적 주파수를 조율할 수 있을까? 스피노자의 『에티카』에는 서로 다른 존재들이 '운동과 정지의 비율'을 맞춰 갈 수 있는 관계의 테크닉으로 '공통관념'이라는 개념이 포함되어 있다. 매번 새롭게 형성되는 공통관념은 정형화된 질서에 균열을 내며 지금과는 '다른' 세계를 생성한다.

정치적 폭동이 일자 대자보를 써서 달려 나가는 스피노자를 하숙집 주인 부부가 만류했다는 일화는 유명하다. 그 일화가 아니라도 우리는 『에티카』의 주석과 부록에서 "가슴속의 모든 분노를 표현하고 고발과 해방의 실천적 논제들을 제기하는"(질 들뢰즈, 『스피노자의 철학』, 박기순 옮김, 민음사, 1999, 47쪽) 스피노자의 정동을 발견할 수 있다. 이 '날것' 그대로의 생의 활기에 감염되고 싶다면 『에티카』를 공부하자. 스피노자의 정동은 '황혼에서 새벽까지' 뱀파이어의 윤리학 공부를 촉발하고 있다.

_새털(박연옥)

미셸 푸코, 『감시와 처벌』, 오생근 옮김, 나남, 2003

생산된 진실만이 있을 뿐

팩트 체크에 대한 팩트 체크

최근 '팩트'(Fact)라는 말이 많이 쓰인다. '팩트 체크', '팩트 폭행', '팩트광'… 일상어를 넘어 TV 뉴스나 토론회에서도 팩트 체크는 기본이다. 우리말에서 팩트에 해당하는 단어는 두 가지로 나뉜다. 사실과 진실. 사전적으로 사실은 '실제로 일어난/일어나고 있는 일'을 의미하며, 진실은 '거짓이 없는 사실'을 의미한다. 예컨대 내가 여자 친구와 싸우는 모습을 본 내 친구 A는 우리가 싸웠다는 '사실'을 알고 있다. 그러나 A는 우리가 어쩌다 싸웠는지, 싸움이 서로에게 어떤 영향을 미쳤는지 등등, 이 사실과 함께 있어야 할 다른 중요한 사건들에 대한 인식은 없다. 이때 그가 다른 친구 B에게 가서 우리가 싸웠다는 '사실'만을 전한다면, B는 우리 사이가 멀어졌거나, 뭔가 문제가 있다고 생각하기 십상이다. 실제로 그럴 수도 있겠지만, 만약 그렇지 않다면 이때 사실은 왜곡된다. B의 인식에는 단순히 싸웠다는 사실을 넘어서는 가치평가가 난입하는 것이다. 이는 그 자리에 있어야 할 주변적 사실의 공간을 상상이 채우기 때문이다. 이럴 때 '진실'이 요구된다. 따라서 진실은 개별 사실이 왜곡할 수 있는 전체, 즉 복수의 사실들을 결합하는 행위이다. 팩트 체크는 '사실관계를 확인한다'는 의미에서 사용되므로, '팩트 체크'라는 단어가 내포하는 의미는 '사실'이겠지만, 그것이 지향하는 바는 '진실'이다.

그러나 이러한 사전적 정의는 '객관적 사실'을 전제로 하고 있다. 이에 대해 과연 '객관적 사실'이 존재하는가? 하는 근본적인 물음을 던질 수도 있다. 인식론과 관련한 오래된 철학적 논쟁도 이를 둘러싸고 벌어진다. 똑같은 사과를 보더라도, 서 있는 위치와 시력, 심지어는 심리적 상태에 따라 우리는 각기 다른 사과를 본다. 가장 단순한 물건이라고 할 수 있는 사과를 보는 데에도 이런 차이가 발생하는데, 복잡하고 사실관계가 뒤섞인 뉴스의 사건들을 보는 데에는 얼마나 큰 왜곡과 오해가 생길지 말할 것도 없다. 이로부터 우리는 인간이 어느 시대에나 객관적인 개별적 사실을 알기 위해 노력하고, 이를 통해 총체적인 진실을 향한다고 말할 수 있다. 알 수 없는 영역을 축소하고, 알 수 있는 영역을 최대한 확장하려는 시도들이 역사의 한 축을 이루고 있다. 과학의 역사가 그렇다, 라고 우리들은 배운다. 이에 따라 우리는 우리의 역사를 '보다 진실에 가까워진 것'으로 생각한다. 1,000년 전의 인간과 100년 전의 인간, 100년 전의 인간과 오늘날의 인간을 비교하며 인류의 인식론적 진보와 발전을 논한다. 그러나 나는 그러한 견해에 따르면 보다 진실에 가까워졌을 오늘날, 팩트에 대한 요구가 이렇게나 높아진 것은 좀 이상하다는 생각이

든다. 한 사건을 둘러싸고 벌어지는 '진실 공방'은, 어떤 측면에선 여전히 근본적인 수준에서 벌어지는 사과 논쟁과 다를 바가 없어 보이기 때문이다.

이러한 현상을 객관적 사실이라는 전제, 발전론적 관점을 제거하고 관찰해 보면 어떨까. 개별 인간마다 각기 다른 진실을 가지고, 각 시대마다 다른 진실이 있다고 말이다. 예컨대 현 시점에서 절대 화해할 수 없을 것 같이 보이는 'TV조선'과 'JTBC', '촛불집회'와 '태극기 집회', 우리가 뭐라고 생각하든 양쪽 모두 팩트 체크를 하고, 그 나름의 논리를 가진다. 이때 둘 중 하나가 거짓말을 하고 있는 것이 아니라, 사건을 보는 관점이 다른 것은 아닐까 질문해 보자는 것이다. 물론 이는 쉽지 않다. 일찍이 진실은 절대적인 것이 아니라, 구성되는 것, 생산되는 것이라고 말한 철학자가 있었다. 우린 그의 도움을 받을 것이다. 20세기 프랑스의 철학자 미셸 푸코(Michel Foucault, 1926~1984)다.

파괴자 미셸 푸코

미셸 푸코는 흔히 '권력'에 대해 이야기한 철학자로 잘 알려져 있다. 푸코의 저작을 읽어 보지 않은 사람도 '규율권력'과 같은 단어, 혹은 이에 대해 본격적으로 논하고 있는 텍스트 『감시와 처벌』은 한 번쯤 들어봤을 것이다. 또 내가 알기로 예술 분야에서 공부하거나 일하는 사람들은 푸코의 저작을 부분적으로라도 읽는다고 들었다. 그의 초기 저작인 『말과 사물』은 언어와 예술, 표현하는 사람의 주체성과 관련한 이야기이고, 「저자란 무엇인가」라는 강의록은 제목 그대로 창작자에 대한 이야기이기 때문이다. 이 두 텍스트는 인간의 주체성을 부정함으로써 당대에 큰 논란이 되었다. 학계에서는 푸코가 차지하는 역사적·철학적 함의가 크기 때문에 많이들 알고 있지만, 일반적인 사람들 사이에서 그의 전반적인 사상에 대해 이야기하는 사람은 그리 많지 않다. 푸코 얘기를 꺼내면 더러 "푸코의 진자?"를 묻는 사람도 몇 있었다. 이번 기회에 확실히 해두자면 그는 미셸 푸코보다 한 세기 일찍 태어난 과학자다. 굳이 고백하자면 나는 공부하기 전까지 미셸 푸코는커녕 푸코의 진자가 뭔지도 몰랐다.

내가 푸코를 처음 읽은 것은 막 제대를 했을 때였다. 내가 접한 첫 푸코는 『감시와 처벌』이다. 난 학교를 다닐 때에도 공부를 제대로 해본 적이 없었고, 대학도 나오지 않았다. 학창 시절을 통틀어 완독한 책이라곤 『아홉 살 인생』 한 권뿐이었다. 그런 내게 『감시와 처벌』은 당연히 처음엔 아무 의미 없는 종이와 활자로 느껴질 만큼 어려운 책이었다. 그러나 책에 나오는 19세기의 학교, 군대 이야기는 무지한 나의 관심을 끌기에도 충분했다. 왜냐하면 내가 불합리하다고 생각하고, 불편해했던 것에 대한 이야기였기 때문이다. 군대의 억압적인 문화로부터 탈출한 직후였기에 더욱 그랬을 것이다. 난 2년간의 경험을 통해 군대에 대한 부정적인 입장을 가지고 있었고, 그런 입장에도 불구하고 시스템에 순응한 나 자신을 용납하기 어려웠다. 『감시와 처벌』은 이 불합리해 보이는 시스템, 거기에 복종하는 인간이 어떻게 생겨나는지, 그리고 다시 사회적으로 어떤 효과를 만들어 내는지를 분석한 텍스트다. 그렇다면 나는 왜 팩트, 즉 사실과 진실에 대한 이야기를 하겠다면서 푸코를 불러들이는가? 푸코에 따르면 권력과 진실이 밀접한 관계를 맺고 있기 때문이다. 그는 어떤 의미에 선 진실의 파괴자다.

앞서 잠시 그가 인간의 주체성을 부정했다는 이야기를 했다. 이 는 당대 유럽에서 꽃피우던 실존주의에 논쟁을 붙인 커다란 사건이 었다. 이 논쟁이 얼마나 뜨거웠던지, 푸코의 『말과 사물』이 당시 시 민들에게 "모닝빵처럼 팔려 나갔다"는 기사가 있을 정도다(디디에 에리봉, 『미셸 푸코, 1926~2984』, 박정자 옮김, 그린비, 2012). 사르트르 로 대표되는 무신론적 실존주의는 그 자신의 "실존이 본질에 선행한 다"는 말에서처럼 기본적으로 개인의 자유로운 선택(주체성)이 인간 의 본질과 운명을 만들어 간다는 입장이다. 이는 현재의 우리에게도 낯설지 않은 사고방식이다. 그러나 푸코는 거꾸로 자유로운 선택은 없고, 각 시대에 고유한 무의식적 질서, 혹은 정신이 개인을 규정한 다고 말하고 있다. 그리고 이러한 질서, 혹은 정신이 진실을 인정하 는 바에 따라서, 즉 진실이란 이 정신에 부합하느냐, 그렇지 않느냐 에 달려 있다는 것이다. 이는 자칫 헤겔의 변증법과 절대정신을 떠올 리게 할 수도 있지만, 그렇지 않다. 왜냐하면 헤겔의 변증법은 기본 적으로 역사를 적합성, 절대적 진리로의 완결 과정으로 읽지만, 푸코 는 단절로 보기 때문이다. 푸코에게 이 정신은 우연의 산물이며, 힘 과 힘의 투쟁 과정이다. 다시 말해, 진실을 둘러싼 계속적인 권력투 쟁이다.

진실을 둘러싸고 벌어지는 전쟁

많은 이들이 공감한 넷플릭스의 드라마 〈루머의 루머의 루머〉(원제는 '13reasons why'. 제이 아셰르의 동명 소설을 원작으로 함)를 보면 우리는 진실에 대한 질문을 하게 된다. 한 여학생이 학교 폭력과 이를 조장하고 재생산하는 루머들에 의해 자살한다. 그는 본인이 죽은 이유가 담긴 카세트 테이프를 남긴다. 본인을 괴롭힌 여러 명의 친구들이 자신의 삶에 어떤 영향을 미쳤는가를 폭로하는 것이다. 학교를 무대로 진행되는 시즌 1이 끝나는 지점에서 우리는 학교에 떠돌았던 여러 루머들이 여학생의 고통이라는 진실을 감추고 있었다는 사실을 깊이 통감한다.

그런데 시즌 2의 무대는 법정으로 바뀐다. 시즌 1에서는 나쁜 사람처럼 보였던 친구들도 다시 보면 그들 나름의 진실이 있다. 그러나 여기선 개인이 아닌, 법이 인정하는 진실만이 진실이 된다. 『감시와 처벌』의 첫 장은, 이처럼 사법 권력이 진실을 생산하는 방식을 다루고 있다. 그러나 현대의 법이 아니라, 우리가 전근대적이라고 생각하는 유럽 절대왕정 시기에서 시작한다. 당시의 법도, 고유한 그 나름의 합리성을 가지고 있었다는 것이다. 예컨대 범죄자의 사지를 네 마리의 말이 당기도록 하여 찢는 일, 관중들에 둘러싸여 교수형을 당하는 일, 다양한 방식의 고문. 우리에겐 잔인함과 극악무도함, 자의적 권력의 상징으로밖에 해석되지 않는 신체형이 가진 합리성 말이다.

18세기 중반까지 유지되던 그 '공포의 권력'은 태양왕 루이 14세의 "짐이 곧 국가다"라는 유명한 말로 압축된다. 이 말을 잘 보면, 우리가 왕권국가에 대해 흔히 표상하듯이 국가가 왕의 손 안에, 혹은 왕의 소유물로 따로 떨어져 존재하지 않는다. 이때 '자의적'이라는 말은 성립하지 않는다. 나 스스로의 행동을 '자의적'이라고 하지 않는 것과 같이, 왕의 존재와 국가의 존재가 분리되지 않기 때문이다. 또한 같은 시기의 철학자인 토머스 홉스의 『리바이어던』의 표지를 보면 알 수 있듯이, 왕과 동일시되던 국가는 사실상 신민들의 연합체이기도 하다. 왕이 머리라면, 신민들이 신체의 부분을 구성한다. 머리에게 중요한 것은 자신의 신체를 잘 다스리는 것이다. 자신의 신체를 손상시키는 범죄는 아무리 작은 것이라 해도 내전의 성격을 띤다. 이때 화려하고 가시적인 처형은 불가피하다. 압도적인 공포가 통제에 가장 효과적인 수단이기 때문이다. 따라서 이 공포는 정해진 기관과 절차에 따라 철저하게 연구, 시행, 평가된다. 그렇게 하지 않으면 위험부담이 크다. 왜냐하면 화려한 신체형의 이면에는 범죄를 벌하기 위해 왕 자신도 범죄를 저질러야 한다는 치욕이 늘 도사리고 있기 때문이다. 화려함을 통해 만들어 낸 공포는 도를 넘어서지 말아야 하지만, 치욕을 가릴 정도의 크기가 되어야 한다.

이런 공포와 치욕의 계산이 반영된 사법적 절차에 주목할 만한 요소가 있다. 바로 고문이다. 내전의 형태를 띠는 범죄의 유죄 판결까지의 전 과정은 진실을 둘러싸고 벌어지는 전쟁이며, 재판부는 곧 최전방에 배치된 전사다. 법은 용의자에게 고통을 줌으로써, 용의자는 고통을 견딤으로써 진실을 획득한다. 우리가 보기엔 말도 안 되는 이 형식에, 푸코는 현재와는 완전히 다른 논증의 방식이 적용된다는 것을 강조한다. 당시에는 유죄와 무죄의 이분법이 아니었다. 범죄에 대한 절반의 증거는 절반의 처벌이, 증거가 추가될 때마다 더 큰 처벌이 가능해지는 점층적 증가의 법칙이 적용되었다. 하지만 많은 수의 증거가 곧 사형을 가능케 하는 것도 아니다. 사형을 선고토록 하는 데에 필수요소는 늘 죄수의 자백이다. 자백을 받기 전에 죄수가 죽는다면, 이는 고통을 조절하지 못한 사법부의 패배다. 이처럼 진실을 둘러싼 전쟁이 가능했던 것은 당시의 인간이 현재와 같이 자유롭고, 평등하고, 개인적인 인간이 아니었기 때문이다. 당시의 합리성은 매우 특정한 상황에선 현재에도 적용된다. 국가비상사태에는 모든 권력을 통치자에게 집중시키도록 되어 있다는 사실을 우리는 안다. 아무튼 법은 예나 지금이나 진실을 둘러싼 투쟁이다. 다만 "무엇이 진실인가?"라는 물음과 답은 완전히 바뀌었다는 사실이 중요하다.

전 사회적 장치

18세기 말이 되면 화려한 신체형이 그 힘을 잃고, 치욕과 공포의 계산은 빈번히 실패한다. 프랑스혁명, 급격한 자본주의적 산업화 등의 변화는 이와 궤를 같이한다. 이러한 사건들은 주류 역사적 시각으로 보자면 인간사 발전의 계기 혹은 동력이겠지만, 푸코에겐—이미 치욕이 공포를 넘어서고 있었다는 점에서—합리성 이행 과정의 표현이자 결과다. 사람들이 공포의 효력에 익숙해지고, 엄숙해야 할 공개 처형은 빈번히 축제 분위기 혹은 봉기의 계기로 전환되며 공명정대한 진실, 왕의 승리를 약화시켰다. 그러니 이제 고문으로 만들어진 진실도 그 효력을 잃어 가고, 고통이 진실을 위한 것이었다면 진실이 무력화됨으로 인해 고통도 무력화된다. 지금까지와는 완전히 다른 '진실 생산의 방법'이 요청되는 것이다. 이러한 요청에 따라 당시의 계몽사상가들은 보다 은밀한 처벌제도를 구상하고 제안했다. 그러나 18세기 내내 반복된 구상과 제안, 실험들은 19세기 초 갑작스레 사라진다. 그리고 그간 논의 대상에서는 볼 수 없었던 감옥, 감화원이 느닷없이 처벌제도의 중심을 장악한다.

18세기 중반까지만 해도 감옥은 지금과 같은 곳이 아니었다. 앞선 맥락과 같이 구금이 처벌이라고 인식되지도 않았으며, 체계적인 통제의 장소도 아니었다. 그러나 19세기 초 감옥의 등장 이후 형벌은 더 이상 사람들을 자극하지 않았으며, 사람들의 일상으로부터 멀어졌다. 무엇보다 가장 큰 변화는 형벌의 대상이 바뀌었다는 것이다. 이전까지의 대상이 하나의 신체였다면, 이제 그 대상은 정신이 되었고, 정신의 매개물로서의 신체가 되었다. 범죄자가 공격하는 것은 더이상 왕이 아니고, 자유로운 시민들의 삶이다. 재미있는 것은 새로운 처벌의 기술을 따른 모델이 17세기부터 이미 변화를 시작한 군대였다는 점이다.* 이전까지 군인은 이상적인 신체를 타고나야만 했다. 그러나 17세기 이후 신체는 훈련을 통해 만들어질 수 있는 것이 된다. 고정되어 있던 인간의 신체가 군대에서 먼저 새롭게 발견된 것이다. 이를 푸코는 '규율'이라 부른다. 신체를 통제하고 훈련함으로써 변화시킬 수 있고, 이 과정에서 개별 신체에 대한 지식이 정립되며,

---

* 푸코에 따르면 인간 신체에 대한 통제의 가능성이 군대 이전까지도 전무한 것은 아니었다. 주로 수도원이라는 한정적인 공간에서 신체에 변화를 가하는 '수행'이 존재했다. 그러나 이후, 전보다 훨씬 세세한 수준에서—동작, 시간, 공간의 세밀한 구분과 정확한 지시—이루어졌다. 푸코는 "완전히 새로운 것은 없다"고 말한다. 어떤 합리성이 우위를 차지하게 되는가가 중요하다.

이를 또다시 통제 대상화하는 것. 이렇게 군대의 모델은 감옥으로 확산되며, 보다 고도로 발달한 개별 신체에 대한 지식은 전 사회로 퍼져 나간다. SNS에서 많은 공감을 받았던 "건축적으로 봤을 때 학교가 감옥과 점점 닮아 가고 있다"는 유현준 교수의 인터뷰는 『감시와 처벌』의 리바이벌이다.

푸코는 이러한 변화를 역사적 진보로 보는 대신, '권력관계 변화에 의한 처벌 장치의 운영방식 변화'라고 『감시와 처벌』에서 말한다. 중요한 것은 '장치'라는 개념이다. 이는 합리성, 다른 말로 진실을 생산하며 투쟁의 우위를 확보하기 위한 권력의 기술이다. 화려한 신체형과 고통의 경제학인 고문 장치로 생산되던 진실은 군대·감옥·학교, 공장·병원·가족이라는 장치를 통해 사회 곳곳으로 확산되며 각개인에 내면화된다. 이제 범죄자는 주어진 자유를 올바르게 사용하지 못하는 사람이 되었고, 교정, 감화, 치료의 대상이 되었다. 이에 걸맞게 사법 측에서도 사형집행인 대신에 간수, 의사, 사제, 정신과의사, 심리학자, 교육전문가 등이 필요해진다. 이들은 더 이상 범죄자에게 고통을 가하는 치욕을 감당하지 않아도 된다. 이들의 목표는 고통이 아니라 교화, 치료이기 때문이다. 규율권력은 비가시적인 만큼 면밀한 통제를 가능케 하며, 피통치자의 자발성을 확보한다.

무너지는 진실, 생산되는 진실

구체제의 공포의 권력을 푸코는 한마디로 생사여탈권, 즉 "죽게 만들고, 살게 내버려 두는 권리"라고 말했다. 이런 합리성은 언제나 과시, 초과를 통해서만 달성됐다. 은밀한 통제가 불가능했던 것은 역사적으로 미성숙했기 때문이 아니라, 그 당시의 조건에서 비효율적이었기 때문이다. 죽이는 모습을 보여 줘야만 신민들은 왕을 인지하고, 신민들이 보일 때만 왕은 그들을 통제할 수 있었다. 공포가 현현하는 바로 그 장소, 가시성의 장소에서만 "짐이 곧 국가"인 진실이 생산된 것이다. 그러나 근대의 규율권력은 가시성을 제거함으로써 오히려 권력을 일상의 내부로 가져왔다. 우리는 언제 어디서나 국가를 느낀다. 가시성과 장소성은 각 개인의 내부로 옮겨와, 인간이 있는 모든 곳은 통제의 장소로 전환되는 것이다. 산에 들어가 홀로 산다고 해도 여기에서 벗어나기란 쉬운 일이 아니다. 내 신체가 바로 그 장소이기 때문이다. 이제 공포는 불안으로 대체되고(고병권, 『추방과 탈주』, 그린비, 2009), 불안은 진실로 일상 곳곳에 산재해 있다. 근대는 "살게 하고, 죽게 내버려 두는 권리"의 시대다. 이러한 권력의 속성을 확인하는 일은 어렵지 않다. 수많은 청년들이 실업 상태에 놓이면서도 취업 전선에 뛰어드는 일, 퇴직한 아버지가 치킨집을 여는 일 등, 모든 사회적 장치가 우리를 살게 하는 동시에 죽게 내버려 둔다.

위와 같은 비관으로 인하여 개인의 주체성을 강조하던 실존주의학파에게 푸코는 비관적인 구조주의자로 몰렸다. 실제로 『말과 사물』 이후, 구조주의적 입장들이 판세에 변화를 가져왔다. 그러나 푸코는 자신이 구조주의자가 아니라고 말했다. 왜냐하면 그는 '절대적으로 자유로운 주체성'을 부정한 것일 뿐이기 때문이다. 이는 역으로, '절대적인 통제'의 불가능성이기도 하다. 장치를 통해 훈련되고, 사회적 진실과 구성된 합리성을 내면화하는 바로 그 인간이 동시에 저항의 주체이기도 하기 때문이다. 따라서 "권력이 있는 곳에 저항이 있다"(미셸 푸코, 『성의 역사』1, 이규현 옮김, 나남, 2004)고 푸코는 말한다. 권력이 신체를 완벽히 통제하는 것처럼 보이는 바로 그 순간에, 신체가 권력을 수용하고 한계를 결정하는 상호성과 관계성이 존재하는 것이다.

처음으로 돌아가 보자. 나는 '팩트 체크'로부터 이 이야기를 시작했다. 그리고 결국 팩트란 시대에 따라, 각 시대에 고유한 합리적 기준에 따라 구성되고, 생산되는 것이다. 그런데 현재는 이상하리만치 팩트가 난무한다. 예컨대 3·11 동일본대지진 이후 후쿠시마 같은 곳에서 팩트 체크는 무용지물이 된다. 이 문제가 논란이 될 때 경제적 관점, 환경의 관점, 인간의 관점, 모든 측면에서 전문가들은 극단적으로 대립한다. 뿐만 아니다. 국내외 수많은 사회문제에 전문가들이 등장하지만, 점점 더 우리는 어느 한쪽을 '믿을' 뿐이다. 이때 논쟁은 과학적이라기보다, 철학적이다. 무엇이 맞는가가 아니고, 무엇이 옳은가의 문제가 된다. 이는 점점 더 가시적으로 드러나고 있다. 살게 하고 죽게 내버려 두는 권력이, 살도록 하는 것보다 죽게 내버려 두는 경우를 더 많이 목격한다. 이럴 때 진실 생산의 주체는 18세기 말 유럽의 구체제가 그랬듯, 급격히 이행하는 과정에 있는 것처럼 보인다. 일본의 사상가 사사키 아타루는 그의 책『바스러진 대지에 하나의 장소를』(김소운 옮김, 여문책, 2017)에서 3·11의 경험과 난무하는 팩트를 우리가 딛고 있던 대지의 바스러짐으로 표현한다. 근대적 방식으로 만들어져 온 우리가 근거하고 있던 땅——합리성의 파괴인 것이다. 그러나 이는 동시에 새로운 진실의 가능성이기도 하다. 푸코의 말처럼 진실이 힘과 힘의 투쟁이라고 했을 때 무너진 합리성의 근거는 거꾸로 나의 소박한 진실을 동등한 위치에 둘 수 있도록 한다. 이것이 하나의 장소다. 하나 여전히, 완전히 자유로운 개인은 없다. 따라서 완전히 독립된 장소란 불가능하다. 이때 중요한 것은 팩트 체크에 기대며 혼란에 빠진 사람들과 함께 장소를 만드는 일이다.

_김지원

루쉰, 『무덤』(루쉰전집 1), 홍석표 옮김, 그린비, 2010

기꺼이 몰락하기 위한 싸움

지금, 여기서 루쉰을 읽다

하루의 일과를 마치고 자기 전에 스마트폰을 통해 뉴스를 검색하는 것이 습관이 되었다. 뉴스 밑에 달린 댓글이나 SNS상에서 소통되는 내용도 챙겨 보곤 하는데, 이렇게 그날의 사건들과 반응들을 살피다 보면 루쉰(魯迅, 1881~1936)의 「등하만필」이란 글이 자주 떠오른다. 루쉰은 이 글에서 "귀천이 있고, 대소가 있고, 상하가 있는" 세상에서 "여러 가지 차별이 사람들을 각각 분리시켜 놓았고, 드디어 다른 사람의 고통을 더 이상 느낄 수 없게"(320~323쪽, 이하 『무덤』에 실린 글을 인용할 때는 '쪽수' 또는 「글 제목」, 쪽수'로 표기)된 중국사회를 신랄하게 비판한다. '자기는 남으로부터 능멸을 당하지만 역시 다른 사람을 능멸할 수 있고, 자기는 남에게 먹히지만 역시 다른 사람을 먹을 수 있다'는 희망이 이러한 잔인한 세상을 끊임없이 만들고 있다고 통찰하는 루쉰은 중국의 문명이란 남도 먹고 자신도 먹히는 식인이 되풀이되는 "인육의 연회"에 지나지 않는다고 진단한다.

'인육의 연회'라고 하니 다소 살벌한 감도 있다. 하지만 약자에게 더 가혹한 것이 당연한 세상의 이치인 듯 얘기되고, 약자를 향해 아무 거리낌 없이 혐오의 시선을 보내는 우리들의 모습을 접하면 루쉰이 비판하는 100여 년 전의 중국사회나 지금 여기의 우리나 별반 달라 보이지 않는다.

물론 19세기 말에서 20세기 초중반, 즉 전통 시대에서 근대로 급격히 변화했던 루쉰의 시대와 산업화 시대를 거쳐 탈산업화가 진행 중인 현재를 같은 선상에서 단순히 비교하여 볼 수는 없을 것이다. 그러나 루쉰의 잡문들은 앞에서 본 것처럼 오늘의 현실사회에 비추어 보아도 날카로움이 전혀 무뎌지지 않는데, 그 이유는 무엇일까? 그것은 루쉰이 근대로의 변화를 과제로 안고 있는 시대에 속해 있으면서도 근대의 문제점까지 꿰뚫어 보는 심원한 시각을 견지하고 있었기 때문일 것이다. 그래서 루쉰은 근대로 향하는 격변의 시대를 자신만의 방법으로 통과하였다. 바로 이것이 탈근대를 향하고는 있지만 어떻게 가야 할지 길이 잘 보이지 않는 지금, 여기의 우리가 루쉰을 읽어야 하는 이유가 아닐지 싶다.

내가 서 있는 곳이 폐허다

루쉰을 제대로 만나기 위해서는 그의 작품들을 모두 접하는 것이 제일 좋은 방법이다. 그러나 꼭 한 권만 추천해야 한다면, 나는 그의 잡문집 『무덤』을 권하고 싶다. 루쉰은 「아Q정전」이나 「광인일기」 등의 소설이 워낙 유명하기에 잡문이란 형식이 다소 생소할 수 있다. 그러나 루쉰은 16권의 잡문집을 출판했을 정도로 그의 글쓰기에서 잡문이 차지하는 비중은 매우 크다. 루쉰의 잡문은 그가 살았던 중국사회의 모습이 루쉰 특유의 예리한 시선으로 포착되어 있으며, 아울러 극심한 혼란과 급박한 변동의 시대를 루쉰이란 지식인이 어떻게 통과했는지도 잘 나타나 있다. 그래서 그의 잡문을 읽으면 루쉰의 사회인식과 루쉰의 독특한 삶의 태도를 제대로 느낄 수 있다.

특히 잡문집 『무덤』은 루쉰의 특이성을 느낄 수 있는 글들이 집약되어 있다. 『무덤』에는 루쉰이 일본 유학 시절에 쓴 4편의 글과 '5·4 신문화운동'* 시기 전후에 쓴 글들, 1925년 '베이징 여사대 사태'**가 벌어진 시기에 쓴 글들 등 총 23편의 잡문이 수록되어 있는데, 대부분의 글에서 다른 지식인들과 차이를 보이는 루쉰만의 면모를 읽을 수 있다.

먼저 루쉰은 중국사회를 어떻게 인식했는지가 궁금해진다. 루쉰은 「마라시력설」 서두에서 "쓸쓸한 가을에 접어들어 생기를 잃고 앙상한 마른 나뭇가지만 눈앞에 펼쳐지는 듯"(106쪽)한 문화사 권말(卷末)의 처량한 느낌을 적고, 이를 적막이라 부르는 것이 좋겠다고

---

* 신해혁명 실패 후 사상 개혁의 필요성을 느낀 중국의 지식인들은 1915년에 창간한 『청년』(1916년에 『신청년』으로 이름을 바꿈)을 중심으로 '신문화운동'을 벌였다. 1919년에 베르사유 회의에서 독일이 점령하고 있던 산둥반도를 일본에 넘겨준다는 결정이 나자 이에 반발하여 '5·4 애국운동'이 일어나는데, 이는 기존의 '신문화운동'과 결합하여 정치·사회·문화 전반에 걸친 개혁적 움직임으로 빠르게 퍼져 나갔다.

** 1924년에 베이징 여자사범대학 교장으로 새로 부임한 양인위는 학생 자치활동을 탄압하였는데, 1925년에 학생 임원 6명을 제적하기에 이른다. 학생들은 양인위를 반대하는 운동을 벌이게 되었고, 루쉰도 이 사건에 개입하게 된다.

말한다. 루쉰의 글에서는 생명의 기운을 느낄 수 없는 적막하고 황폐한 모래벌판이 자주 언급되는데, 이러한 이미지는 루쉰이 인식한 중국사회의 모습을 상징적으로 잘 보여 준다.

루쉰은 앞에서 언급했듯 중국의 수천 년 역사가 '인육의 연회'이기 때문에 모든 생명은 제대로 살아갈 수 없다고 보았다. 서로 먹고 먹히는 관계만이 존재하는 잔인하고 포악한 세상은 죽음을 향한 삶만이 가득한 폐허라고 부를 수밖에 없다. 『무덤』에는 부녀자의 절열과 정조를 표창하는 풍조, 아버지가 아들에 대해 절대적인 권력을 가지고 아들의 희생을 당연하게 요구하는 관행, 젊고 발랄한 여학생들을 음침한 눈을 바라보면서 유순하고 생기 잃은 모습을 모범인 양 치켜세우는 교육 행태 등등 생명의 기운을 죽이는 당대의 모습들이 그려져 있다.

루쉰은 "스스로 마음 편한 세계를 만들어 내"어(「제기」, 28쪽) 그래도 세상은 살 만하다고 말하는 이들 때문에 "탁자 하나를 옮기고 화로 하나를 바꾸려 해도 피를 흘려야 하는 지경"(「노라는 떠난 후 어떻게 되었는가?」, 250쪽)에 이르게 되었다고 말한다. 자신이 발 딛고 있는 세상이 얼마나 잔인하고 폭력적인지, 자신의 처지가 얼마나 곤궁한지를 직시하지 못한 채 애써 희망을 짜내어 위로하는 행위는 아Q의 '정신승리법'일 수밖에 없다. 그리고 이러한 '정신승리법'이 이어지는 한 현실은 바뀌지 않는다. 루쉰은 폐허 그대로를 자각하는 것에서만 변화가 시작될 수 있다고 보았기에, 불편한 현실을 가공하지 않고 정시한다.

나 또한 식인을 했다

그렇다면 우리들이 발 딛고 있는 오늘날의 현실은 어떠한가? 초고속 경제 성장을 이루어 물질적으로 풍족해지고, 과학기술이 발달하여 살기가 편해졌다고 얘기하기도 한다. 그러나 세계 최고의 자살률과 세계 최저의 출산율은 생명의 기운이 쪼그라들 대로 쪼그라져 있는 우리 사회의 현실을 아주 뚜렷하게 보여 주고 있다는 생각이 든다.

자신이 폐허에 서 있다는 인식은 이러한 세상을 주도하는, 특히 권력을 가진 자들에게 우리의 시선을 향하게 한다. 그러나 이것은 잘못하면 우리를 세상의 구경꾼으로 만들 수 있다. 루쉰은 바로 이 지점에서 자신이 폐허에 서 있다는 인식을 넘어서 자신이 그 폐허의 공모자임을 자각한다.

> 사천 년간 내내 사람을 먹어 온 곳, 오늘에서야 알았다. 나도 그 속에서 몇 년을 뒤섞여 살았다는 걸. (······) 나도 모르는 사이 누이동생의 살점 몇 점을 먹지 않았노라 장담할 수 없는 것이다. (······) 사천 년간을 사람을 먹은 이력을 가진 나, 처음엔 몰랐지만 이젠 알겠다. 제대로 된 인간을 만나기 어려움을!(루쉰, 「광인일기」, 『외침』[루쉰전집 2], 공상철 옮김, 그린비, 2010, 42~43쪽)

루쉰은 자신이 비판하는 '인육의 연회' 안에 자신도 포함되어 있음을 통렬히 인식했다. 루쉰의 '나도 식인을 했다'라는 자각은 그의 사회 비판이 다른 개혁가나 다른 계몽가와 다른 결을 가지고 행해지고 있다는 결정적 단서다. 루쉰은 "우리의 의식이 서구 선진국에 비해 이렇게 뒤떨어져 있으니 의식을 바꿉시다"라거나 "내가 예전에 해봐서 아는데" 따위의 말을 하지 않는다. 그의 강도 높은 사회 비판은 자신에 대한 해부에서부터 시작하였으며, 그 비판은 항상 자신을 향해 있었다. 즉 루쉰의 사회 비판에는 적폐의 재생산에 나의 욕망과 습속이 기여하고 있다는 고통스러운 자각이 밑바탕을 이루고 있다.

> 최근 상하이에서 출판된 어느 한 잡지를 보니 여기서도 백화를 잘 지으려면 고문을 잘 읽어야 한다고 말하고 있었는데, 그 증거로 예를 든 사람 가운데 나도 들어 있었다. 이 때문에 나는 실로 몸서리가 쳐졌다. (……) 나 자신은 오히려 이런 낡은 망령을 짊어지고 벗어던지지 못하여 괴로워하고 있으며, 늘 숨이 막힐 듯한 무거움을 느낀다. 사상 면에서도 역시 때로는 제멋대로이고 때로는 성급하고 모질어서 장주와 한비자의 독에 중독되지 않았다고 할 수 없다. (……) 나는 항상 나의 이런 사상을 저주하며 또 이후의 청년들에게 그것이 더 이상 나타나지 않기를 희망한다. 작년에 나는 청년들은 중국의 책을 적게 읽거나 아예 읽지 말라고 주장했는데, 이는 여러 가지 고통과 바꾼 참말이다.(「『무덤』 뒤에 쓰다」, 415~417쪽)

몰락을 위한 싸움

세상은 폐허이고 나도 이러한 세상의 공모자임을 자각한 사람은 어떻게 살아야 할까? 이는 잡문집 제목인 '무덤'이란 단어 속에 잘 나타나 있다. 무덤은 일반적으로 죽은 이가 묻히는 소멸의 장소이자, 산 자가 죽은 이를 떠올리는 기억의 장소라고 볼 수 있다. 그렇다면 루 쉰에게 무덤이란 어떤 장소일까?

나는 지금까지도 내가 줄곧 무엇을 하고 있는지 끝내 알지 못하 고 있다. 토목공사에 비유하자면, 일을 해나가면서도 대(臺)를 쌓 는 것인지 구덩이를 파는 것인지 알지 못하고 있다. 알고 있는 것 이 있다면, 설령 대를 쌓는 것이라 하더라도 반드시 스스로 그 위 에서 떨어지거나 늙어 죽음을 드러내는 것이라는 사실이다. 만일 구덩이를 파는 것이라면 그야 물론 자신을 묻어 버리기 위한 것일 뿐이라는 사실이다. (『『무덤』 뒤에 쓰다』, 411쪽)

루쉰은 자신의 시대가 생명을 키우지 못하는 폐허이고, 자신도 이러한 시대의 일부이기에 자신과 자신의 시대가 세월과 함께 마땅 히 소멸하길 바랐다. 자신을 포함하여 많은 사람들이 별 생각 없이 혹은 당연하게 보아 넘기는 것들로부터 남을 먹고 나도 먹히는 잔 인하고 기이한 세상이 끊임없이 만들어지기에, 이러한 세상을 구성 하는 모든 것들이 사라지지 않는 한 죽음의 순환은 멈출 수 없다. 그 래서 루쉰은 새롭게 세상을 만드는 싸움이 아니라 폐허가 되어 버린 세상을 부수는 싸움을 선택한다.

루쉰에게 싸움은 내가 속한 진영을 선(善)으로 보고, 이에 대립 하는 타자와 집단을 악(惡)으로 취급하는 이원적 구도가 아니다. 루 쉰의 싸움의 대상은 적에게도, 동지에게도, 나에게도 존재하는 습속처럼 굳어진 것들, 그리하여 나도 모르게 세상을 폐허로 만들어 버리는 모든 것들이다. 그래서 루쉰은 흔히 우리가 상상할 수 있는 권력자나 권력자의 주위를 맴도는 적폐 세력뿐만이 아니라 자신이 속하는 진영의 아군과도 치열한 싸움을 했기에 '모로 선 전사*'라고 말해진다.

　이처럼 루쉰은 생명이 제대로 살아갈 수 없는 세상을 치열하게 돌아보고, 그것을 망치로 부수면서 자신의 뒤에 일어난 새로운 것들에 의해 기꺼이 몰락하는 싸움을 벌였다. 그래서 무덤은 루쉰의 몰락의 장소이다. 그러나 이러한 몰락은 모순적으로 새로운 생명을 잉태한다. 생명을 죽이는 적폐가 모두 사라졌으니 비로소 새로운 생명들이 자랄 수 있게 된 것이다. 그러므로 무덤은 몰락과 창조가 공존하는 모순적인 장소가 되는데, 이는 "스스로 인습의 무거운 짐을 짊어지고 암흑의 수문을 어깨로 걸머지어 그들을 넓고 밝은 곳으로 놓아"(「지금 우리는 아버지 노릇을 어떻게 할 것인가」, 202쪽) 주는 루쉰의 실존적 위치를 압축적으로 보여 준다고 할 수 있다.

끝내 사라져야 할 글을 쓰고 또 쓴다

자신을 이루는 모든 것들의 몰락을 향한 싸움에서 이제 루쉰에게 남은 문제는 그러한 몰락이 오게 되는 길이 보이지 않는 것이다.

---

* 앞에 있는 적군과 뒤에 있는 아군으로부터의 공격을 모두 살피기 위해 엉거주춤하게 비스듬히 서서 싸우는 루쉰의 포지션을 잘 말해 준다.

나는 다만 하나의 종점, 그것이 바로 무덤이라는 것만은 아주 확실하게 알고 있다. (……) 문제는 여기서 거기까지 가는 길에 달려 있다. 그 길은 물론 하나일 수 없는데, 비록 지금도 가끔 찾고 있지만 나는 정말 어느 길이 좋은지 알지 못하고 있다. (……) 삼사 년 전의 일이 기억난다. 어느 한 학생이 와서 내 책을 사고는 주머니에서 돈을 꺼내어 내 손에 내려놓았는데, 그 돈에는 여전히 체온이 묻어 있었다. 이 체온은 곧바로 내 마음에 낙인을 찍어 놓아 지금도 글을 쓰려고 할 때면 항상 내가 이러한 청년들을 독살하려는 것은 아닐까 걱정이 되어 머뭇거리며 감히 붓을 대지 못한다.(「『무덤』 뒤에 쓰다」, 413~414쪽)

세상은 나를 중심으로 돌아가는 것이 아니기에 내가 죽는다고 세상의 적폐가 사라지는 것도, 세상이 멈추는 것도 아니다. 그래서 자신의 몰락을 향한 싸움은 단지 나 하나 사라지는 것으로 귀결되지 않는다. 이 싸움은 일상을 살아 내면서 적폐들과 "묵묵하고 끈기"(「노라는 떠난 후 어떻게 되었는가?」, 250쪽) 있게 싸우는 것밖에 다른 뾰족한 수가 없다. 몰락을 위한 싸움이 일상에서의 영원한 혁명으로 전환되는 아이러니!

루쉰은 끝내 사라져야 할 글을 혼신의 힘을 다해 쓰고 또 쓰며, 그것들을 모아 열심히 책을 냈다. "명분이 없는 곳이 없고, 지주가 없는 곳이 없으며, 추방과 감옥이 없는 곳이 없고, 겉에 바른 웃음이 없는 곳이 없고, 눈시울에 눈물 없는 곳이 없는"(루쉰, 「길손」, 『들풀』[루쉰전집 3], 한병곤 옮김, 그린비, 2011, 60쪽) 죽음의 시대가 "죽고 썩는 날이 불같이 오기를 바라"(루쉰, 「제목에 부쳐」, 『들풀』, 24쪽)면서….

사라져 버려야 할 것들이 이미 몸속 깊이 굳어져 버린 나는, 그리하여 오늘도 루쉰을 읽고 또 읽는다.

_블랙커피(임현숙)

이반 일리치, 『병원이 병을 만든다』, 박홍규 옮김, 미토, 2004

필연과 자율의 삶, '건강'

나는 약사다. 의료 전문직으로 관련 업계에서 20년 이상 일했다. 종합병원, 약국, 의약품 도매상, 제약회사를 섭렵하며 '건강'에 도움이 되는 상품이나 서비스를 만드는 일을 해왔다. 아픈 사람을 치유한다는 사명감에 불타서 일을 하기도 했고 전문직으로서 책임질 만한 능력을 구비하기 위해 공부도 꽤 했다. 그래서 이반 일리치(Ivan Illich, 1926~2002)의 『병원이 병을 만든다』는 내게 힘든 책이었다. 이 책이 직접적으로 의료제도를 겨냥하고 있기 때문이다. 나는 다른 인문학 책들처럼 읽고 나서 감상이든 의견이든 쉽게 떠벌릴 수가 없었다. 작가의 말에 동의하면 내가 벌어먹고 사는 직업에 대해 나 스스로 부정하는 셈이 된다. 특히 내가 배운 학문은 과학에 근거하고 있었고 내 사명감은 건강 담론과 단단히 결합되어 있었다. 그렇기에 나 또한 의료제도에 어느 정도 비판적일지언정 일리치에게 전적으로 동조할 수 없었다.

그러나 현재의 의료제도가 목표로 하고 있는 질병 퇴치와 건강 관리가 누구나 누려야 하는 권리이자 필수 소비품이 되어 가는 과정의 부자연스러움과 그 이면에 삭제된 인간의 자율성에 공감하는 만큼 나는 크게 흔들렸다. 처음 이 책을 읽고 어떻게 해야 할지 혼란스러웠지만 다시 읽고 이 글을 쓰면서 난 어느 정도 입장 정리가 되었다. 약사이기 때문에 더 강하게 의존하고 있던 의료제도로부터 좀 더 자유로울 수 있는 '건강'에 대한 실마리를 찾았기 때문이다.

의료화가 잉태한 병들

『병원이 병을 만든다』라는 제목을 보면 대부분의 사람들은 의료 사고를 다룬 책이라고 생각할 것이다. 이 책의 원제는 "Limits to Medicine: Medical Nemesis, The Expropriation of Health"이다. '의료의 한계: 의료적 응징, 건강의 착취'로 직역할 수 있겠다. 일리치는 이 책에서 전문화되고 독점화되고 상품화된 의료는 오히려 건강을 착취하고 있고 그 결과로 병이 만연하게 되었다는 것, 따라서 현재 의료는 한계에 봉착해 있다고 비판한다.

　　그것은 단순히 병원이나 의사에 국한된 얘기가 아니다. 의료가 사회적으로 제도화되고 문화 심리적으로 이데올로기화되어 나타나는 부작용의 차원, 결국 사람의 일상과 일생의 차원의 이야기이다. 일리치는 이런 부작용들을 세 가지 '병원병'——곧 임상적 병원병, 사회적 병원병, 그리고 문화적 병원병으로 명명한다. 그는 의료화라는 진보가 잉태하게 된 이러한 병원병들은 마치 인간이 인간이기보다는 영웅이고자 하는 비인간적인 시도를 할 때 그 교만의 대가로 신이 내리는 응징과 같은 것이라고 말하고 있다.

먼저 임상적 병원병을 보자. 일리치가 문제시하고 있는 것은 단순히 의료 과오가 아니다. 전통적으로 보더라도 모든 약물은 잠재적으로 독성이 있고, 의사에 의한 의료 과오도 의료 행위의 한 부분이다. 즉 의료 행위에는 언제나 이런 과오가 잠재되어 있다. 그렇기에 그 윤리가 중요하다고 할 수 있다. 그러나 의사가 기능인에서 과학적 법칙을 적용하는 전문가로 변모함에 따라, 의료 과오는 윤리적 문제에서 장치나 수술자의 우연적 사고로 합리화되었다. 의료 집단은 자신들의 과오를 윤리적으로 책임지려 하지 않고, 그 전문성을 집단적 기득권을 옹호하기 위해 사용한다. 따라서 환자에 대한 의료의 이익과 사회적 공헌은 제대로 평가되지 않았고 되레 과평가되어 의료적 신화가 만들어졌다고 말해야 할 것이다.

비윤리와 과평가라는 임상적 병원병의 결과는 당연히 사회 전체적으로 또 개인의 생활 깊숙이 파고들어 갔다. 바로 의료는 언제나 효과가 있고 과학적이기에 부정할 수 없는 발전이나 진보로 여겨져 제도적으로 강화되었던 것이다. 여기에서 사회적 병원병이 생겨난다. 예컨대 건강보험제도는 모든 사람들이 평등한 조건에서 치료받고 궁극적으로 사망률이나 질병률을 낮추기를 바라서 시작되었지만 오히려 과잉 진료와 과잉 투약을 낳았다. 일리치는 의료가 제도가 되어 관료적으로 관리될 때 평등과 진보라는 사회적 요구에도 불구하고 의료는 더욱더 의사와 병원이라는 전문적 영역에 독점되어 버린다고 지적한다. 이 독점이 사람들로부터 스스로 행위하고 스스로 생산하는 능력을 빼앗아 버린다는 점에서 그는 이를 '근원적 독점'이라고 부른다. 이 독점의 결과 사람들은 자신의 인생을 위기의 연속으로 인식하고, 무엇보다 의료 전문가 없이는 질병과 싸울 수 없다는 확신을 갖게 되었다. 결국 사람들은 건강을 위해 스스로 싸우는 힘을 상실했다.

이렇게 해서 사회적 병원병은 문화적 병원병을 낳는다. 특히 건강 관리와 임종 관리가 상품화되어 구입하는 것이 될 때 사회적 병원병은 극한으로 치닫고 병적 사회가 탄생한다. 병적 사회는 사람들이 자신의 인간적인 유약함, 취약성, 독특함을 자기 나름의 자율적 방법을 통해 다루는 능력을 파괴한다. 일리치는 이러한 문화적 병원병에 있어 핵심적 문제는 '통증·질병·죽음'을 개인적 과제에서 기술적 문제로 변화시키는 것이라고 보았다.

삶의 필연: 통증, 질병 그리고 죽음

일리치가 이 책을 쓴 1970년대와 다르게 지금은 시민의 정치적 힘이 커지면서 임상적 병원병과 사회적 병원병이 현실적으로 해결될 여지가 더 생겼다고 할 수 있다. 그러나 개인의 의식 속에 깊숙하게 자리 잡게 된 문화적 병원병이 치료되지 않는다면 나머지 병원병들의 치료 또한 요원할 수밖에 없다. 문화적 차원에서 병원병은 지금이 훨씬 심각하다는 생각이 든다.

모든 전통적 문화는, 각 개인이 통증을 견딜 수 있게 하고, 질병이

나 장애를 이해할 수 있게 하고, 죽음의 그림자를 의미 있게 하는 방법을 갖추게 하는 능력으로부터 그 위생적 기능을 끌어낸다. 그와 같은 문화에서 건강 관리는 언제나 먹고, 마시고, 일하고, 숨 쉬고, 사랑하고, 정치를 하고, 운동을 하고, 노래하고, 꿈꾸고, 싸우고, 고통받는 것을 위한 계획인 것이다. 치유의 대부분은, 사람들이 치유받는 동안 그들을 위로하고, 돌보고 편안하게 해주는 전통적인 방법이며, 병자 치료의 대부분은 고통받는 사람들에게 베푸는 관용의 한 형태이다.(『병원이 병을 만든다』, 141~142쪽*)

통증을 견딘다거나 질병을 이해한다거나 죽음을 의미 있게 맞이하는 것은 무엇일까? 우리는 그것이 무엇인지 잘 모른다. 약국과 병원에서 떨어져서 그것들을 다뤄 본 적이 거의 없기 때문이다. 모든 전통문화에서 통증·질병·죽음은 언제나 있는 것으로 자연스러운 일이었다. 하지만 지금은 어떤가? 의료화된 문화는 통증을 없애고 질병을 제거하며 고통과 죽음을 다루는 기술에 대한 욕구를 사람들로부터 없애 버렸다.

통증이 인간의 삶에서 일으키는 의미는 무엇일까? 일리치에 의하면 그것은 아프다는 감각(pain)과는 다른 독특한 인간 행동, 즉 고통(괴로움, suffering)을 의미한다. 이 고통은 인간이 현실에 의식적으로 대처할 때 피할 수 없는 부분이고 인간은 그것에 직면하여 대응방법을 찾으려고 한다. 또한 자신의 고통을 남에게 전달할 수 없고

---

* 인용문이 인용서지와 다른 부분은 인용자가 이해를 돕기 위해 영어 원문을 직접 번역한 곳이다.

타인의 고통을 똑같이 느낄 수는 없지만 고통의 체험은 타인도 고통을 체험하는 존재임을 확신케 한다. 고통은 이렇게 개인적인 체험을 넘어서 사회적 체험으로 확장된다.

이런 고통엔 언제나 의문부호가 붙는다. 왜 이런 고통이 존재하고 왜 내게 또는 남에게 닥쳐온 것인가? 이 의문에 대한 답을 찾는 과정에서 나를 발견하고 세상을 알게 된다. 그러나 현대의 의료는 이러한 질문과 상관없이 통증을 증상으로 객관화하고 진통제와 마취로 없앤다. 고통을 만들어 낸 개인적·사회적·문화적 원인을 찾을 수 없게 한다. 제거할 수 있게 되면서 통증은 더 이상 인내할 대상이 아니라 이제 공포의 대상이 되었다. 인내하는 인간에게 있어서 고통이 환기하는 의문부호는 묻혀 버렸고 우리는 어떤 가치도 거기에서 끌어낼 수 없게 되었다.

통증 또는 아픔과 별다를 것이 없었던 질병이 임상적인 공공의 사건으로 존재하기 시작한 것은 18~19세기로 최근의 일이다. 과학적 진보는 '질병'을 진단·분류하였고 그것이 의사와 환자의 지각으로부터 독립된 존재의 자율성을 갖는다는 신앙을 만들어 냈다. 질병과 건강은 뚜렷하게 구분되어 질병은 '비정상'으로 분류되었고, 건강은 임상적 증상의 부재라는 임상적 지위를 갖게 되었다. 의사의 관심이 환자에서 질병으로 옮겨짐에 따라 의사의 눈 속에서 환자가 발견할 수 있는 것은 자신의 고뇌의 반영이 아니라 입력과 출력의 계산에 종사하는 생물학적 회계원의 응시일 뿐이다. 더 나아가 환자의 질병은 의료 기업의 원재료로 변하고 말았다.

죽음에 대한 이미지도 16세기 종교개혁 이후 400년에 걸쳐 과학적·정치적 진보와 함께 드라마틱하게 변해 왔다. 죽음은 생명이 부활하는 기회도 아니고 일평생 대면해야 하는 것도 아닌 삶의 끝이라는 순간의 사건으로 변했다. 죽음은 자연사로 불리는 자연의 한 현상이 되면서 누구에게나 평등한 것이 되었다. 하지만 새롭게 부상한 부유한 계급(부르주아)은 발달된 의료에 돈을 지불하면서 '생명 연장'이라는 불평등을 만들어 냈다. 노인은 은퇴를 늦추고 건강하게 살아남는 것을 이상으로 삼게 되었다. 이제 자연사는 의료 관리하에서 건강한 노년기에 찾아온 '시의적절한 죽음', 곧 임상적 죽음이다.

이 새로운 죽음의 이미지는 새로운 차원의 사회적 통제를 보증한다. 정치적 진보가 죽음에 평등을 요구함에 따라 제도로써 의료적 치료를 보장하는 것이 사회의 책임 있는 서비스라고 여겨졌다. 사회는 각 개인의 죽음을 방지할 책임을 지게 되었고, 치료는 유효하든 유효하지 않든 의무가 되었다. 따라서 오늘날 사람들은 출생 시부터 환자라는 낙인이 찍히고, 통증·질병·죽음은 삶의 필연이 아닌 타율적으로 제거되어야 할 것으로 전락했다. 일리치는 우리의 인식을 의료화 이전으로 회복하자고 한다.

건강에 대한 진정한 정의

이제 임상적 건강이 아닌 진정한 의미의 건강에 대해서 다시 정의해 보자. 책 서문에서 일리치는 건강에 대해 이렇게 말한다.

'건강'이라는 것은 개개인이 자신의 내부 상태와 환경 조건이라는 양자에 투쟁하는 경우의 강도를 나타내기 위한 일상어에 불과하다. '호모 사피엔스'에 있어서 '건강한'이라고 하는 말은 윤리적이고 정치적인 행위의 성질을 나타내는 형용사이다. 적어도 부분적으로 어떤 국민의 건강은 정치적 행위가 환경의 조건을 만들고, 모든 사람에 대한, 특히 약자에 대한 자기 신뢰, 자율성, 존엄성에 유리한 환경을 만들어 내는 방법에 의존한다. 그 결과 건강 수준은 환경이 자율적인 개인의 책임 있는 대처 능력을 발휘하게 할 때에 최고가 될 수 있다. 생존이 어떤 한도를 넘어 유기체의 항상성에 대한 타율적인(타자에 의해 통제되는) 규제에 의존하게 되면, 건강 수준은 저하될 뿐이다.(『병원이 병을 만든다』, 16~17쪽)

현재 사회적 통념으로 보면 건강은 질병이 없는 상태다. 그러나 일리치의 정의에 의하면 건강은 사람들이 일상을 살아가며 적응하는 과정이다. 그것은 일상의 기쁨과 고통 속에서 살아 있음을 느낄 수 있다는 것을 의미한다. 통증과 마찬가지로 건강도 체험되는 감각이라는 말이다. 어떻게 체험될까? 그것은 개인적일 뿐 아니라 사회적·문화적으로 체험된다. 개인의 건강은 사회적 현실 속에서 행해진 자율적이고 문화적인 행위이다. 내가 현실의 즐거움과 괴로움에 어떻게 관계하고 있는지, 고통에 처한 타인에게 어떻게 행동하는지가 나의 신체적 감각과 동시에 건강에 대한 감각을 결정한다. 그러니 윤리적·정치적 행위와 건강은 불가분인 것이다. 자신의 신체와 자신이 속한 사회에 관심을 갖고 삶의 윤리를 만들면서 살아가는 것이 건강을 구성한다. 또 윤리는 자신이 체험한 건강과 함께 매번 달라진다.

건강에 대한 이러한 정의는 한 인간으로서도, 약사로서도 나에게 더 많은 자유를 주었다. 통증이나 질병을 보던 기존의 나의 시각은 변했고 아픈 사람들에게 건네는 조언도 달라졌다. 약국에 오는 사람들 중에는 연로하신 분들이 많다. 나는 이분들에게 노화에서 오는 여러 증상을 비정상이 아닌 자연스러운 것으로 이해시키려고 노력한다. 또 의사나 약사 등 의료 전문직이 아프면 마치 자격이 없는 양 생각하는 경우가 많은데, 그들도 아플 수밖에 없는 필연의 삶을 사는 똑같은 인간이라고, 누구의 아픔도 이상한 것은 아니라고 말할 수 있게 되었다.

실은 나도 큰병 없이 살아오다 이전 직장에 다닐 때 천식이라는 병을 얻었다. 호흡기계가 약하게 태어나기도 했고 코에 있던 알레르기가 기관지로 확장된 것이다. 생각해 보면 당연하게도 여겨진다. 그렇게 살면서 안 아픈 게 이상할 정도의 바쁜 생활이었기 때문이다. 천식임을 알았을 때 난 그것을 깨끗하게 제거하고 싶은 마음밖엔 없었다. 단식을 하고 채식을 하고 운동을 하고 난리를 쳤다. 그러나 점점 안 좋아지는 공기 탓일까. 천식은 없어지지 않았고 결국 난 약의 도움을 받아 천식을 조절하며 살고 있다.

일리치는 의료가 절대 불필요하다고 말하고 있는 것은 아니다. 사람들이 스스로 고통과 건강을 체험하고 살 수 없도록 만드는 의료화에 반대하는 것이다. 일리치 책을 읽고 절대 병원에는 가지 않고 약도 먹지 않겠다고 한다면 나는 그것에 반대할 것이다. 또 대체의학을 선택하는 것은 어떠냐고 묻는다면, 건강에 대한 인식의 변화 없이 거기에 매달리는 것은 병원에 의지하는 것과 다르지 않다고 대답할 것이다. 나의 경우 건강에 대한 생각이 바뀌면서 실손보험을 해약했다. 건강검진도 받지 않는다. 하지만 천식 관리를 위해 정기적으로 병원에는 간다. 감기에 걸려 너무 아프면 약을 먹는다.

이 책을 읽고 나는 내 질병에 계속해서 의문 부호를 던지고 있다. 왜 그렇게 몸을 돌보지 않고 회사에 올인하며 살았던가? 회사를 그만두고 돈에 대한 공부를 한 뒤에야 이유를 알 것 같았다. 그런 회사 생활이 말해 준 것은 돈에 대한 내 욕망과 두려움이었다. 돈에 대한 인식을 바꾸고 조금 벌고 덜 쓰며 사는 생활을 하기로 선택했다.

또 요즘 사회적 이슈가 되고 있는 미세먼지도 다르게 생각하게 되었다. 사회적 배치에서 보면 과연 나는 미세먼지의 피해자이기만 한 것일까? 천식 덕(?)에 난 누구보다도 빨리 미세먼지나 황사의 존재를 알 수 있다. 기침이 심해지기 때문이다. 미세먼지를 욕하면서 미세먼지를 많이 발생시키는 자동차를 운전하는 것이 점점 무색해지기 시작했다. 올해 들어 자동차 사용을 주 1회 정도로 줄였다.

일리치는, 건강이란 것은 미래는 물론 나아가 함께 생활하지 않으면 안 되는 고뇌와 내적인 위로를 포함하고 있다고 했다. 그러니 천식은 나의 고뇌로서 내 건강에 포함되어 있다. 그 덕에 변화된 내 생활도 마찬가지다. 지금 하고 있는 인문학 공부도, 공동체에서 친구들과 투닥거리며 만들어 내는 우정도 내 건강의 일부이다. 탈핵운동에 동참하고자 하는 연대 활동이나 전열기를 안 쓰려는 내 일상도 내 건강이다. 내가 만드는 내 온 삶이 내 건강이고 윤리이고 정치다. 그 삶이 만들어 내는 자율만큼 나는 건강해질 것이다.

_김정선(둥글레)

이와사부로 코소, 『뉴욕열전』, 김향수 옮김, 갈무리, 2010

'뉴욕'은 어디에나 있다

도시 남자 혹은 무명 건축가

서울 신림동에서 태어나 20년을 살다가 결혼 후 문탁네트워크가 있는 용인 동천동에서 이래저래 10년쯤 살았으니, '까도남'(까칠한 도시 남자)은 아니어도 분명 난 도시 남자다. 건축과를 졸업하고 그럭저럭 라이선스 따고 집도 몇 개 지어 봤으니, 잘나가진 못해도 분명 난 건축가다. 아마도 이것이 알게 모르게 내가 『뉴욕열전』에 대한 글을 쓰는 배경이리라.

　　그러나 사실 난 두 가지 이유에서 부적합하다. 하나는 도시 공간을 다루는 인문서적에서 제일 많이 까이는 사람 중의 하나가 바로 건축가다. 하드웨어적 구축 작업에 치중한 나머지 그곳에 무엇이 담길지 고민하지 못한 경우가 많기 때문이다. 게다가 난 안타깝게도 도시를 싫어하기까지 한다. 더군다나 강남역 뉴욕제과도 아닌 메트로폴리스 도시 뉴욕이라니. 세계적인 도시건축가 렘 콜하스(Rem

Koolhaas)마저도 뉴욕을 '정신착란증의 도시'라고 이야기하고 있지 않은가. 뉴욕을 직접 보기도 전에 이미 속은 울렁거렸다.

이러한 착오에도 불구하고 지금 우리가 살고 있는 도시란 무엇인지, 건축가로서 도시 공간을 어떻게 봐야 하는지 묻지 않을 수 없었다. 결과적으로 나는 이 책에서 도시 공간에 대한 중요한 힌트를 얻을 수 있었다. 삶을 통해 보고 배운 뉴욕을 마치 옆 동네 이야기하듯 전해 준 저자, 이와사부로 코소(Sabu Kohso, 1955~) 덕분이다.

일본에서 태어난 그는 '세계 변혁을 위한 전 지구적 조직화'라는 거대한 가능성에 대해 탐구하는 열혈 활동가이다. 그는 1980년, 스물다섯의 나이에 뉴욕으로 건너간다. 그에 따르면 당시 뉴욕은 아트(art)와 액트(act)의 경계가 사라지는 사건과 공간이 형성되는 곳이었다. 그곳에서 그는 많은 예술가, 아나키스트, 활동가들을 만났다. 그후 20여 년을 뉴욕에서 지내면서『뉴욕열전』이외에『유체도시를 구축하라』(서울리다리티 옮김, 갈무리, 2012),『죽음의 도시 생명의 거리』(서울리다리티 옮김, 갈무리, 2013) 등 뉴욕/도시론 3부작을 펴낸다. 이쯤 되면 그를 뉴요커로 불러도 되지 않을까. 저항의 도시 공간 뉴욕 이야기『뉴욕열전』은 그중 첫번째 이야기다. 나는 태어나 뉴욕에 가 본 적이 없으니 먼저 머릿속의 이미지들을 떠올려 본다.

깊이 있는 풍경

영화나 소설 속에 주로 등장하는 뉴욕의 모습은 고급 문화산업과 초고층의 빌딩들이 늘어선 '풍경'으로 드러난다. 그런데 풍경이란 어떤 공간이나 장소를 멀리 떨어져서 보는 것이거나, 관심사의 배경이나 맥락으로 드러나는 이미지를 말한다. 때문에 밖에서 바라보는 풍경은 늘 변함이 없고 어떤 것의 표면만을 드러낸다. 그 속에 보이지 않는 것들의 관계와 의미에 흥미를 갖게 될 때, 비로소 풍경은 '깊이'를 갖게 된다. 뉴욕을 배경으로 다양한 삶의 의미를 담은 웨인 왕(Wayne Wang) 감독의 영화 「스모크」(Smoke, 1995)에는 깊이의 의미가 무엇인지 보여 주는 짧은 에피소드가 있다.

담배가게 주인인 오기(Auggie)의 취미는 하루도 빠짐없이 똑같은 위치에서, 똑같은 시간에 사진을 찍는 것이다. 그의 사진을 본 동네 친구인 폴(Paul)은 그를 '계산대에서 돈만 만지는 사람은 아니'라고 말한다. 그렇게 14년 동안 찍은 사진이 무려 4천 장에 이른다. 하지만 모두 같은 사진 아니냐고 폴이 묻는다. 그러자 오기는 천천히 봐야 알 수 있다고, 세상의 일부지만 여기서도 매일 '일'이 생긴다고 답한다. 그의 담배가게는 과거 뉴욕 이민자들의 관문이었던 브루클린(Brooklyn)의 7번가(avenue)와 3번가(street) 모퉁이에 있다. 폴에게는 그저 똑같아 보이는 뉴욕의 거리에서 오기는 무엇을 보았을까. 그는 이 도시를 만드는 것이 눈에 보이는 건축물은 아니라고 말한다. 4천 장의 사진에는 깊이 들여다보지 않으면 보이지 않는 다른 사람들, 누군가가 살아가고 있다.

결국 똑같아 '보이는' 공간 속에 존재하는 '보이지 않는' 다른 이들의 삶을 찾아보려 할 때, 도시 공간은 깊이를 갖는다. 오기의 카메라처럼, 코소의 눈으로 본 『뉴욕열전』이 여행 가이드북과 다른 이유다. 여기서 저자는 도시 뉴욕의 깊이를 '저항'이라는 개념을 통해 드러낸다. 도시를 저항의 공간으로 읽는다는 것은 어떤 의미일까? 그에게 뉴욕은 왜 저항의 도시일까?

민중과 치마타, 저항의 시공간

미국의 북동부, 북대서양을 바라보는 뉴욕은 도시 형성 초기부터 이민자들의 관문이었다. 수많은 국가들을 배경으로 하는 다양한 인종들이 모여 사는 공간이었기에, 뉴욕에 거주하는 이들은 한 국가의 시민이나 군중으로 포섭되지 않는다. 때문에 저자는 그들을 '세계민중'이라는 개념으로 바라본다. 그 민중이 자연스럽게 모이고 만나는 장소이자 그들의 삶이 곧 투쟁이 되는 저항의 거리가 '치마타'(ちまた, 巷)이다. '길이 걸쳐 있는 곳'이라는 뜻의 치마타는 사람들이 모이는 장소나 교차로를 말하지만 도시계획으로 조성된 도로나 스트리트(street)와는 구별된다. 코소는 뉴욕을 화려한 20세기의 수도나 소수를 위한 세계 금융도시가 아닌 '세계민중의 도시'로 이름 붙인다. 그에게 뉴욕은 특정 계급에 의해 화려한 빌딩숲으로 이뤄진 도시가 아니라, 다양한 '민중'(떼)들이 저 밑바닥 '치마타'(거리)에서 살아가면서 만들어 온 곳이다.

『뉴욕열전』은 그러한 민중이 어떻게 도시를 만들어 왔는지, 그 과정 속에서 폭력적인 개발과 젠트리피케이션(gentrification)에 대해 어떻게 저항해 왔는지 보여 준다. 이러한 폭력과 저항은 특별한 시공간에서 일어나는 것이 아니다. 그들 투쟁의 역사는 민중의 일상생활 시간과 개발 계획의 시간 사이에서 쓰여 왔으며, 저자는 이를 각각 '치마타적 시간'과 '건축적 시간' 사이의 투쟁으로 바꾸어 말한다. 여기서 건축이란 민중의 치마타를 개발하여 자본의 스트리트로 만드는 과정인 셈이다.

자본과 정치의 수단으로 세워진 건축물들과 획일적이고 고밀도 도시 개발을 앞장서서 주창한 건축가들이 인문서적에서 비판받는 이유다. 이 부분에서는 현대 건축의 아버지라고 불리는 거장 르 코르뷔지에(Le Corbusier)도 자유롭지 못하다. 빌라 사보아, 롱샹교회, 라 뚜레트 수도원 등 아름답고 감동적인 건축물들도 많지만, 유독 '빛나는 도시'(Ville radieuse) 계획안에는 사람 대신 초고층 아파트와 자동차 도로만 빛나기에 엄청 욕을 먹는다. 안타깝게도 정치 권력과 자본의 하모니가 만든 뉴욕의 도시 개발은 계획안에 그치지 않았다.

1970년대, 재정난에 허덕이던 뉴욕시는 오래된 건물들과 낙후된 지역들을 어찌할 수 없이 그대로 방치한다. 그러나 70년대 중후반이 지나면서 부동산 시장이 다시 꿈틀거리고, 뉴욕시는 자본과 손잡고 불법으로 거주하는 홈리스들을 쫓아내기 위해 오히려 건물들을 사들인다. 그러곤 아주 치사한 방법을 동원한다. 화장실 배관에 시멘트를 부어 망가트리거나 기습적으로 철거한 후 철망을 둘러 그냥 빈 공간으로 만들어 버렸다. 당연히 주택은 부족해지고 부동산업자들과 지주들은 돈을 벌게 되었다.

그러나 민중들은 철망을 뚫고 들어가 버려진 빈 땅에 꽃과 채소를 가꾸기 시작했다. 주민들 스스로 버려진 가옥과 땅을 정비하여 황폐해져 가는 거리를 재구성하기 위해 저항했다. 이러한 '뜰운동'은 이후 다양한 공동체 운동의 촉매가 된다. 이후 1990년대에는 '태양의 집'(Casa Del Sol)과 같이 버려진 건물들을 홈리스와 아나키스트들의 자율공간으로 구축하는 활동, 스쾃(squat)으로 이어진다.

중앙공원은 누구의 것인가, 장소와 힘

단순히 무단거주처럼 보이는 스쾃의 사회적 의미는 울타리에 갇힌 '영토적 사고'를 넘어 누구에게나 펼쳐진 '대지의 사고'를 기반으로 한다. 이는 '이 땅은 누구의 것도 아니다'라는 제로하우스 건축가 사카구치 교헤이(坂口恭平)의 말과 통한다. 사적 소유의 세계는 폭력적인 개발을 통해 누군가에게 '삶의 필수적인 요소'를 빼앗아 버린다. 개발에 저항하고 그 필수적인 요소를 지킴으로써 삶을 '연명'할 권리를 되찾으려는 사람들이 바로 스쾃터들이다.

코소에게 스쾃은 더러운 폐가옥에 잠입하여 살고 있는 부주의한 자들의 행동이 아니다. 오히려 도시 속에서 가장 버림받은 장소들을 자기의 감수성과 신체를 활용하여 공동체의 생활공간으로 만들어 간다. 그곳은 다종다양한 타자들의 활동공간이다. 그렇기에 스쾃터들의 공간 구축의 기술은 '언제나 권력과 대결하여 절충해 가는 지적 전략'인 셈이다. 삶과 동떨어진 건축 수업에 절망한 사카구치 교헤이도 고백한다. 나의 스승은 도쿄의 노숙자들이었다고.

문제는 건축적 시간을 통해 만들어지는 화려하고 번듯한 모습으로 인해, 재개발에 숨어 있는 의도 혹은 그에 저항했던 치마타의 시간은 쉽게 가려져 버린다는 것이다. 개발로 인해 어디론가 사라져 간 사람들, 그리고 그들이 사라지기 전에 존재했던 시공간들은 고층

빌딩의 바다에 묻혀 버렸다. 때문에 도시 뉴욕 읽기는 그것을 건져 올리는 것으로부터 출발해야 할 것이다. 그러나 쉽지 않다. 건축적 시간은 공공의 이익이라는 덫을 놓았기 때문이다. 마치 우리 모두에게 필요한 것처럼.

뉴욕은 미국에서도 인구밀도가 높은 도시 중 하나인데, 맨해튼은 그러한 뉴욕의 다섯 개 자치구 중에서도 가장 인구밀도가 높다. 맨해튼은 서울의 강남구와 서초구를 합한 것보다 작지만, 그 한가운데 100만 평이 넘는 중앙공원, '센트럴파크'가 자리하고 있다. 매해 3천만 명의 관광객이 다녀가고, 그 주변으로 높고 아름다운 건축물들이 빼곡하게 자리하고 있는 세계적인 도시공원이다. 우리나라 신도시인 분당이나 일산의 중앙공원들이 대부분 10만 평이 조금 넘는 것을 고려한다면, 규모 자체만으로도 가히 폭력적이라 하겠다.

17세기 맨해튼의 개발로 문명의 땅과 미개의 땅을 상징적으로 구분하는 벽(Wall)이 세워지는데 이것이 지금의 월스트리트의 유래이다. 이후 그 벽 안쪽에는 무허가 거주민들이 지은 판잣집이 늘어간다. 19세기에 이르러 지배 계급과 정치권은 그들의 거주지를 '위법'하고 '비위생적'이라는 이유로 결국 센트럴파크 개발을 통해 정리한다. 원유 개발이 가능한 토지가 자원인 산유국들처럼 뉴욕은 부동산 자체가 중요한 자원이다. 때문에 공공성과 위생이라는 명목으로 이뤄지는 '슬럼'(slum)의 재개발은 정치와 자본이 낳은 부동산 시장의 다른 이름이다. 센트럴파크 조성 후 인근 땅값은 40배까지 상승한다. 지금까지도 뉴욕은 이러한 젠트리피케이션의 반복으로 만들어지고 있다.

이렇듯 '가장 뉴욕적인 방법'이란 통치, 개발, 탄압을 일체화시켜 고효율적인 자본주의적 역학을 충분히 활용하면서 '공격'을 가하는 '젠트리피케이션'을 뜻한다. 따라서 이 도시 뉴욕에서는 '사는 것'(living) 자체가 적나라하게 처절한 투쟁이다.(『뉴욕열전』, 54쪽)

결국 "언제고 밀어 버려야 할 구역인데, 누군가의 생계나 생활계, 라고 말하면 생각할 것이 너무 많아지니까, 슬럼, 이라고 간단하게 정리해 버리는 것"(황정은, 『백百의 그림자』, 민음사, 2017, 115쪽)이다. 그들의 (임시)주거지가 철거되면서 스콰터들은 말 그대로 '집 없는 사람'(홈리스)들로 축소되어 흩어졌다. 이후 1980년대 후반까지 남아 있던 홈리스들의 모습들도 이제는 거의 찾아볼 수가 없다.

『뉴욕열전』에는 이밖에도 도시 개발의 폭력성을 드러내는 많은 사례들이 등장한다. 1970년대 이민자들과 슬럼을 '청소'하기 위해 할렘, 이스트빌리지, 로어 이스트사이드 등에서 일어났던 수많은 방화사건들은 정치와 자본이 얼마나 추잡한지 보여 준다. 한편 에비씨 노 리오(ABC NO RIO)는 젠트리피케이션의 수단이 되었던 문화예술단체인데, 이후 오히려 정치적 부정부패를 적발하는 예술 활동과 진보적 문화 생산의 접점이 된다. 센트럴파크를 비롯한 이러한 사건들은 뉴욕이라는 장소[場]에서 펼쳐진, 권력에 맞선 다양한 힘[力]들의 출현과 재구성을 보여 준다. 그러나 도시 민중의 삶이 끊임없는 도시의 개발 가능성과 공존하는 것은 결국 불가능한 것은 아닐까?

공존 불가능한 것에 대한 탐구

여기 도시 속 당신의 삶을 구속하는 무언가가 있다. 그리고 당신은 그것으로부터 해방되길 원한다. 그 '변혁에 대한 가능성'은 어디서 찾을 수 있을까? 그러기 위해 코소는 도시에 대한 '상상력'을 키우자고 말한다.

> 눈앞에 존재하는 건축물들 밑에 도대체 어떤 층이 잠자고 있는지, 혹은 아직도 깨어날 수 있는 가능성을 지닌 채 잠시나마 가면 상태로 있는 층은 무엇인지에 대해, 좀처럼 눈으로 보기 어려운 영역을 투시해 볼 수 있는 능력을 키울 수 있다면…(『뉴욕열전』, 70쪽)

앞으로 지어질 것으로 예측되는 건축물의 조감도는 개발 사업에서 필수다. 아직 아무것도 없는 공간에 대한 이미지이지만, 상상력보다는 분석과 계산을 더욱 필요로 한다. 도시에 대한 상상력은 조감도처럼 '예측 가능한 것'에서 일어나지 않는다. 오히려 폭력적인 도시 개발 속에 공존이 불가능한 삶의 출현이 우리의 상상력을 깨울수 있다. 결국 보이는 건축물에 구속된 도시 혹은 도시의 삶이 보이지 않는 깊이를 드러낼 때, 상상력은 발휘되고 우리의 삶도 해방될수 있을 것이다.

산다는 행위 자체는 인류 역사와 같이했으니 그리 새로운 것이아니다. 그러나 산다는 것이 현실의 변혁 가능성에 대한 '개념'이 된다면 이야기는 달라진다. 도시는 그런 의미에서 삶을 가장 현실적이고 능동적인 개념으로 사고할 수 있는 공간일 것이다. 거꾸로 지금의 삶을 능동적으로 변혁할 수 있는 공간이라면, 반대로 그 가능성을 무력화시키는 자본과 권력이 작동하는 공간이라면, 농촌이든 시골이든 그곳을 도시라 부를 수 있지 않을까. 그런 의미에서 세계 민중의 도시 뉴욕에서 '거주'는 새로운 개념이자 '현실을 재구성하기 위한 무기'였고, 저항으로서의 도시 민중의 삶은 어디에나 존재하기에 '뉴욕' 아닌 곳은 없을 것이다. 『뉴욕열전』은 뉴욕에서 출발하여, '지금, 여기'의 도시 변혁을 위한 우리의 상상력을 만들어 내자고 말한다.

p.s. 만일 당신이 뉴욕에 갈 계획이라면 '론리 플래닛'보다 먼저 이 책을 읽어 보길 바란다. 또는 도시에 살고 있거나, 살 계획이거나 혹은 도시를 떠날 계획이라 하더라도 꼭 한 번 『뉴욕열전』을 읽어 보는 것을 추천한다.

_청량리(진성일)

레베카 솔닛, 『이 폐허를 응시하라』, 정해영 옮김, 팬타그램, 2012

폐허에서 피어나는 자율적 개인의 도덕성

우리는 누구인가?

문탁에 처음 오는 학인들은 문탁이 친절하지 않다고 한다. 꽤 상냥한 웃음으로 맞이하는데도 어색하고 불편하다고 한다. 아마도 그 불편함은 다른 데서 보기 힘든 개인과 전체의 관계에서 비롯되는 듯하다. 문탁은 다양한 사람들의 자유로운 활동이 만들어 내는 변화하기 쉬운 균형 속에서 조화를 이루어 간다. 개인이나 팀의 활동이 살짝 방향을 틀면, 회원 모두에게 영향을 미치고 이내 전체 지형이 변하기 때문에 역할은 수시로 달라진다. 자유로운 개인의 자율성을 믿고 끌어내는 이런 관계는 때로 오해와 갈등을 불러오지만, 나는 이 때문에 우리의 실험이 계속되고 있다고 생각한다.

　문탁의 이런 운영 원리는 아나키즘 철학에 맞닿아 있다. 인간에 의한, 인간의 지배가 없는 자율적 공동체, 현재가 미래의 수단이 아니라 목적이 되는 예시적 정치. 소수의 엘리트가 다수의 우둔한 민중을 교양하고 선도하는 대문자 투쟁이 아니라 특수한 것들로부터 자기 자리에서 희망을 만들어 내는 다른 정치의 실현. 이런 아나키즘의 철학과 이상은 지나치게 고상하고 아름다우며 비현실적이라고 비판받는다. 비판의 핵심에는 인간 존재에 대한 상반된 믿음이 있다. 우리는 과연 자율적 공동체를 이루어 낼 가능성을 지닌 존재인가?

크로포트킨의 『만물은 서로 돕는다』(김영범 옮김, 르네상스, 2005)는 자율적 공동체가 가능하리라는 믿음 쪽으로 우리를 조금 더 다가가게 한다. 그는 인간 도덕감정의 기원을 진화의 기억과 사회성의 본능에서 찾는다. 그는 시베리아 탐험 시절 동물들의 삶을 관찰하면서 다윈주의자들이 주장하는 동종 간의 생존경쟁에 심각한 의문을 품게 되었으며, 여러 동물들의 예를 통해 상호부조의 사회성이 생존경쟁에서 살아남는 최대의 무기임을 보여 준다. 동물의 상호부조와 마찬가지로 원시사회도 개인의 횡포를 억제하고 평등의 원리를 확립하는 관습과 풍속으로 유지되었으며, 중세에도 수공업 길드, 촌락 공동체를 통해 상호부조의 문화가 이어져 왔다. 절제되지 않은 개인주의는 근대의 산물이지 인류의 특징은 아니다. 그가 이상적으로 꿈꾸는 아나키 공산주의는 자율적 개인의 도덕성에 대한 무한한 긍정으로부터 나왔다. 권력의 지배와 단절된 자유로운 개인은 타인의 이해를 고려하여 이웃을 도우려 하고, 인류 진보의 거대하고 힘겨운 운동에 기여하는 데서 기쁨을 느끼는 존재이다.

우리는 크로포트킨이 오랜 연구와 관찰을 통해 찾아낸 '자율적 개인의 도덕성'이 자취를 감춘 시대에 살고 있다. 근대 이전 가축을 풀어놓던 공유지가 울타리로 막히고, 도시에 대공장이 생겨나면서 사람들은 노동을 팔아야만 살 수 있는 상품이 되었다. 자본주의는 '시장에서의 자유로운 경쟁이야말로 최선의 결과를 낳는다'는 논리에 근거하고 있다. 큰 자본이 작은 자본을 흡수하는 무한 경쟁의 시대는 국민을 보호하는 복지의 영역마저 자본의 손에 넘겨 버린다. 국경이 없는 자본은 지구 곳곳을 착취해 몸집을 불리고, 왜소해질 대로 왜소해진 근대인들은 무한 경쟁의 대열에서 진이 빠질 때까지 달리거나 지쳐 나자빠진다. 낯선 사람은 무조건 경계하라고 아이들을 교육하는 세상이 아닌가? 우리는 벌써 진화의 기억을 잃어버린 것이 아닐까? 우리를 혼란에 빠뜨리는 이러한 딜레마들에 대해서 진지하게 답변하고 있는 한 권의 책이 있다. 레베카 솔닛(Rebecca Solnit, 1961~)의 『이 폐허를 응시하라』이다.

폐허에서 피어나는 희망의 공간

예술·문화 비평가이자 환경운동가인 레베카 솔닛은 『이 폐허를 응시하라』에서 여전히 우리 이웃 가운데 살아 있는 연대와 상호부조의 도덕 감정을 재난이라는 극단적인 상황 속에서 찾아내고 있다. 대재난 속 인간에 대한 사회적 통념을 허물고 지옥 같은 폐허 속에 출현하는 낙원을 발견한다. 지진이나 폭격, 태풍이 닥치면 사람들은 대부분 이타심이 발동해 자기 자신과 가족, 친구와 사랑하는 사람들뿐 아니라 타인과 이웃들을 적극적으로 보살피는 데 참여한다는 사실을 여러 예들을 통해 보여 준다. 1906년 샌프란시스코 대지진에서 멕시코시티의 대지진, 9·11의 뉴욕, 허리케인 카트리나로 지옥이 된 뉴올리언스까지, 어디에서나 그 장소에 있던 재난 당사자들은 즉석에서 질서를 만들어 내고 침착하고 따뜻한 분위기 속에서 서로를 돌보았다.

증언자들의 입을 통해 전달되는 이야기들은 재난 속에 있던 사람들은 우리의 상상과는 반대로 쾌활함과 즐거움까지 느끼며, 사태에 냉정히 대처하면서도 대단히 침착하게 행동한다는 놀라운 사실을 반복하여 전해 준다. 큰 재앙을 비참하게 느끼는 것은 직접적인 희생자들보다는 멀리 떨어져 있는 사람들이라는 것이다.

샌프란시스코 대지진 이후의 상황을 회상하는 에드윈 에머슨은 "길거리 급식소들이 도시를 점령하자 유쾌한 소란이 일상이 되었다. 달빛이 비추는 긴긴 밤 내내 사람들은 어디서건 천막에서 흘러나오는 기타와 만돌린 소리를 들을 수 있었다"(『이 폐허를 응시하라』, 31쪽)고 말한다. 모든 재난에는 고통이 있고, 정신적 충격이 있으며 죽음과 상실이 따르지만, 한편에는 깊은 만족감과 새로운 사회적 유대, 자유도 존재한다. 캐나다의 작은 항구도시 핼리팩스에서 대형 선박 폭발을 경험한 로라 맥도날드는 이렇게 기록한다. "종교와 계급, 민족에 의해 분열되고, 계급 구조가 엄격한 핼리팩스가 잠시나마 하나가 되었다."(『이 폐허를 응시하라』, 123쪽) 재난으로 인해 공고했던 사회적 질서가 무너지면 삶은 오직 현재에만 속하여 비본질적인 것들은 작아지고, 놀라운 해방의 공간이 만들어진다. 많은 이들이 정서적으로 오히려 풍요로워지며 위기나 압력 없이 목적의식과 친밀감을 되찾고 공적 삶의 가능성을 경험한다.

9·11 당시 뉴욕의 무너지는 건물 안에 있던 2만 5천 명은 질서

정연하게 대피했다. 부상자들을 옮길 수 있게 한쪽으로 비켜서 기다리는 것을 당연하게 받아들이며, 그 절체절명의 순간에 침착하게 서로를 도와 스스로를 구조했다. 반면 먼 곳에서 지켜보며 상상을 보태어 상황을 전달하는 미디어들은 달랐다. "뉴스는 지나치게 흥분하여 비행기가 건물과 충돌하고 건물이 무너지는 장면만 반복해서 보여 주었죠. 텔레비전에서 보여 주는 것은 거리에서의 경험과 사뭇 달랐어요. 거리에서 나는 사람들과 연결되었다는 걸 느꼈고 사람들에게 깊은 인상을 받았어요."(『이 폐허를 응시하라』, 294쪽) 9·11 생존자 테일러의 말이다.

대중매체는 재난을 스펙터클한 할리우드 영화처럼 보여 준다. 재난영화 속에서 사람들은 공황 상태의 폭도로 표현되고, 경찰과 군대의 진압 대상이 되며, 몇몇 영웅의 도움으로 가까스로 질서를 회복하는 수동적인 존재로 그려진다. 재난을 할리우드 영화처럼 생각하는 엘리트들에 의해 재난 유토피아에 반대되는 재난 디스토피아가 만들어진다. 이재민을 잠재적 약탈자로 간주하고 가둬야 할 적으로 취급하여, 출구를 막고 방어선을 치고, 무턱대고 총을 쏘아 대는 자경단을 만들고, 소문들을 확대 보도하는 매스미디어가 결합하여 재난보다 끔찍한 지옥을 만들어 낸다. 레베카 솔닛은 이것을 하나로 묶어 '엘리트 패닉'이라 부른다. 재난은 사람들을 연대와 우정의 공동체로 만들기도 하지만 위협적인 존재로 만들기도 한다.

레베카 솔닛은 믿음이 중요하다고 여러 번 강조하여 말한다. 이웃을 재난으로 인한 피해보다 더 큰 위협으로 여기느냐, 아니면 집과 상점에 있는 재산보다 더 소중하게 여기느냐에 따라 행동이 달라진다는 것이다. 재난 후 최악의 행동을 보이는 사람은 남들이 야만적 행동을 할 것이므로 자신은 야만에 방어적 행동을 취하고 있다고 믿는 사람들이다. 그들은 무고한 사람을 살해하면서 자신들을 질서의 수호자라 믿는다. 이런 홉스적 인간들은 소수의 엘리트들과 그들의 이야기를 그대로 전달하는 미디어를 믿는 사람들이다.

재난을 직접 대면하는 대부분의 사람들은 타인을 돕고자 하는 열망으로 자신이 가진 것을 기꺼이 내준다. 재난 직후 국가 기관의 개입이 미치지 못하는 며칠 동안에 지배를 벗어난 자율적 개인들이 스스로를 통치하는 재난 유토피아가 만들어진다. 재난 유토피아는 마치 혁명으로 성취한 해방 공간과도 같다. 크로포트킨이 꿈꾸었던 아나키 공산주의사회가 그곳에서 실현된다. 재난의 역사는 인간 존재에 대한 크로포트킨의 믿음에 고개를 끄덕거리게 한다.

재난 유토피아 vs 재난 자본주의 복합체

자본주의사회에서 인간의 도덕 감정은 깊이 잠들어 나날이 삶이 재난이 되고 있다. 곳곳에서 배제와 고립으로 고통받는 사람들이 늘어가고 전방위적인 자본의 공세는 평범한 개인들마저 엘리트 패닉에 빠뜨려 친구를 적으로 인식하게 만든다. 나오미 클라인이『쇼크 독트린』(김소희 옮김, 살림비즈, 2008)에서 말하는 것처럼 자본은 재난을 기회로 몸집을 불린다. 재난 당사자들이 만들어 낸 재난 유토피아는 외부가 개입하면 빠르게 모습을 감추고, 국가와 자본이 손을 잡고 재난 자본주의 복합체의 세상을 만들어 낸다. 폐허에 새로운 자본의 성채가 건설되는 것이다. 동남아시아 해안을 쓸어 버린 쓰나미 이후 그곳에는 초호화판 리조트와 관광 레저 시설들이 들어섰으며, 고기를 잡던 어부들은 강제로 이주되었다. 부시 정부는 9·11 이후 쇼크에 빠진 세계 시민들에게 '문명의 충돌', '악의 축', '이슬람 파시즘', '국토 안보' 등의 새로운 단어들을 사용하며 9·11 테러사건 이전부터 하고 싶었던 것들을 시작하였다. 그것은 바로 해외에서는 민영화된 전쟁을 일으키고, 국내에서는 사기업들의 안보복합체를 건설하는 일이었다.

뉴올리언스에서 카트리나는 민영화를 확대할 절호의 기회가 되어 주었다. 공립학교 교사를 모두 해고하고, 학교제도를 공립학교이지만 사립학교의 특성이 강한 차터스쿨로 바꾸었으며, 가장 피해를 덜 입은 공공주택을 폐쇄해 버렸고, 빈민들을 위한 보건의료의 원천이었던 채러티 병원이 사장되도록 방치했다. 이러한 결정들은 시스템을 민영화하고 빈민들을 쫓아내려는 갈망의 이데올로기적 선택이었다. 전쟁, 테러, 자연재해, 주식시장 붕괴 같은 총체적인 대규모 충격이 기존 질서를 무너뜨린 자리에 즉각적으로 생겨난 재난 유토피아를 무너뜨리고 재빨리 경제적 쇼크 요법을 처방한다. 정상 상황에서는 받아들이기 힘든 자유시장 프로그램이 강행되는 것이다. 여기에 저항하는 대중에게는 물리적 충격이 가해진다.

결국 재난 속에서 실제로 진행되는 사태는 즉석에서 재난 유토피아를 만들어 내는 당사자 시민들과 그들을 적으로 몰고 재난 자본주의 복합체를 만들어 상황을 자신들의 이익에 맞게 통제하려는 국가와 자본이 충돌하며 만들어지는 내전 같은 상황이다. 이 전쟁에서 자본과 국가는 연이어 승리하고 있는 것으로 보인다. 자본은 지구 끝 어디라도 달려가 자신의 이익이 되어 주는 새로운 시장을 만들어 낸다. 그렇다면 우리에게 희망은 없는 것일까? 재난 현장에서 피어나는 재난 유토피아 따위는 잠시 피었다 지는 꽃처럼 허무한 것인가?

희망의 씨앗

'외상 후 스트레스 장애'(PTSD)는 상식적인 용어가 되었다. 흔히 고난을 겪은 사람들은 치료가 필요한 환자라고 생각한다. 정신적 외상은 분명 실재하지만 보편적이지는 않다. 어쩌면 그들을 약자로 보는 시선이 장애의 원인이 되고 있는지도 모른다. 반대로 소중한 것들의 상실이 삶의 구조를 다시 구축할 기회를 제공하여 새로운 심리적 구조를 만드는 '외상 후 성장'(PTG)이라는 심리학 개념이 있다. 상실과 슬픔을 극복하는 과정에서 집단 내의 개인들을 보살피는 더 나은 방식을 도출할 수 있다는 것이다. 세월호와 촛불집회는 평범한 대한민국 장삼이사들의 삶을 다른 방향으로 이끌었고, 사회 전체가 새로운 삶의 구조를 희망하게 한 사건이었다.

"우리는 어떤 일이 벌어질지 모릅니다. 그렇지만 우리가 아는 것이 있습니다. 아무 일도 안 한다면, 또 우리에겐 힘이 없다고 수긍하며 모든 것은 나빠질 대로 나빠질 거라고 상정한다면 이는 모든 것을 정말 가능한 최악으로 만드는 데 협력하는 겁니다. 참여하고, 참여하지 않는 데에는 엄청난 차이가 있어요. 제게 있어 희망은 낙관주의가 아닙니다. (……) 우리의 참여가 좌우합니다. 우리에게는 최

선을 다해야 한다는 도덕적인 책임이 있어요." 레베카 솔닛은 2017
년 초 『경향신문』과의 대담(「레베카 솔닛 "분노는 지성과 짝 이뤄 의미
있는 변화 만들 때 가치 있다」, 2017년 1월 17일)에서 망각은 절망을 생
산하지만 그 시간에 기억은 희망을 생산하고 있다고, 절망은 사람들
이 아무것도 변하지 않을 것이라고 생각하는 그 시간에 존재하지만
승리의 스토리를 관찰하고 비폭력적인 사회 변화가 일어났던 방식
을 이해하고자 배워 나간다면, 희망은 자라난다고 말한다. 그녀는 모
두가 실패했다고 말하는 '아큐파이(Occupy)운동'* 이 학생들이 지고
있는 부채, 건강보험, 주택담보대출 등 파멸을 부르는 곳곳을 바라보
도록 이끌었으며, 엘리자베스 워런, 버니 샌더스에게로 그리고 세계
로 이어졌다고 말한다. 마틴 루서 킹이 간디로부터 배워 온 비폭력
저항의 기술은 주코티 공원에서 다시 아랍의 봄으로, 남아프리카로,
그리고 전 세계로 퍼져 나갔다고. 절망이 일상의 재난이 된 세상에도
희망을 일구어 내려는 시도는 곳곳에서 벌어지고 있다. 이전 시대 누
군가가 뿌린 씨앗들이 여기저기서 꽃을 피운다. 꺾이고 시들어 사라
지더라도 또 그 꽃이 뿌린 씨앗은 어디에선가 싹을 틔운다.

　샌프란시스코 대지진 이후 대피소로 변한 유니언 광장에는 나
중에 미스바카페라 이름 붙여진, 홀스하우저라는 여성이 카펫과 시
트를 이어 붙여 만든 대형 천막이 있었다. 허물어진 건물에서 끌고
나온 화덕으로 낯선 사람들, 먹을 것이 필요한 모두를 위해 음식을

---

* 2011년 9월, 미국을 경제위기에 빠뜨리고서도 엄청난 퇴직금을 챙겨 떠나는 월가 경영자들에게
분노해 뉴욕에서 일어난 시위로 미국 전역으로 확산됐다. '월가를 점령하라'(Occupy Wall Street)가
당시의 구호였다.

만들었던 그곳에서 재난 당사자들은 서로를 묶어 주는 보살핌 속에서 모든 참여자가 주는 사람이자 받는 사람이 되는 상호부조의 네트워크를 만들어 냈다. 그곳은 주고받음이 자연스러워 누가 주었는지 누가 받았는지도 모르게 상호부조가 일어나는 장소였다.

문탁의 독특한 사람관계는 우리가 주고받음에 능숙한 존재들이 될 수 있으리라는 믿음에서 시작한다. 아직은 미숙해서 삐걱대더라도 폐허에서 피어나는 유토피아처럼 때때로 함께 만들어 내는 연대의 순간들이 문탁을 계속 살아가게 하지 않을까?

이곳에서 우리가 피워 낸 몇 송이 희망의 꽃도 작은 씨앗으로 남아 새로운 꽃으로 피어날 것이다. 그렇게 피어난 꽃들이 세상을 조금 더 아름답게 만든다.

_달팽이(권성희)

밀양구술프로젝트, 『밀양을 살다』, 오월의봄, 2014

질기도록 굴복하지 않는 목소리들

"전기는 눈물을 타고 흐른다!" "우리가 밀양이다!" 2013년 어느 여름 날 저녁, 동네 큰길에서 한 무리의 사람들이 외치는 소리를 들었다. 그즈음 나는 SNS를 통해 밀양 송전탑 문제에 대해서 어렴풋이 알고 있었지만, 그것 말고도 심각한 사회문제는 한두 가지가 아니었기에 그중 어떤 문제도 선뜻 내 문제인 것처럼 여기진 않았다. 그런데 우리 동네에서, 그것도 나와 비슷한 또래의, 소위 '아줌마' 무리가 밀양 송전탑 문제가 마치 자기 문제인 양 말하는 것이 흥미로웠다. 밀양 문제보다는 '나와 비슷해 보이는 이들이 왜?' 이런 호기심과 함께, 나는 거리에서 마주친 그들을 마치 피리 부는 사내를 뒤쫓는 아이마냥 뒤따라갔다.

그렇게 '밀양'이라는 말의 안내를 받아 만난 인문학공동체의 친구들과 함께, 나는 밀양에 대해 공부하고, 밀양 사람들을 만나면서 송전탑이나 핵발전소 같은 것들에 대해 점점 더 알게 되었다. 열다섯 명의 밀양 사람들을 인터뷰한 이 책『밀양을 살다』역시, 그렇게 만난 친구들과 함께 읽었다. 나와 친구들처럼, 밀양과는 별 상관없어 보이는 사람들——자유기고가, 인권활동가, 작가, 기자 그리고 사진 가까지——이 밀양 사람들의 이야기를 귀 기울여 듣고 나서, 함께 한 권의 책으로 써 냈다.

이 책의 주인공들은 밀양에 초고압 송전탑 수십 기가 들어서는 것을 10여 년 동안 온몸으로 반대해 온 사람들이다. 그러나 결코 송 전탑 건설을 반대하자는 단순한 이야기는 아니다. '밀양을 살다'라 는 제목에서 짐작할 수 있듯, 이 책에 등장하는 한 사람 한 사람이 살 아온 이야기를 듣고 기록한 책이다. 특정한 사람들의 이야기지만, 그 이야기들은 단순히 한 개인의 이야기가 아니라 그 자체로 우리의 근 현대사다. 여기에는 거대한 역사적 사건들의 흐름 속에서, 힘없고 가 난하고 못 배운 누군가들의 생애가 어떻게 뒤틀리고 구부러지는지 생생하게 기록되어 있다.

'자기 말'을 갖지 못한 사람들

이 책에 등장하는 구십이 다 된 '할머니'들은, 학교 문턱에도 가 볼 시 간이 없었다. 일제 강점기에 열대여섯 살이던 그들은, 대부분 일본군 에 위안부로 끌려가지 않기 위해 서둘러 혼인을 했다. 이렇게 사느니 차라리 죽는 게 낫다고 생각할 정도로 가난하고 배고픈 전쟁의 시절 을, 대가족과 아이들을 부양해야 한다는 책임감으로 억척같이 살아 남았다. 고생한 세월을 되짚어 보는 그들의 말끝마다, 글 못 배운 게 한이라는 말이 반복된다. 거기에는 남들처럼 학교에 다니고 글을 읽고 쓸 줄 알았더라면, 그렇게나 힘든 삶을 살지는 않았을 거라는 미련이 서려 있다.

고생하며 일구어 놓은 땅에서 이제 겨우 평온하게 살 만해졌는데, 어느 날 다시 그들의 마을을 향해 송전탑과 함께 수십만의 경찰과 용역들이 들이닥쳤다. 처음 마을에 송전탑이 지나간다는 소문이 돌았을 때, 그저 전봇대 몇 개 세우나 보다 했다. 그런데 높이가 100m나 되고 폐형광등을 근처에 두면 불이 번쩍 들어올 정도로 어마어마한 전류가 흐르는 초고압 송전탑이라는 것, 게다가 그게 바로 집 뒤의 과수원과 밭 한가운데를 뚫고 지나간다는 것을 알았을 땐 이미 공사가 시작되고 있었다. 밀양 송전탑은 기장 지역의 신고리 원자력발전소(이하 '원전') 3·4호기 건설 계획과 맞물린다. 이 지역은 송전탑 투쟁이 시작된 2005년 당시에, 이미 설계 수명이 다한 고리 원전 1·2·3·4호기 그리고 새로 지어진 신고리 원전도 1·2호기가 가동 중에 있었다. 여기에 더해 정부와 한전은 같은 지역 안에 신고리 원전 3·4호기를 새로 짓기로 '결정'했고, 여기서 생산된 전력을 수도권까지 보내기로 '결정'했다. 이 모든 '결정'은 밀양을 포함해 초고압 송전탑이 지나갈 예정지의 사람들과는 '무관하게' '결정'되었다.

마을 사람들의 생각은 나뉘었다. 전쟁 때처럼 나라가 하는 일이니 어쩔 수 없이 따라야 한다고 믿는 사람들과 지금은 전쟁이 아니니까, '백성'을 위하는 나라가 이럴 리는 없다고 여기는 사람들로. 이 책의 주인공들은 후자였다. 나랏일을 하는 사람들——경찰, 공무원은 모두 배운 사람들이니까, '백성'들의 사정을 들어 본다면 현명한 판단을 내려 주지 않을까. 한데 어디에서도 이야기를 들어 줄 사람들은 없었다. 사지를 붙들어 내동댕이치는 용역과 경찰들, 그리고 그들이 읽지도 못하는 합의서에 도장 찍기를 강요하는 사람들만 있을 뿐이다. 더 억울한 건 '백성'들에게 이런 큰일이 일어나도, TV나 어디 한 군데 알려지지 않는 일이다. 그들은 지나간 험난한 세월들이 그랬듯, 송전탑이 하필 내 땅 위로 지나가는 것 역시도 글을 못 배운 탓이 아닐까 생각한다.

> "내 한이라 카면 글 많이 못 배운 거. 그기 천추의 한이라면 한이지. (……) 많이 배우지를 못해 놔노니 말로도 안 되고 글로 이 속내를 모다 써뿔면 얼매나 좋겠노. (……) 글로 써서 청와대 마당에 국회 마당에 던지 놓으면, 대통령이나 국회의원 아이라도 누구든지 보면 속내가 쪼매 해소 안 되겠나? (……) 글을 배웠으면 어디든 나서서 내 더하면 더했지. 지금 이런 꼴을 세상에 알렸을 긴데."(『밀양을 살다』, 희경님 인터뷰, 「아버님예, 너무너무 힘들어 죽겠심니더」, 134쪽. 이후 인터뷰들은 책 제목은 빼고 인터뷰이 이름과 제목으로 표기.)

그런데 나는 이분들의 이야기를 들으며 글을 많이 배웠다고 해도 역시, 자기의 억울한 사연을 세상에 알리기는 쉽지 않다는 걸 새삼 깨닫는다. 내가 배운 많은 말들은 이 세상 안에서 살아가는 내가 내 마음을 표현하는 '내 말'이 아니다. 그 말들의 대부분은 세계를 설명하는 똑똑한 누군가의 말이고, 누군가가 대표적으로 느꼈던 마음을 표현해 놓은 말들이다. 나는 말을 많이 배웠으나 그 말로 내가 느끼는 것을 표현하고 알리기보다는, 그 말에 내 느낌을 맞추고 그 말대로 내가 살아가는 경우가 훨씬 더 많다. 그래서 송전탑에 반대하는 밀양 사람들을 처음 보자마자 "보상을 더 받기 위한" 사람들이라고, 편리하게 전기를 쓸 "다수를 위해 소수가 양보해야 한다"고 아주 쉽고 빠르게 말할 수 있었던 것은 아닐까.

'말'을 시작하며, 나를 넘어서다

책 속에서 송전탑 싸움에 대해 물으면, 그들의 대답은 어떻게 나고, 어떻게 살아왔는지부터 길고 길게 이어진다. 어떻게 시집을 갔고, 전쟁과 가난 속에서 자식들을 어떻게 키워 냈으며, 빚을 내면서 얼마나 어렵게 농사를 지어 살아왔는지…. 어렵지 않은 이야기들이지만, 표준어에 익숙한 내 눈이 밀양 고유의 입말과 억양으로 두서없이 뒤죽박죽인 말을 옮겨 놓은 글을 읽어 나가는 게 쉽지 않다. 글이 조금만 길어져도 요약해 버리는 데 익숙한 나는, 그 구구절절한 이야기들의 요점이 대체 무엇인지 감을 잡기도 어렵다.

> "그래 욕보고 이 산골에서 자식들 그 많은 거 키우고 성가시키고, 땅 사고 얼마나 힘들었겠는교? (……) 그래가지고 이래 살다 죽으면 조상님들한테도 할 말이 있다, 이래 살았는데 인자는 송전탑이 들어와 다 헛게 됐어요."(조계순님 인터뷰, 「소인으로 태어나 이만하면 됐다」, 82~83쪽)

"영혼이 없다 캐도예 없진 안 합니다. (……) 이걸 막고 가야만, 우리 아버님한테 안 쫓겨 나오는데."(희경님 인터뷰, 「아버님예, 너무너무 힘들어 죽겠심니더」, 129쪽)
"고향이 아무렇게나 있어도 고향이란 말입니까?"(안영수님 인터뷰, 「어떤 대가를 치르더라도 고향은 지킬래예」, 271쪽)

한 번도 자기 말을 해본 적 없는 그들이 말을 시작하며 쏟아내는 조상, 고향, 영혼과 같은 것들이 내게는 낯설다. 글을 배우기 시작하면서부터 과학, 계산, 이익이라는 말에 익숙한 까닭이다. 동네에서 밀양을 외치는 친구들 그리고 밀양의 사람들을 만나기 전이었다면, "이미 지나간 시대의 옛사람들이 지껄이는 무식한 소리"라고 쉽게 일축했을 것이다. 그러나 귀를 기울여 들어 본다면 그들의 말은 실은 너무 단순하고 당연한 말이다. 송전탑이 박히는 땅은 그냥 땅이 아니라는 것, 어떤 장소를 '송전탑 경과지'라고 명명하며 거기에 서린 사람들의 기억과 노동과 사랑과 온 생애를 부정해 버리는 것은 정말 이상한 일이 아니겠냐고 반문하는 말이다.

밀양의 싸움이 세상에 알려지기 시작한 것은 이치우님의 분신 이후다. 답답하고 치욕스러운 상황이 계속되자 "내가 죽어야 해결될 것 같다"면서, 마을 한가운데서 자기의 몸에 기름을 붓고 불을 붙였다. 나를 비롯하여 세상의 많은 사람들이, 끊임없이 길게 그러나 외롭게 메아리치던 밀양 사람들의 절규에 귀 기울이기 시작했던 건 이때부터였다. 깨지고 부서져도 질기도록 굴복하지 않았던 그들의 목소리가 우리에게 일깨운 것은, 소수의 삶을 짓밟아 얻는 공공의 이익이란 폭력의 다른 이름일 수 있다는 것이었다. 그제야 사람들은 '그들에게 일어나는 일'이 그저 그들만의 일이 아닐지도 모른다고 생각하기 시작했다.

그렇게 깨닫고 화답하는 사람들 덕분에 밀양의 사람들은 또다시 더 많은 것들을 알게 되고, 그들과 함께 더 많은 말을 할 수 있게 되었다. 거대한 송전탑 뒤에서 '돈 계산만 하는' 원자력 산업을 핵 마피아라고 부를 수 있게 되었고, 영원히 사라지지 않을 핵폐기물을 후손들에게 물려줄 수 없다는 책임감도 생겨났다. 무엇보다도, 국책사업이라 불리는 일들이 어떻게 힘없는 '백성'——'을'(乙)——들의 눈물을 통해 힘 있는 '갑'(甲)들의 배를 불리게 되는가를 알게 되었다. 더 중요한 건 같은 처지에 놓인 이들이 당신들만이 아니라는 것, 그래서 가만히 있는다면 앞으로도 이 같은 일들이 계속해서 벌어지리라는 점이었다. 그래서 그들은 먼저 다가가 손잡자고 말할 줄도 알게 되었다. 말을 시작하자 한 사람의 슬픔은 그를 넘어서기 시작했고, 그래서 덜 외로워졌다.

"우리가 이렇게 힘들게 있으면 안 되겠다, 일어서야겠다. 그래서 우리가 용기도 주고 우리도 받고 하자. 그래서 버스 하나에다 떠났습니다. (……) 한진중공업을 시작으로 해가지고 서울에 평택, 유성기업도 갔고 용산참사 추모행사를 하는 대한문 앞에도 갔던 것 같고 곳곳을 다녔어요. 용기가 생기더라고예. 서로서로 손잡고 하면 되겠다. (……) 희망버스 1차에 와서 (……) 굉장히 뜨듯하다나 그런 느낌이 있더라고예. (……) 이래 싸우면서도 많이 힘들어도 쫌 덜 외로워요. 이렇게 하면 저쪽에서 다 알고 있다. 시민들이 격정하고 있다, 이런 게 있어요."(구미현님 인터뷰, 「세상일에 관심 끊고 무심히 살 수는 없습니다」, 226쪽)

함께 만들어 가는 '우리들의 말'

책 속에서 이야기를 들려주는 사람들은, 2014년 소위 '밀양 행정대집행'이라는 이름으로, 송전탑 반대 현장으로부터 '강제 철거'되었다. 신고리 원전 3·4호기는 계획대로 건설되었고, 밀양의 산과 들을 둘러싸고 거대한 송전탑은 계획대로 세워졌으며, 그걸 타고 초고압 전기는 흘러가고 있다. 2017년 공론화되었던 신고리 원전 5·6호기마저, 짓던 것이니 마저 지으라는 사회적 판결을 받았다. 만약 그것들이 완공되어 가동된다면 거기서 나오는 전기들 역시 밀양의 마을을 지날 것이다. 끝까지 합의서에 도장을 찍지 않았던 이들은 평생을 정답게 함께 살아오던 이웃 사람들로부터 손가락질 받으며 지금 그곳에서 고립되었다. 이들은 어리석고 잘못된 선택을 한 것일까?

"우리가 뭐 송전탑 싸움을 꼭 이긴다 카는 문제는, 그때는 막연하게 이겼으면 하는 희망이라도 있었는데, 지금은 그런 희망은 없을 것 같고 (……) 근데 이걸 함으로 해서 많은 사람들한테 송전탑이 얼마나 잘못됐고 뭐 이런 거를 알릴 수 있는 계기는 만들어 준 거 같에요. 그래서 우리 밀양이 아닌 다른 지역에서 이런 일이 있다면 더 잘 싸우지 않을까. 잘 싸울 수 있는 노하우가 생기지 않았을까 뭐 이런 생각은 듭니다. 우리가 끝은 아닌 것 같으니까."(박은숙 님 인터뷰, 「포기할 수 없지예, 우리가 끝은 아닐 테니까」, 300쪽)

이기고 진 것만을 따져 묻는다면, 돈과 권력의 힘 앞에서 못 배우고 힘없는 이들은 늘 지게 마련이다. 밀양에 송전탑이 세워졌으므로, 밀양의 송전탑을 반대하던 이들은 싸움에서 졌다. 그러나 우리에겐 이긴다거나 진다는 말만이 있는 건 아니다. 이기거나 진다는 단순한 말로는 밀양의 송전탑 싸움을 표현할 수 없고, 밀양 사람들에게 일어난 일을 설명할 수도 없다. 또 밀양에 무관심했던 내가 밀양을 알아 가면서, 밀양의 말을 알아듣게 되고 내가 밀양일 수도 있겠다고 생각하게 된, 그 많은 사건들에 대해서도 알려줄 수 없다. 그러니 질문을 '누구에게 무슨 일이 일어났는가'로 바꿔 보는 것은 어떨까.

송전탑은 세워졌지만 나는 친구들과 함께 여전히 밀양을 찾아간다. 그런 우리들과 함께 밀양의 송전탑 반대 싸움은 아직도 끝나지 않았다. "나라 뺏겼다고 독립운동 안 한답니꺼?" 우리가 찾아갈 때면 동화전 마을의 손수현 선생님이 늘 웃으며 던지는 농담이다. 밀양 사람들의 이야기를 듣고 이 책을 펴낸 저자들을 비롯하여 나와 친구들 그리고 더 많은 사람들이 밀양의 삶과 자신의 삶이 엮여 있음을 이제는 알고 있다. 이런 엮임들 속에서 너무 많은 것을 알게 되어 결코 예전의 삶으로 되돌아갈 수 없는 밀양의 송전탑 반대자들의 목소리, 『밀양을 살다』는 희망 없는 싸움 앞에 선 이들이 차근차근 읽어 나가야 할 책이 되었다.

'밀양'은 이제, 그저 하루하루 잘 살아가고 싶은 보통 사람들의 삶에 행해지는 폭력과 그에 대한 끈질긴 저항을 표현하는 보통명사다. '밀양을 산다'는 것은, 거대한 폭력 앞에서 매번 지지만 싸움 이전과는 다르게 살아갈 수밖에 없는 사람들의 삶을 표현하는 일반동사다. 이는 밀양을 사는 우리들이 함께 만들어 낸, 우리들의 말이다.

_히말라야(김정주)

문탁네트워크가 사랑한 책들

4부

한 아이를
키우려면
온 마을이
필요하다

- 교육학을 넘어 마을교육으로

1. 우리들의 소의경전, 이반 일리치와 간디

이반 일리치의 저작들은 문탁의 '소의경전'(所依經典)이다. 우리는 일리치 세미나로 문을 열었고, 매번 그를 다시 소환했고, 늘 그를 통해 우리의 초심을 살펴본다. 그는 난해하지는 않지만 매우 날카로운 방식으로 우리 삶의 전제들을 질문하고, 우리 욕망의 무의식적 지층을 헤집는다. 우리는 그를 통해 경제저 동물이 시로 경쟁하면서 사는 사회가 아니라 자율적 인간들이 서로 협력하며 사는 공동체를 꿈꿨다. 우리는 그런 공동체를 간디의 비전처럼 '마을'이라고 불렀다. '마을'은, 적어도 우리에게는, 국가 이전의 사회가 아니라 국가 너머의 사회였다.

자, 그렇다면 그런 마을은 어떤 모습일까? 또 어디서부터 시작해야 할까? 우린 가장 먼저 간디의 마을에 대한 비전을 따라가면서 우리가 만들고 싶은 마을을 그려 보았다. 마을작업장을 만들 수 있을 거야, 마을학교가 생기면 좋지 않을까? 아, 마을에는 영성센터 같은 게 필요할 수도 있어. 돈 없는 청년들이 함께 살 수 있는 마을기숙사를 운영할 수 있을까? 우리의 몸과 건강을 스스로 돌보는 마을약국 같은 것을 실험해 볼 수도 있을 거야. 마을식탁은 또 어떨까? 그것은, 생각만으로도 신나는 일이었다(그리고 9년이 지난 지금 돌이켜보니 우린 매우 많은 것들을 현실화시켰다. 그만큼 망한 것도, 말아먹은 것도 많지만^^).

동시에 우리는 일리치를 따라 '호모 이코노미쿠스'에서 '호모 하빌리스'로 변신해 가기 시작했다. 더 이상 사회가 명령하는 대로 임노동자(혹은 알바노동자), 주부, 학생 따위의 정체성으로 살 수는 없었다. 우리는 프로와 아마추어의 이분법을 교란시키면서 상품을 소비하는 자가 아니라 삶을 생산하는 자로 나아가기로 했다. 국가와 시장 너머의 마을을 만들어 간다는 것은 동시에 다른 개인, 새로운 주체성들이 탄생되어 간다는 의미이기도 하다.

우리는 마치 콰키우틀 인디언들이 포틀래치를 통해 서로에게 새로운 이름을 부여하듯, 우리끼리 서로에게 새로운 이름을 부여하기 시작했다. '사방에 사건을 일으키는 자', '세상에 하나뿐인 위대한 자', '얼굴이 네 길이나 되는 자', '언제나 포틀래치 댄스를 여는 자', '음식을 주는 자', '카누들이 그를 향해 가는 자', '그의 모든 신체가 재물인 자', '걷는 동안 언제나 담요를 선사하는 자', '배부르게 하는 자'처럼 창의적이고 멋있는 인디언 이름은 아니었지만 우리는 마을목수, 마을교사, 마을샤먼, 마을약사, 마을이발사, 마을셰프 같은 직업을 떠올리기 시작했다. 그즈음 만들었던 우리의 명함에는 문탁네트워크라는 공통의 이름 이외는 모두 빈칸으로 남겨져 있었다. 바야흐로 우리는 새로운 정체성의 지대로 이동 중이었다.

2. 새로운 주체의 탄생 ─ 마을교사

당시 문탁의 많은 회원들이 이런저런 가르치는 일에 종사하고 있었다. 학원에서 가르치는 사람, 과외를 하는 사람, 학습지 교사… 물론 학교 교사나 대학 선생도 있었다. 우리 중 누군가는 정규직이었고 또 누군가는 비정규직이었다(당연히 비정규직이 훨씬 많았지만). 누군가는 가르치는 일을 좋아했고, 또 누군가는 목구멍이 포도청이라, 어쩔 수 없이 가르치는 일을 하고 있었다. 어쨌든 가르치는 일을 할 자원은 넉넉했다.

한편으로는 문탁에 접속하는 청년, 청소년들도 점점 늘어났다. 문탁에서 걸어서 15분 거리에 있는 '성심원'이라는 시설에서 살고 있는 중학생 남학생들이 문탁을 연 첫해부터 문탁에 오고 있었고 (우리는 이 친구들을 '악어떼'라고 부른다), 대학을 가지 않았거나 대학을 갔어도 맘을 붙이지 못하고 있었던 청년들이 문탁 주변을 어슬렁거리고 있었다. 동네에서 기타를 메고 다니거나 랩을 읊조리고 다니던 청(소)년들도 이런저런 인연을 타고 문탁 프로그램에 결합했다. 한마디로 마을학교가 생길 수 있는 여러 가지 여건이 갖추어져 가고 있었다. 그러나 마을학교가 제도학교의 단순한 보완물로 그치지 않기 위해서는 무엇보다 우리 스스로가 '마을교사'라는 새로운 주체가 되어야 했다. 그것은 비노바 바베가 말하는 대로 "자기 삶에 의문 부호를 달고 이를 충족시키려는 의욕이 있는 자, 함께하는 학생들에게 정보가 아니라 지식에 대한 갈증을 유발시킬 수 있는 자, 계기가 생길 때마다 삶과 노동의 과정을 설명해 줄 수 있는 역량이 있는 자, 그들을 둘러싼 환경 전체를 교육의 수단으로 만들 수 있는 자, 즉 교육이 그 자체로서 발생하도록 해야 하는 자"가 되는 것이었다. 무엇보다 마을교사는 가르치기 전에 먼저 배우는 자여야 했다.

2013년 우리는 〈마을교사 아카데미〉라는 것을 만들었다. 그리고 12주에서 16주 정도를 하나의 시즌으로 하여 '반(反)-교육학' 세미나를 시작했다. 일리치가 말하는 것처럼 우리가 꿈꾸는 마을학교에서의 앎과 삶은, 누군가의 구원을 위해 누군가를 조작할 수 있다고 생각하는 근대 교육학의 오만으로부터 철저히 결별해야 하는 것이었기 때문이었다.

미셸 푸코, 파울루 프레이리, 자크 랑시에르, 에드워드 사이드, 사사키 아타루 등을 읽어 나갔다. 푸코를 통해 근대학교를 계보학적으로 고찰하고, 프레이리를 통해 앎과 삶이 일치하는 페다고지를 사유했다. 랑시에르를 통해 지적 해방은 결국은 정치적이고 민주주의적인 기획이라는 것을 배우고, 사이드나 사사키 아타루를 통해 읽기의 불온성과 급진성을 고민했다. 그리고 그 모든 것은 '좋았다'! 우리는 정말 새로운 것을 해볼 수 있을지도 몰라. 파지스쿨은 그렇게 시작되었다.

3. 파지스쿨 — 세상에 하나밖에 없는 학교

마을학교는 어떤 모습이어야 할까? 한편으로 그것은 일리치가 이야기한 것처럼 학년(연령)으로 나뉘어 교사가 만들어 놓은 커리큘럼에 따라 전일제 수업을 하는, 그런 학교여서는 안 되었다. 그러나 동시에 그것은 소소한 프로그램을 나열해 놓는 곳이 아니라 비전과 담론, 형식을 갖춘 학교일 필요가 있었다. 그래야만 지금의 학교 제도에 근본적 균열을 낼 수가 있다.

학교를 벗어난 학교. 학교가 아닌 학교. 일종의 형용모순! 그럼에도 불구하고 우리는 거기서 출발할 수밖에 없었다. 근대학교처럼 구조화되어 있지도 않지만 그렇다고 어떤 형식도 없는 것은 아닌, 그 무엇을 만들어 내야 했다. 우리는 일단 덜 구조화된, 언제라도 변신이 가능한 1년짜리 단기 미니학교로부터 시작하기로 했다.

일단, 학년제를 갖지 않고 전일제 수업은 하지 않는다. 열일곱 이상이면 함께 공부하는 데 전혀 문제가 없으니 연령별로 학년을 나누는 것은 의미가 없다고 생각했다. 또한 아이들이, 꼭, 매일 학교에 가야 할 이유는 없으니 전일제 수업을 하지 않기로 했다. 일주일에 이틀, 4블록으로 시간표를 짰다. 근거가 무엇이냐고? 그냥 감(感)이었다. 일주일에 하루는 친해지기에도 시간이 너무 많이 걸릴 것 같았고 그렇다고 일주일에 세 번 수업을 하기에는 마을교사들이 부담스러웠다(솔직히 마을교사들은 자기 공부만으로도 바쁘고 벅찬 사람들이다). 일주일에 이틀 정도가 교사에게도 학생들에게도 적당하다고 여겼다. 아이들은 일주일 중 이틀 이외의 나머지 날들은 자기 볼일을 봐도 좋고 아니면 문탁에 나와 만화를 보든지, 다른 강의나 세미나에 참여하든지 하면 된다고 생각했다.

그리고 그런 최소한의 형식──일주일에 이틀 수업, 인문, 고전, 외국어, N프로젝트* 등의 4블록으로 구성된 커리큘럼──조차 마을

---

* N프로젝트는 학생들이 혼자서 혹은 팀으로 하고 싶은 공부나 활동을 하는 프로그램이다. 농부를 꿈꾸는 친구는 '청소년농사연구소'를 꾸릴 수 있고, 영화를 만들고 싶은 친구는 '독립영화동아리'를 꾸리는 식으로 운영될 수 있다.

학교의 본질이 아니라 단순한 출발점에 불과한 것이라고 생각했다. 당시 우리가 공부했던 마뚜라나 & 바렐라의 텍스트들, 그들의 '자기조직화'(autopoiesis)나 '발제'(發製, enact)라는 개념들이 많은 도움이 되었다. 앎이란 대상에 대한 표상적 인식이 아니라 마뚜라나식으로 이야기하면 세상과 접속하면서 자기를 매번 다시 생성하는 문제라는 것, 자기조직화적인 인지에서는 특별한 중앙처리장치가 존재하지 않고 매번 네트워크 사이의 연결 강도와 타이밍만이 문제가 된다는 것. 또 바렐라식으로 다시 이야기하면 우리한테 중요한 것은 대상에 대한 노 홧(KNOW-WHAT)이 아니라 주변과 관계를 맺는 체화된 '노하우'(KNOW-HOW)라는 것 등이 우리를 고무시켰다.

　마뚜라나 & 바렐라를 통해 우리는 마을학교에 대한 진리주장을 하거나 마을학교에 대한 그림을 그리는 것은 아무 의미가 없다는 것을 알게 되었다. 오히려 마을학교는 어떠한 근거도 갖지 않아야 하고 가질 필요도 없었다. 그것은 우리의 앎으로 매번 새로 써 나가는 세계, 몸으로 구성해 나가는 우주라는 것을 깨닫게 되었다. 그런 차원에서 가장 표상적이지 않은 이름이 필요했다. 추상적이면 추상적일수록 좋을 수 있었다. 각자 맘대로 생각하면, 어쩌면 더 좋을 수도 있다. 우리는 그 학교의 이름을 '파지사유'라는 공유지에서 이루어지는 학교라는 것 이외에는 그 어떤 것도 떠올릴 수 없는, '파지스쿨'이라고 붙였다. 그 학교는 2014년 가을에 문을 열었다.

4. 마을의 색깔이 바뀌고 있다

파지스쿨의 정원은 열다섯 명이었다. 그 정도면 너무 크지도 않으면서 내부적 역동성도 갖출 수 있을 것이라고 생각했다. 그런데 현실은 만만치 않았다. 2014년에 문을 연 이후 3년간, 학생 수는 대체로 대여섯을 넘지 못했다. 물론 숫자가 중요한 것은 아니다. 파지스쿨러 대부분은 파지스쿨을 좋아했다. 누군가는 평생 처음 "공부가 재밌다"고 했고, 누군가는 여기에서 우정을 쌓았다고 했다. 1년 과정을 마치고 일반학교로 돌아간 친구도 있고, 검정고시를 통해 대학에 간 친구도 있고, 더 넓은 세상을 보겠다고 긴 여행길에 오른 친구도 있지만 이들 모두 파지스쿨에서 사심 없는 우정의 힘과 점수와 무관한 공부의 힘을 알게 되었다. 어쩌면 이걸로 충분할 수도 있다.

하지만 숫자가 아무 의미가 없는 것 또한 아니다. 숫자가 너무 적으면 역동성이 떨어지고 그만큼 자족적으로 되기 쉽다. 마을교사들에게 줄 수 있는 월급이 너무 적은 것도 현실적으로 문제가 되었다. 2017년 파지스쿨은 문을 열지 못했다.

그러나 대반전! 파지스쿨이 문을 닫자 오히려 문탁 곳곳에서 젊은이들이 더 많이 보이기 시작했다. 우리 세대처럼 후배들의 공부를 촉발시키는 청년들이 등장하고 활약하기 시작한 것이다. 20대의 명식과 고은이 꾸린 〈길 위의 인문학〉*을 통해 모인 낯선 10대들이 마

---

* 〈길 위의 인문학〉은 10대 후반에서 20대 초반의 청년들이 모여 텍스트와 당대의 현장을 읽는 인문학 프로그램이다.

치 유령처럼(?) 여기저기서 출몰하곤 했다. 명식과 동은이 함께 꾸리는 〈중등인문학교〉*는 공지를 올리면 3분 만에 정원이 마감되는 문탁의 가장 핫한 프로그램이 되었다. 지금 명식은 중학생들과 책을 읽었던 2년간의 경험을 통해 이계삼의 『청춘의 커리큘럼』 같은 그런 책을 쓰고 있다. 이계삼과 우리는 마을교육 때문에 인연을 맺은 게 아니라 밀양 투쟁으로 만났지만, 늘 인연은 알지 못하는 곳으로 흐르면서 새로운 사건을 만들어 내는 모양이다.

2018년 파지스쿨은 다시 문을 열었다. 물론 이번에도 입학한 학생 수는 매우 적다. 하지만 이제 파지스쿨은 문탁에서 좀 다른 용법이 되어 가고 있는 것 같다. 여전히 마을교사라는 새로운 정체성을 형성하는 것도 중요하고, 마을학교라는 실험도 유효하지만, 이제 파지스쿨은 단독으로 존재한다기보다는 보다 넓은 문탁-청년-네트워크의 한 계기로 작동한다. 파지스쿨러 중 누군가는 파지스쿨에서 공부하면서 동시에 2018년 결성된 청년인문학스타트업 〈길드다〉에 부분적으로 결합되어 있다. 또 어떤 친구는 파지스쿨러이면서 동시에 문탁 〈청년예술프로젝트〉의 구성원이기도 하다. 파지스쿨은, 처음부터 애매했지만 날이 갈수록 점점 더 애매해져 가고 있고, 마을학교는 점점 더 액체적인 네트워크로 변하는 것 같기도 하다.

하지만 그게 무슨 대수이랴? 돌이켜보니 2010년 일리치와 간디에서 시작된 이 길은 결코 처음 구상한 대로 만들어지진 않았지만, 어찌어찌 좌충우돌하는 동안 샛길들이 만들어지고 그곳으로 더 많

* 〈중등인문학교〉는 중학생을 대상으로 하는 책 읽기 프로그램이다.

은 다양한 청년들이 모여 들었다. 이제 우리는 세대를 횡단해 가면서 또다시 함께 걷기 시작한다. 아마도 마을의 색깔과 냄새와 분위기는 달라질 것이다. 예기치 않은 쪽길, 샛길, 갈림길들도 더 많이 생겨날 것이다. 하여, 더 즐겁지 않겠는가.

_문탁(이희경)

이반 일리치, 『학교 없는 사회』, 박홍규 옮김, 생각의나무, 2009

'학교화 되지 않는 사회' 만들기

학교를 없애자고?

이반 일리치(Ivan Illich, 1926~2002)의 『학교 없는 사회』는 문탁에서
남녀노소를 막론하고 모두가 읽은 책으로, 그야말로 문탁의 경전과
같은 책이다. 나도 문탁에서 처음 이 책을 읽었다. 일리치라는 사람
도 낯설었는데 불온해 보이는 『학교 없는 사회』라는 제목도 그다지
끌리지 않았다. 그후에도 난 원하든 원치 않든 상관없이 문탁의 여러
세미나에서 이 책을 읽게 되었다. 번역이 이상하다는 둥, 절판되었다
는 둥 여러 악조건 속에서도 우린 읽었다. 심지어는 학교를 탈출해
나온 청소년들과도 함께 읽었다. 만약 문탁에 『학교 없는 사회』를 읽
지 않은 사람이 있다면 그는 간첩(?)이다.

그럼 학교를 없애자는 것인가? 난 한 번도 학교가 없는 삶을 상상해
본 적이 없다. 지금 학교 붕괴가 일어나는 것은 학교가 아니라 학교
교육이 비정상적으로 흘러가는 것이 문제이고, 그 주범은 거대한 사

교육 시장이라고 생각했다. 학교는 원래의 목적대로 굴러가기만 하면 참 좋은 것이고, 부모들의 욕심인 사교육만 없애면 나아질 것이라고 생각했다. 그래서 나는 학교 정상화를 위해 친구들과 함께 품앗이 모임을 만들기도 하고, '사교육걱정 없는 세상' 단체를 지지하기도 했다. 학교 학부모회에 들어가 활동하며 더 나은 학교 문화를 만드는 데 힘을 보태기도 했다. 사교육 없이 공교육만으로 아이를 잘 키워 보리라! 이것이 나의 작은 꿈이었다.

그런 행보 속에서 우연히 문탁에 오게 되었다. '근대학교, 교육을 성찰한다'는 주제가 나의 관심을 확 끌었고 이곳에서 나는 『학교 없는 사회』라는 책을 만난 것이다. 아마도 난 더 나은 학교의 모습을 만들기를 기대하며 이 모임에서 학교를 위한 무언가를 배워 가려 했던 것 같다. 그러나 첫날부터 튜터는 과격하게 '이제 우리는 학교에 대해 사망선고를 하고, 생명 연장 장치를 거두어야 한다. 뿐만 아니라 학교에 들어가는 천문학적 공적 자금을 멈추어야 한다'라고 말했다. 학교에 대해서 이렇게 얘기하다니? 내가 오지 말아야 할 곳에 온 건 아닌지 불안했다. 게다가 저자 일리치는 한술 더 떠서 학교 그 자체도 문제이지만 '사회가 학교화되어 가는 것'이 더 문제라고 했다.

이게 뭐지? 그럼 이제 학교는 내가 기대했던 혁신학교나 대안학교, 진보적 교육감으로도 해결하지 못하는 문제가 된 것인가? 학교 절대화에 빠져 학교 자체에 대해 아무런 의심도, 질문도 못했던 나에게 이 책은 새로운 문제 제기였다. 나는 다시 천천히 책을 살펴봐야 했다. '학교 없는 사회'가 무엇인지가 궁금했다.

학교화가 뭐지?

『학교 없는 사회』의 원제는 'Deschooling Society'이다. 정확하게 이야기하면 '학교화되지 않는 사회'라는 뜻이다. 학교가 뭐가 문제지? 우리가 공부를 하기 위해서는 책도 필요하고, 선생님도 필요하고 여러 가지가 필요하다. 그리고 당연히 '학교'라고 하는 것도 필요하다. 학교는 배우기 위해서 인간이 문화적으로 발명한 제도이다. 그런데 어느 순간 학교라고 하는 곳은 배워야 한다고 하는 그 목표를 잃어버렸다. 오히려 학교가 아이들이 배우지 않았는데도 배웠다고 착각하게 만들고, 배우는 것을 질리게 만드는 곳이 되어 버린 것이다.

우리는 실제로 학교가 아닌 곳에서 더 많이 배운다는 것을 알고 있다. 학교보다 TV를 보거나 책을 읽으며, 동네에서 어른들과 친구를 만나며 새롭게 알아 가는 것이 훨씬 많다. 이건 학교가 만들어지기 이전부터 쭉 그래 왔다. 그러나 방방곡곡 학교가 자리를 잡은 오늘날에는 졸업장이 우리의 배움을 증명하는 것처럼 되어 버린 것이다. 이제 증명서나 졸업장, 자격증이 없는 배움을 인정해 주는 곳은 점점 더 찾아보기 힘들어진다. 이것이 '학교화'가 만들어 낸 착각인 것이다.

많은 학생들, 특히 가난한 학생들은 자신들에게 학교가 무엇인지를 직관적으로 알고 있다. 그러나 학교는 그들이 과정과 실체를 혼동하도록 '학교화' 한다. 이처럼 과정과 실체가 혼동되면 새로운 논리, 즉 노력하면 노력할수록 더욱더 좋은 결과가 생긴다든가, 단계적으로 올라가면 반드시 성공한다는 식의 논리가 생겨난다. 그런 논리에 의해 '학교화된' 학생들은 수업을 공부라고, 학년 상승을 교육이라고, 졸업장을 능력의 증거라고, 능변(能辯)을 새로운 것을 말하는 능력이라고 혼동하게 된다. 뿐만 아니라 학생의 상상력까지도 학교화돼, 가치 대신 서비스를 받아들이게 된다. 즉 병원의 치료를 건강으로, 사회복지를 사회생활의 개선으로, 경찰 보호를 사회안전으로 (……) 그 결과 건강, 공부, 존엄, 독립, 창조 자체는, 그런 목표에 봉사하는 것이라고 강변되는 제도의 수행보다 열등한 것으로 정의된다.(『학교 없는 사회』, 23~24쪽)

그러나 이보다 더 커다란 문제는 우리가 학교에서 배우는 걸 당연히 여기다 보면 학교를 졸업한 이후에도 모든 것을 제도에, 서비스에 의존하는 삶을 당연하게 받아들이게 된다는 것이다. 다시 말해 우리가 특정한 제도나 서비스를 이용하는 것만이 그 가치를 지키는 것으로 생각하게 되고 점점 더 전문가에 대한 의존을 높이게 된다는 것이다. 일리치는 이런 것을 '가치의 제도화'라 불렀고, 가치의 제도화가 확산된 사회를 '학교화된 사회'(schooled society)라고 하였다. 심지어 '가치의 제도화'는 물질적 오염, 사회적 양극화, 심리적 무능화를 초래하며 우리를 점점 더 무능력하게 만들게 된다.

어디에서나 학교화의 숨은 교육 과정은, 과학적 지식에 의한 관료제가 유효하고 호의적인 것이라는 신화를 시민들에게 믿게 한다. 어디에서나 이 동일한 교육 과정은, 생산이 증가하면 생활도 더 좋아진다고 하는 신화를 학생들에게 침투하게 한다. 어디에서나 그것은, 자기 패배적인 서비스 소비의 버릇, 인간을 소외시키는 생산, 안이한 제도 의존, 제도를 서열화하는 인식을 발전시킨다. 교사가 정반대의 노력을 한다고 해도, 또 어떤 이데올로기가 지배적이든 간에, 학교의 숨은 교육 과정은 이 모든 일을 다 하고 있다. (『학교 없는 사회』, 150쪽)

이해하기 쉽게 병원의 예를 들어 보자. 이제 사람들은 아프면 일단 병원에 간다. 먼저 자신의 몸에 대해 살피거나 생각해 보지 않고 전문가인 의사가 있는 병원으로 달려가는 것을 최선의 해결책으로 여긴다. 심지어 병원이 아닌 곳에서의 치료를 우린 돌팔이, 야매 등으로 비하시킨다. 아이가 아픈데 민간요법으로 해결하려 하면 무식한 엄마, 무심한 엄마 취급을 받기도 한다. 곧장 병원에서 진단받고 전문가인 의사가 시키는 대로 해야 최선을 다하고 있다고 여기는 것이다. 병원에 대한 이러한 맹신이 우리를 1년에 한 번씩 비싼 가격의 건강검진과, 종합병원에서 권하는 과잉된 치료를 순순히 받아들이게 만들었다.

우리는 동네에 병원이 많이 지어지면 덩달아 우리들의 건강 수준도 높아진 것이라 믿게 된다. 그뿐 아니라 우리는 CCTV가 많이 달려야 안전하다고 생각하고, 사회연금을 더 많이 받아야 좋은 사회라고 믿는다. 이렇게 우리는 지금 아무 의심 없이 근대적 국가가 제공하는 제도적 서비스에 의존하는 삶을 살고 있는 것이다.

부자나 빈자나 모두, 그들의 삶을 이끌고 그들의 세계관을 형성하며 합법성을 정의하는 학교와 병원에 의존한다. 이 두 가지는 스스로 공부함은 신뢰할 수 없는 것이고, 스스로 치료함은 무책임한 짓이며, 행정당국에 의해 비용이 지불되지 않는 주민조직은 공격적이거나 파괴적인 활동일 뿐이라고 주장한다. 이 두 집단은 제도적 보호에 의존하므로 제도에 의존하지 않는 독립적인 활동을 회의적으로 본다.(『학교 없는 사회』, 27쪽)

사람들이 가졌던 질문들

나는 솔직히 『학교 없는 사회』가 쉽게 읽히지 않았다. 물론 책의 내용도 어려웠었지만, 내용만큼이나 긴 해설도 부담스러웠다. 게다가 7개의 챕터로 되어 있는 이 책은 일리치가 짧게 발표했던 팸플릿 형식을 모아 출판하였기에 많은 내용이 서로 겹쳤다. 그래서 일관되게 이 책의 내용을 파악하기는 쉽지 않았다. 그러나 생각해 보면 그것은 이 책의 논지가 우리에게 익숙하지 않기 때문이었다.

『학교 없는 사회』를 읽은 후 세미나에서 어른들이 가장 많이 하는 이야기는 이렇다. '그럼 아프면 병원 가지 말라고?', '그럼 애들 학교 보내지 말라고?' 이런 질문들이 가장 보편적인 반론이다. 지금 우리는 제도가 없는 사회를 상상하기 힘들다. 제도가 없다는 것을 발달단계에서 뒤떨어진, 미개한, 원시적인 사회라고 받아들인다. 제도적 서비스가 강화되는 것이 더 안심되고, 더 진보적이고, 더 좋다고 믿는 것이다. 중학교만 의무교육인 것보다는 고등학교까지 의무교육인 게 더 좋고, 애들에게 밥 주는 사회가 더 좋은 사회라고 굳게 믿고 있다. 그것이 바로 선진국의 상징이고 그에 못 미치는 국가를 후진국이라 여긴다. 이쯤 되면 학교의 존속 논쟁보다 제도적 서비스에 종속되어 있는 것이 왜 문제인지에 대한 고민이 시작된다.

> 학교에 의존하는 것에 대한 대안은 사람들에게 공부를 '하게 하는' 새로운 방법에 공적 자원을 사용하는 것이 아니라, 인간과 환경 사이의 교육적 관계에 대한 새로운 방식을 창조하는 것이다. 이 방식을 만들기 위해서는 성장에 대한 태도, 공부에 유용한 도구, 일상생활의 질과 구조가 동시에 바뀌어야 한다. (……) 그들이 좌절하고 있음에도 새로운 제도를 만들지 못하는 까닭은 상상력이 결여된 탓만이 아니라 적절한 언어를 모르거나 자기 이익을 개발하지 못하기 때문이다. 그들은 비학교화된 사회나 학교가 없어진 사회의 교육제도를 상상할 수 없다.(『학교 없는 사회』, 148쪽)

이렇기에 일리치는 늘 우리에게 논쟁적인 텍스트이다. 그런데 의외로 어른들보다 젊은이들이 훨씬 더 일리치의 글을 잘 이해한다. 학교를 그만두고 나온 친구들이 읽은 『학교 없는 사회』는 어른들의 고민과 사뭇 다르다. 17살 해은이는 고등학교를 진학하지 않고 문탁에서 공부하는 친구이다. 해은 엄마는 해은이가 고등학교에 복학하여 졸업장을 얻거나, 아니면 먹고사는 것을 위해 기술을 배우기를 원했다. 해은이는 마지막 에세이 발표회에 부모님을 초대했고 「엄마의 걱정에게」라는 제목의 글을 부모님 앞에서 읽었다.

엄마는 날 걱정했다. 뭘 먹고살지. 힘들게 살지 않을지. 사실 그런 걱정을 안 하는 사람이 어디 있겠느냐마는 내가 엄마의 걱정이 답답했던 것은 엄마의 해결책이 늘 내가 내키지 않는 것으로 귀결됐기 때문이다. 최근 들어 엄마는 학교를 다니거나 기술을 배우는 길 중 하나를 양자택일하라는 듯 내게 요구했다. 이유를 물으니 무슨 능력이 있어야 일을 하고 돈을 벌어 살 거 아니냐고 말했다. 그럼 왜 하필이면 학교를 다녀서 능력을 기르길 강요하는 걸까. (……) 엄마가 강력히 요구하는 학교는 이런 측면에서 오히려 나를 무력하게 만든다고 생각한다. 수업을 듣는 것을 공부에 대한 욕구의 충족과 동일하게 여기는 학교에서 몇 년을 보내면 사치란 어떤 제도의 소비에 의해서만 이루어질 수 있는 것이라고 믿게 될 것이다. 나중에는 내게 어떤 욕망이 생겨난다 해도 그것을 내 힘으로 채울 생각을 하지 못하게 될 것이다. 학교야말로 스스로 생산해 내는 능력을 기르기 위해 피해야 하는 제도인 것이다.

발표회 날 우리는 해은이와 해은 엄마의 눈물을 보았다. 어디 해은이 엄마뿐이랴. 우리도 청소년인 아이가 학교를 그만둔다고 하면 화들짝 놀라지 않는가? 아이에게 그냥 좀 더 다녀서 졸업장만이라도 따고 나오라고 설득한다. 이렇게 우리가 같이 『학교 없는 사회』를 읽었다고 단번에 '엄마들의 걱정'이 사라지지는 않는다. 그러면 왜 아이들과 달리 어른들은 『학교 없는 사회』를 쉽게 받아들이지 못하는 것일까? 아마 그것은 우리가 무엇을 잃고 있거나, 잊고 있기 때문일 것이다. 우리는 학교가 없어도 배움이 있었던 때의 능력을 점점 잃어

버렸다. 우리가 한때 병원 없이, 스스로 치유하던 적이 있었다는 것을 자꾸 잊고 있는 것이다. 무언가에 의해 우리는 스스로 행하는 기쁨을 잃고 재화나 서비스를 소비하도록 강요받는다. 몸은 병원, 머리는 학교, 이동은 교통에 맡기는 것을 우리는 진보라고 믿는다. 나아가 그러한 제도나 기관에 대한 의존 욕구가 마치 인간의 권리인 양 받아들이게 된 것이다.

학교는 등급화된 진급이라는 의례적 게임과 같은 그 구조로 인해 사회적 신화의 유일한 창조자이자 유지자로 봉사하고 있다. 이러한 도박적인 의례에 들어가는 것은, 무엇이 어떻게 가르쳐지는 것보다 더욱더 중요하다. 학교가 교육하는 것은 게임 그 자체이고 이는 핏속 깊이 침투해 하나의 습관이 된다. 그 결과 하나의 사회 전체가 서비스의 '끝없는 소비 신화'로 들어가게 된다. 이는 끝없는 의례 속에 형식적으로 참가하던 것을, 모든 곳에서 의무적이고 강제적으로 강요하는 정도에 이르게 하고 있다. (……) 학교는 진보적 소비라고 하는 신성한 경기에 신참자들을 참가시키는 입문의 의례이자, 그 학구적인 목사들이 충실한 신자와, 특권 및 권력을 갖는 신 사이를 조정하는 역할을 수행하는 의례이고, 그 탈락자를 저개발의 속죄양으로 낙인찍어 희생시키는 속죄의 의례다.(『학교 없는 사회』, 97쪽)

디스쿨링 문탁네트워크

나는 이제 『학교 없는 사회』의 메시지가 학교를 없애자거나 없애지 말자라는 그런 주장이 아니라는 것은 확실히 알겠다. 이 책은 우리에게 어떻게 '더 자율적인 주체로 살아갈 수 있는가' 하는 질문을 던지는 것이다. 우리 사회가 학교화되어 있다는 것을 깨닫고 그것을 벗어나는 힘들을 기르는 것이 중요하다는 것을 알려 주는 것이다. 또 학교화되지 않는 사회를 만드는 상상력을 기르는 것이 필요하다는 것이다.

그러고 보니 우리가 문탁에서 하는 모든 활동들이 제도를 서비스로 이용하는 것이 아니라 어떻게 하면 주체적으로 살 수 있는지에 관한 실험들이다. 우리는 조금 아프다고 무조건 병원에 쪼르르 달려가지 않는다. 누가 아프다고 하면 일단 양생을 공부하는 친구가 다가와 손을 따 주거나, 뜸을 놓아 주거나, 지압을 해준다. 어디가 어떻게 아픈지, 나의 체질은 어떠한지 같이 생각해 준다. 그리고 체질을 바꾸자며 단식을 권하거나, 체력을 기르자며 운동을 권한다. 그러나 우리는 체력을 기른다고 해서 헬스장에 등록하지는 않는다. 문탁 강의실에 요가 매트를 깔고 친구와 함께 요가를 하거나, 탄천길 산책팀을 꾸린다.

우리가 만들어 내는 것은 그뿐만이 아니다. 중국어를 배우려고 학원에 가는 것이 아니라 중국어 능력자를 찾아 함께 중국어 세미나 팀을 꾸린다. 또 손으로 자기가 가지고 싶은 가방을 만들기도 하고, 몸에 좋은 차를 만들어 먹기도 하고, 1년에 몇 번 안 쓰는 물건을 구입하지 않는 대신 서로 돌려 쓰는 장터를 열기도 한다.

우리는 이렇게 자기가 필요한 가치를 제도적 서비스에 의존하지 않고 스스로 구성해 내는 것을 늘 실험하고 경험하고 있다. 그러나 이 모든 것들이 항상 성공하는 것은 아니다. 생각해 보면 우리는 그동안 많은 활동들과 세미나를 만들어 냈고, 또 그와 비슷한 수의 모임과 활동을 말아(?)먹었다. 심지어는 '학교가 아닌 학교'를 만들어 보겠다고 덤벼들어 3년 넘게 고전 중이기도 하다. 그러는 와중에도 우리는 우리의 활동이 제도와 서비스에 갇혀 있지는 않은지 늘 의심하고 서로에게 질문을 던져 본다. 그것이 가끔은 피곤하고 지난하여 짜증이 나기도 한다. 그러나 잠시 머뭇거리면 다시 제도 안에 갇히게 된다는 것을 알고 있기에 늘 경계한다. 이런 실험들이 쉽지는 않지만 '학교화되지 않는 사회'를 만들기 위해 꼭 해야만 하는 일이고, 상상력을 발휘하여 만들어 내야 하는 것이라는 것을 우리는 모두 알고 있다.

가치의 제도화에 물든 사회는, 상품과 서비스의 생산을 그것들에 대한 수요와 동일시한다. 사람들로 하여금 생산을 요구하게 만드는 교육은, 생산가격에 포함된다. 학교는 사람들로 하여금 현재와 같은 사회가 필요하다고 믿게 만드는 선전기관이다. 그러한 사회에서는, 한계가치가 지속적으로 스스로를 초월하게 된다. 이는 소수의 최대 소비자로 하여금 지구를 고갈시키는 힘을 위해 경쟁하게 만들고, 그들 자신의 비대해져 가는 배를 채우게 하며, 자기보다 약한 소비자를 규율에 복종하게 만들고, 자기가 소유하는 것으로 여전히 만족하고 있는 사람들을 억지로 없애고자 만든다. 따라서 이처럼 만족할 줄 모른다는 풍조야말로 물질적 환경 파괴, 사회적 양극화, 심리적 수동성을 만드는 근본 원인이다.(『학교 없는 사회』, 213쪽)

_노라(정성미)

간디, 『마을이 세계를 구한다』, 김태언 옮김, 녹색평론, 2006

결코 사라지지 않는 간디의 꿈

간디의 재발견

간디(Mahatma Gandhi, 1869~1948)! 계몽사 위인전집의 한 인물. 물레로 실을 잣고, 비폭력 무저항을 주장했던 인도 독립의 아버지. 그러나 나는 그런 간디에게 단 한 번도 매혹된 적이 없었다. 대학 입학 후 자본주의의 구조적 모순을 알게 되면서 러시아혁명의 지도자 레닌(1870년생)에게 매료되었고, 제국주의에 맞선 식민지해방투쟁의 역사를 배우면서 마오쩌둥(1893년생)이나 호치민(1890년생)에게 빠져들었다. 이에 비해 '비폭력'을 주장한 간디는 시시했다. 그의 '물레'는 조선의 물산장려운동과 겹쳐졌고, 그의 '자치'는 식민지 조선의 변절자들, 1920년대 문화운동의 기수들——이광수(1892년생), 최남선(1890생), 김성수(1891생) 등——의 이미지와 오버랩되어 갔다.

그런데 우연히 비노바 바베(Vinoba Bhave, 1895~1982)라는 인물을 알게 되었고 그의 삶과 교육 이론에 깊은 감명을 받게 되었다. 그 역시 식민지 인도에서 태어났는데 당시 인도의 다른 청년들처럼 그에게는 두 가지 길이 놓여 있었다고 한다. 정신적 영지인 히말라야로 가는 길, 아니면 식민지독립투쟁의 메카인 벵골로 가는 길, 그도 한 때 이 선택지에서 망설였지만 결국 이 두 가지가 합쳐진 간디에게로 갔다는 것이다. 난 이 이야기를 읽으면서 간디에 대한 새로운 호기심이 생겼다. 간디에게는 '뭔가 있다'! 대부분의 식민지독립투쟁이 빠져들었던 '진보주의'를 가뿐히 벗어나는 그 무엇! 자기 시대의 에피스테메를 벗어나 새로운 사유의 선분을 그려 갔던 그 무엇!

간디를 직접 읽어야겠다고 생각했다. '나의 진리실험 이야기'라는 부제가 붙어 있는 그의 『자서전』(1925; 『간디 자서전』, 함석헌 옮김, 한길사, 2002)을 읽었고, 남아공 시절의 투쟁 경험과 사유실험이 집약되어 있는 『힌두 스와라지』(1909; 김선근 옮김, 지만지, 2008)와 『마을이 세계를 구한다』(Village Swaraj, 1962) 등을 읽어 나갔다. 역시 예상대로였다. 그는 결코 올드하고 뻔하고 시시한 인물이 아니었다. 그는 '인도 독립의 아버지'라거나 '물레질을 하는 성인'이라는 상투적 이미지로 박제될 수 있는 인물이 아니었다. 한마디로 그는 오래된 미래, 위대한 영혼! 그는 나에게 엄청난 영감을 주는 스승이 되었다. 나아가 내가 속한 공동체, '마을에서 만나는 인문학 공간'을 표방하던 문탁네트워크의 실제적 비전이 되었다.

자기통치로서의 스와라지

흔히 자치로 '번역'되는 '스와라지'(Swaraj)는 원래 『우파니샤드』

(Chandogya Upanishad 7장25절 2구)에 나오는 철학적 용어였는데 힌두교 개혁운동가이자 힌두 민족주의의 창시자인 사라스바티(Dayananda Sarasvati, 1824~1883)에 의해 정치적 맥락에 삽입되었다고 한다.

우선 당시 인도 상황을 간략히 살펴보자. 영국은 처음에는 동인도회사를 통한 간접 지배를 하다가 인도인들의 세포이항쟁(1857)을 계기로 무굴왕조를 무너뜨리고 전면적이고 직접적인 지배에 나선다(1877). 이후 인도인들은 '국민회의'를 창설(1885)하여 반영(反英)운동을 전개하는데, 스와라지는 스와데시(Swadeshi, 영국제품 불매운동), 보이콧운동, 국민교육운동과 더불어 인도국민회의가 1906년 대회에서 채택한 4대 강령 중 하나였다. 그러나 스와라지가 무엇인가를 둘러싸고 온건파와 강경파가 대립, 급기야 인도국민회의는 1907년 분열된다.

이런 정세 속에서 당시 남아프리카에 있던 간디는 1909년 '힌두 스와라지'(인도의 자치)라는 주제의 글을 쓴다. 그것은 1776년 미국의 「독립선언문」이나 1919년 식민지 조선의 「기미독립선언문」과 같은 일종의 인도판 「독립선언문」인데, 스스로 쓰지 않고서는 견딜 수 없었다는 이 글은, 실제로는 그 이전의 어떤 「독립선언문」과도 닮은 구석이 없었다. 왜냐하면 그가 주장한 것은 개인의 자유와 평등도 아니고 민족의 독립과 보존도 아니었기 때문이다. 그가 말한 '진정한' 스와라지란 인도국민회의 내 온건파가 주장하는 대영제국 내의 자치도 아니고 강경파가 주장하는 제국 밖에서의 독립도 아니었다. 그는 '스와라지'란 "신성한 말, 베다의 말로 자기통치, 자기억제를 뜻하며"(『마을이 세계를 구한다』, 27쪽), 무엇보다 "자기 자신의 마음을 다스리는 것"(『힌두 스와라지』, 178쪽)이라고 말한다. 한 치 앞을 알 수 없는 긴박한 정치투쟁의 장에서 한편으로 뜬금없게도 느껴지는 이 말은, 바로 그 이유 때문에 간디의 정치노선이 당시의 다른 정치노선과 근본적으로 얼마나 다른지를 나타낸다.

그렇다면 자기통치, 자기억제, 자기를 다스린다는 '스와라지'란 도대체 무엇일까? 간디의 직접 설명을 듣기 전에 그의 삶과 사상적 이력 속에서 그 개념이 잉태되고 출산되는 과정을 살펴보자.

어린 시절 간디는 힌두 전통이 아니라 영국 문명을 사랑했다. 영국 지배는 미웠지만 영국 문명은 동경의 대상이었다. 카스트제도, 육식 금지, 조혼 풍습이 있는 인도는 교화시키고 개혁시켜야 할 대상이었고 영국식 정치, 영국식 식생활, 영국식 의복은 좇아야 할 규범이었다. 그걸 배우기 위해 기꺼이 영국 유학을 감행했고 변호사 자격을 취득했고 조국 개혁의 열망을 품고 귀국한다.

하지만 정신적으로 자신을 인도가 아니라 영국과 동일시했던 이 식민지 엘리트 청년은 일자리를 찾아 남아프리카로 가는 길에 충격적 사건을 겪는다. 당시 간디는 변호사였고 1등석 차표를 지녔지만 "같이 못 타고 가겠다"는 백인의 말 한마디에 강제로 끌려나와 낯선 기차역에 버려진 것이었다. 산산이 부서진 판타지. 자신은 제국의 신민이 아니라 이주노동자 쿨리와 같은 2등 인간이었다. 이후 간디는 5만 명에 달하던 남아프리카 인도인 이주 노동자들의 '인권변호사'가 되었고 점차 반영 정치투쟁의 지도자가 된다.

그런데 여기서 주목해야 하는 것은 초기부터 간디의 투쟁에는 남다른 점이 있었다는 것이다. 예를 들면 이런 질문들이다. 영국의 지배에 반대하기 위해 영국에 대한 증오를 부추기는 것은 영국과 닮아 가는 것이 아닐까? 적과 싸우기 위해 적과 닮아 가는 것은, 간디로서는 납득하기 어려웠다. 또 이런 것들도 있다. 공적 활동을 하는 사람이 공적 업무에 대한 보수를 받아도 될까? 혹은 공공기관을 기금으로 운영하는 것이 맞을까? 그는 평생 공적 업무에 대한 보수를 받지 않았으며 "공공기관도 자연과 마찬가지로, 그날그날 살아가는 것이 이상적"(『간디 자서전』, 287쪽)이라고 생각했다. 간디에게 정치투쟁이란 단순히 빼앗긴 것을 되찾는 권리투쟁이 아니었다. 그것은 인간의 존엄을 지키고 세계의 진실을 사수하는 문제였다. 목적뿐만 아니라 수단도 진실되어야 하는 싸움. 자기희생을 기꺼이 감수해야만 도달하는 고결한 성취. 그것은 정치투쟁임과 동시에 윤리적 각성의 과정이었고, 돌고 돌아 도달한 자신의 뿌리, 인도 『베다』(Vedas)의 가르침이었다. 여기에 톨스토이의 기독교 정신, 러스킨의 약자의 경제학이 덧붙여지면서 근대정치학의 예외인 간디적인 정치학이 탄생한 것이다.

간디에게 스와라지란, 그렇기 때문에 진리에 대한 헌신과 다른 것이 아니었다. 그리고 그 진리란 그 어딘가에 객관적으로 따로 존재하는 것이 아니라 매 순간 자신을 걸고, 자신을 변형시킴으로써만 도달할 수 있는 자기통치의 순간들이었다. '스와라지'는 그런 자기변형의 정신, 자기통치의 이상이다.

마을 스와라지의 정치학

제국주의 지배에서 벗어나서 정치적 독립을 달성할 것! 모든 피식민지의 정언명령이다. 그런데 독립의 내용은? 간디는 독립인도가 영국과 같은 의회 통치나 러시아와 같은 소비에트 통치, 이태리와 같은 파시스트적 통치를 의미하는 것이 아니라고 말한다. 그것은 그들의 전통이고 그들의 선택이었다. 인도는? 독립인도는? 간디의 비전은 국가 없는 사회, 인도 70만 개 마을의 네트워크로 구성되는 마을연방공화국이다. 바로 '마을 스와라지'!

간디는 영국의 인도 지배가 영국인의 지배라기보다 영국 문명의 지배, 더 정확하게는 영국 문명이 상징히는 근대 산업 문명, 기계 문명의 지배라고 보았다. 그는 철두철미하게 동력기계에 의존하는 산업 문명에 반대한다. 그것은 거대한 독점과 경쟁에 기반을 둔 시스템이고 독점과 경쟁은 인간을 무기력하게 만들고 탐욕과 폭력에 의존하게 만들기 때문이다.

먼저 독점과 무기력. 당시 인도에는 영국의 방적기계로 만든 면직물이 싼 가격으로 수입되고 있었기 때문에 물레의 실잣기를 통해 존엄한 생계노동을 했던 수많은 인도 사람들의 일자리가 사라졌다. 한때 자립적이고 자율적으로 일했던 사람들은 지금은 거대한 공장이나 광산에서 혹은 도시의 큰 부자들의 저택에서 비참하게 일하고 있다. 쥐꼬리만 한 수입, 무기력한 삶. 그나마 일자리도 찾지 못하는 극도의 궁핍함. 당시 인도 대부분의 사람들은 비참했고, 술과 아편에 의존하여 하루하루를 꾸역꾸역 살고 있었다.

그리고 경쟁과 폭력. 산업 문명은 경쟁에 의존하고 돈벌이를 추구하는데 그것은 인간의 탐욕을 부추기고 인간관계의 폭력성을 증대시킨다. 도대체 왜 인도가 식민지가 되었는가? 물론 동인도회사의 지배와 착취 때문이었다. 그러나 단순히 그뿐이었을까? 이면에는 돈을 벌기 위해 인도로 들어온 영국 상인만큼이나 단숨에 돈을 벌고자 했던 인도인의 욕망과 협력이 있었다. 힘 있는 자만이 힘 없는 자를 착취하는 것은 아니다. 자매가 자매를 착취한다. 인도 도시의 휘황찬란한 부는 결코 "영국이나 미국에서 오지 않았다. 그것은 가장 가난한 이들의 피에서 나온 것이다"(『마을이 세계를 구한다』, 51쪽).

영국 지배를 종식시킨다는 것은, 따라서 간디 입장에서는 영국 없는 영국식 통치를 넘어서는 것, 군사 대국이라는 폭력성과 부유한 국민이라는 탐욕에서 벗어나는 것이었다. 하여 간디가 "꿈꾸는 스와라지는 가난한 사람의 스와라지"이다. 그것은 "뼈만 남은 인도의 민중을 해방시키는 것을 뜻한다. 완전한 스와라지는 벙어리가 말하기 시작하고, 절름발이가 걷기 시작하는 상태를 의미한다"(『마을이 세계를 구한다』, 30쪽).

마을 스와라지는 기본적인 생계를 마을 내에서 해결할 수 있는 마을산업을 가지고 있을 것이다. 목화를 키우거나 때로는 쓸모 있는 환금 작물을 키울 수 있는 땅이 있고, 농사를 돕거나 단백질을 공급해 주는 가축이 있고, 깨끗한 물을 공급받을 수 있는 자체적인 급수 시설을 갖게 될 것이다. 또한 마을산업에서의 모든 노동은 협동체제로 수행된다. 불가촉천민이라는 등급이 있는 카스트제도는 더 이상 존재하지 않는다.

또한 마을 스와라지는 해마다 최소한의 자격 요건을 갖춘 성인

남녀들이 선출한 다섯 명으로 된 판차야트(마을회의)가 운영한다. 그들은 입법·사법·행정의 일을 맡을 것이며, 마을의 일은 상호 섬김과 비폭력의 정신에 의해 수행된다.

무엇보다 마을은 '나이탈림'이라는 새로운 교육을 제공한다. 그것은 머리뿐만 아니라 손이 부지런해지는 교육이며, 영적 능력을 확대하는 교육이며, 마을의 삶과 한 치의 어긋남도 없는 앎을 획득하는 교육이다.

이것이 합쳐지면 마을 스와라지는 네 개의 꼭짓점을 갖게 된다. 첫번째는 정치적 독립, 두번째는 경제적 자립, 세번째는 도덕적 권위, 네번째는 영적 고양. 간디는 이것을 "스와라지의 사각형"이라고 불렀고, 인도의 70만 개의 마을 모두가 이런 사각형에 도달하는 게 결코 불가능한 것이 아니라고 생각했다. 왜냐하면 여기에는 개인의 자유에 기초한 완전한 민주주의가 있고, 개인은 자신의 정부를 만드는 건축가이며, 그렇게 만들어진 마을은 폭력적 세계의 힘에 맞설 수 있기 때문이고, 대부분의 인간은 진짜 그것들을 원하기 때문이다.

다시 간디에게로

판디트 네루는 산업화를 원한다. 그는 그것이 사회화되면 자본주의의 사악함에서 자유로우리라 생각하기 때문이다. 나 자신의 견해로는 사악함은 산업주의에 내재하는 것이어서 산업을 아무리 사회화해도 그 사악함을 제거할 수는 없다. (……) 나는 한 사람 한 사람이 모두 원기왕성하고, 완전히 발달된 사회구성원이 되길 바란다. 마을들은 자족적으로 되어야 한다. (……)

인도가 서구식의 산업주의를 따르게 되는 일은 절대 없기를 기원한다. 하나의 조그만 섬나라의 경제적 제국주의가 오늘날 온 세계를 구속하고 있다. 만일 3억 인구의 나라 전체가 그와 유사한 경제적 착취를 하기 시작한다면 그것은 메뚜기 떼처럼 온 세계를 헐벗게 만들 것이다. (……)

인도의 운명은 서구의 피투성이의 길을 따라 있는 것이 아니라 단순하고 경건한 생활에서 나오는 평화의 길을 따라 놓여 있다. (……) 인도는 자신을 위해서 그리고 세계를 위해서 그것에 맞설 만큼 강해져야 한다.(『마을이 세계를 구한다』, 42~43쪽)

1947년 8월 15일 영국의 인도 지배가 종식되었다. 간디가 평생 원했던 일이었다. 그러나 간디는 그날 어떤 일도 하지 않았다. 오히려 그는 자신이 실패했다고 생각했다. 왜냐하면 그 독립은 온갖 적대와 폭력 속에서 힌두와 이슬람이 결국 결별을 하는 분단 인도가 탄생하는 날이었기 때문이다. 뿐만 아니다. 평생 간디를 추종했고 간디에 의해 후계자로 지명 되었던 네루는 간디의 스와라지 이상을 버렸다. 얼마 지나지 않아 간디는 극단적인 힌두교도에게 암살을 당했다.

그리고 70년이 훌쩍 지났고, 난 몇 년 전 그토록 고대하던 인도 여행을 하게 되었고, 도처에서 간디를 만날 수 있었다. 일단 인도의 모든 돈에는, 그것이 10루피이든 50루피든 100루피든 간디의 얼굴이 인쇄되어 있었기 때문이었다. 뿐만 아니라 주요 도시마다 간디광장이 조성되어 있었고 간디의 동상이 서 있었다. 인도 제2의 도시라는 뭄바이에는 '간디 로드'라는 길도 조성되어 있었다. 그러나 '헐벗은' 간디 동상(간디는 위대해질수록 옷을 아주 조금 입었다^^)은 대문짝만 한 광고판 사이에서 생뚱맞고 초라해 보였다. 뭄바이 '간디 로드'는 식민지풍 건물들로 위풍당당한 인도의 월 스트리트였다. 간디는 인도 도처에 있었지만 간디의 이상은 인도 어디에도 남아 있지 않은 것처럼 보였다.

『마을이 세계를 구한다』는 1962년 인도의 한 출판사에서 '스와라지'에 관한 간디의 글들을 모아 편집한 책이다. 간디가 『힌두 스와라지』(1909)를 발표한 지 53년 만이고, 간디가 암살되고 14년이 지난 후이다. 이 책에는 간디의 '스와라지' 정신부터 마을 스와라지의 실제적인 디테일——예를 들어 마을에서 소 키우는 법, 퇴비 만드는 법, 물레로 실 잣는 법, 기타 마을사업 아이템(벌치기, 곡식 찧기, 비누 만들기, 종이 만들기, 성냥 만들기, 무두질, 기름 짜기 등), 마을통화, 마을교통, 마을위생, 마을식탁 등——까지, 한마디로 스와라지의 A부터 Z, 모든 것이 담겨 있다. 그리고 이 책은 다시 40년이 지난 2006년 한국의 작은 출판사(녹색평론사)에 의해 번역되어 마치 간디처럼 작고 소박한 모습으로 출판되었다.

난 간디가 잊히는 것보다 매번 엉뚱한 시간에 엉뚱한 곳에서 간디의 책이 다시 편집되고 출판되고 읽힌다는 것에 더 주목한다. 신기하지 않은가? 2000년대 한국에서, 퇴비를 만드는 자질구레한 방법 따위가 수 페이지에 걸쳐 설명되어 있는 간디의 '마을 스와라지'에 관한 책이 번역되고 있다는 것이?

언젠가 간디는 이런 말을 한 적이 있다. "빈틈없이 무장되어 있고 과시적인 힘을 자랑하는 이 세계에서 혼자서 그러한 소박한 삶을 살아갈 수 있을 것인지 의심하는 사람들이 있을 것이다"(『마을이 세계를 구한다』, 41쪽)라고. 간디의 대답은 간단하고 명료했다. 소박한 삶이 살 만한 가치가 있는 것이라면 그 시도는 해볼 만한 가치가 있는 게 아니겠냐고. 오직 한 개인이나 한 집안만이 노력한다 하더라도 말이다.

간디가 맞았다. 실패는 그때도 있었고 지금도 있고 앞으로도 있을 것이다. 그러나 간디의 고귀한 이상, 존엄해지려는 열망과 함께 잘 살고 싶어 하는 꿈은 사라지지 않는다. 지금 여기, 도시의 변방, 용인 동천동 작은 골목에서 우리도 간디와 같은 그런 꿈을 꾸고 있지 않은가.

_문탁(이희경)

자크 랑시에르, 『무지한 스승』, 양창렬 옮김, 궁리, 2016

'가르칠 자격'에 대하여

누군가를 가르칠 자격

문탁네트워크에서 활동하다 보면 종종 세미나를 주도하거나 강의를 진행하게 되는 경우가 생긴다. 교사라고까지 하기에는 뭣하지만 다른 누군가를 '가르치는' 사람이 되는 것이다. 한데 최선을 다해 설명하고 질문하고 대답해 가며 그 시간을 마치고 나면 문득 스스로에게 질문을 던지고 있는 자신을 발견한다. 과연 나는 다른 누군가를 가르칠 수 있는 사람인가? 가르치는 사람이란 어떤 사람인가?

일반적으로 우리 사회에서 가르치는 사람이란 가르치는 자격을 갖춘 사람이며, 가르칠 자격이라 함은 국가 혹은 그에 준하는 기관에 의하여 증명되어야 하는 무언가다. 그런데 우리는 그 자격과 능력이 반드시 일치하는 건 아니라는 사실을 이미 알고 있다. 같은 교사 자격증을 갖고 있다 해도 잘 가르친다는 평가를 받는 이가 있는가 하면 도통 무슨 소리를 하는지 모르겠다는 평가를 받는 사람도 있는 것이다.

이 문제를 해결하기 위해 교육 기관들은 가르칠 자격을 가진 이들로 하여금 더욱 과학적이고 효율적인 지식 전달 기술들로 무장하게 하여 자격과 능력 사이의 괴리를 해결코자 한다. 즉 이 문제에 대해 그들은 다음과 같이 말한다——가르치는 사람이란 공인된 자격을 갖춘 사람이며, 그는 곧 그가 탁월한 지식 전달의 기술을 가졌음을 의미한다(그래야만 한다). 그것이 이 복잡한 실타래를, 고르디우스의 매듭을 풀어내기 위한 그들의 답이다. 그 답을 따라가자면 가르치는 사람이 되기 위해 내가 해야 할 일도 명확해진다. 그들이 가르칠 자격과 능력을 일치시킬 때까지 기다린 뒤에 그들이 시키는 대로 따르면 된다. 나는 언젠가 매듭을 풀러 올 자를 기다리는 고르디온의 시민이어야 한다.

그러나 나는 여기서 어떤 알렉산드로스에 대해 이야기하려 한다. 그는 매듭을 풀러 온 사람이 아니다. 그는 고르디온 사람들의 기다림을 끝내러 왔지만, 그들이 기다려 온 것을 줌으로써 끝내려 함은 아니다. 그의 이름은 자크 랑시에르(Jacques Ranciere, 1940~)고, 그는 무지한 스승에 대하여 말하러 왔다. 가르치지 않음으로써 가르치는 자에 대하여.

최고의 스승이 바보를 만든다

랑시에르의 『무지한 스승』은 한 프랑스인에 대한 이야기와 함께 시작된다. 조제프 자코토는 프랑스의 저명한 교수였으나 당대의 정치적 풍파에 휘말린 끝에 네덜란드 왕의 초청을 받아 네덜란드 학생들을 가르치게 되었다. 문제는 그가 네덜란드 말을 할 줄 몰랐다는 것이었고, 그의 가르침을 염원한 학생들도 프랑스어를 할 줄 몰랐다는 점이었다. 그러나 학생들은 여전히 자코토에게 배우고자 했고, 자코토 역시 그런 학생들을 저버릴 수는 없었다. 그런 그의 눈에 들어온 것이 마침 프랑스어-네덜란드어 대역판으로 출간된 『텔레마코스의 모험』이라는 책이었다. 자코토는 통역사를 시켜 학생들에게 책에 실린 네덜란드 번역문을 함께 실린 프랑스어 텍스트와 견주어 가며 스스로 공부하라 전했다. 학생들이 제1장의 절반 정도를 그렇게 읽어내자, 자코토는 다시 그들이 읽은 내용을 계속 되풀이하고 나머지 부분은 수업 시간에 이야기를 나눌 수 있을 정도로만 읽으라고 지시했다. 그것이 자코토가 한 일의 전부였다.

그런데 놀라운 일이 일어났다. 오직 그 지시만으로도, 그 외에는 가장 기본적인 프랑스어 교육조차 없었음에도 학생들은 놀라운 속도로 프랑스어를 익혀 나갔다. 학생들은 스스로 단어들을 연결시키고 형태 변화 용법을 파악해 나갔으며, 서툴게 문장을 조립하기 시작하더니 점점 더 세련된 문장을 만들어 나가기 시작했다. 결국 얼마 가지 않아 학생들은 거의 모국어를 다루듯이 프랑스어를 자신들의 것으로 만들었다.

이 조제프 자코토는 그의 학생들을 '가르친' 것인가? 자코토와 학생들 사이에는 그 어떤 지식도 오가지 않았다. 단어 하나, 문법 하나 오간 적이 없다. 학생들은 그들 스스로 프랑스어를 익힐 방법을 찾아 나가며 습득하였다. 일반적인 상식으로 볼 때 자코토의 학생들은 사실상 독학을 한 것이다. 대부분의 사람들은 자코토의 행위를 교육이라 인정치 않을 테고, 따라서 그가 스승의 역할을 했다는 사실에도 동의하지 못할 것이다. 우리의 상식으로 생각할 때 스승은 제자보다 더 많은 지식을 가진 자이고, 그 지식을 모자란 제자에게 전수해 주는 자여야 한다. 이 상식선에서 '무지한 스승'이란 표현은 성립 자체가 불가하다. 대체 아는 것이 없는데 무엇을 타인에게 전할 수 있을까? 최고의 스승은 그 둘 모두가 뛰어난 자여야 한다. 제자보다 더 많이 아는 자, 또 그것을 효과적으로 전수할 줄 아는 자. 그럼으로써 지적으로 우위에 서는 자.

랑시에르가 문제를 제기하는 건 바로 이 지점에서이다. 그는 두 가지 능력을 고루 갖춘 최고의 스승이야말로 제자를 바보로 만드는 자라고 일갈한다.

바보를 만드는 자는 이해하기 어려운 지식을 학생의 머릿속에 주입하는 늙어 빠진 둔한 스승이 아니다. 하물며 자신의 권력과 사회질서를 공고히 하기 위해 표리부동한 진리를 실천하는 사악한 존재도 아니다. 반대로 바보를 만드는 자는 유식하고 식견 있으며 선의를 가졌을수록 더 유능하다. (……) 식견 있는 교육자의 고민은 이런 것이다. 꼬마가 이해할까? 이해 못하지. 그에게 설명해 줄 새로운 방식을 찾아야지. 원리에서 더 엄밀하면서도 형식에서 더 흥미를 유발하는 그런 방식을. 그리고 아이가 이해했는지 검증해 보아야지.

(……) 그러나 설명을 들은 꼬마는 자신의 지능을 애도 작업에 쏟

을 것이다. 이해하기, 다시 말해 누군가 그에게 설명해 주지 않으면 자신은 이해할 수 없다는 사실을 이해하는 작업 말이다. 아이는 더 이상 회초리가 아니라 지능의 세계에 세워진 위계에 복종한다.(『무지한 스승』, 21~22쪽)

뛰어난 교수법을 지닌 교사일수록, 효과적으로 지식을 전달하는 교사일수록 배우는 자를 그에게 더욱 의존하게 만든다. 어떤 앎에 스스로 도전하기보다 누군가 그것을 자신에게 친절하게 설명해 주고 이해시켜 줄 때까지 그저 기다리는 존재로 만든다. 그 제자가 설령 나중에 또 다른 누군가의 스승이 된다 하더라도 그 과정은 다시 되풀이된다. 오직 전해 주는 자와 받는 자가 있으며 점점 더 공고해지는 지적인 위계질서 속에 제 힘으로 지성의 바다를 헤쳐 나가는 그들의 능력은 모두 퇴화한다. 랑시에르는 자코토의 말을 빌려 이를 바보 만들기의 과정이라 부른다.

이것이 왜 문제인가 묻는 사람도 있을 것이다. 지식을 전달받는 게 그리 큰 문제인가? 자기 스스로 깨치든, 누군가의 설명을 통해 이해하든 결국 지식을 갖게 되는 것은 마찬가지가 아닌가? 더욱이 후자의 방법이 훨씬 더 빠르고 효과적일 때도 많지 않은가? 그것은 사실이다. 수학 문제를 던져 주고 스스로 풀이 방법을 찾게 하는 것보다는 공식을 암기시키는 것이 몇 배는 더 빠르다. 하지만 암기시킬 공식이 없을 때에는? 공식을 가르쳐 줄 선생이 없을 때에는 어찌할 것인가? 그러한 상황들이 우리 시대에 존재하지 않는다고는 그 누구도 말할 수 없을 터다. 우리 삶 속에 던져지는 끝없는 문제들, 때론 미시적이고 때론 거시적이며 실제로는 그 두 가지 차원에서 동시에 전개되는 수많은 문제들에 대해 우리는 끊임없이 생각하고 행동하기를 요구받는다. 이사하여 가구를 놓고자 할 때, 사회의 부조리에 대한 자녀의 질문에 대답할 때, 난민 정책에 대한 투표를 해야 할 때…. 이미 우리는 점점 더 스스로 생각하기를 포기하고 전문가들에게 그 권리와 책임을 떠넘기고 있지 않은가. "더 똑똑한 사람들이 알아서 하게 하시오." 자신의 무능력을 인정하고 또한 실감하면서.

하지만 랑시에르는 다시 고개를 내젓는다. "더 똑똑한 사람 따위는 없소."

지성의 평등은 무지한 스승을 가능토록 한다

그렇다. 그는 더 똑똑한 사람 따윈 없음을, 모든 인간에게는 각자의 지적 능력이 있고 그것을 단일한 기준을 가진 위계에 따라 배열하는 건 무의미한 일임을 주장한다. 중요한 것은 그런 줄 세우기가 아니라 만인이 각자의 지적 능력을 '해방'할 수 있도록 하는 일이다.

> 자코토에게 문제는 해방이었다. 모든 보통 사람이 자신이 인간으로서 존엄함을 파악하고, 자신의 지적 능력의 진가를 알아보며, 그 능력을 쓰기로 결정할 수 있어야 한다. (……) 무언가를 배우라. 그리고 그것을 이 원리, 즉 모든 인간은 평등한 지능을 갖는다는 원리에 따라 나머지 모든 것과 연결하라.(『무지한 스승』, 38~40쪽)

랑시에르의 해방 개념을 좀 더 상세히 설명하자면 다음과 같다. 일반적으로 스승이 제자를 가르칠 때에는 두 가지 영역에서 연결이 이루어지는데, 하나는 지능의 영역이고 하나는 의지의 영역이다. 랑시에르가 말하는 스승은 이 둘 중 오직 의지의 영역만을 연결시키는 스승, 즉 제자로 하여금 배울 의지를 불러일으키게 만드는 스승이다. 지능의 연결은 곧 제자의 지능이 스승의 지능에 종속되는 지적 위계의 형성을 의미하기 때문이다. 즉 랑시에르가 말하는 종속되지 않는 배움, 스스로가 지성의 길을 찾아 나가는 힘은 의지와 깊이 연결되어 있으며 랑시에르는 그를 '보편적 가르침'이라고 표현한다. 스승이 제자에게 행하는 것이 아님에도 '가르침'이라 표현되는 것에 유의해야 한다.

실제로 자코토의 네덜란드 제자들은 자코토에게 무언가를 배우고 싶다는 열망과 의지에 가득 차 있었고 그것은 그들로 하여금 각자의 지성으로 미지의 학문(프랑스어)과 마주하도록 했다. 그들은 자코토와 대화를 나누기 위해 마치 어린 아이가 모국어를 배우듯 비교하고, 흉내 내고, 관찰하고, 연결시키고, 되풀이하며 프랑스어를 깨쳤다. 이 또한 우리와는 먼 이야기라 속단하지 말자. 영어 교과서를 붙들고 끙끙대던 이들이 미국으로 건너가 새로운 삶의 활기와 부대껴 가며 문법도 제대로 모르면서 영어를 익혀 가는 경우를 이미 우리는 알고 있지 않던가.

이 사실, 진정한 스승의 역할이 제자에게 지적 의지와 열망을 불러일으키고 그것을 유지토록 할 수 있게 하는 것이라는 사실, 중요한 건 지식의 소유 여부가 아닌 의지의 촉발이라는 점을 받아들인다면 또한 우리는 무지한 스승의 존재도 받아들일 수 있다. 무지한 스승이라는 단어 자체가 갖는 파격은 우리를 당혹스럽게 하지만 그것을 엮어 나가는 디테일들은 이미 우리도 충분히 알고 있는 것들이며 동시에 애써 무시해 왔던 것들이기 때문이다. 만인은 평등한 존재이지만 지적으로는 불평등하다는 모순. 랑시에르의 파격은 바로 그 모순을 폭로하고 있기에 파격인 것이고, 어쩌면 그가 말하고자 하는 사실 자체는 지극히 당연한 것이기도 하다.

자, 그럼 이쯤에서 다시 최초의 질문으로 돌아가 보자.

가르치는 사람은 누구인가? 그것은 자코토와 랑시에르가 대답해 주었다. 그는 곧 배움의 의지를 불러일으키는 사람이다.

그렇다면 나는, 아니 우리는, 다른 누구를 가르칠 수 있는 사람인가? 우리는, 누군가에게 배움의 의지를 불러일으킬 수 있는 사람인가?

홀로 책을 읽는 것과 함께 책을 읽는 것의 차이

문탁네트워크에서 활동하면서 종종 듣게 되는 질문 중의 하나는 "왜 책을 꼭 여럿이서 읽나요?" 하는 것이다. 혼자 읽는 것과 여럿이서 읽는 것의 차이는 실제로 체감하기 전에는 좀처럼 알기 힘든 것이고, 모든 세미나의 커리큘럼이 홈페이지를 통해 공지되기 때문에 세미나에는 나오지 않고 커리큘럼에 따라 집에서 혼자 책을 읽어 나가는 사람들도 있다. 하지만 그럼에도 나는 그 둘 사이에 분명한 차이가 있다고 말하고 싶다.

그 차이란 무엇일까. 대개는 여럿이서 함께 책을 읽으면 일종의 스터디 그룹과 비슷한 효과가 날 것이라고 여긴다. 텍스트를 더 정확하고 효율적으로 독해할 수 있게 되는 효과 말이다. 물론 서로가 모르는 부분을 짚어 주기 때문에 분명 그런 효과가 있다. 그러나 기본적으로 해석과 해석이 엇갈리고, 특히 교통 정리가 가능한 튜터가 없을 때에는 끝끝내 누구의 해석이 옳은지 결론이 나지 않은 채 마무리되는 경우도 많다. 각자가 알고 있는 지식과 정체성을 가지고 텍스트를 해석하기에 때로는 엉뚱한 이야기로 빠지기도 하고, 어느 날엔가는 하루 종일 당대의 토픽만 가지고 이야기하다가 시간을 날려 먹기도 한다. 즉 반드시 텍스트 독해의 효율 때문에 함께 책을 읽는 것은 아니다. 앞의 문맥에서 이미 알아차린 사람들도 있겠지만, 내가 생각하기에 홀로 읽는 것과 함께 읽는 것의 차이는 바로 의지의 촉발에 대한 차이이며, 서로가 서로에게 스승이 되어 주는 데서 오는 차이이다.

함께 책을 읽는 사람들 사이에는 매우 자연스럽게 공통의 언어, 공통의 주제, 공통의 담론이 형성된다. 책에서 사용하는 용어를 함께 해석하는 과정에서 공통의 언어가 만들어지고, 책의 주제를 공유하니 당연히 공통의 주제가 되며 그로부터 공통의 담론이 나오는 것이다. 이것은 다시 공통의 목표와 공통의 정체성을 생산한다. 우리는 함께 읽는 사람들이고, 함께 읽자는 것. 다만 '공통'이라는 말이 반드시 모두가 같은 말을 한다는 사실을 의미하진 않는다. 오히려 앞서 말했듯 해석과 입장에 따른 충돌이 이어지게 되며, 바로 그 충돌의 대화야말로 각자가 자신의 지적 능력을 최대한 활용하고 이끌어 내는 기회를 제공한다. "왜 저 사람은 저렇게 말하는가?" "왜 나는 이렇게 생각하는가?" 질문들은 꼬리를 물고 이어지며, 때때로는 텍스트를 넘어 자신의 삶 자체에 대한 질문까지 이어지기도 한다. 그 공통적이면서도 개인적인 경험이 배움의 의지를 촉발하는 것이며, 의지를 촉발시키는 서로는 서로의 스승이 된다.

문탁에서의 강의도 마찬가지다. 문탁에서는 매해 적지 않은 강의들을 하는데, 그 강사들의 면면을 보면 때로는 이름난 학자일 때도 있지만 때로는 그리 유명하지 않은 활동가일 때도 있으며, 또 때로는 그저 문탁에서 함께 공부하는 동료일 때도 있다. 이와 같이 강사들이 들쭉날쭉한 까닭은 그 어떤 강의이건 간에 강의가 강의 그 자체로 완결되는 것이 아니라 일정한 공부의 흐름 속에 위치하는 까닭이다. 무슨 뜻인가 하면, 앞서 세미나를 하며 해당 주제에 대한 여러 책들을 읽고 나눈 끝에 또 하나 새로운 공통의 지성을 촉발하는 과정으로서 강의가 포함된다는 뜻이다. 혹은, 강의가 끝난 뒤에도 그 주제에 대하여 더 많은 이야기와 질문들을 던지기 위한 배움과 갈무리의 자리가 계속해서 이어진다는 뜻이다. 강사는 지식을 전달하고, 수강생들은 그 지식을 수용한 뒤 끝나는 것이 아니라 앞으로 혹은 뒤로 더 많은 스승들과 제자들이 생겨나는 과정 속에 강의를 배치한다는 의미이다. 그렇기에 얼마나 많은 것을 아는 강사인가, 또 얼마나 효율적으로 지식을 전달하는 강사인가는 어떤 의미에서는 부차적이다. 물론 새로운 이야기들을 명확히 전달해 주는 목소리일수록 좋이야 하겠지만 오직 그것이 유일한 가치는 아니게 된다.

알렉산드로스의 검

이러한 공통의 배움이 이루어지는 공간은 만인이 만인에게 스승이 되는 관계를 형성한다. 또한 그러한 관계는 배움의 의지를 불러일으키고, 배움의 의지는 자신의 삶을 향해 던지는 질문으로 이어지며, 그런 질문들은 궁극적으로 삶의 형식을 바꾸는 단초가 된다.

언제부터인가 스승, 제자, 가르침, 배움과 같은 단어들은 실질적인 삶과는 유리된 것처럼 여겨져 왔다. 우리에게 있어 유일한 교육의 공간으로 알려진 학교와 학생이라는 신분은 '사회인'이 되기 위한 이전 단계로 국한된다. 스리슬쩍 유행하기 시작한 '멘토'라는 말은 고단한 일상의 바깥——치유받고 휴식할 수 있는 '힐링'이라는 영역에 갇혀 버렸다. 다 큰 성인들이 집과 일터에서 부대끼는 시간들에는 좀처럼 그와 같은 단어들이 끼어들 틈이 없다. 우리는 스스로를 더 이상 배울 필요가 없는 사람이거나 혹은 배울 능력이 안 되는 사람으로 여긴다. 이러한 시대에 랑시에르가 던지는 질문, 모두가 알고 있음에도 묵인해 왔던 모순 위에 일으킨 파문, 그가 내리친 알렉산드로스의 칼은 우리에게 많은 것을 시사한다.

나는 누군가를 가르칠 수 있는 사람인가? 그렇다. 나도, 당신도, 우리 모두는 분명 많은 것에 대해 무지하지만 서로에게 의지의 가르침을 행할 수 있다. 그리고 그래야만, 우리의 삶과 세계의 주인으로서 변화를 가져올 수 있다.

_차명식

움베르또 마뚜라나·프란시스코 바렐라, 『앎의 나무』, 최호영 옮김, 갈무리, 2007

안다는 것에 대한 착각
— 앎, 존재, 행위는 나눠지지 않는다

사람들이 책을 보는 이유는 뭘까? 우리는 왜 하나라도 더 알려고 할까? 잘 살고 싶어서다. 번개가 치는 원리를 알면 공포에 떨지 않고 위험을 피할 수 있고, 달과 지구 사이에 어떤 힘이 작용하는지 알면 조수간만의 차를 이용하여 전기를 만들어 낼 수도 있다. 우리는 이런 이유로 공부한다고 생각한다.

그런데 우리가 공부와 앎을 이런 방식으로, 다시 말해 객관적 진리 혹은 법칙을 아는 것이라고 생각하는 데에는 이유가 있다. 17세기 뉴턴이 사물의 역학법칙을 발견한 이후 우리에게 뭔가를 안다는 것, 인식하는 것은 이 법칙, 사실을 발견하는 것이 되었기 때문이다. 우리는 어렵지 않게 이후의 앎의 행보를 예상할 수 있다. 우리는 더 많이 공부해서, 세계에 대한 더 많은 지식을 확보하면 잘 살 수 있을 것이라고 생각했다.

예상한 대로 세계에 대한 우리의 인식은 엄청나게 확대되었다. 이제 우리가 만들지 못하는 것이 거의 없고, 모르는 것도 없다(?). 그렇다면 세상은 늘어난 인식의 양만큼 좋아졌을까? 천만에, 지구 곳곳에서는 전쟁과 분쟁이 그친 적이 없고, 점점 더 많은 사람들이 먹고사는 것조차 어려워졌다고 말하고 있다.

그 어느 시대보다 더 많은 지식을 보유하고 있음이 분명한데 세상은 왜 함께 살기 어려운 곳이 되어 갈까? 『앎의 나무』는 바로 이 지점에서 시작한다. 남미 칠레 출신의 생물학자인 움베르또 마뚜라나(Humberto Maturana, 1928~), 프란시스코 바렐라(Francisco J. Varela, 1946~2001)는 바로 이런 앎의 문제, 인식의 문제에서 출발한다. 그들은 '인식이란 무엇인가'에 대해 추상적이고 형이상학적인 방식으로 접근하지 않고, 인식을 생물학적 현상으로 바라보면서 앎에 대한 완전히 새로운 정의를 내려 준다. 어떤 것을 안다는 것은 '객관적 사실을 아는 것'이 아니라 '세계와 나 사이에 일어나는 과정'이라고. 마뚜라나와 바렐라는 인식의 문제에서부터 생명의 정의에 관한 생물학적 근본적 물음을 거쳐서 일상 경험과 윤리의 문제까지를 설명하려고 시도한다. 이런 이유로 마뚜라나는 자신의 모든 강의에서 언제나 스스로를 철학자가 아니라 생물학자로 소개한다. "내가 누구에게 말하건 간에 나는 한 사람의 생물학자로 말하고 있는 것입니다."(움베르또 마뚜라나, 『있음에서 함으로[From Being to Doing]: 베른하르트 푀크르젠과의 대담』, 서창현 옮김, 갈무리, 2006)

'우리는 우리가 보지 못한다'는 것을 보지 못한다

이건 뭐지? 왼쪽 눈을 감고 십자가 모양을 바라보며 20cm 전후 정도의 거리를 맞추면 갑자기 오른쪽의 검은 점이 사라진다. 분명하고 확실하게 종이 위에는 검은 점이 있다. 그런데 보이지 않는다. 어떻게 이럴 수가 있을까? 우리의 망막에는 시신경이 통과하면서 생기는 '맹점'이 있다. 이곳에는 시신경세포가 없어 상이 맺히지 않는다.

무언가를 인식한다고 할 때, 우리는 신체가 외부의 대상을 받아들인다고 생각한다. 여기에 전제는 외부에 객관적인 물체가 있다는 생각이다. 맹점의 실험은 바로 이것, "우리는 우리가 보지 못한다는 것을 보지 못한다"는 너무나 당연한 사실을 몸으로 체감시킨다.

그렇다면 과연 뭔가를 인식한다는 것은 무엇일까? 내 앞의 사과를 본다고 가정해 보자. 그런데 내가 지금 사과를 빨갛고 동그랗다고 보는 것에는 이미 생물학적 조건으로서 '개인의 구조'가 또렷이 새겨져 있다. 개구리가 보는 세상은 우리가 경험하는 세상과 같지 않다. 다시 말해 우리는 세계를 있는 그대로 보는 것이 아니라 '인간의 시야(구조)'를 체험할 뿐이다. 여기서의 구조는 물리적 형태만을 뜻하지 않는다. 동일한 형태라도 다른 경험을 거쳐 왔다면 다른 구조를 가졌다고 할 수 있다. 우리가 완벽하게 다른 사람의 구조를 이해한다는 것은 불가능하다. 내가 나만의 경험을 통해서 나만의 시야를 구성해 왔듯이, 다른 사람들 역시 자신만의 구조로 세상을 보고 있을 뿐이다.

이런 관점에서 본다면 저자들이 확실성을 '타인의 인지적 행위를 보지 못하게 하는 현상'이라고 정의한 이유를 조금은 이해할 수 있게 된다. 우리는 보통 자신의 생각과 판단은 확실하다고, 분명한 근거를 바탕에 두고 있다고 생각한다. 하지만 『앎의 나무』는 우리에게 서로 간의 소통을 막는 이런 '확실성의 유혹'에 넘어가는 버릇을 떨쳐 버리기를 요구한다. 중요한 것은 우리 스스로 우리가 경험하는 세계가 어떻게 구성되는지 제대로 알지 못한다는 사실을 인정하는 것이다. 바로 이 지점에서 서로가 소통할 수 있는 공간이 만들어질 수 있다.

생명의 또 다른 이름, 오토포이에시스

마뚜라나와 바렐라는 인식을 객관적 사실의 파악으로 바라보는 관점이 문제라고 지적한다. 그렇다면 생물학자들이 바라본 인식은 기존의 인식과 어떻게 다를까? 저자들은 단순히 인식현상만을 바라보지 않는다. 그들은 인식현상을 규명하기 위해서 생명의 기원으로 돌아간다. 그들은 최초의 생명이라고 할 수 있는 세포활동을 관찰하면서 인식이란 외부 세계에 대한 재현(representation)이 아니라 우리의 생물학적 구조와 연결된 끊임없는 활동 과정이라고 정의한다.

그렇다면 생명이란 무엇인가부터 시작해 보자. 일반적으로 사람들은 생물과 무생물을 가르는 기준으로 자손을 퍼뜨릴 수 있는가의 여부를 떠올린다. 하지만 자손을 퍼뜨리는 생식 과정은 생명의 본질적인 특징이 아니다. 왜냐하면 생식이 있으려면 먼저 원래의 개체가 정의되어야 하기 때문이다. 만약 생식 과정을 생물의 특징으로 본다면 생식 능력이 없는 노새는 생물이 아니라고 말해야 한다.

마뚜라나와 바렐라는 단세포생물을 관찰하면서 생명을 오토포이에시스(autopoiesis, 자기생성체계: 오토포이에시스는 그리스 말로 '자기 자신'을 뜻하는 autos와 '만들다'를 뜻하는 poiein이 합쳐진 것이다)라고 정의한다. 오토포이에시스가 무엇인지 좀 더 자세히 살펴보자. 세포에는 세포핵, 미토콘드리아, 리보솜, 세포막 등 다양한 구성요소들이 있다. 여기서 마뚜라나와 바렐라가 주목한 것은 다름 아니라 세포막이다. 그들이 보기에 '이것'이 생물이 되게 하는 핵심 구성은 세포막이라는 것이다. 생물학자들인 저자들은 왜 핵이나 미토콘드리아와 같은 중요해 보이는 요소가 아니라 주변적 요소로 여겨지는 세포막에 관심을 갖게 되었을까?

그들이 주목한 것은 세포막의 신축성과 유연성이다. 우선 막이 없으면 '이것'은 세포가 될 수 없다. 세포막이 없다면 세포의 물질대사들은 마치 분자들의 수프처럼 여기저기 흩어져서 독립된 개체를 이루지 못할 것이다. 또한 세포막은 주변 세계와 개체를 물리적으로 구분할 뿐만 아니라 막 자체가 세포 활동의 화학적인 과정에도 참가하면서 끊임없는 세포 자체의 변화를 만들어 낸다. 세포막을 사이에 두고 물질들이 지나다니는 활동이 일어나지 않는다면 그 순간 세포는 죽는다. 단세포생물은 이렇게 세포막을 경계로 삼아 주변 환경과 상호작용하면서 물리적·화학적 활동으로 존재하고 있을 뿐이다. 즉, 오토포이에시스란 끊임없는 생성 활동을 하면서 '자기가 자기 자신을 만들어 내는 세포 활동 자체'를 뜻한다. 자기생성체계로서 세포는 이러한 자신의 역동성을 바탕으로 주변 환경과 자신을 다른 것으로 구성한다. 마치 에셔(M. C. Escher)의 「그리는 손」처럼 나의 활동이 나를 만들어 가고 있기 때문에, 자기생성개체에서 나(존재)와 나의 활동(행위)은 분리되지 않는다.

구조접속, 생명은 홀로 존재하지 않는다

자기생성체계로서의 생명은 이전의 생명에 대한 정의와 어떤 점에서 차이를 가질까? 가장 큰 차이는 바로 생명을 고립된 개체인 단독자로 보지 않는다는 점이다. 최초의 생명인 세포에서 마뚜라나와 바렐라가 주목한 것은 세포핵이 아니라 세포막이었다. 그들이 주목한 것은 생명이란 하나의 고정된 본질이 아니라 자신들을 둘러싼 환경과의 소통과 네트워크 속에서 끊임없이 변화한다는 사실이다. 즉, 새로운 생명의 정의에서 가장 도드라지는 점은 세포막을 사이에 두고 형성된 생명체와 주변 환경과의 관계다. 자기생성체계로서 생명은 결코 홀로 존재하지 않는다. 아니 홀로 존재할 수 없다. 생명체는 그 자신과 주변 환경과의 끊임없는 상호교환 속에서만 자기 자신을 주변과 다른 것으로 생성해 내면서 존재할 뿐이다.

　여기서 문제가 발생한다. 끊임없이 변해 가는 가운데 어느 정도까지 변하는 것을 여전히 생명을 유지한다고 말할 수 있을까? 여기에서 주목할 것이 바로 구조접속(structural coupling)이라는 개념이다. 한 생명체가 지구상에서 살아간다는 것은 질소, 산소, 수소로 이루어진 복잡 미묘한 지구의 대기 환경 속에서 상호작용을 하면서 안정되게 생명활동을 유지한다는 말이다. 다시 말해서 구조접속이란 생명체가 주변 환경과의 재귀적(再歸的) 상호작용 안에서 자신의 생명 조직을 잃지 않으면서 하는 활동이다. 여기서 '재귀적'이라는 말은 생명 조직의 상호작용이 단회적으로 끝나지 않는다는 뜻이다. 즉, 주변 환경에 영향을 받아서 개체가 변화하고, 반대로 이 개체의 변화는 주변 환경에 다시 영향을 주고, 변화된 주변 환경은 다시 개체에 영향을 주는 끊임없는 상호작용 속에서 생명체가 살아간다는 뜻이다.

예를 들어 우리는 다양한 구조의 책상을 상상할 수 있다. 책상 다리가 셋·넷·다섯 개인 책상 구조가 가능하고, 유리·나무·철제로 된 다양한 재질도 가능하다. 하나의 책상은 그 조직을 유지하면서 색을 다시 칠하고 재료를 바꾸고 책상 다리의 숫자를 바꿀 수도 있다. 다시 말해 구조가 바뀔 수는 있다. 하지만 그 책상이 뭔가를 올려놓고 일할 수 없을 정도로 망가져 버렸다면 우리는 그 책상이 조직을 잃어버렸다고 말한다.

다세포생물 관점에서 구조접속을 살펴보자. 자기생성체계로서 다세포생물인 인간이 살아간다는 것은 나와 다른 인간, 나와 주변 환경이 재귀적 상호작용을 주고받는다는 말이다. 책상과 마찬가지로 인간 역시 환경과의 상호작용으로 구조가 바뀔 수 있다. 넘어져서 다리에 상처가 생길 수도 있고, 특정 물질에 알레르기가 있을 수도 있다. 또한, 큰 사고로 팔이나 다리 한쪽을 잃을 수도 있다. 개인의 구조가 바뀐다는 것은 엄청난 사건이고 고통이다. 다시 변화된 구조를 가지고 생명 조직을 유지하는 것은 쉬운 일이 아니다. 하지만 여전히 이 사람이 살아 있다면, 이는 곧 주변 환경과 구조접속 상태에서 생명 조직을 유지하고 있는 것이다. 오토포이에시스로서의 생명이 살아 있다는 것은 주변 환경과 구조접속을 유지하는 상태를 말한다.

생물학에서 윤리학으로

오토포이에시스라는 생명의 정의는 단세포에서만 가능할까? 단세포와는 다르게 나타나지만 다세포생물에서도 이 개념은 유효하다. 오토포이에시스는 세포 활동에서처럼 매 순간 인간 자신에게도 일어나고 있는 활동이다. 매일매일 손톱은 자라고 있으며, 피부는 환경과 내 신체 내부를 사이에 두고 새로운 피부를 형성한다. 만약 우리 스스로가 한순간이라도 외부의 산소를 신체 내부에 공급하지 못한다면 우리는 금세 생명을 잃게 될 것이다.

　단세포생물이 얇은 막을 사이에 두고 물질들을 상호교환하면서 존재했던 것처럼, 하나의 생명체가 살아간다는 것은 주변 환경과 상호작용하는 활동의 과정이다. 생명 활동은 결코 홀로 작동할 수 없고 주변 환경과 구조접속된 채로 이루어진다. 그렇다면 이제 생명체에게 중요한 것은 이 무한한 세계 속에서 자신의 생명 조직에 어떤 것들은 독이 되고, 어떤 것들은 영양물이 되는지 또한 어떤 것에는 긍정적으로 반응하고, 어떤 것에는 부정적으로 반응하게 되는지 등의 관계를 파악하는 것이다. 물론, 한 물질이 상황에 따라 독이 되기도

하고 약이 될 때도 있는 것처럼, 다른 사람과의 관계도 상황과 조건에 따라 다르게 맺어질 수 있다.

놀랍게도 저자들은 자기생성개체라는 생명의 개념을 인간을 포함하는 다세포생물과 다세포생물들이 서로 엮여 있는 사회체계에까지 확장한다. 이렇게 되면 생물학적 관점에서 출발했던 자기생성체계라는 생명의 정의는 '윤리'의 문제와 만나게 된다.

> 인식이란 인간의 생물학적 공통성에 근거한 사회적 상호조정(Koordination) 속에 공동으로 뿌리내리고 있기 때문이다. 여기서 성립하는 윤리는 다음과 같은 사실에 바탕을 둔다. 우리가 존재하는 세계란 우리가 타인들과 함께 만들어 낸 세계이며 이 세계는 다시 우리에게 거꾸로 영향을 미친다. 이 사회적 세계에서 우리는 타인에게 의존하고 있으며 따라서 타인의 인정은 이 세계의 성립 조건이다.(『앎의 나무』, 14~15쪽)

이 개념들을 조금 더 확장해 본다면 수많은 인간들로 구성된 사회체계-공동체도 하나의 자기생성체계라고 볼 수 있다. 자기생성체계로서의 사회 역시 그 고유한 특징으로서의 생명조직을 유지할 때에야 역동적으로 살아 있다고 말할 수 있다. 한 인간이 살아 있다는 것은 내적으로 피가 원활하게 순환하면서 신체 내부의 조직들과 내장 기관들이 서로를 해치지 않아야 한다. 또한, 신체 외적으로 다른 사람들과 좋은 관계를 만들 수 있는 윤리를 구성해 내야 한다. 공동체와 공동체 사이의 관계 역시 마찬가지다. 공동체가 잘 유지된다는 것은 공동체 내부의 인간들끼리 활발한 소통을 하면서 서로를 파괴하지 않아야 하며, 다른 공동체와는 어떻게 긍정적 관계를 유지할 것인지를 함께 고려해야 한다. 바로 이 부분에서 자기생성개체로서의 생명의 정의는 윤리학의 문제, 정치의 문제로까지 확장될 수 있다.

함이 곧 앎이며 앎이 곧 함이다

처음에 제기했던 인식의 문제로 돌아가 보자. 일반적으로 인식이란 외부에 주어진 대상을 지각하는 일이었다. 이런 이유로 우리는 지각을 매우 수동적이라고 여긴다. 보는 것, 듣는 것, 느끼는 것, 모두 외부 대상이 원인이 되어 내게 자극을 준다고 생각한다. 외부의 대상을 오감의 감각세포가 받아들여 그 대상의 정보를 신경계를 통해 뇌로 전달하고, 그 결과로 운동세포가 반응한다는 것이 지극히 교과서적인 지각과 반응에 대한 설명이다. 하지만 과연 그럴까? 마뚜라나와 바렐라가 정의한 오토포이에시스로서의 생명 활동은 주어진 환경을 수용하는 수동적 작용이 아니다. 왜냐하면 생물과 환경이 구조접속 가운데 있을 때, 그 생물에 어떤 일이 일어날지 결정하는 것은 환경이 아니라 그 생물 고유의 구조이기 때문이다.

책상 위의 사과를 다시 떠올려 보자. 우리는 사과를 본다. 우리는 흔히 사과를 보는 시각의 원인이 사과라고 생각한다. 그렇다고 치자. 우리는 '사과 보기'의 원인인 외부의 사과로 인해 그 사과를 인식하게 되었다고 해야 할 것이다. 하지만 사과는 내 앞에 놓인 그 사과 하나뿐이다. 이 사과는 어디까지가 내 시각의 원인으로서의 사과이고 어디부터가 내 인식의 결과로서의 사과일까?

우리는 입력으로서의 정보(사과)와 출력으로서의 행동(사과 보기)을 명확히 구별할 수 없다. 우리는 외부의 사과가 사과 보기의 결정적 원인이라고 생각하지만 사실 사과 보기는 내 감각세포와 뉴런의 활동 때문이지 사과 때문이 아니다. 오히려 사과는 그 이전부터 줄곧 돌아가고 있었던 신경체계들의 활동에 합류한 것뿐이다. 이렇게 되면 외부의 사과는 시각 활동의 원인이 아닌 조건이 되고 사과와 사과 보기는 인과관계가 아니라 상관관계가 된다. 다시 말해 지각의 원인은 그 이전부터 계속되고 있었던 우리의 '행동'과 연결된 신경체계의 감각운동인 것이다.

이쯤 되면 이야기할 수 있다. 우리의 인식은 외부의 대상을 수동적으로 인식하는 것이 아니라 역동적으로 자기를 생산하던 생명 활동을 통해서 오히려 대상 혹은 세계가 지각된 것이라고. 앞서 말했던 것처럼 자기생성체계에서 나(존재)와 나의 활동(행위)이 분리되지 않는 것에 더하여, 인식(앎)은 나의 행동(활동)과 분리되지 않는다. "함이 곧 앎이며 앎이 곧 함이다"라는 책의 경구를 이제 조금 이해할 수 있게 됐다. 인식한다는 것, 공부한다는 것은 객관적이거나 투명하지 않다.

앎에 지름길은 없다고 하지만 『앎의 나무』를 읽는 것은 분명 앎이 삶의 문제이고, 행위의 문제라는 것을 체감하는 좋은 길임에 틀림없는 것 같다.

_뿔옹(홍영택)

사사키 아타루, 『잘라라, 기도하는 그 손을』, 송태욱 옮김, 자음과모음, 2012

혁명으로서의 책 읽기

사사키 아타루를 만나다

몇 년 전 길담서원에서 열린 사사키 아타루(佐々木中, 1973~)의 강연을 들으러 간 적이 있다. 『잘라라, 기도하는 그 손을』을 읽은 지 얼마 되지 않은 때였다. '읽기'에 대한 그의 날카로운 통찰에 매우 감동했던 터라 직접 그의 말을 들어 보고 싶었던 것이다.

통역을 거쳐 듣는 그의 이야기에 나는 당황했다. 당시 푸코를 열심히 읽고 있었는데 그는 푸코의 말년의 저작 『주체의 해석학』에 나오는 자기배려에 대해 푸코가 죽기 전에 죄다 부정했다고 하는 것이었다. 자기배려나 생존에의 미학은 어떤 결론도 될 수 없다는 이야기가 내게는 눈앞에서 폭탄이 터지는 듯했다.

그는 푸코 스스로도 오류라고 인정한 자기통치가 아니라 푸코가 이란혁명에서 발견한 '정치적 영성'으로 돌아가야 한다고 주장했다. '정치적 영성'이란 '자기배려'와는 다르게 민중들이 혁명을 통해 새로운 근거율을 세우려는 운동이라는 것이었다. 니체가 말했듯이 우리가 삶의 근거로 삼고 있는 것들, 이를테면 도덕이나 종교, 법률 등은 사실 왜 그래야 하는지 근거가 없다. 그러나 그것을 안다고 근거율이 폐기되는 것은 아니다. 인간은 끊임없이 자신의 삶을 정초할 수 있는 근거들을 필요로 한다. 그러므로 우리는 하나의 근거가 무너진 대지 위에서, 냉소주의나 허무주의에 빠지는 것이 아니라, 다시 근거를 세우는 작업을 계속해야 한다는 것이 그의 주장이었다.

'정치적 영성'에 대한 그의 해석과 푸코의 자기통치에 대한 비판적 진술은 나로서는 놀라운 이야기였기에 강연회 이후 사사키 아타루가 더욱 궁금해졌다. 그후 얼마 지나지 않아 〈일본어 강독 세미나〉에서는 그때만 해도 아직 번역되지 않았던 『야전과 영원』(『夜戦と永遠』, 河出文庫, 2011; 안천 옮김, 자음과모음, 2015)을 읽기 시작했다. 『야전과 영원』은 라캉·르장드르·푸코 세 사람을 교차시키며 분석하는 그의 박사논문이다. 라캉도 르장드르도 푸코도 전혀 모르는 사람들이 철학적인 너무나 철학적인 박사논문을 읽어 내는 것은 말 그대로 무모한 도전이었다. 그것은 강독이라기보다는 차라리 고행이었다.

"번역이란 철저한 독서입니다. 한 자도 소홀히 할 수 없는, 벌거벗은 '읽기'의 노정입니다."(『잘라라, 기도하는 그 손을』, 39쪽) 번역을 목적으로 한 것이 아니었음에도 우리 역시 한 자 한 자 벌거벗은 '읽기'의 노정을 밟아야 했다. 사사키 아타루는 『잘라라, 기도하는 그 손을』에서 책을 읽는다는 것은 '읽을 수 없는 것을 읽는 것'이라고 여러 차례 되풀이해서 말한다. 우리가 『야전과 영원』을 읽는 것이 바로 그랬다. 비유가 아니라 사실 그대로 알지 못하는 것을 읽었고, 읽을 수 없는 것을 읽었기 때문이다.

책 읽기는 위험하다

읽기 어려운 책을 읽을 때 '번역이 나빠'라든가 '좀 더 쉽게 쓰란 말이야'라며 저자나 번역자 탓을 하거나 '좀 더 쉬운 책은 없을까'라고 불평하는 경우가 많다. 세미나에서 조금만 까다로운 텍스트를 만나면 나 역시 이런 말을 한다. 사사키 아타루는 에두르지 않고 정면에서 반론을 제기한다. 책은 제대로 읽으려 하면 본래 읽을 수 없는 것이라고. 번역이 나쁘거나 그것을 읽는 사람이 아는 것이 적거나 저자보다 능력이 부족해서 읽을 수 없는 것이 아니라고.

왜 그런가. 책을 읽는다는 것은 쓴 사람의 무의식에 접속하는 행위이기 때문이다. 가령 카프카를 읽으려면 카프카처럼 생각하고 카프카처럼 꿈꾸어야 하는데 제정신인 사람에게 그것이 가능할 리가 있겠는가? 남이 쓴 책을 읽는다는 것 자체가 제정신이 아니어야 가능한, 본질적으로 난해한 일이다. 그래서 우리 무의식은 마치 읽을 수 없는 것처럼, 모르는 것처럼, '어렵다'거나 '번역이 나쁘'고 자연스럽게 차단하고 검열한다. 그렇기에 그는 한 걸음 더 나아가 이렇게까지 말한다. "방어기제를 가동시키고, 따라서 기묘한 무료함이나 난해함을, '기분 나쁜 느낌'을 느끼게 하지 못하는 것은 책이라고 부를 수 없습니다. (……) 안이하게 진행된 책이 과연 읽을 가치가 있는 것인지 어떤지"(『잘라라, 기도하는 그 손을』, 43쪽) 만일 그의 말에 동의한다면 강독하는 3년 내내 무슨 말인지 모르겠다고 투덜거린 『야전과 영원』은 적어도 우리에게는 '책'이라고 불릴 만한 것이었음에 틀림없다(그래서 그 책이 일류의 책인지는 알 수 없지만^^).

본래 읽을 수 없는 책을 어떻게 읽을 수 있게 되는 것일까? 의외로 그의 해결책은 간단하다. 방법은 반복해서 읽는 것이다. 이것은 사사키 아타루 자신의 독서법이기도 하다. 그는 이렇게 말한다. "저는 몇 권 안 되는 책을 반복해서 읽기 때문에 입에 붙어 거의 원문 그대로 술술 나옵니다. 반복적으로 읽는다는 것은 정면으로 받아들일 수밖에 없게 된다는 것을 의미합니다. 그리고 그렇게 살아갈 수밖에 없게 된다는 것을 의미합니다. 정말 어리석은 일이지요. 그러나 우리에게는 이런 어리석음이 결여되어 있습니다."(『잘라라, 기도하는 그 손을』, 45쪽)

그렇다. 읽어야 할 것이 너무 많기 때문에 사람들은 거듭해서 읽는 것이 시간 낭비이거나 어리석은 짓이라고 생각한다. 그러나 사사키 아타루만이 아니라 동서양의 독서가들은 너 나 할 것 없이 반복해서 읽기를 권한다. 이렇게 읽지 않는다면 독서인이 아니다. 공자는 죽간을 묶은 가죽 끈이 세 번이나 끊어지도록 『주역』을 읽고 또 읽었다. 12세기 동아시아 대표 지식인인 주희가 평소에 즐겨 인용한 말들을 엮은 『근사록』에는 이른바 책 좀 읽는다며 그저 많이 읽기만 하는 사람들에 대해 책을 쌓아 놓은 가게와 다르지 않다고 비판하는 대목도 나온다. 그 속에는 책을 읽기 전과 읽은 후가 다르지 않다면 그것은 책을 읽은 것이 아니라는 말도 있다.

노벨 문학상을 받은 일본 작가 오에 겐자부로는 『읽는 인간』(정수윤 옮김, 위즈덤하우스, 2015)에서 책을 읽는 것은 전신 운동과 같다고 말한다. '어떤 책을 처음 읽을 때는 미로를 헤매듯 책을 읽지만, 재독할 때는 방향성을 지닌 탐구가 되고, 무엇인가를 찾아 나서서 그것을 손에 넣고자 하는 행위로 전환된다.' 독서란, '글을 쓰고 있는 인간의 정신이 살아 움직이며 읽는 이에게 전해지는 장면'이기 때문이다. 글을 쓰는 사람의 마음의 움직임까지 감지하는 독서, 사사키 아타루에 의하면 타인의 꿈과 무의식에 접속하는 행위인 책 읽기가 난해하지 않다면, 그것은 책을 읽는 것이 아니라 그저 정보를 수집하는 읽기에 지나지 않는다. 그러므로 책이 난해하다고 불평하는 사람은 자신은 뭐든지 다 이해할 수 있다는 근거 없는 자만심에 빠진 사람일 뿐이다.

『야전과 영원』에서 사사키 아타루는 라캉이 읽기를 어떻게 생각했는지 말해 준다. "라캉은 읽는 것을 마치 종교적인 단련인 듯 여겼다. 읽는다는 것이 하나의 주체의 교정이고, 갱신이고, 생산이기나 한 듯이. 읽을 수 없는 것을 읽는 것, 그것이 주체를 만들어 낸다." 분명히 해두자. 책을 읽는 것 자체가 어렵고 난해하고 결실을 기약할 수 없는 행위이다. 그러나 읽고 또 읽는, 어리석어 보이기까지 한 반복 속에서 우리는 교정되고, 갱신되고, 생산된다. 다른 주체로. 이렇게 변형되지 않는다면 책을 읽었다고 말할 수 없다. 책 읽기는 위험하다. 우리는 이렇게 스스로를 위험에 빠뜨리기를 마다하지 않는 책 읽기를 왜 하고 있는 것일까.

읽는다는 것은 기도이고 명상이고 시련이다

『잘라라, 기도하는 그 손을』의 부제는 '책과 혁명에 관한 닷새 밤의 기록'이다. 책과 혁명을 연결시키는 것은 쉽다. 혁명과 책은 떼려야 뗄 수 없는 근친관계에 있기 때문이다. 프랑스혁명은 루소의 『사회계약론』, 시에예스의 『제3신분이란 무엇인가』 없이 생각할 수 없다. 러시아혁명은 마르크스의 『공산당 선언』, 레닌의 『무엇을 할 것인 가』를 떠올리게 한다. 혁명을 촉발시킨 책들이다.

그러나 '책과 혁명에 관한 닷새 밤의 기록'은 프랑스혁명이나 러시아혁명에 대한 이야기가 아니다. 사사키 아타루에게 혁명은 정치권력을 교체하는 혁명이 아니라 근거율을 바꾼 혁명이기 때문이다. 그는 그것을 법의 혁명이라고 말한다. 그것을 사는 법, 혹은 살아가는 방식의 근거가 달라지는 것이라고 말해도 좋을 것이다. 이러한 주장을 이해시키기 위해 사사키 아타루는 루터와 무함마드의 혁명을 교차시킨다. 이 두 사람이 한 일이 바로 권력을 탈취하는 피의 혁명이 아니라 근거율을 바꾸는 텍스트의 혁명이었기 때문이다.

> 혁명에서는 텍스트가 선행합니다. 혁명의 본질은 폭력이 아닙니다. 경제적 이익도 아니고 권력의 탈취도 아닙니다. 텍스트의 변혁이야말로 혁명의 본질입니다. (……) 책을 읽고, 다시 읽고, 쓰고, 다시 쓰고, 말하고, 노래하고, 춤추는 것, 이것이 혁명의 근원이라고 한다면 어떻게 될까요?(『잘라라, 기도하는 그 손을』, 113쪽)

루터는 성서를 읽었다. 그는 성서를 철저히 읽고 독일어로 번역했다. 루터는 신성한 말씀인 성서에는 교황도, 면죄부도, 추기경도 쓰여 있지 않다는 것을 발견했다. 사사키 아타루는 말한다. "그는 알았던 것입니다. 이 세계에는, 이 세계의 질서에는 아무런 근거도 없다는 것을. 성서에는 교황이 높은 사람이라는 따위의 이야기는 쓰여 있지 않습니다. (……) 교회법을 지키라고도 쓰여 있지 않습니다. (……) 성직자는 결혼해서는 안 된다고 쓰여 있지 않습니다. 면죄부는 논할 계제도 못 됩니다."(『잘라라, 기도하는 그 손을』, 83~84쪽)

중세 기독교사회가 어떤 의문도 없이 따르고 있던 질서가 아무런 근거도 없다는 것을 알았을 때, 루터는 '성서를 읽고 있는 내가 미친 것일까, 아니면 세계가 미친 것일까', 자문하지 않을 수 없었다. 책을 읽는다는 것의 가공할 만한 위험성을 보여 주는 예라고 할 수 있다. 이 위험 앞에서 어둠 속으로 한 발 내디뎌야 했던 루터는 이렇게 말했다. 읽는다는 것은 "기도이고 명상이고 시련이다"(앞의 책, 86쪽).

루터는 이 세계가 근거가 되는 텍스트를 따르고 있지 않다는 것을 알았다. 그래서 그는 어떻게 했을까? 그는 세상은 책에 쓰인 대로가 아니라고 말하기 시작했다. 그는 95개조 의견서를 내고, 교회로부터 추방당한다. 그의 싸움은 "말의 싸움이고, 어떤 말을 성구로 할 것인가, 어떤 말을 법으로 할 것인가 하는 싸움이며 준거의 싸움"이었다(같은 책, 92쪽). 루터의 혁명은 사는 법을 새로 쓰고 사회를 새롭게 직조하는 혁명이었던 것이다. 그러므로 그가 한 일은 '종교개혁'이 아니라 절대적인 '혁명' 그 자체였던 것이다.

읽을 수 없는 것을 읽어라!

이슬람을 정초한 예언자 무함마드는 천사를 만났다. 그 천사가 그에게 전한 신의 말씀은 '읽어라!'였다. 무함마드는 '시장을 헤매고 다니며 먹고사는 평범한 남자'에 지나지 않았고 또 대부분의 사람이 그랬듯이 문맹이었다. 읽을 수 없는 그에게 계시된 '읽어라!'라는 명령 앞에서 무함마드는 도망쳤다. 그는 읽을 수 없었기에 도망칠 수밖에 없었으리라.

결국 무함마드는 천사 지브릴을 매개로 신의 말을 읽게 되었고 쓰게 되었다. 이때 무함마드가 만난 천사란 무엇인가? 사사키 아타루에 따르면 "'읽을 수 없는 것'의 거리 자체이고, 이 무한의 거리가 해소되는 '읽을 수 있는 것'의 아주 작은 기회"이다(『잘라라, 기도하는 그 손을』, 147쪽). 무함마드는 읽을 수 없는 것을 읽고, 책을,『코란』을 잉태했다. 이렇게 텍스트의 혁명을 통해 이슬람이 시작되었다. 무함마드의 이슬람혁명에는 폭력이 아니라 '읽어라!'라는 계시가 선행했다. 즉 법이, 텍스트가, 문학이 절대적으로 선행한 것이다.

이것은 기적도 신비도 아니다. 왜 그런가? 우리가 책을 읽는 것과 문맹인 무함마드가 책을 읽는 것, 우리가 글을 쓰는 것과 문맹인 무함마드가 책을 쓰는 것이 근본적으로 다른 것이 아니기 때문이다. 글자를 읽는다고 읽는 것이 아니고, 글자를 쓴다고 쓰는 것이 아니다. 책을 읽고 글을 쓸 때에는 제대로 읽는 것인가, 제대로 쓰는 것인가, 라는 의심과 회의가 따를 수밖에 없다. 그러나 제대로 읽고 쓸 수 있다는 믿음이 없다면 어떻게 읽고 쓰는 행위가 가능하겠는가.

그러므로 읽고 쓰는 사람은 언제나 텍스트와의 소격 속에 존재한다. 텍스트 자체가, 읽고 쓴다는 행위 자체가 거리를 전제하기 때문이다. 무함마드가 만난 천사는 이 거리를 뛰어 넘는 "해후의 기회고 조우의 기회며, 그리고 자신이 신이라고 말하는 오만함을 용서하지 않는 무한의 소격"이다(앞의 책, 147쪽). 자신과 텍스트 사이에 어떤 거리도 존재하지 않는다고 생각하는 자야말로 원리주의자이고 스스로를 신이라고 높이는 오만한 자이다. 텍스트와의 거리 때문에 힘들어하면서도 끝끝내 책을 읽고 글을 쓰는 우리 역시 무함마드처럼 천사적인 시간을 조우하고 있는 것이다.

> 책을 제대로 읽는다는 것은 읽고 있는 자신과 세계가 동시에 믿을 수 없게 되는 것이었습니다. 마찬가지로 쓴다는 것에 대해서도 '신앙'은 사라집니다. 그 한 행을 믿지 않는다면 쓸 수 없습니다. 그러나 '쓰는 것'은 지우고 고쳐 쓴다는 것을 전제로 합니다. 그것을 지우고 고쳐 쓸 수 있다는 것은 믿지 않는 것입니다. 한 행을 쓸 때 자신은 그것을 정말 믿는 것일까요? (……) 믿지 않는다면 고쳐 쓸 수 없지만, 고쳐 쓸 수 있다는 것은 믿고 있지 않다는 것입니다. 그렇다면 여기에서 신(信)과 불신의 이분법은 다 같이 완전히 사라집니다. 거기에 무한한 회색의 투쟁 공간이 출현합니다.(『잘라라, 기도하는 그 손을』, 236쪽)

무한한 회색의 투쟁 공간, 이곳이야말로 영원한 야전이 벌어지는 장소이며, 정치적 영성을 둘러싸고 근거율의 투쟁이 벌어지는 곳이다. 사사키 아타루의 책과 혁명에 대한 이야기에서는 유혈낭자한 피비린내가 아니라 먹과 잉크 냄새가 난다. 죽간에, 파피루스에, 양피지에 무엇인가를 써 내려가는 펜 끝에서 나는 사각거리는 소리가 들린다. 혹은 타닥타닥 키보드 자판을 두드리는 소리가 들린다. 손끝에 침을 묻히며 책장을 넘기는 소리가 들리고, 읽을 수 없는 것을 읽기 위해 애쓰는 신음 소리가 들린다. 이 작고 작은 소리와 희미한 냄새 속에서 혁명이 자라난다. 그렇게 혁명이 자라났다. 우리 역시 책을 읽고 글을 쓰는 행위를 통해 무한한 회색의 투쟁 공간을 출현시키고 있는 것일까. 정말 그런가.

읽어 버리면 읽기 전으로 돌아갈 수 없다

사사키 아타루는 읽는다는 것이 가진 본래적인 난해함과 불가능성을 보여 준다. 그 불가능의 장벽을 마주하며 우리는 책을 읽는다. 우리가 의식하든 의식하지 못하든 책을 읽는다는 것은 그 불가능을 넘으려는 시도를 계속하는 것이다. 그러니 더 잘 읽히고 더 쉬운 책, 인생의 진리를 글 몇 줄로 보여 주거나 삶 속에서 우리가 겪는 고통을 단번에 날려 버릴 수 있는 사이다 같은 책을 만나기를 더 이상 기대하지 말자. 그런 경험을 꿈꾸는 것은 판타지에 가깝다.

발문에서 사사키 아타루는 『야전과 영원』을 낸 뒤 2년 동안 입문서나 신서, 알기 쉬운 길잡이 같은 책을 출판하자는 제안이 거듭되었지만 계속해서 그런 제안을 거절해 왔다고 밝히고 있다. 그의 편집자는 '하드코어인 채 영역을 넓히는 일은 가능하다'고 그를 설득했고 그 덕에 우리는 『잘라라, 기도하는 그 손을』을 만나게 되었다.

'하드코어인 채 영역을 넓히는 일은 가능하다.' 놀라운 이야기이다. 거의 10년 동안 문탁은 문턱이 높다는 말을 들어 왔다. 그러나 정말로 우리는 문턱 높은 하드코어 책 읽기를 해온 것일까? 물론 세미나에서 책을 읽는 것, 발제를 하는 것, 에세이를 쓰는 것, 어느 것 하나 쉽지 않았다. 우리는 늘 역량 부족을 느꼈고, 읽어도 잘 모르는 어려운 책을 읽어야 하느냐는 질문 앞에서 의기소침했으며, 눈짓을 주고받으며 소프트한 책 읽기가 요구된다고 은밀히 속삭이기도 했다.

그러므로 문탁의 책 읽기가 '하드코어인 채로 영역을 넓혀 왔다'고 말하기는 어렵다. 우리의 책 읽기가 근거율의 투쟁이 벌어지는 전투였다고 말할 자신도 없다. 다만 한 가지는 확실하다. 책들을 읽으면서 읽을 수 없다는 것에 절망했지만 그럼에도 읽고 쓰는 것을 포기하지 않을 수 있었던 것은 같이 헤매는 벗들이 있었기 때문이었다. 사사키 아타루의 푸코 비판에 지적 호기심을 갖고, 정치적 영성이 무엇인지 이해하기 위해 『야전과 영원』을 읽어 낸 〈일본어 강독 세미나〉와 같은 세미나가 계속 이어졌기 때문이다.

어떤 책을 읽었다고 해서 그 책의 저자를 제대로 이해했다고 말하기는 어렵다. 언제나 알 수 없는 심연을 만나고, 우리 자신의 이해 불가능을 곱씹는 경우도 많다. 그러나 다행스럽게도 그 과정에서 우리는 읽어 버렸기 때문에 읽기 전으로 돌아갈 수 없게 만드는 책들을 만났다. 일리치가 그랬고, 모스가 그랬으며, 스피노자가 그랬다. 그 책들을 반복해서 읽으며 우리는 일리치적 주체가 되고, 모스적 주체가 되고, 스피노자적 주체로 변용되었다. 그렇기에 우리는 책 읽기를 통해 다른 주체가 되는 변형의 길 위에 기꺼이 설 수 있는 용기를 얻었다. 읽을 수 없는 것을 읽게 되는 조우의 순간을, 돌이킬 수 없는 천사적 순간과의 조우를, 그 혁명의 시간이 돌연 닥쳐오기를 나는 욕망한다.

_요요(김혜영)

시오노 요네마쓰 엮음, 『나무에게 배운다』, 최성현 옮김, 상추쌈, 2013

아주 찬찬히 전해지는 것들

내게 전해진 말들

어느 날 곱게 장정된 책 한 권과 만났다. 그와 동시에 '상추쌈'이라는 기묘한 이름의 출판사를 알게 되었다. 내가 살고 있는 용인에서 멀고 먼 지리산 자락의 어느 마을에 있는, 하루의 농사일을 마치고 세 아이들이 잠들고 난 밤에 부부 두 사람이 마주 앉으면 문을 여는 출판사다. 못 견디게 이 세상에 내놓고 싶은 글을 골라 매일 밤 서로에게 조금씩 읽어 준다. 그 말들은 책이 되면서 동시에 두 사람에게는 다시 힘내어 살아갈 수 있는 삶의 경전이 된다. 그래서 이 기묘한 출판사의 책들은 무척이나 더디게 나온다. 『나무에게 배운다』 역시 이런 식으로 일 년여에 걸쳐 만들어 낸 책이다.

보통 동작이나 태도가 급하지 않은 것은 '천천히'라 하는데, 제목에 '찬찬히'를 사용한 것은 여기에 '천천히'의 뜻과 함께 성질, 솜씨, 행동이 꼼꼼하고 자상하다는 의미도 들어 있기 때문이다. (국립국어원 표준국어대사전 참고)

일본의 고대 건축물인 궁궐이나 사찰을 짓는 궁궐목수들의 삶을 다룬 이 책은, 1990년대에 『나무의 마음, 나무의 생명』이라는 제목으로 국내에 이미 출간된 적이 있었다. 상추쌈 출판사의 두 사람은 누렇게 빛바랜 이 옛 책을 간직하고 있었다. 더 이상 도시의 속도에 맞춰 살 수 없었을 때, 이 두 사람은 지리산 자락으로 내려와 새로운 터전을 잡았다. 각오는 했지만 미처 생각지 못했던 어려움들이 새로운 삶에 찾아올 때마다 둘에게 힘이 되어 준 책이었다. 은혜를 갚는 마음으로, 둘은 이 책에 다시 고운 옷을 입혀 주고 싶었다.

　　궁궐목수들의 이야기이지만 책의 엮은이는 집 짓는 장인이 아니다. 옛 장인들의 '손의 기억'들이 사라져 가는 것을 안타까워하는 40대의 '글 짓는 사람' 시오노 요네마쓰(鹽野米松, 1947~)다. 그에게 이야기를 들려주는 사람은 여든을 훌쩍 넘긴 '집 짓는 사람' 니시오카 쓰네카즈(西岡常一, 1908~1995)다. 그는 대대로 궁궐목수 집안에서 태어났고, 궁궐목수들의 우두머리인 대목장이었던 할아버지는 그를 어릴 때부터 대목장으로 길렀다. 대목장 니시오카는 나무 건축에 관한 오래된 구전과 목수의 삶 그리고 사람을 가르친다는 것이 무엇인지에 관해 말한다.

　　나는 책을 읽는 내내 그의 목소리와 함께 다른 것들에도 자꾸 마음이 쏠렸다. 우선 책 속에선 한 번도 직접적으로 등장하지 않지만 내내 나이든 장인의 말을 듣고 있을 엮은이 시오노 요네마쓰. 저자들은 대부분 책의 어느 구석에선 자기의 주장을 내놓게 마련인데, 그는 자기 목소리를 한 번도 드러내지 않는다. 책의 서문마저도 니시오카 대목장의 구술이고, 엮은이 후기도 없다. 그다음은 출판사 '상추쌈'

과 장인의 삶 사이의 연결고리다. 나이 많은 대목장이 들려주는 장인들의 이야기가 어떻게, '반농 반X'(먹을 만큼 농사 지으며 생계를 해결하면서 자기가 하고 싶은 일을 하며 사는 삶)의 새로운 라이프 스타일을 택한 젊은 두 사람에게 힘을 줬을까?

"마음을 기른다"

궁궐이나 사찰을 짓는 목수가 여염집을 짓는 일반 목수들과 다른 점은 무엇보다도 '마음가짐'이라고 대목장은 강조한다. 빨리 실용적인 기술만 배우는 일반 목수와 달리, 수백 년간 서 있을 예배의 대상이 되는 건축물을 짓는 궁궐목수들은 마음가짐부터 배워야 한다. 그런데 어린애들도 아니고 다 큰 성인이 되어 장인이 되겠다고 찾아온 이들의 마음을, 게다가 눈에 보이지도 않는 그 마음을 어떻게 기를 수 있을까. 대목장의 답은, "밥 짓고 청소하기"였다.

궁궐목수가 되겠다고 찾아오는 이들은 누구나 우선 밥 짓고 청소하면서 일상생활의 모든 면을 스승과 함께 나눈다. 거대한 건축물에서 가장 중요한 것은 맨 아래에 놓일 주춧돌이다. 주춧돌을 잘못 놓으면 거대한 건축물 전체가 위험하다. 그런 거대한 건축물을 지을 뛰어난 장인도 역시 주춧돌에서부터 만들어져야 한다고 보는 것이다. 마음에 흔들리지 않을 주춧돌을 놓기 위해서는, 지금의 마음자리에 놓여 있는 욕심이나 조급함 등을 비워 버려야한다. 그렇게 아이처럼 '순진한' 마음이 되어야, 모든 것에 마음이 열리고 배움이 일어난다. 대목장은 이를 '옷 벗기'라 부른다.

제자로 들어올 때는 목수가 되려는 마음이 있습니다. 그런데 대개 하나하나 가르침을 받고자 하는 그저 가르쳐 주기만을 바라는, 마치 옷과 같은 것을 덮고 있는 경우가 많습니다. 그런 마음을 빨리 버려야 합니다. 함께 생활해 가며 스스로 이 옷을 벗지 않으면 안됩니다. 그 옷은 가르치는 이가 벗기는 것이 아니라, 제자 스스로 벗는 것입니다. 스스로 벗을 마음이 없으면 기술은 전해지지 않습니다.(『나무에게 배운다』, 91쪽)

마음의 옷을 벗은 장인들은 자기가 다루는 나무의 마음도 알아볼 줄 안다. 요즘 건축주의 눈에 나무는 그저 재료다. 그러나 뛰어난 장인들의 눈에 나무는 사람과 마찬가지로 저마다 모두 다른 개성을 지닌 생명이다. 바람을 견뎌 낸 튼튼한 나무는 들보에 쓰고, 수분과 영양분을 충분히 받으며 자란 골짜기의 부드러운 나무는 정교한 천장에 쓴다. 이렇게 한 그루의 나무가 지닌 성깔을 알고 살려 써야 한다는 장인의 설명을 듣고 있자면, 뭔가의 '마음을 안다'는 것은 그가 살아온 고유한 역사를 아는 것이라는 생각이 든다.

나무를 보자마자 이것은 얼마짜리 나무, 이것은 오십 년밖에 안 된 나무라서 싸다. 이것은 천 년짜리이므로 비싸다, 이래서는 안 됩니다.
한 그루의 나무라도, 그것이 어떻게 해서 씨앗으로 뿌려지고 어떻게 다른 나무와 겨루며 컸을까, 거기는 어떤 산이었을까, 바람이 심한 곳은 아니었을까, 햇빛은 어느 쪽으로 받았을까, 저라면 이런 생각을 합니다.

이렇게 그 나무가 살아온 환경, 그 나무가 지닌 특징을 살려 쓰지
않으면, 좋은 나무도 그 가치를 살리지 못하고 망쳐 버리게 됩니
다.(『나무에게 배운다』, 22~23쪽)

"자연에 대한 똑바로 선 생각"이 있어야 한다고 강조하는 대목
장은, 이렇게 하지 않으면 "나무에게 미안한 일"이라고 말한다. 나무
는 살아 있다. 생명이 있는 것에는 모두 마음이 있다. 눈에 보이지는
않지만, 자기 마음을 길러 본 이들은 다른 마음도 알아볼 수 있다. '옷
을 벗은' 마음의 맑은 밑바닥에는 만상이 오롯이 비춰 보이기에, 그
들은 말이 없는 나무와 이야기를 나눠 가며 그를 다시금 생명 있는
건물로 바꿔 낼 수 있다. 대목장은 그 모든 것이 사람을 먹여 살리는,
'밥을 짓는 일'에서부터 비롯될 수 있다고 말하고 있었다.

"몸에 새긴다"

마음가짐은 매일매일 반복되는 일상생활에서 기를 수 있지만, 장인
의 일은 현장에서만 배울 수 있다. 대목장도 제자가 되겠다고 찾아온
이를, 일을 배울 현장이 없다는 이유로 세 번이나 돌려보낼 수밖에
없었다. 그는 장인의 일은 스스로 배울 수는 있지만 자기가 아닌 다
른 이가 '가르칠 수 없다'고 몇 번이나 강조한다. 스승이 아무리 장인
들의 구전(口傳)을 전하고, 아무리 기술의 본을 보여 줘도, 자기가 직
접 현장에서 문제를 해결해야 하는 상황에 놓이기 전에는 아무 소용

이 없다는 뜻이다.

> 저는 할아버지께 대목장이란 이런 것이다, 나무 사용 방법은 이렇
> 다, 구전에 이렇게 전한다, 라는 이야기를 귀가 닳도록 들었기 때
> 문에 이제는 혼자서도 할 수 있지 않을까, 하는 생각을 했지만 할
> 아버지가 말씀하신 구전의 의미를 제대로 알게 된 것은 호류지의
> 금당을 해체 수리하면서부터입니다. (……) 구전이나 할아버지 말
> 씀은 머릿속에 들어 있었지만, 그것이 실제로 어떤 것인지는 그때
> 까지는, (……) 몰랐던 것입니다.(『나무에게 배운다』, 98쪽)

　제아무리 열심히 밥 짓고, 나무의 마음을 알아본다고 하더라도
"장인은 일을 못하면 아무 소용이 없다"고 대목장은 냉정하게 말한
다. 현장에는 피할 도리가 없는, 결코 피해서는 안 되는 현실의 문제
들이 가득하기 때문이다. 예상치 못한 새로운 일들이 늘 벌어지면 그
것을 어떻게든 해결해야 한다. 그러니 장인에게 앎이란 그저 이론이
아니라, 현장에서의 능력과 일치하는 것일 수밖에 없다. 앎과 몸의
능력의 일치! 이런 것은 누군가가 머릿속에 기억을 심어 주는 게 아
니라, 자기 스스로 자기 몸에 배움을 새겨 넣을 때에만 가능하다. 이
런 '몸의 앎'은 어떻게 만들어질까?
　이번에도 대목장의 답은 간단하다. 경험을 쌓기 위해 뭐든지
"반복하여, 직접 해보라"는 것. 자기 몸에 기억을 남기기 위해서는 반
복을 통해서 몸에 배게 하는 것 이외의 다른 방법은 없다. 그래서 한
번 듣고 기억해 버리는 사람이 아니라, 왜 그런지 의문을 갖는 사람,

머릿속으로는 절대 납득이 안 되어 직접 제 손으로 해보는 사람, 한 번에 조금씩 알게 되고 그만큼씩만 납득해 가는 사람이 후세에 이름을 남기는 명공이 된다.

> 통째로 암기하는 것만으로는 새로운 것을 향해 나아갈 수 없습니다. 그러므로 기억력이 좋은 것만으로는 제대로 배울 수 없습니다. 통째로 하는 암기에는 뿌리가 없는 것입니다. 뿌리가 제대로 돼 있지 않으면 나무는 자라지 못합니다. 뿌리만 확실히 서 있다면, 거기가 바위산이든 바람이 심한 곳이든 해나갈 수 있습니다. 모든 것을 나무에 비유하고 있습니다만, 사람이나 나무나 기른다는 점에서는 다를 게 없습니다.(『나무에게 배운다』, 119쪽)

스스로 뿌리를 내릴 수 있게 만드는 이런 배움은 오래 걸리며, 끝도 없다. 그래서 장인에게 스승이란 오래 기다려 주는 사람이어야 한다. 현장의 경험을 직접 자기 몸에 새기기 전에, 일을 빨리하도록 강요하는 스승은 "생각의 싹을 자르는 사람"이다. 일을 빨리 배우게 할 요량으로 칭찬하는 스승은 제자의 마음에 건방을 떨고 솜씨 자랑을 하려는 "흐트러진 생각"을 심는다. 장인에겐 강요하지도 않고 칭찬하지도 않으면서 인내와 자비심으로 제자를 기를 수 있는 스승이 필요하다. 그래야 차근차근 스스로 실력을 쌓아 가며 자부심을 느끼면서도 조심스러움을 잃지 않는 장인으로 자란다. 밥 짓기부터 시작된 장인의 배움은 처음부터 끝까지 자기 몸에 새기는 일이다.

존재의 실타래 속에서

시간을 들이는 '몸의 앎'을 강조하는 장인의 말은 마치, 무엇이 올바른 것인지 알면서 다르게 행하는 세상을 향해 던지는 메시지 같다. 무엇이든 자동화되고 기계화된 세상에서는, 시간을 들여야 하는 '몸의 앎'이 필요없을까? 뒤집힌 세월호나 폭발한 후쿠시마의 원자력발전소는 혹시 '몸의 앎'을 터득하지 못한 장인의 건축물과 닮진 않았을까? 장인의 가르침은 시대를 초월하여 아니 오히려, 시간을 들이는 몸의 앎을 만들려고 하지 않는 이런 시대에 더욱 절실하게 필요하진 않을까.

> 뒤를 돌아보면, 어림할 수 없을 만큼 많은 사람들이 긴 실에 꿰여 있고, 그 끝에 제가 있는 것입니다. 그러나 이것으로 끝이 아닙니다. 천삼백 년 전에 지어졌으나 지금까지 견뎌 온 사찰이 남아 있고, 우리가 세운 탑이나 당도 이제부터 시간의 시련을 받게 될 것입니다. (……) 저로서 끝이 아닙니다. 이 뒤로도 이제까지 보다 더욱 오래 이어질 것입니다. (……) 어딘가에 탑이 있다면, 나무를 아는 자나 일을 제대로 하는 자는 그 탑을 보고 옛사람은 이렇게 했구나, 라며 우리가 천삼백 년 전에 세워진 호류지의 힘참이나 우아함에 감동하며 배웠던 것처럼, 그들도 배워서 할 수 있습니다. (『나무에게 배운다』, 178~179쪽)

그 누구보다 중요한 작업을 해낸 대목장은 "내가 새로 알아낸 것은 하나도 없다"고 담담하게 말한다. 장인들은 시간의 긴 실 위에서 일한다. 그는 천삼백 년 전에 만들어져 여전히 아름답게 서 있는 건축물을 통해서 일을 배웠고, 천삼백 년 뒤에도 자기가 한 일을 보고 배울 누군가를 생각하며 일한다. 뛰어난 장인들은 자신의 작업이 결코 자기 혼자만의 작업이 아님을 안다. 그래서 자기 솜씨가 아주 오래전의, 또 아주 오랜 뒤에 올 사람들의 솜씨들과 잘 어우러지게 할 줄 안다. 그들의 작업은 자기를 드러내지만 동시에 자기 아닌 것들로도 되어야 하는, 오묘한 일이다.

대목장이 전하는 장인의 삶을 끝까지 읽고 난 뒤에야, 책을 읽는 중에 한 번도 드러나지 않던 엮은이가 보이기 시작했다. 자기 손으로 만든 기둥이 천삼백 년 된 건물 속에서도 자연스레 묻히도록 할 줄 아는 대목장, 자기가 쓴 글이 대목장의 목소리에 자연스레 묻히도록 할 줄 아는 엮은이 시오노 요네마쓰. 그리고 그 실 뒤에는 이 책『나무에게 배운다』를 되살려 낸 '상추쌈'도 꿰여 있다. 다른 이들도 그 뒤를 이을 것이다. 많은 사람들이 눈앞의 결과와 이익에 '안달복달' 하는 지금의 세상에서 다른 삶을 택하는 이들은 특이해 보인다. 그러나 천 년을 넘나드는 까마득한 시간 감각을 지닌 대목장에게 이들은, "새로 알아낸 것은 하나도 없는" 가르침들을 그저 아주 '찬찬히' 몸에 새기는 사람들일 뿐이다.

_히말라야(김정주)

이계삼, 『청춘의 커리큘럼』, 한티재, 2013

시대의 끝자락에서 청춘에게 말을 걸다

대체 왜, '커리큘럼'인가?

커리큘럼이라는 단어는 라틴어 쿠레레(currere)에서 왔다. 쿠레레는 '달린다, 뛴다'라는 뜻으로 보통 경주장이나 경주 그 자체를 의미하며, 여기서 나아가 활동이 이루어지는 장소나 활동의 연속을 뜻하게 된다(노영희 외, 『교육관련 국제기구 기술정보원』, 한국학술정보원, 2011. http://terms.naver.com/entry.nhn?docId=2272798&cid=51299&categoryId=51302). 오늘날에는 이 말을 교육 분야에서 주로 사용함으로써 학생들의 달리기, 혹은 학생들이 달리는 트랙='교육 그 자체이기도 한 교육과정'으로 쓰고 있다.

여기서 트랙이라 함은 주자가 따라 달려야 하는 선을 의미한다. 주자가 직접 트랙을 긋고 달리는 경우는 거의 없다. 트랙은 달리기 전부터 누군가에 의해 이미 그어진 선, 주자들에게는 '주어진 선'이다. 즉 『청춘의 커리큘럼』을 곧이곧대로 해석하자면 '청춘이여, 이

선을 따라 달려라'가 된다. 그와 같은 발화는 사실 그리 낯선 것도 아니다. 이미 청춘의 멘토로 불리는 수많은 이들이 우리 사회에 있어 왔기 때문이다. 재미있게도 저자는 글의 서문에서 그러한 멘토들을 직접적으로 거론하며 책을 시작한다.

> 어떤 이는 "아프니까 청춘"이라면서 청년들을 위로하려 했다. 성공한 기성세대의 일원으로 누릴 것 다 누리고 있는 예외적인 엘리트의 위로는 청년들에게 동일시의 선망을 불러일으킬지언정 그들의 고통에 가 닿지는 못하리라 생각했다. 또 어떤 이는 청년들에게 "토플책을 놓고 짱돌을 들라"고 했다. 청년들은 그런 선동에도 냉소적일 것이라 생각했다.(『청춘의 커리큘럼』, 7쪽)

힐링과 88만원 세대. 한때 청년 담론을 주름잡았던, 어쩌면 아직까지도 주름잡고 있는 키워드들이다. 한쪽은 청년 세대의 고통을 낭만적인 수사로 얼버무리고 다른 한쪽은 사회의 부조리를 뒤엎고 일어나라고 청년들에게 주문하지만 이 극과 극의 태도들 사이에는 한 가지 공통점이 있다. "청년이여, ~ 하라!" 비단 이 멘토들뿐일까? 청춘들이라면 마땅히 해야 할 일을 말하는 사람들은 어디에나 넘쳐나며 청춘들에게 주어진 의무는 많고도 많다. 청춘이여, 아픔을 견뎌라. 사회에 맞서라. 그러면서 공부도 하고, 취직도 하고, 돈도 벌고, 결혼도 하고, 차도 사고, 집도 사고, 아이도 낳고…. 아무튼 이 시대의 청춘은 주문받는 존재고 그들이 달려야 할 트랙은 길고 길어서 과연 끝이나 있을까 의심스럽다. 그 사실을 알기에 청춘에게는 그 이름에

이 모든 과정은 불가피한 것이었을까? 우리의 현명한 선택이 결집되었다면 전환이 가능한 것이었을까? 속단할 수 없는 문제이다. 어쨌든 인류는 모든 선택의 순간에서 최악의 선택만을 이어 왔다는 것, 우리의 삶을 지속할 가능성을 서서히 잃어 가는 방식으로 이끌려 온 것만은 분명하다.(『청춘의 커리큘럼』, 145쪽)

이러한 '폭로'가 중대한 의미를 갖는 까닭은 감추어져 있던 진실들을 드러낸다는 데서도 찾을 수 있지만 무엇보다도 우리의 일상이 지금 이대로 이어질 수는 없다는——이어져서는 안 된다는 사실을 깨닫게 한다는 데에 있다. 다시 말해, 이 폭로는 우리의 삶과 사고의 방식에 대해 크나큰 변화를 요구한다. 머리로 받아들이고 몸으로 실천해야만 하는 변화. 포기할 수 없는 것들을 포기하고 바꿀 수 없는 것을 바꾸라고 하는, 비현실적이라고밖엔 느껴지지 않는 요구. 그렇기에 이러한 폭로와 맞닥뜨렸을 때 대부분의 사람들은 불안과 두려움에 떠밀려 외면하거나 관성에 따라 이를 무시하고 현재 삶의 형태를 유지하려 한다.

물론 청춘들도 예외는 아니다. 그들이 처한 삶의 조건이 아무리 가혹하다 해도, 변화에 대한 불안과 두려움은 때때로 그 고통 이상일 수 있다. 따라서 이계삼의 커리큘럼은 폭로 그 자체를 목적으로 하지 않는다. 오히려 폭로는 대화의 시작에 불과하다.

말을 거는 교육

저자 이계삼은 11년 동안을 국어교사로서 교단에 섰다. 나 역시 학교교사는 아니지만 문탁네트워크에서 몇 년 동안 중고등학생들과 인문학 수업을 했다. 그 때문일까. 나에게는 유독 독자들에게서 '자신의 말'을 이끌어 내려는 저자의 노력이 눈에 밟힌다. 그는 분명 청춘들에게 닿기 힘든 언어를 말하고 있으며, 그럼에도 청춘들로 하여금 말하게 만들려 하고 있다.

하지만 청춘들의 입은 여전히 무겁다. 지금까지 앞으로 펼쳐질 무한한 세상에 대해서만 들어왔는데, 그 세상에 나아가 해야 할 일에 대해 듣기만 해왔는데 이제 와서 모두가 한 시대의 막바지에 서 있다는 얘기를 듣고 할 말이 있을 리 없다. 어쨌거나 이 책의 제목은 '커리큘럼', 교육 과정이다. 우리에게 익숙한 교육이란 자기 말을 하는 것이기보다는 주어지는 말들을 받아들이는 것이다. 읽고, 쓰고, 외우고, 얼마나 잘 외웠는지 읊어 보는 것이다. '그가 뭐라 말했는지 말해 보라'는 명령에는 익숙하지만 '그가 말한 것을 어떻게 생각하느냐'는 물음은 낯설다. 머뭇거리다가 이내 묵묵히 입을 다물어 버린다. 이 나라의 교육은 청춘들에게서 말할 힘도 들을 힘도 앗아 갔고 함께 세상을 살아가는 타자들을 마주할 기회마저 박탈했다. 청춘들은 제각기 고립된 유령이자 투명인간으로서 말라 죽어 간다.

카이스트 학생들의 연이은 자살 이후 엄기호는 덕성여대, 연세대 원주캠퍼스, 그리고 상지대 학생들과 이 사태에 대해 이야기하면 할수록 자살한 카이스트 학생들이 그들의 '동료'에서 그저 '동시대인'으로, 더 흐릿한 동시대인으로 밀려나는 현상을 증언한다. (……) 징벌적 등록금으로 600만원을 납부한 카이스트 학생이든, 진종일 이어지는 알바로 피곤에 절어 울면서 과제를 하는 덕성여대생이든, '팔려 가기 위해' 스펙을 쌓아야 하는 심적 고통으로 선배 앞에서 눈물을 보이는 서울대생이든, 그들은 이 체제가 아로새긴 분명한 상처가 있음에도 그것을 드러내지 못하고 홀로 견뎌야 한다는 점에서 모두 똑같은 투명인간이며 유령이라는 것이다. 그러므로 대학의 위기란, 혹은 대학생의 삶의 위기란, 유령이 유령을 알아보지 못하는 것, 투명인간이 투명인간을 향해 손을 내밀지 못하는 것이다.(『청춘의 커리큘럼』, 84~85쪽)

청춘은 만나지 못하고, 그들은 대화하지 못하고, 그들은 이해하지 못하고, 그들은 함께하지 못하며, 그들은 자신을 만들어 내지 못한다. 그것이 오늘날 청춘이 처한 현실이다. 결코 '해결하라!'고 요구함으로써 해결되지 않는 현실이다.

그럼에도 말하도록 해야 하는 까닭은 무엇인가? 어떻게 해야 말하도록 할 수 있는가? 저자는 교육운동가 조너선 코졸(Jonathan Kozol)의 말을 빌려 이렇게 대답한다.

교사는 자신의 경험에 따라, 거짓 없이, 자기 생각을 드러낼 의무가 있는 것이다. 그것이 교단에 로봇을 세우지 않고 사람을 세운 이유인 것이리라. 아이들 또한 '자신의 언어'로 표현하고 행동하도록 가르쳐야 하는 것이다. 왜냐하면 "자신이 일인칭으로 존재하고 살아가고 숨 쉬고 있다는 것을 모르는 자는, 외국의 민간인 마을에 폭탄과 네이팜탄 발사 버튼을 누르는 완벽한 일꾼이 될 것"이기 때문이다.(『청춘의 커리큘럼』, 231쪽)

물론 한쪽이 숨김없이 자신을 드러낸다고 해서 다른 한쪽 역시 그래야 할 의무는 없다. 따라서 이계삼-코쿨은 알고리즘이나 법칙, 요구에 대해서 말하고 있는 것이 아니다. 그들은 '해야 하며, 할 수 있는 일, 그럼으로써 일어날 수 있는 일'에 대해 말하고 있다. 교사가 '자신의 말'을 하고 그를 본 아이들로 하여금 역시 '자신의 말'을 할 수 있도록 한다.

그러나 자신의 말을 하는 것만으로는 여전히 부족하다. 대화는 양자가 서로 말하고 들음으로써 성립하는 것이기 때문이다. 우리의 삶은 마주침의 연속이며 수많은 타자들이 직간접적으로 우리를 스쳐 지나간다. 그 가운데에는 우리가 충분히 이해할 수 있는 타자가 있는가 하면 도저히 이해할 수 없는 타자들도 있다. 많은 사람들이 대개 전자는 가까이하고 후자는 멀리한다. 그러한 과정 속에서 우리는 '나'를 구성해 나간다. 나의 취향, 나의 사상, 나의 가치관, 나의 신념. '나'는 홀로 오롯이 만들어지는 것이 아니라 나를 둘러싼 수많은 타자들과의 상호 작용 속에서 구성된다.

즉 우리는 자신의 말을 할 능력과 상대의 말에 진정으로 귀 기울일 능력, 두 가지 힘을 가지고 타자의 앞으로, 마주침의 현장으로 나아가야 한다. 이 두 가지 힘을 잃은 사람은 더 이상 타자를 만나지 못하고 오직 거울 속의 자신만을 마주한다. 자신의 말을 되풀이하고, 자신의 말만을 듣고, 그리하여 자신의 세상 안에 갇힌다. 그 사람의 구성은 그 시점에서 정지한다. 이계삼은 그와 같이 석화되어 가는 청춘들을 다시 한번 제 발로 설 수 있게 하기 위해 그토록 말하고, 또 말하는 것이다.

마주하라, 더욱더 강렬한 목소리로

한데 이쯤 되면 어째서 이계삼이 그토록 절박하게 청춘들과 교신하려 하는지가 궁금해진다. 『청춘의 커리큘럼』의 마지막 장에는 마치 그에 대한 대답처럼 이계삼 본인의 이야기가 담겨 있다. 그토록 많은 사상가들의 목소리와 세상의 일면들을 아울렀음에도 서문과 마지막 장, 시작과 끝에는 이계삼 자신이 서 있는 것이다. 그 마지막 장의 제목은 '나는 왜 학교를 그만두었는가'이다. 머리말에서 그는 교사였지만, 마지막 장에서 그는 교사이기를 그만두었다. 그는 학교 교육이 아이들에게 아무런 도움이 되지 못함을, 오직 그들의 시간을 빼앗을 뿐임을 깨닫고 11년간의 교직 생활을 스스로 끝냈다.

교사로 일하는 동안, 나는 아이들의 편에 서서 학교 교육의 나쁜 관행과 맞서 싸우는 일을 기쁘게 감내하고자 했다. 충분히 각오했던 일이었고, 그런 일들로 교직 생활에 대한 회의를 느끼지는 않았다. 그러나 시간이 흐르면서 나는 전혀 예상치 못했던 분노와 슬픔으로 길을 잃곤 했다. 고등학교를 졸업하고 대학생이 된 아이들, 대학을 졸업하고 사회로 나온 아이들이 청소년 때보다 훨씬 못한 얼굴로, 주눅 들어 굽은 어깨로 뒤척이는 모습을 수없이 만나게 된 것이다. (……) 초·중·고 12년, 대학 4년, 16년을 정말 죽을 것처럼 달려 온 아이들에게 이 사회는 왜 이렇게 형편없는 대접을 하고 있는 것인가?(『청춘의 커리큘럼』, 5~6쪽)

그 분노, 그 슬픔. 그것이 그로 하여금 이 자리에 교실을 놓도록 했다. 나는 미약하게나마 그의 심정을 이해할 수 있다. 나 스스로가 20대로서, 아이들을 가르치는 사람으로서 나와 그 아이들이 처한 현실을 통감하기 때문이다. 그 때문일까. 언제부터인가 나는 문탁네트워크에 머무르면서 내가 가르치는 아이들, 마주치는 동년배들, 그 외 수많은 타인들에게 말을 거는 데 있어 항상 조심스러울 수밖에 없었다. 그들에게는 모두 나름대로의 삶의 고통이 있다. 그것에 대하여 내가 왈가왈부하는 것이 옳을까? 내가 경험한 바 없는 고통들——아니, 설령 내가 경험했던 고통이라고 하더라도 그것에 대해 무언가 말할 자격이 내게 있을까? 나는 내가 뱉어내는 말의 책임을 감당할 수 있을까?

이와 같은 현실에서 이계삼이 택한 방법은 놀랍게도 더더욱 과감해지는 것이다. 독자들의 비위를 거스르지 않도록 조심하면서 신중히 말을 고르는 것이 아니라 더욱 강렬하게 그가 보는 세상을 드러내고 그의 목소리를 높이는 것, 그것이 그가 독자들을 만나는 방식이다. 원자력 문제를 대하는 국가의 위선, 정당정치라는 시스템에 존재하는 분명한 한계, 사창가의 포주처럼 되어 버린 대학, 석유 시대를 끝내야 할 당위, 양심적 병역 거부에 대한 지지. 숨 쉬듯이 당연히 존재해 온 상식들을 거침없이 공격하고 모든 게 끝나 간다는 사실을 들춰냄으로써 독자를 불편하게 하며 그 사실을 회피하려 하지 않는다. 왜냐하면 현실을 변화시킬 수 있는 만남의 강도는, 서로를 확장시킬 수 있는 만남은 그 정도가 아니면 안 되기 때문이다. 왜냐하면 지금 우리가 서 있는 이곳은 그와 같은 만남을 통해서라도 변화를 시작하지 않으면 안 되는 분수령이기 때문이다. 포효하라. 그다음은 그 포효가 닿든가, 아니면 닿지 못해 서로가 외로이 침몰하든가다.

> 교사들이 중립적인 척, 객관적인 척하면서 드러내는 완곡한 표현들은 인내와 절제의 상징이 아니라 문젯거리를 만들지 않고 그저 무난하게 이 상황을 넘어가려는, 무기력과 안일의 적극적인 표현일 뿐이다. (……) "학생의 기억에 가장 오래 남는 수업은 공책에 필기한 내용도 아니고, 교과서에 인쇄된 궁색한 문장도 아니며, 수업하는 내내 교사의 눈빛에서 뿜어져 나오는 메시지"인 것이다.(『청춘의 커리큘럼』, 232~233쪽)

이것이 그가 시대의 끝에서 청춘과 대화하는 방법이다. 그는 여러 사상가들과 고전들을 통해 자신의 눈에 비치는 세상을 자신의 말에 거침없이 실어 낸다. 그리고 독자들 역시 거침없는 자신들의 말을 건네주길 바란다. 설령 그가 바라보는 현실에 동의하지 못할지라도, 오히려 그렇다면 더더욱 우리는 그 현실을 설명하는 그의 태도에 주목해야 한다. 이 책을 통해 그가 정녕 원하는 것은 자신의 모든 말에 동의해 주는 것이 아니라 그렇다면 우리는 무어라 생각하는지 그에

게 말해 주는 것이다. 두려워하지 말고, 주눅들지 않고, 자기방어에
매달리지 않고서. 그와 우리와 모두가 처해 있는 현실을 변화시킬 힘
은 거기서부터 온다. 명령하지 않고 요구하지도 않는 가르침. 마주침
이야말로 그의 교육이다.

_차명식

필자 소개

문탁네트워크가 사랑한 책들

게으르니(나은영) 문탁에 접속한 후 동양고전 공부로 일로매진. 고전에서 그렇게 배웠냐는 친구들의 지청구를 들으며 공동체 주방 매니저 1년차로 고군분투 중. ⇨ **쓴다면 사마천처럼(58쪽)**

김지원 나무를 다루는 일을 한다. 문탁의 20대 청년 그룹 '길드다'에서 공부하고, 활동한다. ⇨ **생산된 진실만이 있을 뿐(231쪽)**

꿈틀이(하미화) 5년 전, 뭔가를 읽고 싶은데 무엇을 읽어야 할지, 어떻게 읽어야 할지 몰라서 무작정 문탁에 발을 담그게 되었다. '무엇을 읽어야 할지'의 물음이 지금은 '어떻게 살아야 할까?'로 바뀌었다. 앞으로 더 깊어질 나의 질문이 기대된다. ⇨ **근면: 미덕인가, 규범인가(154쪽)**

노라(정성미) 문탁에서 '노는' 것을 담당하고 싶다. 드디어 꿈이 이루어져 <루쉰 액팅스쿨>을 하고 친구들과 베이징으로, 사오싱으로 놀러(?) 다녔다. 아마 <니체 액팅스쿨>이 끝난 후에는 독일이나 스위스로 돌아다니게 될지도 모른다. 즐거운 상상이다. ⇨ **'학교화되지 않는 사회' 만들기(304쪽)**

달팽이(권성희) 돈을 벌고 돈을 쓰는 노동자와 소비자로 왜소해진 현대인의 삶을 벗어나 다르게 사는 방법을 문탁 친구들과 함께 찾아가고 있다. 마을작업장 <월든> 공방에서 예술이 되는 일의 세계를 구성하려고 애쓰고 있으며, 공동체경제를 고민하고 있다. ⇨ **폐허에서 피어나는 자율적 개인의 도덕성(274쪽)**

둥굴레(김정선) 문탁에서 외국어, 문학, 철학을 공부하고 나서야 양생(養生)에 눈을 떴다. 공동체 내 자율카페에서 큐레이터로 활동하면서 '자율'을 몸에 익히고 '근사(近思)한' 양생법을 찾고 있다. 이제 삶을 양육하는 '인문학 약방'을 만들고 싶다는 비전이 생겼다. 물론 문탁 친구들과 함께. ⇨ **필연과 자율의 삶, '건강'(254쪽)**

뚜버기(박혜성) 시장경제가 아닌 선물을 기반으로 어울려 사는 살림살이를 구성할 수는 없을까? 우리는 이를 마을경제라고 부르기 시작했다. 문탁의 공동체 화폐 복을 운영하고 마을경제를 연구하는 활동을 하고 있다. ⇨ **우리는 모두 선물의 윤리에서 나왔다(111쪽)** ┃ **안에서-대항하며-넘어서기(163쪽)**

문탁(이희경) 10년 전 나는 지금의 '문탁네트워크'를 상상조차 할 수 없었다. 그런데 친구들이 하나둘 모이고, 함께 지지고 볶고, 공부하고 반찬 만들면서, 이런 '우정의 공동체'가 만들어졌다. 비전이었고, 실험이었고, 보람이었다. 이제 나는 다시 문탁의 친구들을 '빽' 삼아 청년들과 이런저런 새로운 일을 꾸미고 있다. 조만간 나이 듦과 죽음에 대해 성찰하는 공부를 시작하는 것도 바람이다. ⇨ **『주역』과 길흉회린의 해석학(47쪽)** │ **나의 '중국 철학사'를 쓸 수 있을까?(78쪽)** │ **결코 사라지지 않는 간디의 꿈(316쪽)**

봄날(민순기) 기자, PR/마케터로 오래 일했지만 채워지지 않는 삶의 질에 허기를 느끼던 차에 문탁네트워크를 만나 운명처럼 함께 공부하고 있다. 마을작업장 <월든>에서 패브릭공예, 가죽공예로 물건도 만들어 팔고 수업도 진행하면서 '경제적 자립'이란 개념을 새롭게 만들어 가는 중이다. ⇨ **세상에 돈이 있기 전에 빚이 있었다(133쪽)**

블랙커피(임현숙) 2년 전에 루쉰을 읽었고, 지금은 스피노자를 공부하고 있다. 그리고 '진행 중인 현재'를 좀 더 이해하기 위해 저널을 읽는 세미나도 함께하고 있다. 언젠가는 지금과 다른 리듬 속에서 춤출 수 있기를. ⇨ **기꺼이 몰락하기 위한 싸움(244쪽)**

뿔옹(홍영택) 문탁에서 공부한 지 6년차. 학교 없는 세상을 꿈꾼다면서 파지스쿨을 만들어 청소년들과 만나고 있다. 엉겁결에 그리스 고전을 위주로 공부하고 있지만, 일과 공동체에도 관심이 많다. ⇨ **안다는 것에 대한 착각—앎, 존재, 행위는 나눠지지 않는다(338쪽)**

새털(박연옥) 그간 연구기획팀, 웹진, 녹색다방, 주술밥상을 거쳐 현재는 출판을 준비하는 북앤톡에서 활동하고 있다. 최근 나에게 가장 많은 생각을 하게 하는 공부는 <고전대중지성>의 스토아학파와 아리스토텔레스의 '윤리학'이다. 이제 슬슬 인생을 돌아보고 살아야 할 때가 된 것 같다. ⇨ **'무한도전'은 끝났다(174쪽)** │ **뱀파이어의 '윤리학' 공부(219쪽)**

세콰이어(김혜은) 한 권의 책이 인연이 되어 팔자에도 없는 공부의 길에 들어섰다. 어영부영 8년이란 시간이 흘렀지만 읽고 싶은 책, 배우고 싶은 것은 공부를 할수록 늘어난다. 문탁에서 부대끼다 보면 갱년기 우울증, 쓸쓸한 노년은 잊고 살아도 될 것 같다. <이문서당> 반장을 맡고 있다. ⇨ **주희의 근사한 공부(37쪽)**

여울아(김수경) 8년 전 문탁에 와서 처음 『논어』를 읽기 시작해 아직까지 동양고전 언저리를 맴돌고 있다. ⇨ **누구나 읽기 쉬운 『낭송 장자』(68쪽)**

오영(김시연) 딱히 내세울 것 없는 삶이 답답해서 인문학적 소양이나 키워 보자고 공부를 시작했다. 얼결에 <담쟁이베이커리>에서 2년 동안 빵과 과자를 굽다가 지금은 다시 2년째 <파지사유 인문학> 매니저로 매달 새로운 텍스트를 공부하는 호사를 누리고 있

다. ⇨ **사랑이 돈을 움직인다(143쪽)**

요요(김혜영) 삶의 비전을 찾으려고 공부를 시작했는데, 같이 꿈꾸며 실험할 친구들을 얻었다. 무슨 복인가 싶다. 최근 공동출판 프로젝트 북앤톡 활동을 시작했다. 공부하고 활동하며 깊어진 생각을 글로 쓰게 해서 친구들을 작가로 만들어야 하는데 잘할 수 있을까, 걱정이다. ⇨ **다른 세상은 가능하다(122쪽)** | **변신과 차이가 번성하는 공유지(206쪽)** | **혁명으로서의 책 읽기(349쪽)**

인디언(나선미) 오랜 직장 생활을 접고 친구들과 함께 문탁네트워크를 시작했다. 인문의 역학과 동양고전을 공부하면서 좋은 삶을 살아가고자 한다. ⇨ **내 삶의 주인 되기, 자기수련으로서의 공부(185쪽)**

자누리(유윤희) '개인과 공동체'에 대해 관심을 두고 공부하다가 '공동체적 삶이란 구체적으로 어떤 것인지'로 화두를 바꾸면서 동양고전을 공부하고 있다. 마을작장에서 공동체의 자립을 고민하고, <고전공방>에서 『주역』을 공부하고 있다. ⇨ **『담론』 읽기, 삼세번 +α(91쪽)**

진달래(이수민) 우연히 문탁에서 동양고전 공부를 시작했고, 마을교사가 되었다. 현재 파지스쿨 교사이자 더치커피 매니저로 커피를 내리면서 친구들과 함께 공부하고 있다. ⇨ **공자님, 질문 있습니다(27쪽)**

차명식 대학을 졸업한 뒤 문탁네트워크의 다른 청년들과 함께 활동하고 있다. 다양한 청년·청소년 프로그램들을 기획하고 운영하면서 공부를 통해 자립하는 방법을 찾아 나가는 중. ⇨ **'가르칠 자격'에 대하여 (327쪽)** | **시대의 끝자락에서 청춘에게 말을 걸다(369쪽)**

청량리(진성일) 첫째아이 육아휴직 때, 별 생각 없이 아내 따라 문탁에 온 것이 시작이었다. 책보다는 영화를 더 좋아해서, 지금은 문탁 내 영화모임 <동네영화배급사 필름이다>의 청실장으로 활동하고 있다. ⇨ **'뉴욕'은 어디에나 있다(264쪽)**

히말라야(김정주) 철새처럼 살다가 발을 잘못 디뎌 문탁네트워크라는 '그물'에 걸렸다. 이곳 친구들과 매일 지지고 볶으면서, 내가 할 수 없는 것들에 대해 하고 싶지 않다며 거만을 떨거나 맘만 먹으면 언제든지 할 수 있다고 허세부리는 일이 줄어들고 있는 중이다. 대신, 하고 싶은 것에 대해 함께 궁리한다는 것이 무엇인지 아주 느리게 배우고 있다. ⇨ **질기도록 굴복하지 않는 목소리들(284쪽)** | **아주 찬찬히 전해지는 것들(360쪽)**